नया घर

इंतिज़ार हुसैन

लिप्यंतरण

अब्दुल मुग़नी

राधाकृष्ण पेपरबैक्स

पहला पुस्तकालय संस्करण
राधाकृष्ण प्रकाशन प्राइवेट लिमिटेड द्वारा
2005 में प्रकाशित

राधाकृष्ण पेपरबैक्स में
पहला संस्करण : 2021

राधाकृष्ण पेपरबैक्स : उत्कृष्ट साहित्य के जनसुलभ संस्करण

राधाकृष्ण प्रकाशन प्राइवेट लिमिटेड
जी-17, जगतपुरी
दिल्ली-110 051
द्वारा प्रकाशित

शाखाएँ : अशोक राजपथ, साइंस कॉलेज के सामने, पटना-800 006
पहली मंजिल, दरबारी बिल्डिंग, महात्मा गांधी मार्ग, प्रयागराज-211 001
36 ए, शेक्सपियर सरणी, कोलकाता-700 017

वेबसाइट : www.radhakrishnaprakashan.com
ई-मेल : info@radhakrishnaprakashan.com

बी.के. ऑफसेट
नवीन शाहदरा, दिल्ली-110 032
द्वारा मुद्रित

मूल्य : ₹199

NAYA GHAR
Novel by Intizar Hussain
Transliterate by Abdul Mughani

ISBN : 978-81-8361-988-2

इंतिज़ार हुसैन

जन्म : 7 दिसम्बर, 1923 को डिबाई, ज़िला-बुलंदशहर (उ.प्र.) में। 1947 में पाकिस्तान गए और लाहौर में बसेरा। पाकिस्तान के शीर्षस्थ कथाकार।

शिक्षा : प्रारम्भिक और धार्मिक शिक्षा घर पर हुई। हापुड़ से हाईस्कूल किया, 1946 में मेरठ कॉलेज से उर्दू में एम.ए.।

पत्रकारिता : 'दैनिक इमरोज़', 'आफ़ाक़', 'नवाए-वक़्त' और 'मशरिक़' से सम्बद्ध रहे। अंग्रेज़ी दैनिक 'डॉन' (कराची) में स्तम्भ-लेखन। साहित्यिक पत्रिका—'अदबे-लतीफ़' के सम्पादक रहे।

पहली कहानी 'क़य्यूमा की दुकान' अप्रैल 1948 में लिखी जो दिसम्बर 1948 में 'अदबे-लतीफ़' में प्रकाशित हुई।

कृतियाँ—'चाँद गहन', 'बस्ती', 'आगे समन्दर है', 'तज़्किरा' (नया घर) (उपन्यास); 'दिन और दास्तान' (लघु उपन्यास); 'जनम कहानियाँ' : खंड 1, 'क़िस्सा कहानियाँ' : खंड 2 (सम्पूर्ण कहानियाँ); 'गली-कूचे', 'कंकरी', 'आख़िरी आदमी', 'शहरे-अफ़्सोस', 'कछुए', 'ख़ेमे से दूर', 'ख़ाली पिंजरा', 'शहरज़ाद के नाम', 'एन अनरिटेन एपिक एंड अदर स्टोरीज़' (अंग्रेज़ी में अनुवाद) (कहानी-संग्रह); 'अलामतों का ज़वाल' (आलोचना); 'ज़मीन और फ़लक', 'नए शहर', 'पुरानी बस्तियाँ' (यात्रा-वृत्तान्त); 'चराग़ों का धुआँ', 'दिल्ली जो एक शहर था' (संस्मरण); 'अजमले-आज़म' (हकीम अजमल ख़ाँ की जीवनी); 'ज़र्रे' (अख़बारी कॉलम); 'घास के मैदानों में'—चेख़व, 'नई पौद'—तुर्गनेव, 'सुर्ख़ तमग़ा'—स्टीफ़न क्रेन (उपन्यास); 'नाव' (अमरीकी कहानियों का चयन); 'हमारी बस्ती'— थार्नटन वाइल्डर (नाटक); 'फ़लसफ़ा की नई तश्कील'—जॉन डेवी (दर्शनशास्त्र); 'माऊज़े तुंग'—स्टेवर्ट श्रेम (अनुवाद); 'इंशा की दो कहानियाँ'; 'हज़ार दास्तान'—रतननाथ सरशार (सम्पादन)।

सम्मान : 'बस्ती' के लिए पाकिस्तान के सबसे बड़े पुरस्कार 'आदमजी एवार्ड' से सम्मानित। बाद में इस पुरस्कार को इंतिज़ार हुसैन ने वापस कर दिया; 2014 में फ़्रांस की हुकूमत ने उनको 'ऑफ़ीसर ऑफ़ द आर्डर ऑफ़ आर्ट्स एंड लेटर्ज़' अता किया।

निधन : 2 फरवरी, 2016

अब्दुल मुग़नी

जन्म : 23 दिसम्बर, 1945; दिल्ली में।

शिक्षा : स्नातक दिल्ली विश्वविद्यालय से।

उर्दू से हिन्दी तथा हिन्दी से उर्दू में अनेक किताबों का रूपान्तर तथा सम्पादन। पाकिस्तान की उर्दू शायरी के चयन और सम्पादन में सहयोग।

1

बि-इस्मि-सुब्हानहु[1], कि सब तारीफ़ें[2] उसी के लिए हैं कि जिसने एक लफ़्ज़ 'कुन'[3] कहकर ये कौनो-मकाँ[4] पैदा किए और ज़मीनो-आस्मान बनाए और क्या ख़ूब बनाए कि आस्मान के फैलाव में सितारे भर दिए, बीच में उनके चाँद-सूरज रख दिए, और गोद ज़मीन की नदियों-नहरों, ताल-तलैयों से भर दी कि फ़ैज़[5] से उनके बाग़-बग़ीचे फूले और खेत लहलहाए। बाग़ों को रंग-रंग के फलों से मालामाल किया कि इन्हीं फलों में वह फल भी है जिसे आम कहते हैं और जिसकी एक क़िस्म सिर्फ़ हमारे जद्दी बाग़[6] में पाई जाती थी कि जिसे एक दफ़ा जो शख़्स चख लेता, ज़ाइक़ा[7] उसका न भूलता, ता-उम्र[8] होंठ चाटता रहता। मेवा-जात मुस्तज़ाद[9] मिस्ल[10] बादाम, किशमिश, अख़रोट व नीज़[11] पिस्ता जिसकी हवाइयों से फ़ीरनी[12] की तश्तरियों पर बहार आती है। खेतों का दामन सब्ज़ी-तरकारी से भर दिया और गंदुम[13], मोठ, मटर जैसी अजनास[14] से। इन्हीं खेतों के बीच एक हँसता हुआ खेत ज़ाफ़रान[15] का कहलाया कि बिरयानी की जान है, क़ोरमे की आन है। तो ऐसा आलम[16] ज़ाहिर किया[17] और इस आलम के बीच भाँति-भाँति का जानवर और रंग-रंग की मख़लूक़[18] पैदा की कि इसी में इनसान ज़ईफ़ुलबुन्यान[19] भी है। सुब्हान तेरी क़ुदरत[20] कि तूने इसी बोदी[21] बुनियाद[22] वाले जानवर को अशरफ़ुल-मख़लूक़ात[23] ठहरा दिया। इस लतीफ़ा-ए-ग़ैबी[24] पर अक़्ल दंग[25] है, ज़ुबान गुंग है। लुत्फ़ो-करम[26] उसके किस ज़ुबान से शुक्र[27] अदा किया जाए कि इस ज़ालिमो-जाहिल[28] मख़लूक़ की इस्लाह[29] के लिए एक लाख चौबीस हज़ार पैग़म्बर[30] भेजे। अज़ीज़ो ![31] फिर भी कम भेजे कि इस दो-टँगी मख़लूक़[32] का ज़ुल्म ज़्यादा है, जहल[33] बेअन्दाज़ा[34] है।

इन्हीं एक लाख चौबीस हज़ार पैग़म्बरों में हमारे प्यारे नबी[35] रहमतुल-लिल आलमीन[36] ख़ातिमुल-मुर्सलीन[37] हज़रत मुहम्मद मुस्तफ़ा सल्ललाहु अलैहि व आलिहि व

---

1. आरम्भ करता हूँ उसके नाम से जो पवित्र है, 2. तारीफ़ का बहु., स्तुति; 3. हो जा। (यह शब्द ईश्वर की ज़ुबान से निकला था, जिससे सृष्टि की रचना हुई; 4. संसार, 5. उपकार, 6. पुरखों का, 7. स्वाद, 8. जीवन भर, 9. अतिरिक्त, 10. जैसे, 11. और, 12. खीर, 13. गेहूँ, 14, अनाजों, 15. केसर, 16. संसार, 17. रचा, 18. प्राणी, 19. जिसकी नींव कमज़ोर हो, 20. धन्य है तेरी महिमा, 21. कमज़ोर, 22. नींव, 23. सारे प्राणियों में सबसे श्रेष्ठ, 24. ईश्वर की अनोखी बात, 25. चकित, 26. करुणा और कृपा, 27 धन्यवाद, 28. निर्दय और अज्ञानी, 29. सुधार, 30. अवतार, 31. प्रियजनो, 32. मनुष्य, 33. अज्ञान, 34. बहुत अधिक, 35. पैग़म्बर हज़रत मुहम्मद साहिब, 36. सारे संसार के लिए साक्षात् कृपा और दया, हज़रत मुहम्मद साहिब की उपाधि, 37. उन पैग़म्बरों में आख़िरी पैग़म्बर जिन पर दिव्य ग्रन्थ उतरे।

सलअम[1] हैं कि आप और आपकी आले-अतहार[2] और अस्हाबे-किबार[3] पर बाद दुरूदो-सलात[4] के बन्दा-ए-हेचमिक़्दार[5] मुश्ताक़ अली वलद[6] हकीम चराग़ अली ग़ायत[7] इस तज़्किरे[8] की बयान[9] करता है जो यूँ है कि एक शब[10] ख़्वाब में अब्बा जानी को देखा कि सामने धरे औराक़े-परीशाँ[11] को देखकर परीशान[12] हैं और अफ़्सोस[13] के साथ फ़रमा रहे हैं कि बुज़ुर्गों ने अपने-अपने वक़्त में हक़ अदा किया,[14] हमसे हक़ अदा न हुआ। बस इतने में मेरी आँख खुल गई। पहले परीशान हुआ कि यह कैसा ख़्वाब था। बाद तअम्मुल[15] के इसे हर्फ़े-तंबीह[16] जाना। खुद को नफ़रीन[17] की कि ऐ सगे-दुनिया[18] मुश्ताक़ अली ! अल्लाह तआला तेरे हाल पे रहम करे। तूने उम्र लह्वो-लइब,[19] सैरो-शिकार[20] में गुज़ार दी। हनोज़[21] तू अलाइक़े-दुनूयवी[22] में मुब्तला[23] है। हरचन्द[24] कि सर तेरा चाँदी हो चुका है और इमारत तन की तेरे हिल चुकी है पर हिर्सो-तम्अ[25] तुझे नहीं छोड़ती। ऐ ग़ाफ़िल[26] अब जबकि तू गोर[27] किनारे आन लगा है और पता नहीं कि पैके-अजल[28] कब पयाम[29] लेकर आ जाए, ख़्वाबे-ग़फ़लत[30] से जाग और अपने फ़रीज़ा[31] को पहचान। जान ले कि ख़्वाब में अब्बा जानी का आना और औराक़े-परीशाँ को देखकर अफ़्सोस करना तेरे लिए एक इशारा है।

तब मैंने अब्बा जानी के बिखरे वरक़[32] इकट्ठे किए और दिल पे धर लिया कि इस ख़ानदानी तज़्किरे में बाद के ख़ानदानी हालात इज़ाफ़ा करके[33] व नीज़ हालाते-ज़माना[34] क़लमबन्द करके[35] पाया-ए-तक्मील को पहुँचाऊँगा।[36] बाद में अख़्लाफ़[37] इसमें इज़ाफ़े करते रहेंगे। नीज़ तय किया कि यह काम शिताबी[38] से अंजाम[39] दिया जाना चाहिए कि एक तो उम्र कोताह[40] है, दूसरे ज़माना पुर-आशोब[41] है। रस्तख़ेज़े-बेजा[42] का नक़्शा[43] है। तराबुलुस में बरादराने-इस्लाम[44] पर क़यामत गुज़र गई। तुर्की में ख़िलाफ़त का तख़्ता उलट गया। अमृतसर में फ़िरंगियों ने अपनी देसी रिआया[45] को भून डाला। दम के दम में जलियाँवाला बाग़ मक़्तल[46] बन गया। दयारे-हिन्द[47] की ख़िल्क़त[48] त्राहि-त्राहि पुकार उठी। गाँधीजी ने ऐसा सत्याग्रह किया कि नगर-नगर में क़यामत उठ खड़ी हुई। चौराचौरी में ऐसा हुआ कि ख़िलाफ़तियों और कांग्रेसियों ने थाने ही को फूँक डाला कि न रहेगा बाँस, न बजेगी बाँसुरी।

---

1. हज़रत मुहम्मद साहिब का नाम लिखते, लेते या सुनते हैं तो आदर और प्रेम के लिए दुआ के ये शब्द बढ़ा देते हैं, 2. पवित्र सन्तान, 3. प्रतिष्ठित लोग, 4. प्रार्थना और शान्ति पाठ, 5. बहुत ही विनीत और विवश दास, 6. पुत्र, 7. कारण, 8. जीवन चरित, जीवनी, आपबीती और जगबीती, 9. वर्णन, 10. रात, 11. बिखरे हुए पन्ने, 12. दुखी, 13. खेद, 14. कर्तव्य का पालन किया, 15. विचार, 16. चेतावनी देनेवाली बात, 17. धिक्कार, 18. संसार की माया में लिप्त व्यक्ति, 19. वे बातें जो धार्मिक कामों से रोकें, 20. सैर और शिकार, 21. अब भी, 22. दुनिया के बखेड़े, 23. लिप्त, 24. यद्यपि, 25. लोभ, 26. बेख़बर, 27. क़ब्र, 28. यमदूत, 29. सन्देश, 30. गहरी नींद, 31. कर्तव्य, 32. पन्ने, 33. बढ़ाकर, 34. जगबीती, 35. लिखकर, 36. समाप्ति करूँगा, 37. पुत्र, पोते आदि, 38. शीघ्रता, 39. अन्त, 40. थोड़ी, 41. घटनाओं और उथल-पुथल से भरा हुआ, 42. अनुचित सर्वनाश, 43. दशा, 44. मुसलमान भाइयों, 45. प्रजा, 46. वधभूमि, 47. हिन्दोस्तान, 48. जनता।

क़िस्सा-मुख़्तसर[1] ज़ेरे-आस्मान[2] वह हुआ है और हो रहा है कि चश्मे-फ़लक[3] ने कभी काहे को देखा होगा। अभी आगे देखिए क्या-क्या होता है। ज़माना बेएतिबार[4] है, चर्ख़[5] कज-रफ़्तार[6] है, घड़ी-घड़ी रंग बदलता है। संगे-हवादिस[7] से ऐसा तफ़्रिक़ा[8] पैदा करता है कि दोस्त दुश्मन बन जाते हैं। अभी चाहत में मरे जा रहे थे, अभी ख़ून के प्यासे हैं। अली बरादरान को देखो, कल तक गाँधीजी से दाँत काटी रोटी थी, 'तू मन शुदी मन तू शुदम'[9] का मज़्मून[10] था। अरे उस महात्मा की ख़ातिर तो उन मौलानाओं ने गोश्त खाना छोड़ दिया था। बी अम्माँ गोश्त की हँडिया पकाने से गईं, दाल तरकारी घोट-घोट के बेटों को खिलाने लगीं। ग़ज़ब ख़ुदा का, मुसलमान घर का बावर्चीख़ाना[11] गोश्त की हँडिया की महक से महरूम[12] हो जाए। मगर अब गाँधीजी से उनकी ठनी है। वह महात्मा मैना है, ये भाई भड़भड़िया हैं। घड़ी में रन में घड़ी में बन में। कल महात्माजी पे जान छिड़क रहे थे, अब बेनुक़्त[13] सुना रहे हैं, आग के अँगारे उगल रहे हैं। उधर हिन्दू-मुसलमान कटे मर रहे हैं। मुल्तान मक़्तल बन गया। मिट्टी उस दयार[14] की ख़ून से रंगीन हो गई। बरादरे-ख़ुर्द[15] इश्तियाक़ अली बी.ए. ने बयान किया कि मसीहुलमुल्क[16] हकीम अजमल ख़ाँ कवाइफ़[17] मालूम करने के लिए उस क़रिए[18] में गए। एक कूचे से गुज़र हुआ तो क्या देखा कि एक बुढ़िया एक जला-फुँका पिंजरा गोद में लिए जले मलबे पे बैठी गिर्या करती है।[19] हकीम साहिब क़िब्ला[20] ने अहवाल[21] पूछा तो उसने रो-रोके दुहाई दी कि नासपीटों ने मेरे घर को फूँका सो फूँका, मेरे मिट्ठू को भी न छोड़ा, पिंजरा आग में झोंक दिया। फिर जले पिंजरे को देखकर वह फूट-फूटकर रोई। उधर हकीम साहिब क़िब्ला भी आबदीदा हो गए।[22]

बरादरे-ख़ुर्द इश्तिाक़ अली जोशे-जवानी में तहरीके-ख़िलाफ़त[23] में शामिल हो गए थे। फ़क़ीर ने उन्हें बहुत रोका-टोका, समझाया कि हाकिमे-वक़्त[24] से सरकशी[25] करना क़रीने-मस्लहत[26] नहीं और हमें तो उनके मुक़ाबिल[27] आना यूँ भी भला नहीं लगता कि अब हमारे ख़ानदान का शुमार[28] उनके वफ़ादारों में होता है। आगे जो हुआ सो हुआ पर अब तो हम बरकाते-सल्तनते-इंगलिसिया[29] के मदहख़्वाँ[30] हैं। क्यों न हों कि राज में उनके शेर-बकरी एक घाट पानी पीते हैं और दयारो-अम्सार[31] में ऐसा अमन-चैन है कि चाहो तो कूचा-ओ-बाज़ार में, चाहो तो जंगल-वीराने में सोना उछालते चले जाओ, मजाल है कि कोई पूछ ले कि तुम्हारे मुँह में कितने दाँत हैं और हमारे ख़ानदान का इक़्बाल[32] तो उन्हीं के चश्मे-करम[33] का मरहूने-मिन्नत[34] है। इस बेमक़्दिरत[35] को उन्होंने

---

1. संक्षेप में, 2. आकाश के नीचे, धरती पर, 3. आकाश की आँख, 4. अविश्वसनीय, 5. आकाश, 6. टेढ़ी चाल चलनेवाला, 7. दुर्घटनाओं का पत्थर, 8. फूट, 9. तू मैं हो गया और मैं तू हो गया, 10. दशा, 11. रसोई, 12. वंचित, 13. बहुत बुरा, 14. स्थान, 15. छोटा भाई, 16. हकीम अजमल ख़ाँ की उपाधि, 17. हाल, 18. नगर, 19. रोती है, 20. प्रतिष्ठित व्यक्तियों के लिए सम्बोधन का शब्द, 21. हाल का बहु., 22. आँखों में आँसू आ गए, 23 ख़िलाफ़त आन्दोलन, 24. शासक, 25. विद्रोह, 26. जो बात समय के अनुकूल होते हुए अपने हित में हो, 27. विरोध में, 28. गिनती, 29. अंग्रेज़ी शासन के कल्याण, 30. प्रशंसक, 31. गाँवों और नगरों, 32. समृद्धि, 33. कृपादृष्टि, 34. आभारी, 35. असमर्थ।

ख़ान बहादुरी के ख़िताब[1] से नवाज़ा[2] और ऑनरेरी मजिस्ट्रेटी के उहदा-ए-जलीला[3] पर फ़ाइज़ किया[4] कि दाद-ख़्वाह[5] रोज़ इस ड्योढ़ी पर हाज़िरी देते हैं और इंसाफ़ लेकर जाते हैं। बदख़्वाह[6] हमें बदनाम करते हैं कि वतने-अज़ीज़[7] से ग़द्दारी के सिले में[8] ये मरातिब[9] हमें मिले हैं। हासिद[10] तो हमारे इक़्बाल को देखकर आतशे-हसद[11] में जलते हैं और बातें बनाते हैं। वाक़िआ यूँ है कि फ़िरंगी हाकिमों ने हमारे ख़ानदान के जुर्मे-बग़ावत[12] को बख़्शकर[13] हमारे दिल ख़रीद लिए। यही तो इस फ़क़ीर ने मियाँ इश्तियाक़ अली से कहा कि बरादरे-अज़ीज़[14] ! हमारे एक बुज़ुर्ग ने सर उठाया था तो कितने दिनों ख़ानदान पर इदबार[15] की घटा छाई रही और ख़ता[16] एक मर्तबा ही मुआफ़[17] होती है। रोज़-रोज़ तो कोई भी हाकिम जुर्म[18] से चश्मपोशी[19] नहीं करता। मगर बरादरे-अज़ीज़ के ख़ून में गर्मी कुछ ज़्यादा ही थी, एक न सुनी। ख़ानदान की रवायाते-नमकहलाली[20] को ठोकर मारी और अली बरादरान के पीछे लग लिए। मगर पीछे उनके लगकर क्या पाया। हाकिमे-वक़्त की नज़रों से भी गिरे और जिस मक़्सद के लिए यह तौर[21] पकड़ा था, वह भी हासिल न हुआ। जगहँसाई के सिवा क्या पाया। ख़िलाफ़त ही का तिया-पाँचा हो गया और ख़ुद अपनों के हाथों। ग़ाज़ी मुस्तफ़ा कमाल पाशा ने इसका ख़ातिमा-बिलख़ैर[22] कर दिया। जब यह ख़बरे-वहशत-असर[23] यहाँ पहुँची तो मत पूछो कि इश्तियाक़ मियाँ पर क्या आलम गुज़रा[24]। धाड़ें मारे-मारकर रोए। लगता था कि ख़ुदा-नख़्वास्ता[25] हमारे घर में कोई मौत हो गई है। मैंने समझाया कि बरादरे-अज़ीज़। ख़िलाफ़त तो अब जसदे-बेरूह[26] थी और घर में मय्यत[27] का ज़्यादा देर रखना अच्छा नहीं होता। जनाज़ा निकल गया, मुनासिब[28] हुआ।

अली बरादरान ख़िलाफ़त के क़ज़िए[29] से फ़ारिग़[30] हुए तो नज्दियों[31] के पीछे लग लिए। इन भाइयों को भी कोई न कोई शग़ल[32] चाहिए। जज़्बात[33] का इनके यहाँ वुफ़ूर[34] है। नदी हर दम चढ़ी ही रहती है। ये भाई लोग इनके भर्रे में आ गए कि सरज़मीने-अरब[35] पर जुम्हूरिया-ए-अरबिया-इस्लामिया[36] क़ाइम[37] होगी। उनके बन्दा-ए-बेदाम[38] बन गए। मगर हुआ क्या; उधर उन्होंने अपनी बादशाहत का एलान कर दिया, इधर ये भाई भीगे बताशों की तरह बैठ गए।

तो यह हाल है मुसलमानों का और यह चाल है ज़माने की। तबाही के अख़्बार[39] हैं। क़यामत के आसार[40] हैं। एक वाक़िआ[41] अजब गुज़रा। सद्दू का बेटा मम्दू रात

---

1. उपाधि, 2. प्रदान किया, 3. महान पद, 4. पहुँचाया, 5. न्याय चाहनेवाले, 6. बुरा चाहनेवाले, 7. प्रिय देश, 8. बदले में, 9. पद, 10. ईर्ष्यालु, 11. ईर्ष्या की आग, 12. विद्रोह का अपराध, 13. क्षमा करके, 14. प्यारे भाई, 15. निर्धनता, दुर्दशा, 16 अपराध, 17. क्षमा, 18. अपराध, 19. किसी के दोष देखकर टाल जाना, 20. कृतज्ञता की परंपराएँ, 21. ढंग, 22. अन्त, 23. भयजनक समाचार, 24. हालत हुई, 25. खुदा न करे, 26. मुर्दा, 27. शव, 28. ठीक, 29. झगड़ा, 30. मुक्त हुए, 31. अरब के एक प्रदेश नज्द के निवासी, नज्द से वहाबी सम्प्रदाय का जन्म हुआ, 32. काम, 33. भावनाएँ, 34. आधिक्य, 35. अरब देश, 36. अरबी इस्लामी गणतन्त्र, 37. स्थापित, 38. परम भक्त, 39. समाचार, ख़बर का बहु., 40. लक्षण, 41. घटना।

गए ज़मीनों से वापस आ रहा था। दरोग़-बर-गर्दने-रावी[1] आकर सुनाया कि ख़ान बहादुर साब, हुआ यूँ कि मैं बटिया-बटिया चला आ रहा था कि पीछे क़दमों की आहट हुई। ऐसा लगा कि जैसे कोई जना लम्बे डग भरता हुआ पीछे आ रहा है। मुड़कर देखने लगा था कि एक आदमी, टाँगें ये लम्बी-लम्बी जैसे ऊँट की हों, हाथ में लम्बा-सा लठ, लम्बे डग भरता बराबर से सन्न-से गुज़र गया और इधर गुज़रा उधर ग़ाइब। राक़िमुलहुरूफ़[2] ने यह सुनकर तअम्मुल किया।[3] फिर पूछा कि अरे मम्दू, तूने अच्छी तरह देखा भी था। बोला, ख़ान बहादुर साबजी, जो झूट बोले सो काफ़िर। आँखों देखी कहता हूँ और वहम[4] तो मैंने कभी किया ही नहीं। रातें जंगलों में गुज़ारी हैं, कभी जो वहम किया हो। मैंने पूछा, वह आदमी लगता था ना ? बोला, आदमी लगता भी था और नहीं भी लगता था। मैंने कहा कि अरे कमबख़्त, यह तूने क्या देख लिया। कहीं दाब्बतुल अर्ज़[5] तो नुमूदार[6] नहीं हो गया। निशानियाँ तो कुछ उसी की-सी हैं।

यह वाक़िआ[7] सुनने के बाद मुझे कई दिन तक तश्वीश[8] रही। मम्दू की पेशानी[9] तो मैंने उसी घड़ी ग़ौर से देख ली थी। बाद इसके दूसरों की पेशानियाँ भी ग़ौर से देखीं। जब दाग़ किसी पेशानी पर दिखाई न दिया तो दिल को क़द्रे[10] क़रार[11] आया। फिर यह सोचकर अपने दिल को समझाया कि दाब्बतुलअर्ज़ होता तो इतनी देर कहाँ लगनी थी। सब पेशानियाँ अब तक दाग़दार होतीं और दुनिया ज़ेरो-ज़बर[12] हो चुकी होती। 'क़यामतनामा'[13] से रुजू किया,[14] वहाँ से भी मेरे ख़याले-नाक़िस[15] की तस्दीक़[16] हुई। दाब्बतुलअर्ज़ यूँ थोड़ा ही नुमूदार हो जाएगा। सफ़ा[17] का पहाड़ जब शक़ होगा,[18] तब उसके बीच से बरामद होगा। सात जानवरों की उसमें शबाहत[19] होगी। टाँगें ऊँटवाली, गर्दन पे अयाल[20] घोड़ेवाले, हाथ में असा।[21] उस असा के साथ दरवाज़ों पर दस्तक देगा। वो जो घरों में बंद बैठे होंगे, बदहवास होकर घरों से निकल पड़ेंगे। दाब्बतुलअर्ज़ हर पेशानी को असा से छुएगा। जिस पेशानी को छुएगा, वह दाग़दार नज़र आएगी। बाद इसके क़यामत को आया समझो।

जब तहक़ीक़[22] हो गया कि रात के हंगाम[23] किसी घर पे दस्तक नहीं हुई है और किसी पेशानी पे दाग़ नहीं है, तब यह कोताह-अन्देश[24] मुत्मइन[25] हो बैठा। मगर सोचता हूँ कि यह इत्मीनान आख़िर कब तक। क़ुर्बे-क़यामत[26] के आसार[27] ज़ाहिर[28] होते चले जा रहे हैं। दाब्बतुलअर्ज़ आज नहीं तो कल नुमूदार हो जाएगा। हमारी पेशानियों को किसी न किसी दिन दाग़दार होना है। यह आसी-पुर-मआसी[29] आनेवाले वक़्त से डरता है और तौबा-ओ-इस्तिग़फ़ार[30] करता रहता है कि ऐ पालनेवाले ! पेशानी दाग़दार होने

---

1. झूठ का पाप कहनेवाले की गर्दन पर, 2. वृत्तान्त लेखक, 3. सोचा, 4. भ्रम, 5. एक पशु जो प्रलय आने से पहले प्रकट होगा, 6. प्रकट, 7. वृत्तान्त, 8. चिन्ता, 9. माथा, 10. थोड़ा-सा, 11. चैन, 12. उथल-पुथल, 13. एक पुस्तक जिसमें महाप्रलय के लक्षण का वर्णन है, 14. पढ़ा, 15. मिथ्या विचार, भ्रम, 16. पुष्टि, 17. मक्के का एक पहाड़, 18. फटेगा, 19. समरूपता, 20. घोड़े की गर्दन के लम्बे बाल, 21. सोंटा, 22. ज्ञात, 23. समय, 24. अदूरदर्शी, मूर्ख, 25. सन्तुष्ट, 26. प्रलय का क़रीब होना, 27. लक्षण, 28. प्रकट, 29. पापी, 30. ईश्वर से पापों की क्षमा चाहना।

से पहले इस गुनहगार को उठा ले।

पंडित गंगादत्त अलमुतख़ल्लस-बिह[1] महजूर आते हैं तो अपनी कथा ले बैठते हैं। श्री मुश्ताक़ अली, कलजुग है कलजुग। मैंने जलकर कहा कि पंडित, यह तुम्हारा कलजुग तो हमारी चौदहवीं सदी[2] से भी ज़्यादा तूल पकड़ गया।[3] आख़िर कब से चल रहा है ? बोले कि जिस समय शेषनाग जी हज़रत बलदेव जी के मुँह से निकलकर समुद्र में उतर गए और हज़रत श्रीकृष्ण महाराज का ताइरे-रूह[4] क़फ़से-उंसुरी[5] से परवाज़ कर गया[6] और उन्होंने मानस देही छोड़ दी, बस उसी समय से कलजुग शुरू हो गया। मैंने कहा कि पंडित, यह तुम्हारा कलजुग है या शैतान की आँत है ? बोले, बस शैतान की आँत का अन्त होने लगा है। पंडित, आख़िर यह अन्त कब होगा ? मुश्ताक़ अली जी, बस एक युद्ध पड़ेगा और अधिक उथल-पुथल होगी।

जंगे-अज़ीम[7] जिसमें सब नष्ट और नाबूद[8] हो जाएगा। त्रेता युग का भी तो ऐसे ही अन्त और अंजाम[9] हुआ था। कुरुक्षेत्र में कितना कुश्तो-ख़ून[10] हुआ था, आख़िर में कुल मिलाकर नौ जने बचे थे; तीन कौरव, पाँच पांडव और एक हमारे हज़रत कृष्ण महाराज। मैंने कहा कि पंडित, तुम्हारी महाभारत तो जंगे-अज़ीम से भी बढ़ गई। वाह मुश्ताक़ अली जी, जंगे-अज़ीम भी कोई जंग थी ! मैं पूछता हूँ कि तुम्हारी जंगे-अज़ीम में ब्रह्मबाण किसके पास था ? श्री मुश्ताक़ अली जी, पता है अन्त में क्या हुआ। उस दुष्ट अश्वत्थामा ने अपना ब्रह्मबाण निकाला और एक घास की पत्ती में उसे फूँककर अर्जुन महाराज की ओर फेंका। फ़ख़्रे-शुजाआने-आर्यावर्त्त[11] अर्जुन महाराज ने भी अपना ब्रह्मबाण चलाया। तब व्यास जी ऋषियों-मुनियों को संग लेके बीच में आन खड़े हुए। चिल्लाए कि पुत्रो, बाण वापस ले लो, नहीं तो यह सारा ब्रह्मांड जलके ख़ाकिस्तर[12] हो जाएगा। मौला अर्जुन ने तो तुरन्त ही हज़रत व्यास जी के चरण छुए और बाण वापस ले लिया, पर दुष्ट अश्वत्थामा हज़रत का कलाम[13] सुनकर तरह दे गया। बोला कि बाण वापस लेना मेरे बस में नहीं, हाँ दिशा इसकी बदल सकता हूँ। उस शक़ी[14] ने सम्त बाण की इस तौर बदली कि बाण पांडवों की स्त्रियों की कोख पे जाके गिरा। असर[15] से उसके पांडवों की अज़्वाजे-मुतहरात[16] के गर्भ गिर गए, बच्चे पेट में मर गए।

मैंने यह क़िस्सा-ए-तूलानी[17] सुनकर कहा कि पंडित, कौरव-पांडव तो चश्मो-चराग़[18] एक ही ख़ानदान के थे। कोई भूत उन पर सवार था कि एक-दूसरे का ख़ून बहाने पे तुल गए। कोई उन्हें समझानेवाला न था। महजूर ने ठंडा साँस भरा, कहने लगा कि यही सवाल जनमेजय ने हज़रत व्यास से किया था। हुआ यूँ कि हज़रत घूमते-फिरते एक दिन दरबार में उसके आन बिराजे। जनमेजय ने हज़रत के चरण पवित्र जल से चाँदी के बासन में धोए, फिर यूँ गोया हुआ[19] कि ऋषि महाराज ! मेरे दादा-परदादा तो

1. जिनका उपनाम यह है, 2. शताब्दी, 3. लम्बा हो गया, 4. आत्मा का पंक्षी, 5. पंचभूत रूपी पिंजरा, शरीर, 6. उड़ गया, 7. महायुद्ध, 8. नष्ट, 9. अन्त, 10. मार-धाड़, 11. आर्यावर्त्त के वीरों का गर्व, 12. राख, 13. बात, 14. निर्दय, 15. प्रभाव, 16. पवित्र पत्नियाँ, 17. लम्बी कथा, 18. अपने लिए आँख और घर के लिए दीपक अर्थात् पुत्र, 19. बोला।

बहुत बुद्धिमान थे और फिर दोनों ही तरफ़ गुणी-ज्ञानी बिराजते थे। बड़े अचरज की बात है कि उनकी बुद्धि में यह बात नहीं आई कि युद्ध पड़ेगा तो राजा-प्रजा का कितना नाश होगा ? हज़रत अफ़्सुर्दा[1] होकर बोल कि पुत्र, तूने ठीक कहा पर ऐसे समय आते हैं, बुद्धिमानों की मति मारी जाती है और होनी होकर रहती है।

यह कलाम सुनकर मुझसे रहा न गया। कहा कि पंडित, ठीक कहा तुम्हारे व्यास जी ने। आजकल भी तो यही अहवाल[2] है। ग़ौर[3] का मुक़ाम है कि महात्मा गाँधी मौलाना शौकत अली को इस नीयत[4] से हमराह कोहाट ले गए थे कि दोनों मिलकर हिन्दू-मुसलमानों को ठंडा करें। ए लो, वो तो वहाँ जाकर ख़ुद ही आग बगूला हो गए। दोनों में ठन गई। मुझे इन झगड़ों का अंजाम अच्छा नज़र नहीं आता।

पंडित गंगादत्त चुप हो गए। तअम्मुल करके बोले कि मुश्ताक़ अली जी, हज़रत श्रीकृष्ण महाराज और हज़रत भीष्म पितामह ने फ़रीक़ैन[5] को कितना समझाया, कोई समझा ? जब उन हस्तियों[6] का कहा किसी ने न माना तो हम-तुम किस खेत की मूली हैं। मुश्ताक़ अली जी, बस चुप ही हो रहो। यह ज़माना बोलने का नहीं है।

अलमुख़्तसर[7] यही आशोबे-ज़माना[8] देखकर फ़क़ीर[9] ने सोचा कि अब्बा जानी ख़्वाब में बरवक़्त[10] आए। अज़बसकि[11] चर्ख़[12] कजरफ़्तार[13] है और बेज़माना बेसबात[14] है, सो इससे पहले कि ज़माना आँखें फेरे और रिश्ता-ए-हयात[15] मुन्क़ते हो जाए,[16] तू हाथ में ख़ामा[17] पकड़ और बाद हम्दो-नात[18] के और साथ दुरूदो-सलाम[19] के जारी हो। हालाते-ख़ानदान[20] व नीज़[21] हालाते-ज़माना के बेकमोकास्त[22] क़लमबंद कर।[23] मगर इख़्तिसार[24] को मलहूज़[25] रख कि रिसाला लम्बा न हो जाए और तबीअत पढ़नेवाले की मलूल[26] न हो। जानना चाहिए कि कलाम[27] में तवालत[28] अख़स्स[29] के नज़दीक एक ऐब[30] है और अहले-ज़ौक़[31] के लिए...बाइसे-गिरानी-ए-तबअ[32] और...मूजिबे-मलाल[33]...व नीज़...

आगे की इबारत बावुजूद कोशिश के पढ़ी न जा सकी। कुछ वरक़[34] बोसीदा[35] कुछ ख़ते-शिकस्ता[36]। यह पुलन्दा मियाँजान का मख़्तूता[37] था यानी मेरे दादा मर्हूम[38] का जिन्हें ख़ानदान में सब छोटे-बड़े मियाँजान और बाहरवाले ख़ान बहादुर साहिब कहते थे सिवाए उनके यारे-ग़ार[39] पंडित गंगादत्त महजूर के जो उन्हें कभी श्री मुश्ताक़ अली और कभी मुश्ताक़ अली जी कहकर मुख़ातिब[40] किया करते थे। बहरहाल यह मख़्तूता बरामद होकर मेरे लिए एक अच्छी-ख़ासी आज़माइश[41] बन गया। एक तो वरक़

---

1. उदास, 2. हाल का बहु., 3. ध्यान, सोच, 4. आशय, 5. दोनों पक्ष, 6. महात्माओं, 7. सारांश यह कि, 8. समय की उथल-पुथल, 9. साधु, नम्रता-प्रदर्शन के लिए वक्ता अपने को कहता है, 10. ठीक समय पर, 11. क्योंकि, 12. कालचक्र, आकाश, 13. टेढ़ी चाल चलनेवाला, अत्याचारी, 14. अस्थिर, 15. जीवन-सूत्र, 16. कट जाए, 17. क़लम, 18. अल्लाह और हज़रत मुहम्मद साहिब की स्तुति, 19. पैग़म्बर पर दुरुद और सलाम, 20. परिवार का हाल, 21. अथवा, 22. घटाए-बढ़ाए बिना, 23. लिख, 24. संक्षेप, 25. ध्यान में, 26. दुखी, 27. बात, लेखन, 28. लम्बाई, 29. श्रेष्ठ विद्वान, 30. दोष, 31. रसिक, 32. मन पर बोझ का कारण, 33. दुख का कारण, 34. पन्ने, 35. फटे-पुराने, 36. टेढ़ी-मेढ़ी लिखावट, 37. हस्तलिखित, 38. दिवंगत, 39. घनिष्ठ मित्र, 40. सम्बोधित, 41. परीक्षा।

बेतर्तीब[1] थे और बहुत बोसीदा हो गए थे, फिर मियाँ जान का जिन्नाती ख़त[2]। उर्दू भी ऐसी लिखी थी कि उसका लहजा मेरे लिए ज़रा अजनबी था। बहरहाल थोड़ा पढ़ने के बाद मेरी इसमें दिलचस्पी पैदा हो गई। सोचा कि जब ये वरक़ हाथ पड़ ही गए हैं तो पढ़कर देखना तो चाहिए कि इनमें लिखा क्या है। पता तो चले कि आख़िर इस ख़ानदान में ऐसी कौन-सी सिफ़त[3] थी कि हर नस्ल में कोई बुज़ुर्ग क़लम-दवात लेकर बैठ जाता और रवाँ हो जाता। किस इन्हिमाक[4] के साथ ख़ानदानी हालात क़लमबंद करता[5] और पिछले तज़्किरे के साथ शामिल करके औलाद के लिए एक क़ीमती असासे[6] के तौर पर छोड़ जाता। आख़िर मेरे दादा-परदादा मालो-मता[7] छोड़कर भी तो जाते थे मगर वसीयतनामों[8] में जितनी ताकीद[9] इन पुलन्दों के बारे में है, उतनी जायदाद के बारे में नहीं है।

मुझे ख़याल आया कि आख़िर मैं भी इन्हीं बुज़ुर्गों का ख़ून हूँ, मेरे यहाँ ख़ानदान का तज़्किरा लिखने की ख़्वाहिश[10] क्यों नहीं पाई जाती। मैंने अपने वालिद के यहाँ भी ऐसी कोई ख़्वाहिश नहीं देखी। उन्होंने बस इसी क़दर किया कि बुज़ुर्गों के लिखे हुए औराक़ को ज़ाये[11] नहीं होने दिया, वैसे उन्होंने इस सिलसिले में मुझे कोई हिदायत,[12] कोई ताकीद नहीं की थी बल्कि मेरे सामने कभी इन औराक़ का ज़िक्र[13] भी नहीं किया। वह तो यह कहिए कि नए मकान में मुन्तक़िली[14] की तैयारी में सामान का जाइज़ा[15] लेते हुए मुझे ख़याल आ गया कि वालिद मर्हूम के काग़ज़ात को ज़रा कुरेद लिया जाए कि जो ज़रूरी हैं, उन्हें संघवा लिया जाए और जो फ़ालतू हैं, उन्हें ठिकाने लगाया जाए। बस इस छान-फटक में यह मुसव्वदा[16] निकल आया जिसके वरक़ अलग-अलग थे और बहुत ख़स्ता-ओ-बोसीदा।[17] थोड़े दिन और इसी तरह बन्द पड़े रहते तो दीमक की ग़िज़ा[18] बन जाते।

मेरे वालिद ने अगर तज़्किरा नहीं लिखा तो इसकी वजह तो समझ में आ गई। मियाँ जान के बाद वह जिए ही कितने दिन। बाप के जीते-जी उन्हें यह फ़रीज़ा[19] अदा करने की ज़रूरत क्यों महसूस होती। मगर मेरे यहाँ यह ख़्वाहिश क्यों पैदा नहीं हुई। मैंने अपने बड़ों की आँखें देखीं और उनकी आँख बंद होते देखी। मियाँ जान का जनाज़ा[20] उठते देखा। फिर वालिद साहिब का साया सर से उठते देखा। वालिद साहिब बस यहाँ आते ही सिधार गए जैसे इसी काम के लिए उन्होंने अपने पुरआशोब[21] दिनों में हिज्रत[22] की ज़हमत[23] उठाई हो और जैसे इसी ख़ातिर इस नई ज़मीन ने उन्हें बुलावा भेजा हो। इधर आए और उधर गए। और इधर तो वालिद गए, उधर चचा जान, जिन्होंने अलीगढ़ में डेरा कर लिया था, महीनों में चटपट हो गए। अब इन बुज़ुर्गों को

1. क्रमहीन, 2. लिखावट, 3. गुण, 4. तन्मयता, 5. लिखता, 6. सामान, 7. धन और दूसरा सामान, 8. रिक्तपत्र, 9. किसी कार्य के लिए चेताने की क्रिया, 10. इच्छा, 11. नष्ट, 12. निदेश, 13. चर्चा, 14. एक स्थान से दूसरे स्थान को जाना, 15. जाँच-पड़ताल, 16. पांडुलिपि, 17. भुरभुरा और पुराना, 18. भोजन, 19. कर्तव्य, 20. शव, 21. घटनाओं और आपत्तियों से भरा हुआ; 22. संकट में देश-त्याग, 23. कष्ट।

गुज़रे हुए पूरा एक ज़माना हो चुका था और अब ख़ुद मैं बुज़ुर्ग हो चला था या यूँ समझिए कि बुज़ुर्गों की मौत ने मुझे बुज़ुर्ग बना दिया था। मगर इस सूरत में भी मेरे यहाँ ख़ानदान का तज़्किरा लिखने की ख़्वाहिश पैदा नहीं हुई, हालाँकि हिज्रत के अमल[1] में इस ख़ानदान को जैसे दिन देखने पड़े थे, उनकी वजह से वह एक तज़्किरे का मुस्तहक़[2] तो था।

अगर अज्दाद[3] की वज़्अ[4] के ख़िलाफ़ मेरे यहाँ ख़ानदानी हालात क़लमबंद करने की ख़्वाहिश पैदा नहीं हुई तो मेरी समझ में इसकी वजह यही आई कि मैं एक उखड़ा-बिखरा आदमी हूँ। वह इत्मीनान जो मियाँ जान को मुयस्सर[5] था, वह मुझे कब मुयस्सर आया। मियाँ जान की ज़िन्दगी में तो एक जमाव था। पत्थर अपनी जगह पे भारी होता है। पत्थर से ज़्यादा मियाँ जान भारी थे कि किस इत्मीनान और आसूदगी[6] के साथ अपनी ठेक पर जमे बैठे रहे। शहर से निकलना तो दूर की बात है, ड्योढ़ी से निकलने की भी कम ही ज़रूरत महसूस करते थे। बस दो ऐसे मौक़े[7] आते थे जब चराग़ हवेली से क़दम निकालते थे। एक सावन-भादों के दिनों में जब नौरोज़[8] मनाने की नीयत से ख़ानदानी तामझाम के साथ बाग़ में जाकर डेरा लगाते। एक उस वक़्त जब अँगरेज़ कलक्टर दौरे पर यहाँ आन वारिद होता[9]। उस मौक़े पर बबुआ किस एहतिमाम[10] से ताँगा जोतता। क्या चम-चम करता ताँगा था और क्या चम-ख़म उस घोड़े के थे। बग्घी तो पता नहीं किस ज़माने से खटबिगड़ी गर्दआलूद[11] अन्दर अस्तबल में खड़ी थी। अब तो उस ताँगा ही की बहार थी कि जब मियाँ जान उसमें बैठकर निकलते तो राह चलते लोग ठिठककर खड़े हो जाते और अपनी ठेक पर बैठे हुए दुकानदार खड़े होकर सलाम करते कि एक-एक को पता होता कि ख़ान बहादुर साहिब अँगरेज़ बहादुर से मुलाक़ात के लिए डाक बँगला जा रहे हैं।

बाक़ी दिनों में वही एक तौर[12] कि सुबह ही सुबह मर्दाने में बैठकर अदालत लगाना (ऑनरेरी मजिस्ट्रेट जो थे), दोपहर होते-होते अदालत ख़त्म करके दस्तख़्वान पर बैठना, इसके बाद क़ैलूला[13] कि गर्मी के दिन हुए तो धूप ढलने तक ख़स की टट्टियों से लैस कमरे में लम्बी झालरवाले पंखे तले आराम करना, शाम पड़े छिड़काव से शादाब सह्न[14] में बरआमद होना और गावतकिये के सहारे तख़्त पे बैठना कि उनके आकर बैठते ही मुलाक़ातियों, जी-हुज़ूरियों[15] का ताँता बँध जाता और रात गए तक बँधा रहता। इसी एक तौर पर पूरी ज़िन्दगी चराग़ हवेली में गुज़ार दी। वहीं पैदा हुए, वहीं से जनाज़ा निकला। अब हम पैदा कहाँ होते हैं, मरते कहाँ जाकर हैं। नाल किस कोठरी में गड़ती है, जनाज़ा किस ड्योढ़ी से निकलता है। आदमी अब डाल से टूटा पत्ता है कि हवा उसे उड़ाए-उड़ाए फिरती है; कहाँ से रोलती है, कहाँ जाकर ढेर करती है।

मियाँ जान चराग़ हवेली में बैठे पत्थर की मिसाल[16] भारी थे। मैं गली का रोड़ा

---

1. प्रक्रिया, 2. योग्य, 3. पुरखों, 4. रीति, 5. प्राप्त, 6. सन्तोष, 7. अवसर, 8. नया दिन, साल का पहला दिन, 9. आता, 10. ढंग, 11. धूल में अटी हुई, 12. नियम, 13. दोपहर को खाने के बाद आराम करना, 14. आँगन, 15. चापलूस, 16, समान।

बन गया। यहाँ आकर कितने मकान बदले, किस-किस महल्ला में जाकर रहा। एक वो लोग थे जिन्होंने शहर में वारिद होते ही[1] बिला-तकल्लुफ़[2] किसी मतरूका[3] मकान का ताला तोड़ा और जमकर बैठ गए। अपने-पराए अलॉटमेंट का परवाना[4] लेकर आते, पुलिस की कुमक[5] साथ लाते मगर वो अपनी जगह जमे बैठे हैं; न धमकी देनेवालों से मर्ऊब[6], न सरकारी नोटिसों की परवा; बस जिस घर में बिराज गए सो बिराज गए। एक मैं था कि आज इस महल्ला में, कल उस गली में। कितने बरसों तक मैं इस शहर में रुलता फिरा।

"बेटे अख़लाक़, यह तुमने हमें कहाँ जंगल में ला फेंका है। निगोड़ी याँ पे तो अज़ान की आवाज़ भी कान में नहीं पड़ती।" चुप होना और फिर शुरू हो जाना : "अरे मैं तो पहले ही कहती थी कि कहाँ काले कोसों जा रहे हो ? मगर तेरे बाप ने ऐसा तले-ऊपर किया कि मेरी अक़्ल पे पत्थर पड़ गए। ऐ लो वो तो याँ पे आते ही ठंडे-ठंडे चले गए, हमें जंगल-वीराने में छोड़ गए। यह निगोड़ी कोई रहने की जगह है। मैंने तो याँ पे कभी किसी बख़्तमारे[7] फेरीवाले की भी आवाज़ नहीं सुनी। बस सवेरे से शाम पड़े तक कौवों की काएँ-काएँ सुने जाओ। अरे मैं तो याँ रहके ख़फ़क़ानी[8] हो जाऊँगी।"

बू जान अपनी जगह सच्ची थीं। वो नई-नई चराग़ हवेली से निकलकर आई थीं। जहाँ सवेरे से रात गए तक अन्दर-बाहर कैसी चहल-पहल रहती थी कि अन्दर ज़नाने में बू जान के हाथ में सरौता मुस्तक़िल[9] चलता रहता और बाहर मर्दाने में गिलौरियों की थाली मुसलसल[10] गर्दिश में रहती[11] और यहाँ शाम हुई और हू का आलम।[12] दिन में भी कौन-सा शोर-हंगामा होता था; आख़िर किस तक़रीब[13] से होता, आसपास न मकान न दुकान। थोड़े-थोड़े फ़ासिले[14] से चन्द एक कोठियाँ ज़रूर थीं मगर दूर से यही लगता था कि जैसे उनमें कोई रहता नहीं। उन कोठियों से परे एक बोसीदा-सा फाटक नज़र आता था जिसके सामने गर्मियों के दिनों में सुबह ही सुबह चार-छह रेढ़े खड़े नज़र आते और उन पर लदी हुई बर्फ़ की सिलें, अस्ल में[15] यह कोई बर्फ़ का कारख़ाना था। थोड़ी ही देर में दो रेढ़े रुख़्सत हो जाते,[16] फिर सड़क सुनसान। यहाँ जितना भी शोर था, परिन्दों[17] का था कि वहाँ खड़े घने दरख़्तों[18] पर दिन भर उतरते रहते, बेचैन होकर उड़ते रहते, शोर करते रहते। कौए सबसे बढ़कर फ़ज़ा[19] पर छाए नज़र आते। दरख़्त भी तो इस नवाह[20] में काफ़ी थे। कोठी तो फ़ासिले पर कोई-कोई नज़र आती थी, ज़्यादा तो दरख़्त ही नज़र आते थे और मौसम के साथ किस तरह बदलते चले जाते थे, कभी

1. आते ही, 2. बिना किसी संकोच के, 3. छोड़ा हुआ, 4. आदेशपत्र, 5. मदद, 6. डरा हुआ, 7. अभागा, 8. जिसे दिल की धड़कन का रोग हो, 9. निरन्तर, 10. निरन्तर, 11. घूमती रहती, 12. सन्नाटा, 13. कारण, 14. दूरी, 15. वास्तव में, 16. चले जाते, 17. पक्षियों, 18. पेड़ों, 19. वातावरण, 20. चारों ओर का क्षेत्र।

हरे-भरे कभी पीले-छिदरे। एक वक़्त में इतने घने होते कि पता ही न चलता कि उनकी टहनियों के बीच परिन्दों की पूरी बरात उतरी हुई है। पतझड़ लगने पर यही दरख़्त कितने छिदरे होते चले जाते। कोई-कोई तो सारे पत्तों से नजात[1] हासिल[2] करके बिल्कुल बरह्ना[3] हो जाता, लगता कि ख़ुश्क हो गया।[4] मगर बसन्त रुत के साथ जहाँ और दरख़्तों पर नए पत्ते आते, उन लुंडमुंड दरख़्तों को भी नई पोशाक मिल जाती, फिर वैसे ही हरे-भरे। फिर परिन्दों को लुपने-छुपने के लिए गोशे[5] मुयस्सर आ जाते, फिर नए घोंसलों की दाग़-बेल[6] पड़ जाती। ख़ुद उस एहाता में, जिसमें मेरा मकान था, दरख़्त अच्छी-ख़ासी तादाद[7] में थे। उनमें एक तो मौलसिरी का पेड़ था, जिस पर मौसम आता तो फ़ज़ा में हर वक़्त एक हलकी महक बसी रहती और एक पीपल जो बहुत फैला हुआ था। मेरे लिए तो ये दो पेड़ ही बहुत थे, इसीलिए मैंने बाक़ी पेड़ों को जानने-पहचानने के लिए ज़्यादा तरद्दुद[8] नहीं किया।

अस्ल में यह मेरा मकान एक मतरुका[9] कोठी की अनैक्सी थी। यह कोठी अपनी सुर्ख़ ईंटोंवाली दीवारों की वजह से लाल कोठी कहलाती थी। कोठी पर कौन क़ाबिज़[10] है ? यह जानने की मैंने कभी ज़रूरत ही महसूस नहीं की। वक़्तन-फ़वक़्तन[11] एक भारी-भरकम शख़्स अधमैले लिबास में साइकिल पर सवार निकलता या दाख़िल होता नज़र आता। तआरुफ़[12] और अलैक-सलैक[13] का तकल्लुफ़[14] न उसकी तरफ़ से हुआ न मेरी तरफ़ से। तआरुफ़ उसने कराया भी तो इस इत्तिला[15] के साथ कि पूरी कोठी उसके नाम अलॉट हो गई है। मैंने बात बढ़ाए बग़ैर फ़ौरन ही किरायादार की हैसियत मंज़ूर कर ली। ख़ुश-उस्लूबी[16] से मुआमला[17] तय होते देखा तो फिर उसने भी कोई तक़ाज़ा, कोई तकरार[18] नहीं की। मुझे किरायादार की हैसियत में खुले दिल के साथ क़बूल कर लिया। फिर थोड़े ही दिनों बाद उसने कोठी में ताला डाला और मुझे अपना पता बताकर मुलतान चला गया, जहाँ उसे एक पनचक्की अलॉट हो गई थी। पता नोट कराने पर मुझे मालूम हुआ कि उसका नाम बरकत इलाही है। मैं बरकत इलाही को बहुत पाबन्दी के साथ महीने के महीने मनीऑर्डर से किराया भेजता रहा।

शुरू में तो मैं भी यहाँ उखड़ा-उखड़ा रहा। मेरे लिए भी यह फ़ज़ा उतनी ही अजनबी थी जितनी बू जान के लिए। मगर यहाँ के गिर्दो-नवाह[19] अपने दरख़्तों और परिन्दों के साथ धीरे-धीरे मेरे अन्दर घर करते चले गए। सवेरे मुँह अँधेरे जब मैं सैर के लिए निकलता तो उस निवाह का उजड़ा-उजड़ापन दिल के किसी गोशे को छूता महसूस होता। आसारे-क़दीमा[20] तो अपनी क़दामत[21] और वीरानी के साथ हम पर किस क़िस्म का असर करते हैं; जिस क़िस्म का भी करते हों, बहरहाल[22] वह असर होता है

---

1. मुक्ति, 2. प्राप्त, 3. नंगा, 4. सूख गया, 5. कोने, 6. नींव, 7. संख्या, 8. चिन्ता, 9. छोड़ी हुई, 10. क़ब्ज़ा रखनेवाला, 11. कभी-कभी, 12. परिचय, 13. अभिवादन, 14. दिखावा, 15. सूचना, 16. आचार-व्यवहार की अच्छाई, 17. मामला, 18. वाद-विवाद, 19. आसपास का क्षेत्र, 20. पुरानी इमारतों के अवशेष, 21. प्राचीनता, 22. हर प्रकार से।

बहुत वाज़ेह।[1] यहाँ ऐसे असर-आसार[2] नहीं थे जिन्हें आसारे-क़दीमा के ज़ैल[3] में शुमार[4] किया जा सके।

ले-देके एक लम्बा-चौड़ा निशेब[5] था, जिसमें कहीं-कहीं नानकशाही ईंट की बनी कोई सीढ़ी टूटी-फूटी, ख़ाक-धूल में अटी, कुछ ज़ाहिर[6] कुछ गुम दिखाई पड़ती। एक सुबह मैं अपने अकेलेपन में मगन इर्द-गिर्द पर नज़र डालता, उजले होते मंज़र[7] को नज़र के अन्दर समेटता चला जा रहा था कि एक अजनबी नीम की मिस्वाक[8] करता मेरे साथ लग लिया। सुबह की सैर में आदमी के अन्दर एक कुशादगी[9] पैदा हो जाती है। किसी भी आसपास टहलते हुए आदमी से बेजाने-बूझे पहले अलैक-सलैक होती है, फिर मौसम पर इक्का-दुक्का बात, फिर दुनिया-जहान की बातें, और इतनी घुल-मिलकर जैसे बरसों की शनासाई[10] हो। तो उस भले मानस ने भी चलते-चलते अलैक-सलैक की, थोड़ी दूर साथ-साथ चला और फिर जाने किस बहाने बात शुरू हुई और ऐसी शुरू हुई कि फिर बातें होती ही चली गईं। मैंने बस यूँ ही उस उजाड़ सूखे निशेब के बारे में कुछ तजस्सुस[11] ज़ाहिर किया। वह बोला : "ऐह सीता कुंड है जी।"

"सीता कुंड ?"

"आहो जी, ऐस पासे सीता माई श्नान किया करती थी।"

"सीता माई ? आपका मतलब सीता जी से है ? सीता जी यहाँ कहाँ से आ गईं ?"

"ऐही तो गल है। ऐस शहर को तो उसी के पुत्तर ने बसाया था और जहाँ पौत्र वहाँ मादर[12]।"

इस रिवायत[13] पर मुझे पूरी तरह एतिबार[14] तो नहीं आया, मगर इससे उस जगह के बारे में तजस्सुस और बढ़ गया। अब मैंने दिल ही दिल में संजीदगी[15] से तय किया कि उस नवाह को ज़रा तफ़सील[16] से खोदना चाहिए। सोचा कि इतवार की सुबह फ़ुर्सत की सुबह होगी कि वह छुट्टी का दिन होता है, बस उस रोज़ यह प्रोग्राम रहेगा। मगर इतवार के आने से पहले ही ऐसी बात हो गई कि फिर मेरी तवज्जुह[17] बट गई और फिर यहाँ से मेरा जी उचट गया। बरकत इलाही मुलतान से अचानक आन धमका, "अब जी मैं यहीं रहूँगा।"

"अच्छा ?"

"हाँ जी, याँ अनारकली में मुझे एक मतरुका दुकान अलॉट हो गई है।"

"और जो मुलतान में पनचक्की आपको अलॉट हुई थी, उसका क्या बनेगा ?"

"वह भी चलती रहेगी। वहाँ मैं अपना एक कारिन्दा[18] छोड़ आया हूँ।"

"चलिए, अच्छा है आप आ गए। इस कोठी की हालत बहुत ख़स्ता हो गई थी।"

---

1. स्पष्ट, 2. लक्षण, 3. पंक्ति, 4. गिनती, 5. नीची ज़मीन, 6. प्रकट, 7. दृश्य, 8. दातुन, 9. फैलाव, प्रसन्नता, 10. पहचान, 11. जिज्ञासा, 12. माँ, 13. किसी के मुँह से सुनी हुई बात, 14. विश्वास, 15. गम्भीरता, 16. विस्तार, 17. ध्यान, 18. कर्मचारी।

"बस जी, इस जगह का भी अब कुछ करना है।" इर्द-गिर्द नज़र डालते हुए कहने लगा : "झाड़-झंखाड़ खड़ा है। सब साफ़ कराके यहाँ दुकानें बनवाने लगा हूँ। मुझे पता चला है कि यह जगह कमर्शियल एरिया बनने वाली है। उस वक़्त ये दुकानें सोना उगलेंगी।"

"मगर ये जो दरख़्त खड़े हैं ?"

"इन सबको कटवा दूँगा।"

"क्या...? इन दरख़्तों को आप कटवा देंगे ?" मैं हैरानो-परीशान[1] उसका मुँह तकने लगा।

"हाँ और क्या। जगह बेकार क्यों पड़ी रहे और इतनी अच्छी जगह।"

मैं बहुत घबराया। मुझे फ़ौरन ही मौलसिरी और पीपल का ख़याल आया, जिनसे मैं इतना मानूस[2] हो गया था।

"मगर यह मौलसिरी ?"

"हाँ जी, इस मौलसिरी ने बहुत जगह घेर रखी है।"

मैं फिर उस शख़्स का मुँह तकने लगा।

"मगर यह पीपल तो बहुत पुराना है।"

"हाँ जी बहुत पुराना हो गया है, इसे तो वैसे भी कटवा देना था। बस कल-परसों में इन्तिज़ाम करता हूँ। जंगल बना हुआ है, इसे सारे को साफ़ करा देना है।"

"इतनी जल्दी ?" मैं सख़्त घबराया।

"हाँ जी। मैं जब फ़ैसला कर लूँ तो फिर देर नहीं किया करता। पर आप मत घबराएँ जी, अभी मैं इमारत को हाथ नहीं लगा रहा। वह बाद में सोचूँगा। आप बेफ़िक्र होके रहें, अभी मैं आपसे उठने का तक़ाज़ा नहीं करूँगा।"

"नहीं, आपको तक़ाज़ा करने की ज़रूरत पेश नहीं आएगी।" यह कहकर मैं तो चला आया। वह दरख़्तों का देर तक जाइज़ा लेता रहा।

"ऐ बेटे, यह तुम पे क्या सनक सवार हुई है ? मैं तो कहती हूँ कि जहाँ आके बैठ गए हैं वहाँ बैठे रहें। कहाँ तवा-चूल्हा सिर पे उठाए-उठाए फिरें।"

बू जान ने रफ़्ता-रफ़्ता उस फ़ज़ा से, जिसे वो जंगल-वीरान बताती थीं, समझौता कर लिया था मगर मैं उखड़ चुका था।

"नहीं बू जान, इस घर में अब हम नहीं रहेंगे। यह बरकत इलाही बहुत बेबरकत[3] आदमी है।"

"बेटे..." बू जान ने ठंडा साँस भरा, "बरकत[4] तो ज़माने ही से उठ गई। ख़ैर हमें उस नहूसत मारे[5] से क्या लेना है। हम अपने कोने में सर छुपाए बैठे हैं।"

---

1. चकित और दुखी, 2. प्यार करनेवाला, हिला हुआ, 3. जिसमें बरकत न हो, 4. वृद्धि, 5. अभागा, अशुभ।

"बहरहाल मैंने घर का इंतिज़ाम कर लिया है।"

"अच्छा जैसा तुम्हारी समझ में आए। मैं तो यह सोचके कह रही थी कि तुम्हें भी बेआरामी होगी और मेरी भी ज़ईफ़ी[1] है। सामान कौन समेटेगा, कौन ढोएगा।"

"सब हो जाएगा। बस आप सुबह उठकर मुझे बताती जाएँ। मैं सब कर लूँगा।"

"ऐ है, ज़रा तो दम लिया होता, हबड़-दबड़ का काम अच्छा नहीं होता।"

"बू जान, जब यहाँ से उठना पड़ ही गया है तो देर क्यों की जाए।"

"ऐ लड़के तुझ पे कोई भूत सवार है।"

बस मुझ पे भूत ही सवार था। बू जान को कैसे समझाता कि सवेरे-सवेरे आदमी दरख़्त काटने के लिए आन पहुँचेंगे और मैं इस वारिदात[2] से पहले-पहले यहाँ से निकल जाना चाहता हूँ। मैंने रात मुश्किल से काटी। कितनी रात तक करवटें बदलता रहा; कहीं पिछले पहर में जाकर आँख लगी, फिर मुर्ग़े की बाँग के साथ आँख खुल गई। ऐसे उठ खड़ा हुआ जैसे सोया ही नहीं था। मुँह पर पानी के दो छपाके मारे और आस्तीनें चढ़ाकर, पायँचे उकसाकर सामान बाँधना शुरू कर दिया। सामान था ही कितना। यह कोई चराग़ हवेली का खटराग थोड़ा ही था। घर का खटराग घर के जमने के साथ-साथ फैलता जाता है। अभी हम यहाँ आकर जमे कहाँ थे। अभी तो बस बुनियादी ज़रूरत की चीज़ें जमा की थीं, वो भी पूरी नहीं थीं। बू जान ने कितनी मर्तबा मुझसे तक़ाज़ा किया था कि बेटे, उकड़ूँ बैठके मुझसे काम नहीं होता। बैठ जाती हूँ तो उठा नहीं जाता। मुझे एक पीढ़ी ला दो और चकला-बेलन के लिए मैं तुमसे कब से कह रही हूँ। वह तो तुम्हें फुकनी-चिमटे के साथ ही ले आना चाहिए था। लेकिन मैंने अभी तक न पीढ़ी लाकर दी थी और न चकला-बेलन। बस इससे क़ियास[3] किया जा सकता है कि उस वक़्त हमारा टाँडा-बाँडा कितना होगा। सूरज निकलने तक मैंने सारा सामान बाँध लिया था।

फिर मैंने बाहर निकलकर ताज़ा हवा में साँस लिया। सुबह की सैर आज मौक़ूफ़[4] थी। दिल में कहा कि कम-अज़-कम अपने हमसायों[5] से तो मिल लो कि आज उनके साथ तुम्हारी आख़िरी सुबह है और उनकी अपनी भी आख़िरी सुबह है। मिला। मैं अफ़्सुर्दा[6] था। उनके मुँह पे तो कोई मलाल[7] नहीं था, बल्कि सूरज की पहली किरन के छू जाने से कुछ मुस्कुराते भी नज़र आ रहे थे। सबसे बढ़कर पीपल और मौलसिरी दोनों अपने उसी हमेशा के वक़ार[8] के साथ खड़े थे, न ख़ुशो-ख़ुर्रम[9] न आज़ुर्दा[10], बस ख़ामोश थे। ख़ैर उस वक़्त हवा भी तो ऐसी नहीं चल रही थी। मैंने मौलसिरी के महकते साए में खड़े होकर एक घड़ी साँस लिया। नन्हे-नन्हे फूलों का जो उस साए तले एक बिस्तर बिछा हुआ था, उसमें से चन्द फूल चुने और वापस अन्दर आ गया।

बू जान नमाज़ से फ़राग़त पाकर नाश्ता बनाने में मसरूफ़ थीं। जल्दी-जल्दी नाश्ता किया।

---

1. बुढ़ापा, 2. घटना, 3. अनुमान, 4. स्थगित, 5. पड़ोसियों, 6. उदास, 7. दुख, 8. गम्भीरता, 9. प्रसन्न 10. दुःखी।

"ऐ बेटा, रात तुम सोए भी थे ?"

"क्यों बू जान, न सोने की क्या बात थी।"

"ऐ बेटा, जब मेरी आँख खुली है तो तुम सटर-पटर कर रहे थे।"

"बू जान, आपकी देर में आँख खुली। मैं मुर्ग़े की पहली आवाज़ के साथ उठ बैठा था।"

"हाँ शायद मेरी आँख आज देर से खुली।" फिर थोड़ा रुककर, "ऐ बेटा, सामान तो तुमने बाँध लिया, ढोने का क्या बन्दोबस्त किया ? इस कबाड़ को क्या सिर पे रखके ले जाओगे ?"

"बू जान, याँ बर्फ़ख़ाने के सामने रेढ़े खड़े रहते हैं। मैंने कल दो रेढ़ों के लिए बात कर ली है। बर्फ़ की बारी भुगताकर इधर आएँगे। बस आते होंगे। ताँगा यहीं-कहीं सामने से पकड़ लूँगा।"

नाश्ता जल्दी-जल्दी किया। फिर यह सोचकर, रेढ़ेवाले कहीं भटकते न फिर रहे हों, मैं बाहर निकल गया। दरख़्त काटनेवाले आदमी अपनी कुल्हाड़ियों और आरों के साथ आन पहुँचे थे। बरकत इलाही उन्हें मुस्तैदी[1] से हिदायत[2] दे रहा था।

'देखिए बरकत इलाही साहिब, मैंने कल आपको बता दिया था।"

"क्या जी ?" वह मेरे दुरुश्त[3] लहजे से थोड़ा सटपटा गया था।

"मैंने कल आपसे कहा था कि दरख़्त हमारे जाने के बाद कटेंगे।"

"हाँ जी, मगर आज तो आप चले जाएँगे। आपने कल यही बताया था ?"

"जी हाँ, हम आज ही जा रहे हैं और अभी जा रहे हैं। मगर जब तक हम यहाँ से रुख़सत न हो जाएँ, किसी दरख़्त पे कुल्हाड़ा नहीं चलेगा।"

"बहुत अच्छा जी।" और वह फ़ौरन कुल्हाड़ेवालों से मुख़ातिब[4] हुआ : "ए भई देखो, पहले चाय-शाय पी लो। अख़लाक़ साहिब चले जाएँ, फिर काम शुरू होगा।"

कुल्हाड़ेवालों ने मुझे तअज्जुब से देखा। देखते ही रहे और मैं जब वहाँ से हटकर कोठी के गेट की तरफ़ जा रहा था तो बरकत इलाही को मैंने देखा कि कुल्हाड़ेवालों से कुछ दबी ज़बान में कह रहा है। बस मुझे एक फ़िक़रा[5] सुनाई दिया, "यह बाबू कुछ सनकी है।"

रेढ़े आ गए थे। एक ताँगा भी आन पहुँचा था। रेढ़ेवालों को साथ मिलाकर मैंने जल्दी-जल्दी सामान रेढ़ों पर लादा। ताँगा की पिछली निशस्त[6] पर बू जान को उनकी पोटलियों और बुग़चा[7] के साथ बिठा दिया। चन्द चीज़ें हाथ में थामीं। वालिद साहिब[8] के काग़ज़ात का बस्ता बग़ल में दाबा और अगली निशस्त पर बैठ गया।

ताँगा चलने लगा तो कुल्हाड़ेवालों ने कितने ग़ौर से मुझे देखा। जब ताँगा कोठी के गेट से निकल रहा था तो दफ़अतन[9] कुल्हाड़ा चलने की आवाज़ मेरे कान में आई। कुछ घबराकर एकदम से मैंने मुड़कर देखा। बदबख़्तों[10] ने बिस्मिल्लाह[11] मौलसिरी से की थी।

---

1. तेज़ी, 2. आदेश, 3. कठोर, 4. सम्बोधित, 5. वाक्य, 6. सीट, 7. छोटी पोटली, 8. पिताजी, 9. अचानक, 10. अभागों; 11. आरम्भ।

2

मकान तीन-मंज़िला। ऊपर से नीचे तक कमरे ही कमरे मगर ऐसे कि बालिश्त[1] से नाप लो। सह्न[2] बराए-नाम[3] कि ऊपर से देखो तो लगे कि अँधेरे कुएँ में झाँक रहे हैं। बू जान ने फ़ौरन बूझ लिया कि मतरूका मकान है।

"हिन्दुओं के छोड़े हुए घरों की लोगों ने अलॉटमेंटें कराईं और कितने थे कि तुम्हारे अलॉटमेंटों-वलाटमेंटों के अलझेड़े ही में नहीं पड़े, क़ब्ज़े कर-करके बैठ गए। मगर हमारे बेटे के दिमाग़ में तो ऐसी रईसी[4] घुसी हुई थी कि इसने परवा ही नहीं। मतरूका मकान में रहनेवाला ऐसा कौन-सा है जो किराया अदा करता है। बस एक हम ही दुनिया से निराले हैं।"

मगर जब बू जान ने अड़ोस-पड़ोस में यह नक़्शा देखा कि एक-एक मतरूका घर में तीन-तीन चार-चार मुहाजिर[5] ख़ानदान ठुँसे हुए हैं तो उन्हें उसके मुक़ाबले में किरायादार बनकर रहने ही में आफ़ियत[6] नज़र आने लगी। बस फिर उन्हें उस मकान से एक ही शिकायत बाक़ी रह गई कि फ़ारिग़ होने[7] के लिए उन्हें ऊपर तीसरी मंज़िल पर जाना पड़ता था। रोज़ सुबह को जब वह ख़ाली लोटे के साथ आहिस्ता-आहिस्ता सीढ़ियाँ उतरकर नीचे आतीं तो बुड़बुड़ातीं : "बख़्तमारों पे यह क्या ख़ुदा की सँवार थी कि खुड्डियाँ आस्मान पे जाके बनाएँ।" मगर उस मकान में अच्छे पहलू उन्होंने इतने दरयाफ़्त[8] कर लिए थे कि यह शिकायत उनके नीचे दबकर रह गई। यह क्या कम बड़ा फ़ायदा था कि पाँचों वक़्त अज़ान की आवाज़ घर बैठे सुनाई देती और यूँ नमाज़ के वक़्त का पता चल जाता। फिर क़साई की दुकान कितनी क़रीब थी और क़साई भी कितना अच्छा था कि ख़ुद ही अच्छी बोटीवाला गोश्त बनाकर घर पे दे जाता।

मगर एक रोज़ यूँ हुआ कि एक टैक्सी दरवाज़े पर आकर रुकी और एक अधेड़ उम्र औरत, बर में साड़ी, माथे पे बिन्दी, उससे उतरकर एक बच्ची को उँगली पकड़ाए अन्दर आई।

"मैया, ज़रा घर देखना है।"

बू जान ने नाखुशगवारी[9] से जवाब दिया कि, "बीबी, तुम्हें किसी ने ग़लत बताया है। हम तो अभी इस घर को नहीं छोड़ रहे।"

"नहीं मैया, तुम जुग-जुग इस घर में रहो। हमारा अब इस पे क्या अधिकार है।

---

1. बित्ता, 2. आँगन, 3. नाम मात्र को, 4. धन-सम्पन्नता, 5. शरणार्थी, 6. चैन, 7. शौच जाने, 8. टोह, 9. अप्रसन्नता।

मैं तो अपनी लाली को दिखाने लाई थी। बार्डर खुला तो मेरी मौसी के पुत्तर ने आके कहा कि दीदी, मैं मैच देखने तेरे लहोर जा रहा हूँ। मैंने कहा कि लाला, मुझे भी ले चल। मैं भी अपना घर देख लूँगी, लाली को भी दिखा लाऊँगी। देख तो ले कि मैंने इसे कहाँ जना था।''

बू जान ने हैरत से उसे सिर से पैर तक देखा। फिर घर का एक-एक कोना उसे दिखाया।

''बीबी, अपने से पहले की तो मैं बात करती नहीं, मगर जब से मैं आई हूँ मैंने तुम्हारे घर को बहुत सँभाल के रखा है। हर बरसात के बाद सफ़ेदी कराती हूँ। ज़रा कोई कोना झड़ जाए, फ़ौरन राज-मज़दूर को बुला के मरम्मत कराती हूँ।''

आनेवाली बीबी ने घर का तफ़्सील[1] से जाइज़ा[2] लिया और घर की सफ़ाई-सुथराई देखकर तशक्कुर-आमेज़[3] नज़रों से बू जान को देखा। फिर एक कोठरी जैसे कमरे में ले जाकर बच्ची को खड़ा कर दिया। ''लाली, याँ पे तेरी नाल गड़ी है।'' बस यह कहते-कहते उसकी आँख भर आई। बच्ची की उँगली पकड़, पल्लू से आँख पोंछती फ़ौरन ही बाहर निकल आई।

''बीबी बैठो। चाय पीके जाइयो।''

''ना मैया, अपना ठिया देखना था वह देख लिया। तुम राज़ी-ख़ुशी रहो।''

यह जा वह जा।

बू जान कई दिन चुप-चुप रहीं। फिर बोलीं, ''बेटे, कोई और घर तलाश करो।'

मैंने बू जान को हैरत से देखा। ''क्यों, इस घर में क्या ख़राबी पैदा हो गई ?''

''ख़राबी हो या न हो, मैं इब इस घर में नहीं रहूँगी।''

''वजह ?''

''मुझे शक आवे है। और अब के जो घर किराए पे लो, वह मतरूका न हो।''

''वह क्यों ?''

''मेरे लाल, मैं कुछ सोच ही के कह रही हूँ। किसी ग़रीब की आह लेनी अच्छी बात तो नहीं है।''

बू जान उखड़ीं सो उखड़ीं, मुझे इतना तिकतिकाया कि मैं आख़िर को ज़िच हो गया। भाग-दौड़ करके एक दूसरा मकान किराए पे लिया और मतरूका मकान को सलाम किया।

''इस डूबे मौलवी को क्या हो गया है। न खुद सोता है, न महल्लेवालों को सोने देता है।''

बू जान को आहिस्ता-आहिस्ता एहसास हुआ कि मस्जिद की हमसायगी,[4] जिसकी वजह से उन्हें यह मकान इतना पसन्द आया था, क्या मानी[5] रखती है। मगर उन्हें

1. विस्तार, 2. निरीक्षण, 3, धन्यवाद देना, 4. पड़ोस, 5. अर्थ।

तअज्जुब इस पर था कि बीते दिनों में तो मस्जिद की हमसायगी घर के लिए रहमत[1] का साया बन जाती थी और उस हमसायगी से एक तमानियते-क़ल्ब[2] हासिल होती थी। अब ऐसा क्यों नहीं था। मेरी समझ में तो बात आती थी। उस ज़माने में मस्जिदों में वाज़[3] कम और इबादत ज़्यादा होती थी। फिर उस ज़माने में लाउड-स्पीकर का भी तो चलन नहीं था।

"अल्लाह बख़्शे मौलवी सुब्हानी हमारी मस्जिद में अज़ान दिया करते थे।" बू जान को चराग़ हवेली की हमसाया[4] मस्जिद याद आ गई। कैसा लह्न[5] था उनकी आवाज़ में। जो नमाज़ से बिदका होता, वह भी उनकी अज़ान सुन लेता तो मस्जिद की तरफ़ खिंचा चला आता। और कितनी ऊँची आवाज़ थी उनकी, सुबह की उनकी अज़ान तो आसपास के गाँव तक पहुँचती थी।"

"बू जान, वह तो फिर लाउड-स्पीकर का कमाल होगा।"

"ऐ ख़ाक पड़े तुम्हारे लाउड-स्पीकर पे। हमारी मस्जिद में यह तुम्हारा तामझाम नहीं था। मौलवी सुब्हानी तो इसे शैतानी आला[6] कहते थे। किसी ने एक दफ़ा इसका नाम उनके सामने ले दिया था। गुस्से से काँपने लगे। बोले, यह शैतानी आला मस्जिद में आया तो मैं अज़ान देनी बन्द कर दूँगा।"

मगर इस महल्ले में तो इस शैतानी आले को कुछ ज़्यादा ही रुसूख़[7] हासिल था। आए दिन यहाँ शामियाने तनते रहते। आज फ़ुलाने[8] की शादी है, कल ढिमाके के ख़तने[9] हैं और शामियाना इस तरह तनता कि गली बंद हो जाती। शामियाने के साथ लाउड-स्पीकर कि इस ज़ोर पर फिल्मी गानों के रेकार्ड इतना शोर करते कि बू जान इशा की नमाज़[10] की ख़ातिर कमरे के दरवाज़े-खिड़कियाँ सब बंद कर लेतीं। किस मुश्किल से नमाज़ ख़त्म करतीं। कितनी मर्तबा तस्बीह[11] फेरते-फेरते गड़बड़ा जातीं। जा-नमाज़[12] लपेटते हुए बुड़बुड़ातीं कि कमबख़्तों ने नमाज़ पढ़नी दूभर कर दी।

बू जान तो बेज़ार थीं ही, मैं भी जल्दी इस महल्ले से बेज़ार हो गया। यहाँ से भागने के जतन करने लगा। अब मकानों के किराए अच्छे-ख़ासे बढ़ गए थे मगर मैंने दिल में कहा कि ज़्यादा किराया देना मंज़ूर[13] है, इस महल्ले में रहना मंज़ूर नहीं।

मगर जो मकान ज़्यादा किराए पे लिया, वह नूरुन-अला-नूर[14] था। जिस गली में यह मकान था, उसका नक़्शा अजब था। गली का गटर मुस्तक़िल उबलता रहता; कितनी दफ़ा उसकी सफ़ाई कराई मगर हर दफ़ा यही हुआ कि चार-छह दिन दुरुस्त[15] रहा, उसके बाद फिर उबलने लगा। कभी-कभी इतना उबलता कि गली में एक अच्छी-ख़ासी तलैया बन जाती, तअफ़्फ़ुन[16] उस पर मुस्तज़ाद।[17] एक तअफ़्फ़ुन गटर से उबलते पानी का, एक तअफ़्फ़ुन कूड़े के उस अम्बार का जो फैलता भी जा रहा था,

---

1. कृपा, 2. मन का चैन, 3. धर्मोपदेश, 4. पड़ोस की, 5. मधुर स्वर, 6. उपकरण, 7. पहुँच, 8. अमुक, 9. लिंग के अगले हिस्से की त्वचा काट देने का संस्कार, 10. रात के पहले पहर की नमाज़, 11. जपमाला, 12. वह कपड़ा जिसे बिछाकर नमाज़ पढ़ते हैं, 13. स्वीकृत, 14. उससे भी बढ़कर (व्यंग्य के रूप में), 15. ठीक, 16. दुर्गन्ध, 17. अतिरिक्त।

बुलन्द[1] भी होता जा रहा था। कॉर्पोरेशन की कूड़ा गाड़ी हमारे यहाँ वारिद होने से[2] पहले कभी आई हो तो आई हो, हमारे आने के बाद तो वह यहाँ कभी आते देखी नहीं गई।

सोने पर सुहागा पड़ोसन के बच्चे कि सवेरे-सवेरे इस हाल में, कि आगा भी खुला है पीछा भी खुला है, घर से निकलकर नाली पर क़तार[3] बनाकर बैठ जाते। फिर एक बच्चा उस यकसानियत[4] से शायद बोर हो गया था शायद इन्फ़िरादी[5] हैसियत हासिल करने के शौक़ में पलटन से टूटकर उसने हमारे दरवाज़े के ऐन सामने नाली पर बैठना शुरू कर दिया। बू जान ने एक दिन देखा, ज़ब्त[6] किया। दूसरे दिन देखा, ज़ब्त किया। जब देखा कि यह तो रोज़ का मामूल[7] बन गया तो ज़ब्त का यारा न रहा। पड़ोसन को दरवाज़े पर खड़ा देखा तो बातें शुरू कर दीं। कोई यहाँ की बात, कोई वहाँ की बात। आख़िर किस क़दर तअम्मुल[8] के बाद हर्फ़े-शिकायत[9] ज़ुबान पर लाईं मगर इस तरह कि अच्छी-ख़ासी लीपापोती भी कर दी, "अरे कोई जानकार थोड़ी ही करते हैं, आख़िर बच्चे ही तो हैं। इस उम्र में आगे-पीछे का होश नहीं होता।"

पड़ोसन ने भी अपनी तरफ़ से बहुत ज़ब्त से काम लिया। लहजे[10] में इक ज़रा दरहमी[11] पैदा हुई। बोली : "ऐ मैया, मेरे बच्चे ऐसे नहीं हैं कि तेरी-मेरी नाली में हगते-मूतते फिरें। कोई और होगा। महल्ले में आख़िर और बच्चे भी तो हैं।"

पड़ोसन ने उस वक़्त तो इतना ही जवाब दिया। मगर उसी दिन दोपहर को वह सामने के घर की खिड़की से झाँकती बीवी से गुस्से में भरी बुलन्द आवाज़ में कह रही थी : "भला मेरे बच्चों ने महल्लेवालों का क्या बिगाड़ा है कि वो हाथ धोके उनके पीछे पड़ गए हैं। मगर यह कोई न समझे कि मैं ग़रीब हूँ तो किसी से दब जाऊँगी। किसी ने मेरे बच्चों को टेढ़ी आँख से देखा तो उस आँख में तकले भोंक दूँगी।"

इन हालात में हमारा उस कूचे में बसेरा कितने दिन रह सकता था।

"उन कमबख़्त गलियों से तो छुटकारा मिला।" बू जान ने नए घर को चारों तरफ़ से देखकर इत्मीनान का लम्बा साँस लिया।

यह मकान सड़क के किनारे था, सो गलियोंवाली मुसीबतें यहाँ नहीं थीं। पड़ोस बच्चों-कच्चोंवाला नहीं था। दाएँ तो एक छोटी-मोटी कोठी थी, कम-अज़-कम फ़ासिले से तो कोठी ही का तअस्सुर देती थी। बाएँ एक वर्कशॉप थी, जिसमें चन्द रिक्शाएँ, चन्द स्कूटर मरम्मत के लिए खड़े रहते थे। उसी मरम्मत में ऐसा मरहला भी आ जाता कि मिस्तरी रिक्शा को ऑन करके छोड़ देता। उस वक़्त कितना शोर होता और बीच-बीच में पटाख़े-से छूटते। कभी-कभी यह अमल[12] लम्बा हो जाता, लगता कि मिस्तरी रिक्शा को ऑन करके भूल गया है। बस उस वक़्त बू जान थोड़ी परीशान होतीं। जब रिक्शा रुकने में न आती तो बिलआख़िर[13] तड़प उठतीं। "अरे इस

1. ऊँचा, 2. आने से, 3. पंक्ति, 4. बराबरी, 5. व्यक्तिगत, 6. सहन, 7. नित्य नियम, 8. संकोच, 9. शिकायत की बात, 10. स्वर, 11. क्रोध, 12. प्रक्रिया, 13. अन्ततः।

नहूसत-मारे मिस्तरी से कहो कि क्यों तू हमारे कानों का दुश्मन हो गया है। तेरे कान के पर्दे तो फट गए, मगर हमारे तो अभी सलामत हैं।''

शुरू में यहाँ एक वर्कशॉप थी। ज़्यादा दिन न गुज़रे थे कि उसी के बग़ल में एक और वर्कशॉप खुल गई। फिर यूँ नज़र आने लगा कि शहर की सारी खटबिगड़ी रिक्शाओं का आख़िरी ठिकाना यही वर्कशॉप्स हैं जो छत के नीचे कम और खुली सड़क पर ज़्यादा फैली हुई थीं। इस खटराग को यहाँ फैलते देखकर किसी ने कल-पुर्ज़ों की एक दुकान खोल ली। फिर एक टूटा-फूटा चायख़ाना खुल गया जो रिक्शा ड्राइवरों का, मिस्तरियों का, आसपास घूमते-फिरते निखट्टुओं का अड्डा बन गया।

धुआँ, डीज़ल की बू, फटे हुए साइलेंसरों का शोर, चायख़ाने में बजते हुए फ़िल्मी रेकार्डों का हंगामा, खटबिगड़ी रिक्शाओं की क़तारें। देखते-देखते इस इलाक़ा की कैसी कायाकल्प हुई और सड़क जो शुरू में मुझे कुशादा नज़र आती थी, अब कितनी तंग दिखाई पड़ती थी।

''बेटे, मैं तो जानूँ कि लाल कोठीवाली जगह ही अच्छी थी, ख़्वाह-मख़्वाह वह जगह छोड़ी। तुमने ख़ुद ही छोड़ी, उसे बिचारे ने तो कुछ भी नहीं कहा था। अरे दरख़्त वह काट रहा था तो काटने देते। आख़िर वह उसी की जगह तो थी और वो दरख़्त हमें ऐसे कौन-से फल दे रहे थे।''

बू जान बोलती रहीं। मैं सुनता रहा। वैसे मुझे भी अब महसूस होने लगा था कि उस जगह को छोड़कर ग़लती की। वहाँ से निकलकर कितने मकान बदले, किस-किस गली में जाकर रहा। शहर बेशक नहीं छोड़ा, मगर मकान तो बहुत बदलने पड़े। जब एक मकान में रहते कुछ बरस गुज़र जाते और उसके दरो-दीवार से थोड़ी जान-पहचान हो जाती तो मालिके-मकान ज़्यादा किराए पर उठाने का ख़याल दिल में बाँधकर सर पे आन खड़ा होता कि करो मकान ख़ाली। मालिके-मकान तक़ाज़ा न करता तो मकान की हालते-ज़ार[1] सताना शुरू कर देती। तब ख़ुद ही ख़याल आता कि यहाँ से उठ ही जाएँ तो अच्छा करें। मकान ख़स्ता[2] न होता तो महल्ला की हालत ख़स्ता होती चली जाती और फिर नए ठिकाने की तलाश। जो घर मिला, पहले से ख़स्ता मिला। जिस महल्ले में जाकर रहा, वह पिछले महल्ले से बदतर[3] साबित हुआ। इसके साथ मेरा हाल भी बद से बदतर होता चला गया या शायद इस शहर का नक़्शा ही मेरी दरबदरी[4] के साथ अबतर[5] होता चला गया।

''बेटे, मेरी राय तो यही है कि लाल कोठीवाली जगह ही को जाके देखो। वहीं-कहीं घर मिल जाए तो अच्छा है।''

मैंने भी सोचा कि वाक़ई रहने के लिए वही जगह मुनासिब थी। मैं ख़्वाह-मख़्वाह जज़्बाती[6] हो गया। दरख़्त कट रहे थे तो कटने देता। आख़िर आदमी भी तो इतना कट गया और कटता ही चला जा रहा है। मैंने इस पर कब एहतिजाज[7] किया।

तो मैं मकान की तलाश में एक मर्तबा फिर उस नवाह में गया। मगर मैं तो वहाँ

1. दुर्दशा, 2. दुर्दशाग्रस्त, 3. बहुत बुरा, 4. गली-गली भटकना, 5. दुर्दशाग्रस्त, 6. भावुक, 7. विरोध।

जाकर गड़बड़ा गया। दरो-दीवार ही बदले हुए थे। यहाँ से वहाँ तक दुकानें ही दुकानें। मालो-अस्बाब[1] दुकानों के अन्दर भरा हुआ। अन्दर से ज़्यादा बाहर फैला हुआ। सवारियों की रेलपेल। रेढ़े, रिक्शाएँ, ताँगे, मोटरें। यहाँ दुकानें ज़्यादातर तामीरी सामान[2] की नज़र आ रही थीं। इसी वजह से यहाँ रेढ़ों की बहुतात थी और उनकी वजह से सड़क इतनी तंग हो गई थी कि सवारी में सवारी भिड़ी नज़र आती थी।

थोड़ा आगे बढ़ा तो और ही भीड़-भड़क्का दिखाई पड़ा। गोरों के रद्द किए हुए कोट-पतलून, स्वेटर, मफ़लर, ओवरकोट, ग़रज़ हर रंग, हर तर्ज़ की उतरन रेढ़ियों पर लदी हुई। लोग उस उतरन पर टूटे पड़ रहे थे। ख़रीदारों की भीड़ इतनी थी कि सचमुच खवे से खवा छिल रहा था। किस मुश्किल से मैं उस भीड़ के बीच से गुज़रा।

मैंने बहुत अन्दाज़ा लगाने की कोशिश की कि लाल कोठी यहाँ कहाँ थीं। कहीं उसके असर-आसार[3] नज़र न आए। जैसे यहाँ न कोई लाल कोठी थी, न कोई दरख़्त नाम की चीज़ थी। मैं लाल कोठी के सामनेवाली उस ख़ामोश सड़क को ध्यान में लाया जिस पर दरख़्त दो-रौया[4] दूर तक क़तार बाँधे दिखाई देते थे। वह सड़क तो मादूम[5] नहीं हो सकती, उसे तो यहीं होना चाहिए। ज़रूर होगी। मगर मैं उसे किसी सूरत शनाख़्त[6] न कर सका। मैं हैरान, मैं कहाँ आ गया हूँ, वो शजर-हजर[7] कहाँ खो गए, वो शजर-हजर, वो कुशादा रस्ते, वो पुर-वक़ार[8] दरो-दीवार।

"बू जान, वह जगह तो अब बहुत बदल गई है।"

"ऐ बेटे, कितनी बदल गई होगी। जगहें ऐसे तो नहीं बदला करतीं कि बिल्कुल ही बदल जाएँ।"

"मगर बू जान, वह जगह बिल्कुल बदल गई है।"

"अच्छा तुम कहते हो तो माने लेती हूँ। वैसे आख़िर तुम इतने दिन वहाँ रहे। किसी जाननेवाले को पकड़ा होता, कोई मकान उसके वास्ते से मिल ही जाता।"

"बू जान, मैं आपको क्या बताऊँ। न वो लोग, न वो दरो-दीवार, न वो दरख़्त, न वो रस्ते; वहाँ तो दुनिया ही बदली हुई है। वह जगह अब रहने के लाइक़ नहीं रही।"

"अच्छा !" बू जान का लहजा बता रहा था कि उन्हें मेरी बात का एतिबार नहीं आया है। बस जैसे यह सोचकर, कि अड़ियल लड़के से कौन बहस करे, चुप हो गई थीं।

मैंने आँखों से देखा न होता तो मुझे भी कहाँ एतिबार आता। यहाँ से मुझे अहसास हुआ कि दुनिया तब से अब तक कितनी बदल गई है और शहर क्या से क्या हो गया है। शहर का वह पिछला नक़्शा आँखों में फिर गया। पतझड़ की दोपहरें। सड़क पर पीले पत्तों का बिस्तर बिछा हुआ। हवा का कोई तेज़ झोंका आता तो एकदम से पीली

1. धन और सामान, 2. मकान बनाने का सामान, 3. लक्षण, 4. दोनों ओर उगे हुए, 5. ग़ाइब, 6. पहचान, 7. पेड़-पत्थर, 8. भव्य।

टहनियों में खलबली मचती, सूखे पत्ते खड़खड़ाते, टहनियों से बा-जमाअत[1] झड़ते और पक्की सड़क पर फ़ुटपाथ पर गिरकर पहले से गिरे हुए पत्तों के साथ रल-मिल जाते। हवा का झोंका गुज़र जाता और फिर ख़ामोशी छा जाती। फिर यह ख़ामोशी उस वक़्त टूटती जब फिर कोई तेज़ झोंका आता या जब कोई कार फ़र्राटे से उस सुनसान राह से गुज़रती और सूखे ज़र्द पत्ते इस तरह कुलबुलाते जैसे बच्चों की भीड़ तालियाँ बजाती कार के पीछे दौड़ रही है। कार तेज़ी से गुज़र जाती, बच्चे थककर पीछे रह जाते। लाल हवेली की सड़क से लेकर माल रोड तक इस शहर की कितनी सड़कें पतझड़ के इस मंज़र[2] के साथ तसव्वुर[3] में घूम गईं। मौसमों का अपना जादू होता है। मौसमों में सबसे बढ़कर पतझड़ का कि एक तो उसका अपना जादू, एक ज़र्द पत्तों से फैलती वीरानी का जादू, ख़ासकर दोपहर में कि पतझड़ की दोपहरें जेठ की टीकाटीक दोपहरियों से बढ़कर जादू भरी होती हैं। ज़माना, मैंने सोचा, कितना बदल गया है। अब इस शहर में ट्रैफ़िक के शोर और फ़लकबोस इमारतों[4] के हुजूम[5] में पहरों और मौसमों का पता ही नहीं चलता। न जाती रुत की उदासी का अहसास होता है, न आती रुत की आहट सुनाई देती है। न दीवारों-छतों पर उतरती-चढ़ती धूप अपने उतरने-चढ़ने का पता देती है, न ढलते दिन की दबे पाँव फैलती छाँव अपनी ख़बर देती है और कान न इससे आशना[6] कि दरख़्त क्या कलाम[7] करते हैं, न यह सुनने पर आमादा[8] कि परिन्दे कौन-सी बानी सुनाते हैं। शहर बदल गया। शहरवालों के हवास[9] कुन्द[10] हो गए।

तब रफ़्ता-रफ़्ता बू जान की बात ने दिल में घर करना शुरू किया। ख़ैर बू जान तो आहिस्ता से इतना कहकर चुप हो जाती थीं कि बेटे इस तरह उठाऊ चूल्हा कब तक बने फिरोगे। क़दम जमाने के लिए और सिर छुपाने के लिए अपना कोई झोंपड़ा होना चाहिए। मगर जब बीवी ने घर में क़दम रखा तो उस नेक-क़दम[11] ने यही बात बुलन्द-आहंगी[12] से और तकरार के साथ[13] कही। बीवी जब नई-नई होती है तो उसकी बात ज़्यादा असर करती है।

"देखते नहीं हो, मकानों के किराए कितने बढ़ गए हैं। आज मकान बदलें तो आधी तनख़्वाह तो किराए ही में निकल जाएगी।"

मैं क़ाइल हो गया।[14] ज़ुबैदा ने बात ग़लत तो नहीं कही थी। मकानों के किराए बढ़ते ही चले जा रहे थे। शुरू में यहाँ मकान कितने थोड़े किराए पर मिल जाया करते थे और कितनी आसानी से मिल जाते थे। उन शुरू के बरसों में मुझे जो भी मुश्किल पेश आई, मकान में बसने के बाद पेश आई। मकान बदलने में कोई मुश्किल पेश नहीं आती थी। मगर बरस जितने गुज़रते गए, मकान की तलाश में उतनी ही मुश्किल पेश

1. एक साथ, 2. दृश्य, 3. कल्पना, 4. गगनचुम्बी भवनों, 5. भीड़, 6. परिचित, 7. बात, 8. तैयार, 9. होश, 10. मन्द, 11. जिसका आना कल्याणकारी हो, 12. ऊँची आवाज़, 13. बार-बार, 14. मान गया।

आती गई। शहर फैल रहा था। नई आबादियाँ वुजूद[1] में आ रही थीं। नई तामीरात[2] का वह ज़ोर था कि कुशादा इलाक़े गुंजान[3] होते चले जा रहे थे। जो क़त्आत[4] कब से बेमसूरफ़[5] पड़े थे, वहाँ इमारतें क़तार-अन्दर-क़तार खड़ी हो चुकी थीं। मगर मकान जितनी कस्रत[6] से तामीर हुए, उतनी ही उनकी क़िल्लत[7] होती चली गई। जितनी क़िल्लत होती गई, उतने किराए बढ़ते गए।

तो एक तो किराए के मकान की दिक़्क़तों का अहसास, फिर मैंने सोचा कि शायद बू जान ठीक ही कहती हैं कि क़दम जमाने के लिए ज़मीन का अपना कोई टुकड़ा होना चाहिए। शायद मैं बिखरा हुआ आदमी इसी वजह से हूँ कि निघरा हूँ। क़दम जमाने और सिर छुपाने के लिए कोई कोना मिल जाए तो शायद अपनी ज़िन्दगी में भी कोई जमाव पैदा हो जाए। सो मकान बनाने का ख़याल जिससे आगे वहशत[8] हुआ करती थी, अब मेरा मस्अला[9] बन गया। अब यह वक़्त आया कि मैंने दफ़्तर में साथ काम करनेवालों के ग़मे-रोज़गार[10] में हिस्सा बटाना शुरू कर दिया। ये लोग कब से अपनी कॉलोनी की खिचड़ी पका रहे थे। उठते-बैठते यही एक ज़िक्र कि एल.डी.ए. से क्या बात हुई। किस अफ़सर ने क्या वा'दा किया, कौन-सी हाउसिंग स्कीम कब बरूए-कार[11] आनेवाली है। मैं इन बातों से कितना बोर होता था। दफ़्तर में चाय पीते-पीते कोई रफ़ीक़े-कार[12] यह ज़िक्र छेड़ देता तो मैं बस बेमज़ा हो जाता, "यार, इस वक़्त नहीं। तुम्हारी हिसाब-किताब की बातों से चाय का लुत्फ़[13] ग़ारत हो जाता है।" मगर अब इस ज़िक्र-फ़िक्र[14] में मेरी दिलचस्पी बढ़ती चली गई। और जब कॉलोनी का मंसूबा[15] सालों की भाग-दौड़ के नतीजे में परवान चढ़ा तो मैं रुफ़क़ाए-कार[16] की ख़ुशी में बराबर का शरीक था। क़ुर्आ-अन्दाज़ी[17] हुई। मेरे नाम बारह मरले का प्लाट निकला। मैं बाग़-बाग़ हो गया।

"बेटे, देख भी लिया है कि ज़मीन कैसी है ?"

"बू जान, अच्छी ज़मीन है।"

"पहले इस्तिख़ारा[18] करा लिया होता। ज़मीन इस्तिख़ारे के बग़ैर नहीं लेनी चाहिए।"

"इस्तिख़ारा ? अगर इस्तिख़ारा मना आ जाता तो फिर मैं तो प्लाट से गया था।"

"मेरे लाल..." बू जान ने समझाते हुए कहा, "...ज़मीन का साथ उम्र भर का होता है। ख़रीदने से पहले बहुत सोचना-समझना पड़ता है।"

मैं दिल में हँसा। बू जान अपने ज़माने के हिसाब से सोच रही थीं। जो ज़माना उन्होंने देखा-बरता था, उसमें बेशक यही तौर था। आदमी मकान ज़िन्दगी में एक मर्तबा बनाता था। जहाँ जिस ज़मीन पे बना लिया सो बना लिया, फिर वह पुश्तों तक चलता

---

1. अस्तित्व, 2. निर्माण, 3. घने, 4. ज़मीन के टुकड़े, 5. बेकार, 6. अधिकता, 7. कमी, 8. भय, 9. समस्या, 10. सांसारिक दुख, 11. कार्यान्वित, 12. दफ़्तर में साथ काम करनेवाला, 13. आनन्द, 14. चर्चा-चिन्ता, 15. योजना, 16. दफ़्तर में साथ काम करनेवाले, 17. चिट्ठी डालकर नाम निकालना, 18. धार्मिक कृति से यह जानना कि अमुक काम शुभ है या अशुभ।

था। अपनी चराग़ हवेली ही थी। किस ज़माने की बनी हुई थी। कितनी नस्लें उसमें परवान चढ़ीं। कितने मौसम उस पर आए और गुज़र गए। उन मौसमों के साथ कितनी चिड़ियों ने उसके रौशनदानों में घोंसले बनाए, अंडे दिए, बच्चे निकाले, बच्चों के पर आने के साथ घोंसले छोड़कर उड़ गईं। कितनी अंजनहारियों ने उसकी ऊँची दीवारों पर अपने मटिया महल[1] तामीर किए।[2] अपने सुन्दर सियाह-सुनहरी वुजूद[3] के साथ उनमें रची-बसीं, बच्चे दिए और फिर रेज़ा-रेज़ा[4] जमा करके बनाए हुए महल को छोड़कर कहीं आगे सिधार गईं। हमारी बड़ी बू ने कभी किसी बच्चे को अंजनहारी का घर तोड़ने-फोड़ने की इजाज़त नहीं दी। कहा करती थीं कि किसी घर में अंजनहारी के घर बनाने का मतलब था एक नई पैदाइश[5] की ख़बर, अंजनहारी के घर में भी और उस घर में भी जहाँ वह अपना घर बनाती थी। बड़ी बू के इस अक़ीदे[6] को बू जान ने भी अपनाया। उन्होंने मुझे या मेरे साथ के किसी बच्चे को अन्जनहारी का घर उजाड़ने की इजाज़त नहीं दी। मगर वह जमाना तो चराग़ हवेली के साथ गुज़र गया। अब तो अक़्लमन्दों ने यह तौर पकड़ा था कि हर नई हाउसिंग स्कीम के शुरू होने पर प्लाट के लिए अर्ज़ी[7] दाग़ दी। प्लाट मिल गया तो उसे थोड़े दिनों डाले रखा, फिर मुनाफ़ा[8] पर बेचकर किसी अगली स्कीम में प्लाट के लिए भागदौड़ की। प्लाट मिलने पर मकान बना भी लिया तो भी लाज़िम[9] नहीं कि उसमें पूरी उम्र गुज़ारें। नए ज़माने के तामीर करनेवाले जिस शौक़ से मकान तामीर करते हैं, उसी शौक़ से मुनाफ़ा मिलने की सूरत में उसे फ़रोख़्त[10] कर डालते हैं।

तो ख़ैर मैंने बू जान को समझाया कि नई हाउसिंग स्कीमों में ज़मीन हासिल करने का क्या तरीक़ा है, यह कि उन स्कीमों में इस्तिख़ारे के लिए कोई गुंजाइश नहीं रखी गई है। उनकी बुनियाद क़ुर्आ-अन्दाज़ी पर है। फिर जो प्लाट अलॉट हो गया सो हो गया।

मगर बू जान को उस वक़्त तक इत्मीनान नहीं हुआ, जब तक उन्होंने मौलवी गुलाम रसूल को बुलाकर पूछ नहीं लिया। मौलवी गुलाम रसूल भी पहुँचे हुए बुज़ुर्ग थे। अपने इल्म[11] से ज़मीनों का नेको-बद[12] फ़ौरन जान लेते थे। उन्होंने बू जान को इत्मीनान दिलाया कि ज़मीन किसी बदरूह[13] के असर में नहीं है। मगर यह कि सदक़ा[14] तो हर ज़मीन माँगती है, सो बुनियाद रखते वक़्त उसका एहतिमाम[15] हो जाना चाहिए। वह हुआ। उस मुबारक[16] मौक़ा पर बू जान ने उन्हें ही ज़हमत[17] दी। उन्होंने जन्तरी देखकर बुनियाद रखने के दिन और साअत[18] का तअय्युन[19] किया। नींव रखे जाने से पहले प्लाट के बीचोबीच खड़े होकर देर तक कुछ पढ़ा, चारों सम्तों[20] में मुँह करके फूँका और फिर काले बकरे के गले पर छुरी फेरी। उसके गले से उबलता हुआ गर्म-गर्म ख़ून बुनियाद में डाला गया।

1. मिट्टी के महल, 2. बनाए, 3. अस्तित्व, 4. कण-कण, 5. जन्म, 6. विश्वास, 7. प्रार्थना-पत्र, 8. लाभ, 9. ज़रूरी, 10. बेच, 11. ज्ञान, 12. अच्छा-बुरा, 13. प्रेतात्मा, 14. दान, 15. प्रबन्ध, 16. शुभ, 17. कष्ट, 18. घड़ी, समय, 19. निश्चित, 20. दिशाओं।

नींव तो धरी गई और जब नींव धरी जाती है, यही लगता है कि बस अब मकान बनकर खड़ा हुआ। मगर ऐसा कहाँ होता है। मेरे पास अल्लादीन का चराग़ होता तो रातों-रात मकान बनाकर खड़ा कर देता। मगर यह तो थका देनेवाला अमल[1] निकला। ज़मीन कहे मुझे छूके देखो, मकान कहे मुझे शुरू करके देखो। जंग और इश्क़ के मुतअल्लिक़[2] तो हम सब ही जानते हैं कि उनके आग़ाज़[3] का तो पता होता है, मगर अंजाम[4] का कोई पता नहीं होता। मकान की तामीर भी जंग और इश्क़ की टक्कर का क़िस्सा है। बू जान सच ही कहती थीं कि जिन्न[5] और राज-मज़दूर एक दफ़ा घर में दाखिल हो जाएँ तो फिर उन्हें ख़ुदा ही निकाले तो निकलते हैं। तामीर का आग़ाज़ मैंने किस वल्वले[6] से किया था। आख़िर में कितना थक गया था। जी चाहता था कि उसी तरह छोड़कर भाग जाऊँ। पैसे को जैसे पहिए लग गए हों। तामीर होते मकान का मुँह खुला होता है। रक़म उँडेले चले जाओ, पता ही नहीं चलता कि किस कुएँ में गई। ज़ुबैदा ने शादी के दूसरी ही दिन से घर की ख़स्ताहाली[7] और गली की अब्तरी[8] देखकर दिल पे धर लिया था कि अपना मकान बनाना है और उसी वक़्त से इस ख़ातिर पैसा जोड़ना शुरू कर दिया था और हक़[9] यह है कि चन्द ही बरसों में अच्छी-ख़ासी पूँजी जोड़ी थी, मगर वह जमा-पूँजी तो पहले ही हल्ला में निकल गई। फिर क़र्ज़ों का सिलसिला शुरू हुआ। दफ़्तर से क़र्ज़ा, हाउसिंग फ़िनैंस कॉर्पोरेशन से क़र्ज़ा, बैंकों से क़र्ज़ा, एक बैंक से, दूसरे बैंक से, फिर तिकड़म लड़ाके किसी तीसरे बैंक से, फिर दोस्तों और मिलनेवालों की बारी आई। पहले लम्बे क़र्ज़े, फिर जितना जिस से मिल जाए। आख़िर-आख़िर में तो सौ-सौ, दो-दो सौ तक के क़र्ज़े भी लिए गए। जिसने जितना दे दिया, भागते भूत की लँगोटी समझकर ग़नीमत[10] जाना। सोचकर दिल को समझाया कि बूँद-बूँद करके ही तालाब भरता है। मगर भरता दिखाई तो दे।

मैंने जिगरी दोस्तों से परीशानी बयान की। कामरेड ने तो ज़हरख़न्द[11] से मेरी बात का जवाब दिया : "होर चुप्पो गन्ने।" अस्ल में कामरेड तो सिरे से मकान बनाने ही के ख़िलाफ़ था। मकान बनाने पे क्या मौक़ूफ़[12] था, मैंने जब मुलाज़िमत[13] शुरू की थी तब भी उसका रद्दे-अमल[14] ख़िलाफ़ ही था। जब मैंने शादी की, उस पर भी उसने बेज़ारी[15] ही का इज़हार किया।[16] शादी, घर-बार, मुलाज़िमत, उसके हिसाब से ये सब झमेले हैं जो आदमी को इन्क़िलाब[17] से दूर ले जाते हैं और सरमायादारों[18] से समझौता करने और ज़मीर[19] का सौदा करने पे मजबूर करते हैं।

मुम्ताज़ ने अलबत्ता दिलजोई[20] की, मगर अजब अन्दाज़ से कहने लगा : "यार, कैसी बातें करते हो। तुमने कोई नया क़र्ज़ा लिया है। मकान तो हमेशा क़र्ज़े ही से बनता है और मकान के लिए क़र्ज़े इसी तरह लिए जाते हैं।"

---

1. काम, 2. विषय में, 3. आरम्भ, 4. अन्त, 5. एक प्राणी जिसकी उत्पत्ति अग्नि से मानी जाती है और वह दिखाई नहीं देता, 6. उत्साह, 7. दुर्दशा, 8. दुर्दशा, 9. सच, 10. अच्छा, 11. खिसयानी हँसी, 12. निर्भर, 13. नौकरी, 14. प्रतिक्रिया, 15. अप्रसन्नता, 16. प्रकट की, 17. क्रान्ति, 18. पूँजीपतियों, 19. अन्तरात्मा, 20. ढारस।

"मगर यार, क़र्ज़ जहाँ-जहाँ से मिल सकता था, वहाँ से ले चुका। मकान फिर भी अधबना है। आगे गाड़ी कैसे चले ?"

"यही होता है। यूँ लगता है कि गाड़ी आगे नहीं चल सकती। राज-मज़दूरों को छुट्टी दो। ठेकदार से माज़िरत[1] कर लो। मगर न राज-मज़दूर टलते हैं, न ठेकेदार पिंड छोड़ता है। बस फिर किसी न किसी तरह गाड़ी चल पड़ती है और लश्टम-पश्टम चलती रहती है।"

"कैसे चलती रहती है ?"

"ऐसे कि जब आदमी बाहर से क़र्ज़े ले चुकता है तो फिर घर-बार का जाइज़ा[2] लेता है। पहले बीवी का ज़ेवर गिरवी रखा जाता है, फिर जहेज़ में आई हुई क़ीमती अशया[3] फ़रोख़्त होती हैं, सबसे आख़िर में घर के बर्तन बिकते हैं।"

"यार, यह तो तुम बहुत भयानक नक़्शा पेश कर रहे हो।"

"कोई भयानक नक़्शा नहीं है। जब मकान बन जाता है तो मर-पिटकर क़र्ज़े अदा हो ही जाते हैं।"

जो बात मुम्ताज़ ने कही, वही ज़ुबैदा ने भी कही जब मैंने अपनी परीशानी का ज़िक्र किया। बोली, "तुम मकान बन जाने दो। क़र्ज़ों का क्या है, वो तो अदा हो ही जाएँगे। बस यही होगा कि घर के इख़्राजात[4] कम करने पड़ेंगे। नहीं खाएँगे तर निवाला[5] रुखी-सूखी खा लेंगे। घर तो अपना होगा। अपने घर में आदमी रूखी-सूखी खाके भी ख़ुश रहता है।"

अस्ल में एक चूक मुझसे भी हुई। वह चूक नातजरबाकारी[6] की वजह से हुई। ख़र्च का तख़्मीना[7] लगाते वक़्त यह बात मल्हूज़[8] ही नहीं रखी गई कि रक़में नज़्र[9] भी करनी होंगी।। आख़िर नक़्शा भी मंजूर कराना था, सीमेंट का पर्मिट भी लेना था और ऐसे ही छोटे-छोटे सौ ख़र्चे थे। फिर यह कि तख़्मीना लगाते वक़्त तामीरी सामान की क़ीमतें कुछ थीं, तामीर होते कहीं से कहीं पहुँच गईं।

ख़ैर जैसी पड़ती है, सहारनी पड़ती है। इस सूरते-हाल[10] से मफ़र[11] तो नहीं था। तामीर होता मकान आदमी को भागने तो नहीं देता। तो मकान लश्टम-पश्टम गुज़ारे लाइक़ बन ही गया। बेशक उसमें खाँचे रह गए थे, मगर मुम्ताज़ ने अच्छी बात कही कि नया बना हुआ मकान मुकम्मल तौर पर बना हुआ कभी नहीं होता। कमियाँ रह ही जाती हैं जो बाद में पूरी होती रहती हैं। तो मैंने भी सोचा कि जो हिस्से अधबने हैं, उन्हें फ़िलहाल नज़रअन्दाज़[12] करो और मकान को मुकम्मल जानो। बस उसमें आबाद हो जाओ। तब मैंने पहली मर्तबा बाहर खड़े होकर मकान पर एक भरपूर नज़र डाली। एक हैरत और हैबत[13] ने मुझे आ लिया—संगो-ख़िश्त[14] का एक पहाड़ मेरे सामने खड़ा था। अच्छा ! यह तामीर में एक अजब तजरबा है। नया मकान आदमी को रिझाता

---

1. क्षमा चाहना, विवशता, 2. जाँच, 3. बहुमूल्य वस्तुएँ, 4. व्यय, 5. चुपड़ी रोटी, 6. अनुभवहीनता, 7. अनुमान, 8. ध्यान, 9. भेंट, 10. स्थिति, 11. बचाव, उपाय, 12. उपेक्षा, 13. आश्चर्य और भय, 14. पत्थर और ईंट।

भी है, डराता भी है। ज़ुबैदा ख़ुश थी। बू जान भी ख़ुश थीं। और मैं ? मैं ख़ुश भी था और उदास भी। थोड़े रोमांस का अहसास, थोड़ा ख़ौफ़। एक इत्मीनान कि आख़िरकार अपना एक घर हो गया, साथ में बेइत्मीनानी[1] भी और तज़बज़ुब।[2] बात यह है कि पता तो नहीं होता कि नए दरो-दीवार से हमारा रिश्ता किस रंग से क़ाइम होगा, हो सकेगा या नहीं ? कितने मुआमलात[3], क्या-क्या क़िस्से होते हैं, शादी-ग़मी के कितने वाक़िआत गुज़रते हैं, तब कहीं जाकर दरो-दीवार के साथ रिश्ता क़ाइम होता है। फिर हर शादी, हर ग़मी के साथ, जो इन दरो-दीवार के बीच गुज़रता है, रिश्ता गहरा होता चला जाता है। उस आन मुझे चराग़ हवेली की याद आई। उसके दरो-दीवार से रिश्ते मेरे पैदा होने से पहले क़ाइम हो चुके थे। मेरी पैदाइश से पहले कितने जनाज़े[4] उस ड्योढ़ी से निकल चुके थे और कितने डोले उस ड्योढ़ी में दाख़िल हो चुके थे। मेरी पैदाइश के बाद भी उस ड्योढ़ी से कई जनाज़े निकले। कई डोले उस ड्योढ़ी में आए, कई डोले उस ड्योढ़ी से रुख़्सत हुए।

आख़िरी जनाज़ा, कि उस ड्योढ़ी से निकला, मियाँ जान का था कि उसके बाद ख़ानदान का ख़ानदान उस ड्योढ़ी से निकल गया। ख़ैर, मियाँ जान तो बाद में गए, बड़ी बू उनसे पहले ही सिधार गईं। कितने दिनों पलंग पे पड़ी रहीं।

साँपवाली कोठरी के बराबरवाले कमरे में उनका पलंग बिछा हुआ था। जाने कब से बीमार चली आ रही थीं। तनदुरुस्त[5] भी ज़रूर रही होंगी, मगर मैंने उनकी तनदुरुस्ती का ज़माना नहीं देखा। जब से होश सँभाला, उन्हें बिस्तरे-बीमारी[6] पर पाया। दिन-रात उसी कमरे में बिस्तर पर दराज़ रहना, थोड़ा-थोड़ा कराहते रहना। कभी तकलीफ़ कम होती और चेहरे पे बहाली[7] आ जाती तो उठकर बैठ जातीं। फिर दूर-दूर की सूझती।

"ऐ बेटे अख़लाक़, यह क्या सिंघाड़ेवाला गली में बोल रहा है ?"

"जी बड़ी बू।"

"ऐ है, पूरी फ़स्ल गुज़र गई, मैंने तो सिंघाड़ा चखा ही नहीं।" गले में पड़े बटवे से इकन्नी निकालते हुए, "यह ले, ज़री[8] इकन्नी के सिंघाड़े मेरे लिए ला दे। चखके तो देखूँ।"

"अभी लाया।"

दम के दम में सिंघाड़े हाज़िर।

बू जान का आकर देखना और टोकना, "बड़ी बू, यह आप क्या बदपरहेज़ी[9] कर रही हैं। ख़ुदा-ख़ुदा करके तो तबीअत ज़रा सँभली है। सख़्त चीज़ें खाएँगी तो फिर तबीअत बिगड़ जाएगी।"

"नहीं बहू, सख़्त नहीं हैं। खाके देखो, बिल्कुल फूल हैं।"

"फिर भी हैं तो आख़िर सिंघाड़े ही।"

"बहू, जाती फ़स्ल का मेवा है और हम भी अब चलनेहार हैं। अगली फ़स्ल किसने

---

1. असन्तोष, 2. दुविधा, 3. मामले, 4. शव, 5. स्वस्थ, 6. रोग शय्या, 7. नीरोगिता, छटा, 8. ज़रा, तनिक, 9. अनुपयुक्त आहार।

देखी है। चली गई तो ये तुम्हारे इँघाड़े-सिंघाड़े खाने के लिए वापस तो नहीं आऊँगी।''

''नहीं बड़ी बू, शैतान के कान बहरे।[1] ऐसी बदशगुनी[2] का कलिमा[3] क्यों मुँह से निकालती हैं। अब तो माशाअल्लाह[4] आपके चेहरे पर रौनक़ है। आपके बेटे तो वाक़िई डर गए थे, मगर अल्लाह ने बड़ा करम किया।''

उस दिन बड़ी बू के चेहरे पर वाक़िई रौनक़ थी, मगर रात होते-होते तबीअत बिगड़ी। वह चराग़ का आख़िरी सँभाला था, बस फिर एकदम से गुल हो गया।[5] चेहरे पे आई हुई रौनक़ उसी तरह रह गई।

दूसरे दिन जब बू जान के दिल को थोड़ा क़रार आया तो उन्होंने पुर्सा[6] देने वालियों के सामने ज़िक्र करते हुए बार-बार यही कहा : ''बीबी, क्या बताऊँ, चेहरे पर कितना सुकून था। लगता ही नहीं था कि मर गई हैं। बस ऐसा लगता था कि सो रही हैं जैसे बातें करते-करते आँख लग गई हो।'' फिर जनाज़े पे तब्सिरा[7] : ''क्या बताऊँ जनाज़े पे कैसी रौनक़ थी। वह जनाज़ा थोड़ा ही लग रहा था, यह लगता था कि बरात निकल रही है।''

बड़ी बू के कमरे में चालीस दिन तक पाबन्दी के साथ चराग़ जला और अगरबत्ती सुलगी। चालीसवें के बाद एक दिन बू जान कहने लगीं, ''बीबी, चालीस दिन तक उस कमरे में कैसी रौनक़ रही है। अगरबत्ती तो मैं शाम को सुलगाती थी, मगर कमरा चौबीसों घंटे महकता रहता था और ख़ुशबू भी अजब तरह की थी। ऐ बीबी, चालीसवाँ होते ही कमरे में कैसा सन्नाटा छाया है, जैसे आए मेहमान चले गए हों।''

चालीसवें पर अज़ीज़-रिश्तेदार दूर-दूर के शहर से चलकर आए। तब मुझे अन्दाज़ा हुआ और हैरानी भी कि यह ख़ानदान कितना बड़ा है और कहाँ-कहाँ फैला हुआ है। कितने दूर-परे के तायों-चचाओं को, फूफियों-फूफाओं को, बहनों-बहनोइयों को मैंने पहली बार देखा। शीरीं को भी जैसे पहली ही बार देख रहा था। वह ज़माना, जब हम साथ-साथ खेले थे, भूल-बिसर चुका था। अब तो शीरीं का तौर ऐसा था जैसे वह मुझे जानती ही नहीं। मुझ पे क्या मौक़ूफ़ था, चराग़ हवेली की किसी लड़की-लड़के से बात करना ही उसे गवारा[8] नहीं था। अलग-अलग रहती थी। कितना बड़ापन आ गया था उसमें। चचीजान जिस तरह बीबियों के बीच बैठकर उसकी तारीफ़[9] करती थीं, उससे वह और इतराने लगी थी। चची जान ने सबके बीच बैठकर किस फ़ख़्र[10] से एलान[11] किया था कि, ''हमारी शीरीं अब कॉलेज में पहुँच गई है। माशाअल्लाह से इतनी ज़हीन[12] है कि अपने बाप से अंग्रेजी में बातें करती है।''

सब इस ख़बर पर शशदर[13] रह गए। अस्ल में हमारे ख़ानदान की तारीख़[14] में यह पहला वाक़िआ[15] था कि एक लड़की तख़्ती[16] और रहल[17] की मंज़िलों से आगे

---

1. ख़ुदा करे कि यह बात झूठ हो, 2. अपशकुन, 3. बात, 4. ईश्वर बुरी नज़र से बचाए, 5. बुझ गया, 6. शोक प्रकट करना, 7. टिप्पणी, 8. पसन्द, 9. प्रशंसा, 10. गर्व, 11. घोषणा, 12. प्रतिभावान्, 13. चकित, 14. इतिहास, 15. घटना, 16. लकड़ी का लम्बोतरा टुकड़ा जिस पर लिखने का अभ्यास करते हैं, 17. लकड़ी का वह ढाँचा जिस पर क़ुर्आन रखकर पढ़ते हैं।

निकलकर कॉलेज में पहुँच गई थी और अंग्रेज़ी लिख-पढ़ रही थी। थी तो अभी वह फ़र्स्ट इयर ही में, लेकिन मुझे उसने ऐसे मश्वरे[1] दिए जैसे वह कॉलेज की ज़िन्दगी का लम्बा तजरबा रखती है। मश्वरों की मंज़िल बाद में आई, शुरू में तो वह अलग-अलग और दूर-दूर रहती थी। बस ऐसा लगता था कि मेरे और उसके बीच मीलों का फ़ासिला[2] है। मगर क्या हुआ कि बू जान ने एक दिन मुझे टहोका कि बेटे, शीरीं आई हुई है। उससे तुम क्यों नहीं पूछ लेते कि कॉलेज में दाख़िले[3] के लिए तुम्हें क्या करना है और शीरीं यह सुनकर कि मैं भी कॉलेज में क़दम रखने लगा हूँ, एकदम से मुझ पे मेहरबान हो गई। बस छूटते ही वह बड़ी बन गई और मुझे अपना छोटा समझकर कॉलेज की ज़िन्दगी के निशेबो-फ़राज़[4] समझाने लगी। फिर इस क़िस्म के मश्वरे कि मुझे कौन-कौन से मज़्मून[5] लेने चाहिएँ और अंग्रेजी में महारत[6] पैदा करने के लिए क्या-क्या पढ़ना चाहिए।

कॉलेज की हद तक मैंने भी उसे बड़ा मान लिया और वहाँ की ज़िन्दगी के मुतअल्लिक़ जी भरकर मालूमात[7] हासिल कीं। मैं यह भूल ही गया कि अभी शीरीं को कॉलेज में गए हुए दिन ही कितने हुए हैं। ख़ैर इसके बाद मैं बड़ा बन गया। यह उस वक़्त हुआ, जब उसे हवेली के पुरअसरार[8] गोशों[9] के मुतअल्लिक़ कुरेद हुई और मैंने उसकी मालूमात में इज़ाफ़ा[10] करना शुरू किया। साँपोंवाली कोठरी के मुतअल्लिक़ जो मैंने बड़ी बू से और बू जान से सुना था, सब उसे सुना डाला। हैरत से मुझे देखने लगी। "वह काला है ?"

"बिल्कुल काला भुजंग, और यह लम्बा और यह मोटा जैसे अज़दहा[11] हो।"

और उसी साँस में मैंने उसे जाफ़र की मौत का क़िस्सा सुना डाला। जाफ़र साँप को मारने में बहुत महारत रखता था। महल्ले में बल्कि पूरी बस्ती में जिस घर में भी साँप निकलता, वही मारने के लिए बुलवाया जाता था। मगर फिर उसे भी बिलआख़िर साँप ही ने डसा।

"पता है उसे साँपिन ने क्यों डसा था ?"

"क्यों डसा था ?"

"वह साँप की आँखें कुचलना भूल गया था।"

"तो फिर ?"

"वाह शीरीं, तुम्हें इतना भी पता नहीं है। साँप को जब कोई मारता है तो उसकी आँखों में मारनेवाले की तस्वीर उतर आती है। साँपिन आकर उसकी आँखों को देखती है। फिर जिस आदमी की शक्ल उसकी आँखों में नज़र आती है, उसके पीछे पड़ जाती है। फिर उसे छोड़ती नहीं।"

शीरीं पहले ही हैरान हो रही थी, अब बिल्कुल हैरतज़दा[12] हो गई और जैसे दिल ही दिल में डर रही हो। आस्तीन से मुझे पकड़ा। "चलो, याँ से चलें।" और हम दोनों

---

1. परामर्श, 2. दूरी, 3. प्रवेश, 4. ऊँच-नीच, 5. विषय, 6. योग्यता, 7. जानकारी, 8. रहस्यमय, 9. कोनों, 10. वृद्धि, 11. अजगर, 12. चकित।

साँपों की कोठरी के पास से चलकर दालान में आए, दालान से सह्न में, वहाँ से मर्दाने में जहाँ ऊँचे मनवाला कुआँ था और जिस पर हर पहर नीम की छाँव रहती थी। बस हम कुएँ के मन पर आकर बैठ गए, सबसे अलग-थलग। उधर दालान में बू जान, चची जान, ताई अम्माँ ग़रज़ सब ही बैठी बातें कर रही थीं; शिकवे-शिकायतें, तारीफ़ो-तन्क़ीस[1], होनेवाली और होकर टूट जानेवाली मँगनियों के तज़्किरे[2], हो जानेवाली शादियों पर तब्सिरे[3] और इधर हम दोनों हैरत के आलम में गुमसुम। बस इसी तरह हवेली के अन्दर दो दुनियाएँ आबाद थीं। एक तो यही मामूलात[4] की दुनिया; रोज़मर्रा की बातें, देखे-भाले लोग और एक ग़ैरमामूल[5] की दुनिया; अनहोनी बातें, अनदेखी-अनजानी मख़लूक़[6] कि अचानक किसी आन, किसी घड़ी बस एक झलक नज़र आती, एक उड़ता-सा साया या महज़[7] आहट और हवेली की मामूलात की दुनिया में एक हैरत और ख़ौफ़ की लहर दौड़ जाती। बस यूँ हवेली में होनी और अनहोनी की दम भर के लिए आँखें चार होतीं। उससे एक ज़लज़ला-सा आता, फिर ये अपनी राह, वो अपनी राह। बड़ी बू जब तक ज़िन्दा रहीं, इस यक़ीन के साथ ज़िन्दा रहीं कि ऊपरवाले कमरे में कोई रहता है। एक दफ़ा तो उन्होंने कुछ देखा भी था। जुमेरात[8] की शाम थी कि उन्हें यह लगा कि जैसे कोई सफ़ेद-बुर्राक़[9] कपड़ों में है और अन्दर कमरे में गया है। मगर जब वो कमरे में गईं तो वहाँ कोई भी नहीं था, बस कमरा ख़ुशबू से भरा हुआ था।

''बड़ी बू,'' बू जान ने एक दफ़ा उनके सामने तज्वीज़[10] पेश की थी। ''फिर किसी आमिल[11] को बुलाके यहाँ अमल[12] कराया जाए ?''

''ना बहू, वो तो कोई बुज़ुर्ग रूह[13] हैं। हवेली की हिफ़ाज़त[14] पर मामूर[15] हैं। हमारे जो ख़ुसुर[16] थे, वो पहुँचे हुए बुज़ुर्ग थे। मैं तो जानूँ, उन्हींने किसी को तैनात[17] किया है।''

और साँप की कोठरीवाले को तो उन्होंने एक दफ़ा नहीं कई दफ़ा देखा था। ''अल्लाह ही जाने कब से यहाँ रहता है। बहुत पुरानी रूह है। मगर इंसाफ़ की कहनी चाहिए, उसने कभी किसी को सताया नहीं। हमने तो कभी उसकी फुनकार भी नहीं सुनी। मैंने एक मर्तबा बहू, तुम्हारे खुसुर से ज़िक्र किया था। उन्होंने कहा कि वह हमसे कुछ नहीं कहता। हम भी उससे कुछ नहीं कहते। बस उसे छेड़ना मत।''

वहाँ घरों में साँप कुछ ज़्यादा ही निकलते थे। मुसलमान के घर में साँप निकलता तो जाफ़र को बुलवाया जाता कि वह इस महारत से उसे घेरता कि हारकर उसकी लाठी की ज़द में आता और मारा जाता। हिन्दू के घर में निकलता तो रघबीर को बुलवाया जाता कि वह साँप को मारता नहीं था, पकड़ लेता था। किस कमाल से दुम को चुटकी में दबाकर एक झटका देता कि उसकी कमर टूट जाती, और वह उसी तरह उसे दुम

---

1. प्रशंसा और निन्दा, 2. चर्चाएँ, 3. टिप्पणियाँ, 4. मनुष्यों, 5. अन्य प्राणी अर्थात् जिन्न, 6. प्राणी, 7. केवल, 8. गुरुवार, 9. चमकदार सफ़ेद, 10. प्रस्ताव, 11. साधक, ओझा, 12. जिन्न का उतार, 13. पुण्यात्मा, 14. रक्षा, 15. नियुक्त, 16. ससुर, 17. नियुक्त।

से चुटकी में पकड़े हाथ से ज़ाविया-ए-क़ाइमा[1] बनाए हुए बस्ती से बाहर जाता और पुरानी इमली तले के उस कुएँ में, जो ज़माना हुआ ख़ुश्क हो चुका था, उसे फेंक आता।

कुँए वहाँ बहुत थे, मगर सूखा कुआँ तो बस यही एक था जो हिन्दुओं के घरों में निकलनेवाले साँपों का बन्दीख़ाना बना हुआ था। मगर कैसा बन्दीख़ाना, साँप गिरने पर पहले तो तह में पड़े हुए कूड़े-करकट के बीच घड़ी भर के लिए तड़पता, फिर कोनों-खुटड़ों में ग़ाइब हो जाता। तो सूखा कुआँ तो यही एक था, बाक़ी सब कुएँ शादाब थे। हाँ, एक और कुआँ था, दूसरे कुओं से मुख़्तलिफ़। यह खारी कुआँ था। इसका पानी तो बस नालियों को धोने ही के काम में आता था। बाक़ी ठंडे-मीठे कुएँ थे कि उनका पानी सुराहियों और कच्चे घड़ों में भरे जाने के बाद मिट्टी की सोंधी महक भी पकड़ लेता था। सबसे ठंडा-मीठा पानी हमारी हवेली के कुएँ का था और मियाँ जान रमज़ान के दिनों में एक एहतिमाम और करते थे। केवड़े की बोतलें की बोतलें उसमें उँडेल देते थे। बस फिर रमज़ान भर हम केवड़े से महकता पानी पीते थे।

बू जान उस हवेली की याद के साथ किराए के मकानों में कैसे गुज़ारा कर रही थीं, यह मैं महसूस तो कर सकता था, मगर मेरे लिए इसके सिवा चारा क्या था। वैसे बू जान अपने दुख का ज़िक्र ज़्यादा नहीं करती थीं। बस जब मैं किराए पर नया मकान लेता, तब वो उस मकान का जाइज़ा लेतीं और हवेली को याद करके लम्बा ठंडा साँस लेतीं और चुप हो जातीं। हाँ कभी-कभी समझातीं कि आदमी के लिए अपनी छत और अपना कोना कितना ज़रूरी होता है। यह तो मेरी शादी के बाद हुआ कि उन्होंने बहू की कुमक[2] पाकर मकान बनाने की ज़रूरत पर ज़रूरत से ज़्यादा ज़ोर देना शुरू कर दिया और जब मैंने मकान बना लिया तो ज़ुबैदा कितनी ख़ुश थी और बू जान कितनी मुत्मइन[3] थीं, मगर मैं अफ़्सुर्दा[4] था। ईंट-पत्थर का एक पहाड़, ख़ुद मेरा खड़ा किया हुआ, मेरे सामने खड़ा था और मुझे एक तज़बज़ुब ने घेर रखा था कि इसके साथ मेरी रफ़ाक़त[5] क्या सूरत इख़्तियार करेगी।[6] सो जब मैं इस घर में दाख़िल हो रहा था तो तअल्लुक़ात[7] के नए इम्कानात[8] के रू-ब-रू[9] था, एक नए रिश्ते की दहलीज़ पर।

1. समकोण 2. सहायता, 3. सन्तुष्ट, 4. दुखी, 5. संगत, 6. रूप धारण करेगी, 7. सम्बन्धों, 8. सम्भावनाओं, 9. सामने।

3

हर ज़मीन हर आदमी को रास नहीं आती। बाज़[1] ज़मीनें अकलखुरी होती हैं कि अपने किसी बासी को बसते नहीं देख सकतीं, अपने उजाड़पन में ख़ुश रहती हैं। बाज़ ज़मीनें ज़ूद-हिस्स[2] होती हैं कि बसनेवालों से तबीअत मेल खा जाए तो उन पर कुशादा[3] होकर उन्हें निहाल[4] कर देती हैं। तबीअत मेल न खाए तो उन पर तंग होती चली जाती हैं। मगर यह आगाही[5] तो बाद की बात है, उन दिनों मुझे इन बातों का शऊर[6] कहाँ था। मैं तो कभी ज़मीनों का मिज़ाजदाँ[7] नहीं रहा। मेरे तो तसव्वुर[8] में भी कभी यह बात नहीं आई थी कि ज़मीन भी महब्बत और नफ़रत कर सकती है। हमेशा यही समझा कि महब्बत और नफ़रत आदमी के मश्ग़ले[9] हैं, इन जज़्बों[10] से ज़मीन नाआशना[11] है। ज़मीन आदमी से महब्बत नहीं करती, आदमी ज़मीन से महब्बत करता है और कभी-कभी तो इस तरह टूटकर करता है जैसे ज़मीन भी औरत हो, बल्कि औरत से बढ़कर औरत।

तो मैंने इस तरह सोचा ही नहीं था। मैंने तो क़ुर्आ[12] में निकलनेवाले प्लॉट को इस ज़ाविए[13] से देखा था कि वह कोने का प्लॉट है या कहीं बीच में फँसा हुआ है और यह कि मेन रोड से क़रीब रहेगा या दूर पड़ेगा। ज़मीन के भी जज़्बात[14] होते हैं, वह भी ख़ुश और नाख़ुश होती है; यह बू जान का इरफ़ान[15] था। नए घर में आकर फिर उन्होंने अपने हिसाब से तज्वीज़ें पेश कीं।

"ऐ दुल्हन, नए घर में आके इस तरह तो नहीं बैठ जाया करते कि न अल्लाह का नाम न रसूल का कलिमा।[16] ऐसे घर में फ़रिश्ते[17] क़दम नहीं रखते।"

"फिर बू जान, मिठाई मँगाके नियाज़[18] दिलाए देते हैं।"

"ऐ है दुल्हन, ख़ाली नियाज़ दिलाके बैठ जाओगी। बिरादरी-कुन्बेवाले, मिलने-जुलनेवाले क्या कहेंगे।"

"फिर ?"

"फिर क्या ? मीलाद[19] करो कि बीबिएँ[20] जम्अ[21] हों। कुछ अल्लाह, रसूल का

---

1. कुछ, 2. संवेदनशील, 3. उदार, 4. मालामाल, 5. ज्ञान, 6. समझ, 7. प्रकृति से परिचित, 8. कल्पना, 9. प्रवृत्ति, 10 भावनाओं, 11. अपरिचित, 12. चिट्ठी डालकर नाम निकालना, 13. दृष्टिकोण, 14. भावनाएँ, 15. ज्ञान, 16. मुसलमानों का धर्ममन्त्र, 17. मुसलमानों के विश्वासानुसार ज्योति से निर्मित एक दिव्य योनि, 18. चढ़ावे की मिठाई, 19. हज़रत मुहम्मद की कथा की सभा, 20. बीबियाँ, महिलाएँ, 21. इकट्ठी।

ज़िक्र हो, कुछ बच्चों-बड़ों की चहल-पहल हो, हँसी-खुशी की आवाज़ें गूँजें। घर में इसी तरह खुशी रचती-बसती है।''

फिर बू जान ने चराग़ हवेली के कब-कब के क़िस्से सुना डाले कि किस मौक़े[1] पर कौन-सी खुशी की तक़रीब[2] हुई थी और उसमें क्या ढोल-ढमका हुआ था। कितने दिनों के बाद बू जान की ज़बान खुली थी वर्ना चराग़ हवेली से निकलकर तो उन्हें चुप लग गई थी। वहाँ वो कितना चहकती-बोलती रहती थीं। यहाँ आकर सारी चहक-महक रुख़्सत हो गई थी। बस नए मकान में क़दम रखा और ज़बान खुल गई। शायद अपने मकान में बैठकर उनमें हौसला पैदा हो गया था। गया हुआ एतिमाद[3] बहाल[4] हो गया। कितनी रात तक चुरकती रहीं। चराग़ हवेली अचानक उनके तसव्वुर में जी उठी थी।

''मियाँ जान सुनाया करते थे कि जब चराग़ हवेली बनी थी तो चाँदी की तश्तरियों में बालूशाहिएँ बटी थीं। बिरादरी के हर जने को एक-एक चाँदी की तश्तरी में दो-दो बालूशाही भेजी थी और बीबी, ड्योढ़ी में नौबत रखी गई थी। चालीस दिन तक नौबत बजी। नौबत बजानेवाले को जामदानी के अँगरखे के साथ पूरा जोड़ा दिया था।''

''बूजान, चराग़ हवेली कब बनी थी ?''

''बेटे, यह तो मुझे पता नहीं। मेरे तो उस घर में आने से पहले की बात है। तुम्हारे लकड़दादा के वक़्तों में किसी वक़्त बनी थी। हवेली की मुँडेरों के कौओं ने अल्लाह रक्खे पाँच पुश्तें परवान चढ़ते देखी थीं। बेटे, तुम पाँचवीं पुश्त में हो।''

''बू जान, इसमें कौओं की क्या तख़्सीस[5] है ?''

''बेटे, कौए की उम्र लम्बी होवे है। सौ बरस में उसका एक पर सफ़ेद होवे है। वैसे तो, खुदा तुम्हारा भला करे, ज़मीनवाला[6] भी जो साँपवाली कोठरी में रहवे था, सौ बरस से ज़्यादा की उम्र का था।''

''कमाल है बू जान, इतनी उम्र ?''

''अरे बेटे, उस ज़माने में तो आदमियों की उम्रें भी बहुत हुआ करे थीं। अल्लाह बख़्शे तुम्हारी परदादी जो थीं, ग़दर के क़िस्से तो ऐसे सुनावे थीं जैसे कल की बात हो। अंग्रेज़-जर्मन की लड़ाई देख के आँखें मूँदी हैं। खुदा झूट न बुलवाए, पूरी सदी देखी थी और माशेअल्लाह[7] चलती-फिरती दुनिया से गईं। आख़िर वक़्त तक दाँत सलामत थे। बस एक दफ़ा शिकायत की थी कि दाँत जवाब दे रहे हैं, भुट्टे के दाने मुझसे चबते नहीं।''

बस बू जान अपनी धुन में चराग़ हवेली के अगले-पिछले क़िस्से सुनाती चली गईं। पहली रात तो इन्हीं बातों में कट गई। अच्छा-ख़ासा रतजगा हो गया। कहीं पिछली रात को सोए हैं और सुबह सवेरे उठ बैठे। कम-अज़-कम मेरी आँख तो तड़के ही खुल गई। नए घर की सुबह भी नई-नई लग रही थी और आस्मान कितना ताज़ा नज़र आ रहा

---

1. अवसर, 2. उत्सव, 3. भरोसा, 4. पहले जैसा, 5. विशेषता, 6. ज़मीनवाला अर्थात् साँप, 7. माशाअल्लाह : ईश्वर बुरी नज़र से बचाए।

था। निकलता सूरज यूँ दिखाई दिया जैसे आज ही पैदा हुआ है। मैंने पूरे घर में घूम-फिरकर ऊपर-नीचे चढ़-उतरकर जाइज़ा लिया कि सूरज इस घर में किस तरफ़ से निकलता है और पहली किरन हमारी कौन-सी मुँडेर पर चमकती है। घर में यह देखना बहुत ज़रूरी होता है। आख़िर सूरज से भी तो निबाह करना होता है। नए घर में क़दम रखने के साथ चाँद, सूरज, सितारे, आस्मान, हवा, बारिश, सब ही से नए सिरे से इफ़्हामो- तफ़्हीम[1] करनी होती है। धूप-छाँव का नक़्शा समझना होता है। देखना होता है कि धूप किस रंग से उतरती-चढ़ती है और छाँव किस तौर फैलती-सिमटती है।

उस एक सुबह पे मौक़ूफ़ नहीं, उन दिनों रोज़ ही मुँह-अँधेरे मेरी आँख खुल जाती। आँख खुलती कि फ़ौरन ही सारी नींद आँखों से ग़ाइब हो जाती।

ज़ुबैदा की ख़्वाहिश थी कि हमारे इस घर का कोई नाम भी होना चाहिए। कितने नाम तज्वीज़ हुए और रद्द हुए। मैंने कह दिया था, मैं घर के नाम के साथ अपना नाम नत्थी नहीं करूँगा। आख़िर एक सीधे से नाम पर इत्तिफ़ाक़े-राय[2] हो गया, 'आशियाना'। और अब मैं इस घर में सुबह ऐसे करता जैसे परिन्दे आशियाने में सुबह करते हैं। तड़के आँख खुलती। बस मैं फुरेरी लेके फ़ौरन छत पे पहुँचता, फैलते उजाले और निकलते सूरज के अमल का जाइज़ा लेने लगता। वो सुबहें कितनी नई और उजली लगती थीं और फ़ज़ा[3] में कितनी शादाबी होती थी। बस यूँ मालूम होता था कि दुनिया नई-नई पैदा हुई है या मेरी नए सिरे से पैदाइश हुई है या कह लीजिए कि जैसे मेरी नई-नई शादी हुई है। शादी के बाद कमरों में, बरामदों में, सहन में, बस पूरे घर में एक नई महक, नई हरारत[4] सरसराती महसूस होती है। जब आदमी अपना नया मकान बनाता है, उस वक़्त भी कुछ यही कैफ़ियत[5] होती है। कम-अज़-कम मैं तो यही महसूस कर रहा था कि मेरी ज़मीन से नई-नई शादी हुई है; ज़मीन के एक ख़ूबसूरत क़त्आ[6] से। दरो-दीवार के बीच एक नई हरारत। कितने ज़माने के बाद मुझे ज़मीन से वस्ल[7] हासिल हुआ था और आस्मान से शरफ़े-बारयाबी।[8] वह जो इस घर में क़दम रखते हुए मुझे उदासी ने आ लिया था और एक तज़बज़ुब ने, उसके अब कोई असर-आसार[9] बाक़ी नहीं थे।

अब मेरी समझ में आ रहा था कि लोग गलियों से निकलकर नई आबादियों, नई हाउसिंग स्कीमों की तरफ़ क्यों दौड़ रहे हैं। पहले तो मैं इसे नौदौलतेपन का मुज़ाहिरा[10] जानता था। अब पता चला कि वो गलियों से क्यों बेज़ार हैं। आगे लोगों ने कुछ खुले आस्मान से, कुछ दश्त[11] की पहनाइयों[12] से डरकर नगर आबाद किए, नगर में पतली-पतली गलियाँ बनाईं, उन गलियों में मकान इस तौर बनाए कि एक-दूसरे में पैवस्त,[13] मंज़िल के ऊपर मंज़िल। यूँ उन्होंने अपनी दानिस्त[14] में बेअमाँ[15] आस्मान से अमान[16] हासिल कर ली और ज़मीन की बेपनाह वुसअतों[17] से पनाह[18] ले ली। मगर

1. समझना-समझाना, सहमति, 3. आकाश, वातावरण, 4. गर्मी, 5. दशा, 6. ज़मीन का टुकड़ा, 7. मिलन, 8. दर्शनों का सौभाग्य, 9. लक्षण, 10. प्रदर्शन, 1. जंगल, 12. विस्तार, 13. जुड़े हुए, 14. समझ से, 15. असुरक्षित, 16. सुरक्षा, 17. फैलाव, 18. शरण।

जब ज़मीनो-आस्मान से छुपकर उन्होंने बहुत दिन गुज़ार लिए तो फिर उन्हें रफ़्ता-रफ़्ता[1] तंग गलियों और ऊँचे मकानों से ख़फ़्क़ान[2] होने लगा। क्या मुश्किल है कि न यूँ चैन है, न वूँ चैन है। आदमी ज़मीन की वुसअत और आस्मान की लामहदूदियत[3] से ख़ौफ़ज़दा होता है। गलियों-घरों की तंगी से उसे ख़फ़्क़ान होता है। तो वुसअत के ख़ौफ़ की मंज़िल से गुज़रकर अब हम तंगी[4] से ख़फ़्क़ान की मंज़िल में हैं। गलियों से खुले इलाक़ों की तरफ़ लपक रहे हैं और कुशादा मकान बनाने में मसरूफ़ हैं। शायद इसी क़िस्म का कोई ख़फ़्क़ान हो या किराए के मकानों से जो बेठिकाना होने का अहसास पैदा हो गया था, उससे नजात[5] पाने की ख़्वाहिश, या महज़ माँ और बीवी का दबाव हो, बहरहाल वजह कुछ भी हो, मैंने मकान बनाया और ऐसे इलाक़े में बनाया जो खुला-खुला था। मुझे यहाँ कुशादगी[6] महसूस करके ख़ुशी हो रही थी। माँ और बीवी को यह सोचकर ख़ुशी हो रही थी कि अपना मकान खड़ा हो गया और जायदाद बन गई। कितनी खुश थीं दोनों कि जामे में फूली नहीं समाती थीं। किस धूम से उन्होंने मीलाद का एहतिमाम किया और बालूशाहियाँ बाँटीं, खाना-दाना अलग। उस रोज़ ख़ूब देग खनकी और कितनी चहल-पहल रही। बच्चों ने तो वह चीख़म-घाड़ मचाई कि मैं तो पनाह माँग गया। पता नहीं रात किस वक़्त तक जाग-बाग रही। मैं तो सो गया था।

"बू जान, आज हमारे पिछवाड़े फाँसियाँ लगेंगी।"

"ऐ दुल्हन, सुबह ही सुबह कैसा मनहूस कलिमा[7] मुँह से निकाल रही हो।"

मैंने आधे सोते आधे जागते यह गुफ़्तगू सुनी। बात का आगा-पीछा समझ में नहीं आया। फाँसियाँ ! कैसी फाँसियाँ ? बाहर नज़र डाली। अच्छी-ख़ासी धूप निकल आई थी। बस फ़ौरन ही उठ बैठा। यूँ तो जब से मैं इस घर में आया था, सवेरे मुँह-अँधेरे आँख खुल जाती थी मगर आज देर से आँख खुली। शायद इस वजह से कि रात देर से सोया था।

मुँह-हाथ धोकर जब नाश्ते की मेज़ पे पहुँचा तो ज़ुबैदा ने नाश्ता चुनते-चुनते ख़बर सुनाई : "अख़लाक़, तुमने सुना। आज हमारे पिछवाड़े फाँसियाँ लग रही हैं।'

अब मैं चौंका। ज़ुबैदा को ग़ौर से देखा। "फाँसियाँ ? कैसी फाँसियाँ ?"

"जैसी फाँसियाँ होती हैं।"

"होश में तो हो।"

"मैं अपने मग़्ज़[8] से उतारके तो बात नहीं कही है। सारे महल्ले में शोर पड़ा हुआ है। सुना है कि तख़्ते तैयार हो रहे हैं।"

बस उसी घड़ी पड़ोस से नसीबन बुआ दाख़िल हुईं। इल्तिजा[9] भरे लहजे में बोलीं :

---

1. धीरे-धीरे, 2. घबराहट, 3. असीमता, 4. कमी, 5. मुक्ति, 6. खुलापन, 7. अशुभ बात, 8. भेजा, मस्तिष्क, 9. बिनती।

"बेगम साब जी, ज़रा फाँसी के तख़्ते देख लूँ।"

"नसीबन बुआ, फाँसी के तख़्ते हमारे घर में तो नहीं लगे हैं।"

"ऐ ख़ुदा न करे कि तुम्हारे घर में लगें। मैं तो यह कह रही थी कि तुम्हारी जो पिछली दीवार है, उसके परे तख़्ते लग रहे हैं। कहो तो ज़रा उधरूँ जाके झाँक के देख लूँ।"

नसीबन बुआ के इस बयान से ज़ुबैदा पर इन्किशाफ़[1] हुआ कि फाँसी के तख़्तों का नज़्ज़ारा[2] तो अपने घर से किया जा सकता है। बस ज़रा पिछले हिस्से में जाकर दीवार से झाँकने की ज़रूरत है और अचानक उस नेकबख़्त को इतना शौक़ हुआ या कह लीजिए कि तजस्सुस[3] हुआ कि मुझे मेरे हाल पे छोड़, नसीबन बुआ को साथ ले पिछले गोशे की तरफ़ चल दी।

थोड़ी देर में वापस आई, आँखों में लज़्ज़ते-दीद[4] लिए हुए। "नसीबन बुआ ठीक ही तो कह रही थीं। अरे यह तो हमारा बिल्कुल पिछवाड़ा है। दीवार से ज़रा झाँको तो सामने ही तख़्ते नज़र आ रहे हैं। दो तो लग गए हैं, तीसरा लग रहा है। ज़रा देखो तो सही जाकर।"

लेकिन मेरा रद्दे-अमल[5] ज़ुबैदा के रद्दे-अमल से बिल्कुल मुख़्तलिफ़ था। ज़ुबैदा ने फाँसी के तख़्तों के बारे में जितनी गर्मजोशी[6] दिखाई, उतना ही मैं सर्द[7] हो गया। वैसे तो मैं पिछले दिन के अख़बार ही में यह ख़बर पढ़ चुका था कि तीन फाँसियाँ सरे-आम[8] लगाई जाने वाली हैं तो इस इत्तिला[9] पर मुझे चौंकना तो नहीं चाहिए था। शायद मैं इस इत्तिला पर नहीं चौंका था। जिस इत्तिला ने मुझे चौंकाया और फिर सर्द किया, वह यह इत्तिला थी कि ये फाँसियाँ मेरे घर के बिल्कुल क़रीब दी जानेवाली थीं। मैंने अख़बार में ख़बर पढ़ते हुए इस पर ध्यान ही नहीं दिया कि फाँसियों की जाए-वुक़ू[10] कौन-सी है। ख़बर में यह तफ़्सील[11] तो दी हुई थी कि फाँसियाँ जेल के बाहर लबे-सड़क[12] दी जाएँगी। इससे मुझे समझ लेना चाहिए था कि यह वाक़िआ[13] मेरे घर के नवाह[14] में गुज़रेगा। मगर मैंने अभी तक इस बात पर भी ध्यान कब दिया था कि मेरा यह घर जेल के नवाह में वाक़े[15] है। रोज़ मैं इस सड़क से आता-जाता था जो जेल के अक़्ब[16] की फ़सील के बराबर-बराबर चली गई है। मगर मुझे यह ख़याल कभी नहीं आया कि यह सड़क मेरे मकान के अक़्ब में है कि अपनी पिछली दीवार से झाँकूँ तो यह सड़क और इससे परे जेल की अक़्बी दीवार साफ़ नज़र आएगी। लेकिन अगर यह बात मेरे ध्यान में होती भी तो मैं ख़बर पढ़कर यह कैसे तय कर सकता था कि फाँसी के तख़्ते उसी अक़्बी दीवार के साये तले मेरे घर के रुख़[17] पर नस्ब किए जाएँगे[18] और अख़बार में तो सब ही तरह की ख़बरें आती हैं; क़त्ल की ख़बरें, इग़वा[19] की ख़बरें, बम फटने की ख़बरें। मगर अख़बार पढ़ते हुए एक अहसास यह रहता है कि ये सब

1. प्रकटन, 2. दर्शन, 3. जिज्ञासा, 4. दर्शन का आनन्द, 5. प्रतिक्रिया, 6. उत्साह, 7. ठंडा, 8. सबके सामने, 9. सूचना, 10. घटनास्थल, 11. विवरण, 12. सड़क के किनारे, 13. घटना, 14. आसपास, 15. स्थित, 16. पीछे, 17. तरफ़, 18. लगाए जाएँगे, 19. भगा ले जाना।

वाक़िआत[1] हमसे दूर कहीं गुज़र रहे हैं। आज की सबसे सनसनीखे़ज़[2] ख़बर की जाए-वारिदात[3] ऐन हमारे आशियाने का पिछवाड़ा होगा, यह तो मैं तसव्वुर भी नहीं कर सकता था।

बहरहाल मैं इस सारे क़िस्से पर कुछ ऐसा बेमज़ा हुआ ज़ुबैदा के इसरार[4] के बावुजूद मैं उस तरफ़ जाने और दीवार से झाँकने पर रज़ामन्द[5] न हुआ। बल्कि ज़ुबैदा ने जितना इसरार किया, उतना ही मैं इस तज्वीज़ से बेज़ार होता गया।

''ऐ है देख तो लो कि तुम्हारे घर की दीवार के उस तरफ़ हो क्या रहा है।''

''बस बेगम, तुम ही देखो। मुझे दफ़्तर जाने में पहले ही देर हो चुकी है।'' और मैं नाश्ते की मेज़ से उठ एक बेतअल्लुक़ी[6] के साथ दफ़्तर जाने की तैयारी करने लगा।

ऐसे सनसनीखे़ज़ वाक़िआ से मेरी बेतअल्लुक़ी की वजह एक और भी थी। मैं जिस महल्ले में रहा, महल्लेवालों की सरगर्मियों[7] और दिलचस्पियों[8] से मैंने अपने-आपको हमेशा अलग ही रखा। गली-महल्ला के लोगों का क्या है, ज़रा कोई बात हो उनमें एक गर्मी आ जाती है। ख़ुशगवार[9] वाक़िआ हो या नाख़ुशगवार, दोनों सूरतों में उनके यहाँ एक ज़बरदस्त तजस्सुस पैदा हो जाता है और चिहमी-गूइयाँ[10] होने लगती हैं। जिस महल्ले में भी रहा, मैंने यही देखा और हमेशा यह तौर बरता कि कभी उनके इस क़िस्म के ज़ौक़ो-शौक़[11] में उनका शरीक[12] नहीं बना जैसे मैं ऐसी बातों से बहुत बाला[13] हूँ।

दफ़्तर पहुँचा तो देखा कि मेज़-मेज़ वही एक मौज़ू-ए-गुफ़्तगू[14] है। दफ़्तर का काम कम हुआ, फाँसियों पर गुफ़्तगू ज़्यादा हुई। हर क्लर्क, हर चपरासी बेताब नज़र आता था कि किसी तरह दफ़्तर ख़त्म हो और वह उड़कर जाए-वारिदात पर पहुँच जाए। ऐसे भी थे कि उलटा-सीधा बहाना करके दफ़्तर ख़त्म होने से पहले ही खिसक लिए। ऐसे भी थे जिनका ख़याल था कि दफ़्तर में आज हाफ़-डे होना चाहिए।

''भाई वह किस ख़ुशी में ?''

''फाँसियाँ देखने जाना है जी। अगर फाँसियों के बाद हम पहुँचे तो फिर वहाँ जाने का फ़ाइदा क्या होगा ?''

किन मुश्किलों से लोगों ने दफ़्तर का वक़्त गुज़ारा। और जब दफ़्तर ख़त्म हुआ तो कितनी बेताबी से दफ़्तर से दौड़ लगाई है। लगता था कि सारा दफ़्तर उसी तरफ़ ढुल जाएगा।

घर वापस जाने के लिए मुझे अपना रास्ता बदलना पड़ा। जेलवाली सड़क तो इतनी भर चुकी थी कि उधर से स्कूटर पर गुज़रना मुझे सख़्त दुशवार[15] नज़र आया। सवारियों का एक सैलाब उमड़ा हुआ था। ट्रैफ़िक के सिपाही अपनी अच्छी-ख़ासी नफ़री के बावुजूद ट्रैफ़िक को कंट्रोल कर नहीं पा रहे थे। एक तो ट्रैफ़िक का शोर, फिर ट्रैफ़िकवालों की सीटियों का शोर, एक तूफ़ान उठा हुआ था। कितने आड़े-तिरछे रास्तों

---

1. घटनाएँ, 2. उत्तेजनात्मक, 3. घटनास्थल, 4. बार-बार कहना, 5. राज़ी, 6. असम्बद्धता। 7. क्रियाकलापों, 8. मनोरंजन, रुचि, 9. सुखद, 10. कानाफूसी, 11. रुचि और रसिकता, 12. भागी, 13. परे, 14. बातचीत का विषय, 15. कठिन।

से घूम-फिरकर मैं अपने घर पहुँचा। मगर अपनी गली में भी आज गाड़ियों की एक क़तार लगी हुई थी। घर में क़दम रखा तो देखा कि ज़ुबैदा हवास-बाख़्ता[1] है।

''ज़ुबैदा, फाँसियाँ जिन्हें लग रही हैं, उन्हें लग रही हैं। तुम्हें क्या हुआ ?''

''लोगों ने नाक में दम कर रखा है।''

''क्यों ?''

''कहते हैं कि छत पे जाने दो। वहाँ से फाँसियाँ देखेंगे।''

''नहीं, छत पर कोई नहीं चढ़ेगा।''

''मैंने तो बहुत मन्अ किया[2] मगर कमबख़्त बाज़ तो ऐसे ढीठ निकले कि मैं चिल्लाती रह गई, उन्होंने एक न सुनी। छत पे चढ़ गए।''

मैंने डाँट-फटकार कर उन्हें नीचे उतारा और घर से निकाला।

''उधर कितने बच्चे दीवार पर चढ़े बैठे हैं, मेरी तो सुनते नहीं। उनसे भी तुम ही निबटो।''

और मैंने उधर जाकर बच्चों के कान ऐंठे। डाँट-डपटकर उन्हें भगाया।

फिर महल्ला के बाहर के लोगों से, जो लगातार चले आ रहे थे, निबटा। पता नहीं, शहर के किस-किस कोने-खुदड़े से लोग निकल-निकलकर आ रहे थे। उनका ताँता टूटता ही नहीं था। थोड़ी-थोड़ी देर बाद दरवाज़े पर जाना, नौवारिद[3] की इल्तिजा और टका-सा जवाब दे देना, कि नहीं साहिब यह घर है, तमाशागाह[4] नहीं है।

एक दफ़ा फिर दरवाज़े की घंटी बजी और साथ में किसी ने धड़-धड़ दरवाज़ा पीटना शुरू कर दिया। मैंने जाकर दरवाज़ा खोला। अजनबी को देखा। रूखेपन से पूछा : ''फ़रमाइए।''

लजाजत[5] से बोला, ''अगर आप थोड़ी मेहरबानी करें और इक ज़रा इजाज़त दे दें तो मैं आपकी छत...''

मैंने बेसब्री[6] से उसकी बात काटी, ''आपको पता होना चाहिए कि यह घर है। यहाँ शरीफ़ लोग रहते हैं। आप लोगों ने इस घर को क्या समझा है।''

''देखिए, आप बुरा मान गए। क़िस्सा यह है कि मैं बहुत दूर से आ रहा हूँ।''

''बहुत दूर से ? कहाँ से ?''

''फ़ैसलाबाद से।''

''इसी काम के लिए आए हैं ?''

''जी हाँ। यही सोचा था कि ज़रा आउटिंग हो जाएगी। फाँसियाँ भी देख लेंगे। यहाँ आकर देखा तो यहाँ से वहाँ तक आदमी ही आदमी है। कहीं क़दम टिकाने को जगह नहीं मिल रही। मैंने सोचा कि आपसे अपील करके देखूँ कि आप अपनी छत से मुझे देखने की इजाज़त दे दें, नहीं तो मेरा फ़ैसलाबाद से आना बेकार जाएगा। जाने कितने ज़रूरी काम छोड़के आया हूँ।''

---

1. घबराई हुई, 2. रोका, मना किया, 3. नया आनेवाला, नवागत, 4. तमाशा देखने की जगह, 5. गिड़गिड़ा कर, 6. अधीरता।

"जी नहीं।" मैंने क़त्ई[1] जवाब दिया और दरवाज़ा बंद कर लिया। मगर अभी दरवाज़ा बंद किया ही था कि फिर घंटी बजी। बस फिर तो मेरा पारा बिल्कुल चढ़ गया। भिन्नाकर दरवाज़ा खोला जैसे छूटते ही आनेवाले पर झपट पड़ूँगा। मगर सामने अपना कामरेड खड़ा था। मैं हैरान रह गया, "कामरेड, तुम भी ?"

"हाँ यार, मैंने सोचा कि तमाशा है तो तमाशा ही सही।"

मैंने उसे अन्दर बुलाते हुए इत्तिला दी कि मैंने किसी को छत पे चढ़ने नहीं दिया। न दीवार से झाँकने की इजाज़त दी है।

"कौन भड़वा तुम्हारे घोंसले को खोंदने और दीवार को फाँदने आया है।" कामरेड ने हमारे आशियाने को घोंसला कहना शुरू कर दिया था।

"मगर फिर तुम फाँसियों का तमाशा कैसे देखोगे ?"

"कामरेड, तमाशा तो मैं देखता हुआ आ रहा हूँ। लोग फाँसियों का तमाशा देखने के लिए इधर ढुल रहे हैं। मैं फाँसियाँ देखनेवालों का तमाशा देखता-देखता यहाँ चला आया। कामरेड, बहुत ख़िल्क़त[2] उमड़ी हुई है।"

मैंने जलकर कहा, "कामरेड, ये सब साले तुम्हारे अवाम[3] हैं, जिनका तुम उठते-बैठते क़सीदा[4] पढ़ते हो।"

कामरेड ने मेरी बात को सुनी-अनसुनी कर दिया। कहने लगा : "मैं कहता था तो तुम्हें यक़ीन नहीं आता था। अब तो तुम अन्दाज़ा कर सकते हो कि कोड़े लगने के मौक़े पर तमाशा देखने के लिए कितने जमा होते होंगे।"

"कमाल लोग हैं।"

"इस शहर के लोग। कहते हैं कि जब नादिरशाह ने दिल्ली में क़त्ले-आम[5] का हुक्म दिया और यह ख़बर यहाँ पहुँची तो एक ज़िन्दा-दिल[6] ने दूसरे से कहा कि चलो चलिए। चलके दिल्ली में क़त्लाम[7] का तमाशा देखें।"

उसी घड़ी ज़ुबैदा घबराई हुई आई। "अजी क्या तुमने गेट खोल दिया है।"

"नहीं तो।"

"छत पे तो लोग चढ़े बैठे हैं, कमबख़्त छत ही को न ले बैठें। उधर दीवार पे बच्चे लदे हुए हैं। दीवार आज ज़रूर बैठ जाएगी।"

मैं उठने लगा था कि कामरेड ने टोक दिया : "बैठ जाओ कामरेड।"

"नहीं यार, इन लोगों का कुछ इंतिज़ाम करना पड़ेगा।"

"इन लोगों का इस वक़्त कोई इंतिज़ाम नहीं हो सकता।"

"क्यों नहीं हो सकता ?"

"इस वक़्त लोगों का रेला आया हुआ है। जब लोगों का रेला आता है तो फिर तुम जैसे बुर्ज़ुआ लोग उसे नहीं रोक सकते।"

मैंने कामरेड को तंज़िया[8] नज़रों से देखा।

---

1. अटल, 2. जनता, 3. जनता, 4. प्रशंसा, उर्दू-फ़ारसी का वह पद्य जिसमें किसी की प्रशंसा या निन्दा की गई हो; 5. सर्वसाधारण का वध, 6. प्रसन्नचित, 7. क़त्ले-आम (बोलचाल में), 8. व्यंग्यपूर्ण।

"हाँ-हाँ मैं समझ गया, तुम क्या कहना चाहते हो। आज रेला ग़लत आया है। कल को सहीह आएगा।" कामरेड ने फ़ौरन टुकड़ा लगाया।

मैं बेसाख़्ता[1] हँस पड़ा। "तुम लोग ख़याली पुलाव पकाने में जवाब नहीं रखते।"

घंटी फिर बजी। मैंने जाकर गेट खोला तो एक बुढ़िया एक नन्हे बच्चे का हाथ पकड़े खड़ी थी। "बड़ी बी, क्या बात है ?"

"पुत्तर, मुझे तो देखने-दिखाने का कोई शौक़ नहीं है। मगर यह मेरा पोता बहुत ज़िद्द कर रहा है कि फाँसिएँ देखूँगा। तो पुत्तर ज़रा ऐस बच्चे को दिखाना है।"

बड़ी बी ने इतनी लजाजत[2] से बात कही कि मेरा दिल वाक़ई पसीज गया। "जाओ बड़ी बी, तुम भी तमाशा देखो, अपने पोते को भी दिखाओ।"

बड़ी बी ने मुझे बहुत दुआएँ दीं और पोते का हाथ पकड़े-पकड़े पिछवाड़े की दीवार की तरफ़ चली गईं। और नसीबन बुआ ने तो सुबह ही अपना हक़ मनवा लिया था, अब उन्हें मुझसे इजाज़त लेने की क्या ज़रूरत थी। वो बेतकल्लुफ़ आईं और ज़ुबैदा को टहोका : "ऐ बेगम साब, फाँसियों का वेला हो रहा है। यह काम का कौन-सा वक़्त है।" ज़ुबैदा पहले ही उजलत में थी। नसीबन बुआ के फ़िक़रे ने उस पर क़मची का काम किया। लपक-झपक चाय ट्रे में सजा मेरे सामने रख दी।" आप चाय पिएँ। मैं ज़रा फाँसियाँ देख आऊँ।" और यह जा वह जा।

ज़ुबैदा के जाने के साथ ही मैंने फाँसियों की तरफ़ से समझ लीजिए कि ज़ेह्नी[3] फ़राग़त[4] पा ली। "यार कामरेड, छोड़ो इस क़िस्से को। फाँसियाँ तो लगती रहेंगी। आओ हम अपनी बातें करें।"

इशारे की देर थी। बस कामरेड रवाँ हो गया।

एकदम से कितनी बातें कर डालीं। रुका हुआ भी तो कितने दिनों का था। एक ज़माने में रोज़ मिलता था और कितना बोलता था। उस पे क्या मौक़ूफ़ था, सब ही दोस्त रोज़ इकट्ठे होते थे—फ़ारुक़, ज़हूर, मुम्ताज़ और हम सब दोस्त अपने कामरेड के हिसाब से बुर्ज़ुआ, रजअतपसन्द[5] और ज़वालपसन्द[6] और न जाने क्या-क्या थे। कामरेड करता होगा किसी ज़माने में पार्टी-वर्क, मगर न अब पार्टी थी और न वह वर्कर था। बस हमारे दरमियान फँसा हुआ था। बातें करता था और मुस्तक़िल लेक्चर देता था कि बातें करने और किताबें पढ़ने में कुछ नहीं रखा, ऐक्शन होना चाहिए। हम उसके आने से पहले ज़हूर को इन्क़िलाबी[7] समझा करते थे कि वह उठते-बैठते मार्क्स का हवाला देता था और हमें मौक़ापरस्त[8] साबित किया करता था। मगर कामरेड ने आकर उसे भी हमारे ख़ाने[9] में डाल दिया।

"यार कामरेड, ज़हूर के बारे में तो तुम यह नहीं कह सकते। वह तो तुम्हारी आइडियालॉजी को माननेवाला है।"

"मानने से क्या होता है। असली चीज़ ऐक्शन है, ऐक्शन। भाई से मार्क्सीयत[10]

---

1. बेतहाशा, सहसा, 2. नम्रता, 3. मानसिक, 4. छुटकारा, 5. प्रतिक्रियावादी, 6. पतनवादी, 7. क्रान्तिकारी, 8. अवसरवादी, 9. खाते, 10. मार्क्सवाद।

पे बातें करवा लो, ऐक्शन के नाम सिफ़र[1] है।"

बस इसी रंग में बोलता चला जाता। एक-एक दोस्त का एहतिसाब[2] करता। दोस्तों की मंडली बिखरी तो वह भी नज़रों से ओझल हो गया। ख़ैर वह महीने-पन्द्रहवाड़े में सूरत ज़रूर दिखा जाता था। दूसरे तो बिल्कुल ही नज़रों से ओझल हो गए। बस तितर-बितर हो गए। कोई दूर के देसों में निकल गया, कोई मुल्क ही में रहकर ग़मे-रोज़गार[3] की ग़िज़ा[4] बन गया।

मैंने पूछा : "यार कामरेड, कुछ मुम्ताज़ का भी अता-पता है। कहाँ है आजकल ?"

"इसी शहर में।"

"अच्छा ? आ गया वापस ? अजीब आदमी है। आकर बताया भी नहीं।"

"अब वह ऊँची हवाओं में है।"

"अच्छा ?"

"हाँ। ख़ैर मैंने तो उसके मिज़ाज दुरुस्त कर दिए। पहले तो वह नेड़े ही नहीं लगने दे रहा था। जब मैंने बात की, यही कहता कि यार मैं अभी फँसा हुआ हूँ। दफ़्तर क़ाइम कर लूँ, फिर बात होगी। मैंने दिल में कहा कि कामरेड, यहाँ सीधी उँगलियों से घी नहीं निकलेगा। तो बस एक दिन मैंने उसे धर लिया कि प्यारे शयूख़[5] के बूटों के तस्मे बाँध-बाँध के तू भी फ़ुल बूट बन गया है। इस हराम की कमाई में से कुछ ज़कात[6]-वकात निकाल दे। बस जी सीधा हो गया। मैंने उससे थोड़ा-बहुत ऐंठ ही लिया, भागते भूत की लँगोटी।"

कामरेड जारी था कि ज़ुबैदा आन पहुँची। आते ही इत्तिला दी : "लग गई फाँसी।"

"लग गई..." कामरेड अपनी बातें भूलकर ज़ुबैदा की तरफ़ मुतवज्जेह[7] हो गया। "तीनों को ?"

"हाँ तीनों को। अभी तक लटके हुए हैं।"

"अच्छा, चलो टंटा मुक गया।"

बाहर एकदम से ट्रैफ़िक का शोर हुआ जैसे सिनेमा टूटा हो। छत पे चढ़े हुए लोग और दीवार पे लदे हुए बच्चे भी उतर-उतरके जाने लगे। बुढ़िया भी पोते को अपनी उँगली पकड़ाए वापस होती नज़र आई। "हाय बदनसीब जवान-जहान दुनिया से गए।" और अफ़्सोस करती हुई बाहर निकल गई।

"अच्छा मैं चला।" कामरेड कि बोलते-बोलते चुप हो गया था, एकदम से उठ खड़ा हुआ।

"क्यों ?"

"बस, खेल ख़त्म पैसा हज़्म। फिर मिलेंगे।"

अब शाम होने लगी थी। बाहर ट्रैफ़िक का शोर धीमा पड़ गया था। इधर छत

---

1. शून्य, 2. आकलन; 3. सांसारिक दुख, 4. आहार, खाजा, 5. शैख़ का बहु., 6. इस्लाम धर्म के अनुसार अपनी कुल पूँजी का अढ़ाई प्रतिशत का दान हर साल रमज़ान के महीने में करना हर धनी मुसलमान का कर्तव्य है, 7. ध्यान देने या करनेवाला।

पे भी अब कोई नज़र नहीं आ रहा था। दीवार पे भी कोई बच्चा दिखाई नहीं दे रहा था। ज़ुबैदा ने एक मर्तबा फिर दीवार का रुख़ किया। बू जान ने टोका : "दुल्हन, दोनों वक़्त मिल रहे हैं। अब उस तरफ़ मत जाओ।"

"बस बू जान अभी आई।"

और वाक़िई ज़ुबैदा जल्दी ही वापस आ गई। वापस आकर इत्तिला दी : "अभी तक लटके हुए हैं।"

"हूँ।" मेरी समझ में न आया कि मैं इस पर अपने रद्दे-अमल[1] का कैसे इज़हार[2] करूँ।

"अब जाके देख लो। अब तो सब लोग चले गए हैं। हमारी दीवार से सब कुछ नज़र आता है।"

"उसमें देखने की कौन-सी बात है।" मैंने इक ज़रा अपनी बेतअल्लुक़ी[3] ज़ाहिर करते हुए कहा और अन्दर कमरे में चला गया। वहाँ देखा कि बू जान जानमाज़ पे बैठी हैं और दुआ के लिए उन्होंने दोनों हाथों से दुपट्टे का पूरा आँचल फैला रखा है।

नींद तो आ नहीं रही थी। मैंने सोचा, लाओ मियाँ जान के काग़ज़ात ही लगे हाथों तर्तीब[4] दे लें। उस रोज़ के बाद मैंने इस मुसव्वदे[5] को हाथ ही नहीं लगाया था। ख़ैर लेकर तो बैठ गया और बहुत देर तक उलट-पलट करता रहा मगर दिमाग़ इस वक़्त हाज़िर नहीं था। रख दिया कि कल-परसों इत्मीनान के साथ इसे पढ़ूँगा।

कुर्सी से उठकर पलंग की तरफ़ बढ़ा। कहीं बरामदे से बाहर सह्न में नज़र जा पड़ी। देखा कि बू जान खड़ी हैं। मैं हैरान कि इस वक़्त सह्न में खड़ी क्या कर रही हैं। ग़ौर से देखा तो मुँह ही मुँह में कुछ पढ़ रही थीं। जब पढ़ चुकीं और अन्दर आने लगीं तो मैंने पूछा : "बू जान, क्या पढ़ रही थीं ?"

"बेटे, हिसार[6] खेंच रही थी। अल्लाह इस घर को अपने हिफ़्ज़ो-अमान[7] में रखे।"

मैं अब सोने के मूड में था। ख़ैर जा तो लेटा मगर नींद नहीं आई। झपकी आई भी तो दूर से आई एक आवाज़ ने उसे मुंतशिर[8] कर दिया। मैंने बाहर बरामदे में निकलकर पिछली दीवार से परे नज़र दौड़ाई। आवाज़ उसी तरफ़ से आ रही थी। मैंने अब से पहले कभी उस तरफ़ का ध्यान से जाइज़ा ही नहीं लिया था। जेल के एहाते के बीच एक ऊँची बुर्जी जिसमें पहरेदार एक हाथ में लालटेन दूसरे हाथ में मोटा-सा लठ लिए खड़ा था। बार-बार लालटेन ऊँची करके हिलाता, लठ फ़र्श पर पटख़ाता और आवाज़ लगाता : "ख़बरदार। होशियार।"

इस आवाज़ ने मुझपे अजब असर किया। दिल जैसे बैठ रहा हो। थोड़ा-थोड़ा डर।

मैं वापस आकर आन लेटा। लेकिन खटपट से ज़ुबैदा की आँख खुल गई। "अख़लाक़, आज तुम सो नहीं रहे।"

"नींद नहीं आ रही।" और ज़रा तअम्मुल के बाद आहिस्ता से, "ज़ुबैदा।"

---

1. प्रतिक्रिया, 2. प्रकट, 3. असंबद्धता, 4. क्रम, 5. पांडुलिपि, 6. मन्त्र द्वारा बनाई गई वह कुंडली जिसमें कोई आपत्ति प्रवेश नहीं कर सकती, 7. शरण, 8. तितर-बितर।

“हाँ। क्या बात है ?”

“ज़ुबैदा, घर हमने बना तो लिया है मगर...”

ज़ुबैदा ने चकराकर मुझे देखा। “फिर ?”

“फिर मैं यह सोच रहा था...” मैंने रुकते-रुकते आख़िर कह ही डाला, “यह घर तो बिलकुल जेल के साए में है।”

ज़ुबैदा ने ग़ौर से मुझे देखा। “कोई ख़्वाब देखा है ?”

“ख़्वाब ?...नहीं। बस यूँ ही ख़याल आ गया।”

“कैसी बहकी-बहकी बातें कर रहे हो। बहुत रात हो गई है, सो जाओ।”

मैं चुप हो गया। आँखें मूँदकर सोने की कोशिश करने लगा। ज़ुबैदा ने करवट ली और ख़र्राटे लेने शुरू कर दिए।

4

साहिबो ! हम फ़लक[1] के सताए हुए हैं, ज़माने के रौंदे[2] हुए हैं। अरे हम तो उसी रोज़ आस्मान से ज़मीन पे आ पड़े थे, जिस रोज़ गर्दिशे-दौराँ[3] ने हमें जहानाबाद से ढकेलकर बर्न के वीराने में, जहाँ बारह-बारह कोस पर चराग़ जलता था, ला फेंका था। वाँ पे हमारे अज्दाद[4] अर्श[5] में झूलते थे। तिब्ब[6] घर की लौंडी थी। ख़ाक उनकी चुटकी में आकर अकसीर[7] बन जाती थी। क़रीबो-दूर से मायूसुल-इलाज[8] मरीज़[9] आते थे ओर कामिल[10] शिफ़ा[11] पाकर जाते थे। दरबार से पुराना तअल्लुक़ चला आता था। यह दस्तूर ठहरा था कि जो ख़ानदानी मसनद[12] पे बैठता, वह शाही तबीब[13] भी क़रार दिया जाता। मसनद पे बैठनेवाला उन मख़्तूतों[14] का भी वारिस होता जो हमारे जद्दे-आला[15] हकीम अली शेर रेहान क़ज़वीन से बग़ल में दाबकर लाए थे। उन मख़्तूतों में ऐसा-ऐसा नुस्ख़ा[16] दर्ज था[17] कि आख़िरी दमों में मरीज़ को पिला दिया जाए तो उसी दम उठ खड़ा हो।

जद्दे-आला हकीम अली शेर रेहान के बाद सबसे बढ़े-चढ़े हकीम हमारे परदादा हकीम गुलिस्तान अली थे कि मसीहे-दौराँ[18] का मर्तबा[19] रखते थे। गो शाही तबीब थे मगर जहानाबाद की सारी ख़ल्क़त[20] उनसे फ़ैज़[21] पाती थी। दूर-परे के शहरों से भी जीने से मायूस[22] मरीज़ उनके मतब[23] में पहुँचते थे और उम्रे-ख़िज़्र[24] की ज़मानत लेकर जाते थे। ख़ल्क़त उनके नाम का कलिमा पढ़ती थी।[25] क़िला-ए-मुअल्ला[26] के शहज़ादे-शहज़ादियाँ अलग उनकी गिर्वीदा[27] थीं। ऐ साहिबो, उनकी शुहरत तो जिन्नात[28] तक में पहुँची हुई थी। यह बात मैं अपने मग्ज़[29] से उतारकर नहीं कहता, अम्माँ जानी की कही दुहराता हूँ। एक दिन मैंने इस इज्माल[30] की तफ़्सील[31] पूछी तो अम्माँ जानी ने यूँ बयान किया कि बेटे ऐसा हुआ कि एक रोज़ शाम पड़े एक अजनबी मतब में आया और गिड़गिड़ाकर कहने लगा कि मरीज़ आख़िरी दमों पे है। अपनी मसीहाई[32] से उसे बचा लीजिए। तुम्हारे परदादा के दिल पे उसके गिड़गिड़ाने का बहुत असर हुआ। जैसे

---

1. आकाश, 2. बहिष्कृत, 3. कालचक्र, 4. पुरखे, 5. आकाश, 6. चिकित्साशास्त्र, 7. अचूक, 8. उपचार से निराश, 9. रोगी, 10. पूरी, 11. रोगमुक्ति, 12. गद्दी, 13. चिकित्सक, 14. हस्तलिखित पत्र, 15. वंश का मूल पुरुष, 16. किसी हकीम या वैद्य के द्वारा रोगविशेष के लिए निकाली गई औषध, 17. लिखा हुआ था, 18. अपने समय का मसीहा, 19. पद, 20. जनसाधारण, 21. लाभ, 22. निराश, 23. चिकित्सालय, 24. ख़िज़्र की उम्र (ख़िज़्र : एक अमर पैग़म्बर जिनके अधिकार में वन हैं और जो भूले-भटकों को मार्ग बताते हैं), 25. भक्त थी, 26. लाल क़िला, 27. मुग्ध, 28. जिन्नों की जाति, 29. मस्तिष्क, 30. संक्षेप, 31. विवरण, 32. ईसा का काम करना अर्थात् मृतकों को जीवन देना।

बैठे थे वैसे ही उठ खड़े हुए और अजनबी की लाई हुई सुखपाल में जा बैठे। थोड़ी दूर चले होंगे कि ऐ लो यह तो घनी बनी आ गई। रात का सन्नाटा। दूर-दूर तक आदमी न आदमज़ाद[1], शेरों की दहाड़, हाथियों की चिंघाड़। तुम्हारे परदादा ने तश्वीश से बाहर नज़र दौड़ाई। अजनबी से कहा कि मेरे अज़ीज़, तुम हमें कहाँ काले कोसों ले आए, मंज़िल कितनी दूर है ? अजनबी ने मुड़कर नज़र डाली तो तुम्हारे परदादा ने क्या देखा कि उसकी सूरत तो बकरेवाली है। बहुत हर्यान[2] हुए कि वह आदमी कौन था, यह जनावर कौन है ! यह सोचते थे कि सुखपाल एक बड़े-से फाटक में दाख़िल हो गई। सुखपाल से उतरे। दीवानख़ाने में गए। मरीज़ छपरखट पे चादर ताने लेटा था। चादर उलटी तो हक-दक[3] रह गए; चेहरा मोर का, टाँगें हिरन की। समझ गए कि यह ग़ैर-मख़्लूक़[4] है। अस्ल में वह जिन्नों का शहज़ादा था। तुम्हारे परदादा ने सुकून के साथ उसकी नब्ज़[5] देखी, पेशानी[6] को छुआ। तीमारदारों[7] से कहा कि शेर बबर के अगले पंजे का नाखुन मुहय्या[8] हो जाए तो मरीज़ शायद बच जाए वर्ना रात-रात का मेहमान है। एक लम्बा-तड़ंगा जिन्न उठा और ग़ाइब। फिर दम के दम में हाज़िर। शेर का नाखुन लाकर पेश कर दिया, ताज़ा-ताज़ा ख़ून लगा हुआ जैसे अभी ज़िन्दा शेर के पंजे से खेंचा हो। तुम्हारे परदादा ने नाखुन को पत्थर पे घिसा, शहद में घोला और मरीज़ को चटा दिया। ऐ लो मरीज़ ने आँखें खोल दीं। इधर मरीज़ परीशान, घरवाले हर्यान कि हकीम साहिब कहाँ गए। ऐ लो चौथे दिन हश्शाश-बश्शाश[9] चले आ रहे हैं। साथ में गधों पे लदी हुई मटकियाँ, हर मटकी अशरफ़ियों से लबालब[10] भरी हुई। इधर मटकियाँ उतारी गईं, उधर गधे ग़ाइब। फिर तो बेटे, जिन्नों को मसावाती[11] पड़ गई। जिसकी तबीअत ख़राब होती, आकर नब्ज़ दिखाता, दवा लेता और सोने की डली नज़्र[12] कर जाता। अरे जभी तो तुम्हारे परदादा के घर में अलग़ारों[13] पैसा था। ऐसी हवेली बनाई थी कि क्या राजों-महाराजों के महल होंगे। महल तो था ही। गुलिस्तान महल सचमुच गुलिस्तान महल था मगर सब कुछ ग़द्र[14] में ग़ारत हो गया।

अज़ीज़ो, ग़द्र में ग़ारत होने की सूरत यह हुई कि अब्बा जानी के ताया हुज़ूर मौलवी मीसाक़ अली ने, कि अपने वक़्त के साहिब-ज़मीर[15] आलिमे-दीन[16] थे, फ़िरंगियों के ख़िलाफ़ जारी होनेवाले जिहाद[17] के फ़तवे[18] पर दस्तख़त कर दिए थे। जब लड़ाई का पाँसा पलटा तो शरीफ़ों, रौशन-ज़मीरों[19] की शामत आई। बड़े ताया हुज़ूर फाँसी पर चढ़ गए। दादा जानी हकीम गुल ज़बाग़ अली ख़ानदान को समेट रात के पर्दे में उस आफ़तज़दा[20] शहर से निकल गए।

दादा जानी अहले-ख़ानदान[21] समेत ख़ाक-ब-सर,[22] बेघर, बेदर फिरते फिरे। मगर

---

1. आदमी का बच्चा, 2. हैरान का विकृत रूप, 3. चकित, 4. जिन्न, 5. नाड़ी, 6. माथा, 7. रोगी की देखभाल करनेवाले, 8. उपलब्ध, 9. बहुत ही प्रसन्न, 10. ऊपर तक, 11. आपाधापी, 12. भेंट, 13. अत्यधिक, 14. विद्रोह (1857 का), 15. अन्तर्यामी, 16. धर्मविद्, 17. रक्षा के लिए युद्ध, 18. किसी कर्म के उचित या अनुचित होने के सम्बन्ध में मुफ़्ती (धर्माचार्य) द्वारा शास्त्र के अनुसार ही गई व्यवस्था, 19. अन्तर्यामियों, 20. विपद्ग्रस्त, 21. परिवार के लोग, 22. शोक से रोता-पीटता हुआ।

बर्न के इलाक़े से गुज़रते-गुज़रते पकड़े गए। इस उजाड़ क़रिये[1] ने, जो अब हमारा मस्कन[2] है, दादा जानी के क़दम पकड़ लिए। बस वहीं डेरे डाल दिए। अब्बा ज़ानी बयान किया करते थे कि उन दिनों यह बस्ती उजाड़, वीरान थी। मुट्ठी भर अह्ले-हनूद[3], जहाँ-तहाँ मुसलमानों के घर। बाक़ी अश्जार[4] बेशुमार[5] थे, मगर उनमें कोई क़रीना[6] न था। निरा जंगल था। न अमरईयाँ न कोई फूलता-महकता बाग़। बस झड़बेरी के बेर पंसेरियों के हिसाब से समेट लो। आम भी थे मगर काठा आम। क़लमी आम, कि तराशकर सलीक़े[7] से खाया जा सके, नापैद[8] था। बाज़ार में गुड़ की भेलियाँ बहुत दिखाई देती थीं। क़न्दो-नबात[9] की शीरीनी[10] से यह क़रिया नाआशना[11] था। क़ंद ग़ाइब शकरक़न्द बहुत। सवारी के नाम न नालकी न पालकी न डोली, छकड़े चलते थे। कभी कोई रथ दिखाई दे जाता तो औरतें घरों की ड्योढ़ी पर आ-आकर तअज्जुब से देखतीं कि रथ जा रहा है। हाथी पूरी बस्ती में एक था किसी हिन्दू साहूकार का। जब पोखर पे न्हाने के लिए निकलता तो बस्ती के बच्चों की ईद हो जाती।

दादा जानी ने यह सारा नक़्शा देखा लेकिन ज़रा जो बेदिमाग़[12] हुए हों। डेरा एक दफ़ा डाल लिया तो बस डाल लिया। फिर वो इस दयार में जमकर बैठे। मुट्ठी में हुनर था, हाथ में शिफ़ा थी। मरीज़ जन्म-जन्म के रोग लेकर आते और शिफ़ा की सनद[13] लेकर जाते थे। उनकी मसीहाई की ख़बर दूरो-नज़्दीक ऐसे फैली जैसे खुशबू फैलती है। बस इसी के साथ बस्ती का नक़्शा भी बदलने लगा। दादा जानी की बग्घी आई तो बस्ती में गोया एक इन्क़िलाब आया। यह सवारी यहाँ की ख़ल्क़त ने पहले भला काहे को देखी थी। सबकी आँखें खुली की खुली रह गईं। जानना चाहिए कि जब किसी बस्ती में कोई नई सवारी आती है तो उसके साथ ही बस्ती का तौर बदल जाता है। तो बस हमारे दादा जानी की बग्घी के साथ इस दयार की कायापलट हो गई।

बर्न के पूरे इलाक़े में चर्चा था कि इस निवाह में एक मसीहा-नफ़स[14] तबीब[15] आया हुआ है। होते-होते यह ख़बर हाकिमे-ज़िला[16] की मेम साहिब तक पहुँची। मेम साहिब का हाल बहुत पतला था। हम्ल[17] ठहरता था मगर सातवें महीने के आते-आते ज़ाए हो जाता था।[18] डॉक्टरों से बहुत इलाज कराया, मगर उस बीबी के मुक़द्दर में तो शिफ़ा कहीं और लिखी थी। दादा जानी को तलब किया गया।[19] दादा जानी तीन महीने तक मेम साहिब को ख़मीरे-माजूनें चटाते रहे। बाद इसके गुज़ारिश[20] की कि मेम साहिब, अब आप ब-सद-शौक़.[21] कलक्टर बहादुर दाम-इक़्बालहु के पास जाएँ। हम्ल ठहरना शर्त है। गिर जाए तो मेरा ज़िम्मा। बेशक हिरनी की तरह कूदती-फाँदती फिरिए, अन्दरवाले के लिए कोई जोखों नहीं हैं

दादा जानी ने जैसा फ़र्माया था, वैसा ही हुआ। गलगुथना-सा लाल पैदा हुआ। मेम

1. स्थान, 2. रहने का स्थान, घर, 3. हिन्दू, 4. शजर का बहु, पेड़, 5. अनगिनत, 6. क्रम, 7. शिष्टता, 8. अप्राप्य, 9. शकर और मिसरी, 10. मिठास, 11. अपरिचित, 12. अप्रसन्न, 13. प्रमाण-पत्र, 14. वह व्यक्ति जिसकी फूँक में हज़रत ईसा की फूँक का गुण हो, 15. चिकित्सक, 16. ज़िलाधिकारी, 17. गर्भ, 18. गिर जाता था, 19. बुलाया गया, 20. निवेदन, 21. शौक़ से।

साहिब बहुत मसरूर[1] हुईं। पूछा, वैल हकीम शाब, क्या फ़ीस माँगता है ? दादी जानी ने ब-सद-अदब[2] अर्ज़ किया[3] कि फ़र्ज़ंदे-दिलबंद[4] आपको मुबारक हो। यह आजिज़[5] सिर्फ़ नज़रे-करम[6] चाहता है। फिर अहवाल[7] ख़ानदान के इताब[8] में आने का गोश-गुज़ार किया।[9] मेम साहिब ने शौहरे-नामदार[10] के कान में बात डाली। कलक्टर बहादुर दाम इक़्बालहु ने अपने हाकिमाना-ओ-फ़िरंगियाना[11] असरो-रुसूख़[12] को इस्तेमाल में लाकर मुआफ़ी-तलाफ़ी[13] करवाई। उधर मलिका-मुअज़्ज़मा[14] की तरफ़ से भी आम मुआफ़ी का एलान हो गया। ख़ल्क़त को मलिका के लुत्फ़ो-करम[15] ने लूट लिया। दादा जानी उस नेकनिहाद[16] मलिका के अख़लाक़े-हमीदा[17] से इतने मुतअस्सिर[18] हुए कि मद्‌ह[19] में उस जनाब के एक क़सीदा[20] रक़्म किया[21] और कलक्टर बहादुर की ख़िदमते-बा-बर्कत[22] में भिजवाया। उस जानिब से तववक़ो[23] से बढ़कर क़द्रदानी[24] हुई और इनआमो-अक्राम[25] की बारिश हुई। हाज़िक़ुल-मुल्क का ख़िताब[26] अता हुआ। अलमुख़्तसर[27] इद्‌बार[28] के दिन टल गए, इताब के बादल छट गए। हमारा ख़ानदान सल्तनते-इंगलिसिया[29] की नज़रों में सुर्ख़रू[30] हुआ। फिर ख़ुशहाली[31] के दिन आ गए। दादा जानी अब इस दयार में रच-बस गए। हवेली की तामीर[32] की। जब हवेली बनकर खड़ी हुई और नाम और तारीख़े-तामीर[33] का पत्थर लगाने का वक़्त आया तो अब्बा जानी को बुलाकर फ़र्माया कि फ़र्ज़ंद[34], हमारा ज़माना जहानाबाद तक था। अब तुम्हारा ज़माना है। संगे-तामीर[35] तुम्हारे नाम का लगेगा। यूँ हवेली का नाम चराग़ हवेली रखा गया।

दादा जानी चराग़ हवेली खड़ी करके खुद ढहते चले गए। दुनिया के क़िस्सों-बखेड़ों से मुँह मोड़कर ख़ाना-नशीन[36] हो गए। जितने दिन जिए, गुलिस्तान महल को याद करके गिर्या करते रहे।[37] तिब्ब को भी सलाम कर लिया। इलाज-मुआलजा[38] से मुँह मोड़ लिया। हर दम हाथ में तस्बीह[39] यादे-ख़ुदावंदी।[40] अब ख़ानदानी मस्नद पे अब्बा जानी हकीम चराग़ अली रौनक़-अफ़रोज़[41] थे। क्या दबदबा[42] था। उनके पेशाब पे चराग़ जलता। तश्ख़ीस[43] की धूम दूर-दूर थी। हाथ में कुछ तासीर[44] थी कि ख़ाक की चुटकी भी मरीज़ को दे देते तो हफ़्ते-पन्द्रहवाड़े में भला-चंगा हो जाता। डॉक्टरों ने बहुत ज़ोर मारा मगर अब्बा जानी के मुक़ाबले में डॉक्टरी का चराग़ नहीं जला।

रिवायत की इब्ने-हातिम ने अब्दुल्लाह उमरू बिन आस से कि जब से दुनिया अदम[45] से वुजूद[46] में आई है, तब से आग़ाज़ में हर सदी[47] के फ़ितना[48] कोई न कोई

---

1. प्रसन्न, 2. बड़े आदर से, 3. प्रार्थना की, 4. दिल का टुकड़ा, पुत्र, 5. विनम्र, असहाय, 6. दया-दृष्टि, 7. हाल का बहु., 8. प्रकोप, 9. सुनाया, 10. प्रतिष्ठित पति, 11. अफ़सरों जैसा और अंग्रेज़ों जैसा, 12. प्रभाव और पहुँच, 13. क्षमा और हानि की पूर्ति, 14. पूज्य महारानी, 15. दया, 16. पावनचरित, 17. प्रशंसनीय व्यवहार, 18. प्रभावित, 19. प्रशंसा, 20. पद्यात्मक प्रशंसा, 21. लिखा, 22. सेवा में, 23. आशा, 24. आदर-सत्कार, 25. पुरस्कार और कृपाएँ, 26. उपाधि, 27. सारांश यह है कि, 28. दुर्दशा, 29. अंग्रेज़ी राज्य, 30. सम्मानित, 31. समृद्धि, 32. निर्माण, 33. निर्माण की तिथि, 34. पुत्र, 35. शिलालेख, 36. एकान्त में रहनेवाला, 37. रोते रहे, 38. चिकित्सा, 39. जपमाला, 40. ख़ुदा की याद, उपासना, 41. उपस्थित, 42. तेज, 43. रोग की जाँच, 44. गुण, 45. अनस्तित्व, 46. अस्तित्व, 47. शताब्दी, 48. उपद्रव।

ज़रूर बपा हुआ है। इस बीच हेचमदाँ[1] मुश्ताक़ अली यह बोलने की जसारत[2] करता है कि फिर तो बिस्मिल्लाह[3] ही ग़लत हो गई। आग़ाज़ ऐसा है तो अंजाम कैसा होगा। दूर क्यों जाओ, बीती सदी के दमे-आख़िर[4] की मिसाल[5] सामने है। जब फ़क़ीर ने होश की आँख खोली तो सदी दम तोड़ रही थी और फ़ितने दम में आ रहे थे। एक फ़ितना दहरीयत[6] का, एक फ़ितना नेचरीयत[7] का। फिर आगे चलकर एक ढोंग दावा-ए-नुबुव्वत[8] का, एक शिगूफ़ा[9] मेहदी-मौऊद[10] का। कोई फ़ितना एहाता-ए-पंजाब[11] से उठा, कोई शिगूफ़ा दियारे-अलीगढ़ से फूटा।[12] अलक़िस्सा[13] दुनिया फ़ितनों से भरी हुई थी और इस्लाम ख़तरे में था।

अब्बा जानी ने बरादरे-ख़ुर्द इश्तियाक़ और इस हेचमदाँ को यह ख़याल करके अलीगढ़ कॉलेज भिजवा दिया था कि जब फ़िरंगियों के राज में रहना है तो उनकी गिटपिट को भी सीख लिया जाए। उन्होंने अपने तौर पर नेकी[14] की थी कि किसी तौर औलाद की दुनिया सँभल जाए। यह कब गुमान था कि इश्तियाक़ मियाँ दुनिया के पीछे दीन[15] की दौलत गँवाने पे तुल जाएँगे। अलीगढ़ जाकर इन मियाँ के पर निकल आए। ऊँचा उड़ने लगे। वापस इस रंग से आए कि दर-मद्हे-नेचर[16] रत्बुल्लिसान[17] थे। अम्माँ जानी हिरनी का मोजिज़ा[18] बयान कर रही थीं कि वो मियाँ बीच में टर्र से बोले कि यह वाक़िआ तो ख़िलाफ़े-नेचर[19] है। अम्माँ जानी नूरे-नज़र[20] का यह कलाम[21] सुनकर दम-बख़ुद[22] रह गईं। ख़ैर उन्होंने तो अपनी तरफ़ से पर्दा डालने की बहुत कोशिश की, मगर इश्क़ और मुश्क[23] की तरह फ़ितना की बात भी छुपी नहीं रहती। दीवार के भी कान होते हैं। होंटों निकली कोठों चढ़ी। दूसरे दिन हर छोटे-बड़े की ज़बान पर था कि हकीम चराग़ अली का बेटा नेचरी हो गया। अम्माँ जानी ने लाचार अब्बा जानी के गोश-गुज़ार[24] किया कि लाडले मियाँ नेचरी[25] हो गए हैं, बिरादरी में थुड़ी-थुड़ी हो रही है, जो सुनता है दाँतों में उँगली दबाता है। अब्बा जानी ने तअम्मुल किया और फ़ौरन ही मियाँ को कॉलेज से उठवा लिया। उन मियाँ ने बहुत ज़ारी की[26] मगर अब्बा जानी ने दो-टूक फ़र्माया कि फ़र्ज़ंद, तुम्हें नेचरी बनाकर हमें अपनी आक़िबत[27] ख़राब करनी मंज़ूर नहीं है।

मगर बड़े ख़ालू नज्मुलहुदा ख़ुद उमूरे-दीन[28] से बेनियाज़[29] थे। रंगे-फ़िरंग[30] में ग़र्क़[31] थे। फ़र्ज़ंद के बारे में ख़बरें सुनी। हर ख़बर को एक कान से सुना, दूसरे कान से उड़ाया। नतीजा यह हुआ कि शम्सुलहुदा अलीगढ़ से निरे दहरिया[32] बनकर निकले। हमारी छोटी फूफी से उनकी निस्बत[33] ठहरी हुई थी। अब जो उनकी दहरीयत[34] की

---

1. निपट मूर्ख, 2. साहस, 3. आरम्भ, 4. अन्तिम वर्षों, 5. समान, 6. नास्तिकता, 7. प्रकृतिवाद, 8. नबी (अवतार) होने का दावा, 9. नई बात, 10. मुसलमानों के बारहवें इमाम जो प्रलय आने से प्रहले प्रकट होंगे, 11. सूबा पंजाब, 12. अलीगढ़ से कोई नई बात निकली, 13. सारांश यह कि, 14. छोटा भाई, 15. भलाई, 16. धर्म, 17. प्रकृतिवाद की प्रशंसा में, 18. प्रशंसक, 19. चमत्कार, 20. आँख की ज्योति अर्थात् पुत्र, 21. बात, 22. चुप, 23. कस्तूरी, 24. कहा, 25. प्रकृतिवादी, 26. वावैला किया, 27. अन्त, परलोक, 28. धार्मिक कार्यों, 29. निश्चिंत, 30. अंग्रेज़ों का रंग-ढंग, 31. डूबा हुआ, 32. नास्तिक, 33. सगाई, 34. नास्तिकता।

ख़बरे-बद[1] अब्बा जानी के कानों तक पहुँची तो उन्हें फ़िक्र लाहिक़ हुई[2] कि हमशीरा अज़ीज़ा[3] का हाथ एक दह्रिये के हाथ में कैसे पकड़ा दें। आख़िरुलअम्र[4] बड़े ख़ालू[5] साहिब को बतर्ज़े-शाइस्ता[6] कहला भेजा कि यह दीनदारों[7] का घराना है, दह्रिया दामाद का मुतहम्मिल[8] नहीं हो सकता।

फिर शादी हमारी छोटी फूफी की लखनऊ के एक मुअज़्ज़ज़[9] घराने के चश्मो-चराग़[10] से हुई कि इस्मे-गिरामी[11] उनका क़ंबर हसन था कि अब मर्हूमो-मग़्फ़ूर[12] हैं। तबीअत शाइस्ता,[13] तीनत पाकीज़ा[14] पाई थी, थे भी तो माशाअल्लाह ख़ानम के तर्बियत-याफ़्ता।[15] ख़ानम ने भी उनकी ख़ानदानी शराफ़तो-नजाबत[16] को मल्हूज़[17] रखते हुए और उनके वालिदे-गिरामी[18] फ़ख़्रुल-वाइज़ीन[19] मौलाना शब्बीर हसन से ज़माना-ए- शबाब[20] के तअल्लुक़े-ख़ास[21] को ख़ातिर में लाते हुए उन पर तवज्जुहे-ख़ास[22] की थी। मजलिसी[23] आदाब[24] सिखाए, पाकबाज़ी[25] का सबक़ पढ़ाया। ख़ानम की बेटियाँ वाह-वाह सुब्हानल्लाह ! एक आफ़्ताब[26] तो दूसरी माहताब।[27] जब फूफा हुज़ूर उस बालाख़ाने पे पहुँचे थे तो दोनों कच्ची कलियाँ थीं। उनके आँखों के सामने शिगुफ़्ता[28] हुईं। महक उनकी चार सू[29] गई। भौंरे उड़कर दूर-दूर से आए, मगर दूर-दूर ही मँडलाए। ख़ानम ने किसी को क़रीब नहीं फटकने दिया। क्या ठस्सा था !

महफ़िल[30] का क्या रख-रखाव था कि हमा-शुमा[31] का क्या मज़्कूर,[32] नव्वाबों का भी वहाँ गुज़र मुश्किल से होता था। मौलाना शब्बीर हसन तो ज़माना-ए-शबाब में अह्ले- इल्म[33] के घराने से निस्बत[34] रखने के बाइस[35] बार पा गए थे।[36] मगर बस ज़ाइक़ा चखा[37] और महफ़िल से दामन झाड़कर उठ लिए। फिर उनका ज़ेह्न ही बदल गया। उस महफ़िल से उठ महफ़िले-वाज़[38] में जा बैठे। फिर ऐसे उस महफ़िल के हुए कि ख़ुद उस राह पर चल निकले और फ़ख़्रुल-वाइज़ीन कहलाए। मगर ख़ानम ने वज़्अदारी[39] को आख़िरे-वक़्त[40] तक निभाया। हमारे फूफा क़ंबर हसन अभी कमसिन थे कि उन्हें अपने साया-ए-आतिफ़त[41] में ले लिया। तो उस जनाब ने उस बुलन्द-बाम बालाख़ाने[42] से तहज़ीब[43] सीखी। वहीं तीसों पारे[44] उन कच्ची कलियों के साथ बैठकर ख़त्म किए। अरूज़[45] सीखा। सुरों की तालीम ली। चन्द बरसों ही में धुल-मँझ गए। ख़ाम[46] गए थे, तरश[47] कर आए। तबीअत हुस्न-परस्त,[48] बातिन[49] मिस्ले-आईना[50]

---

1. बुरी ख़बर, 2. सोच में पड़ गए, 3. प्रिय बहिन, 4. अन्ततः, 5. मौसा, 6. शिष्टतापूर्वक, 7. धर्मनिष्ठ, 8. सहनशील, 9. प्रतिष्ठित, 10. अपने लिए आँख और घर के लिए दीपक अर्थात् पुत्र, 11. शुभ नाम, 12. दिवंगत और मोक्ष प्राप्त, 13. शिष्ट, 14. पुनीतात्मा, 15. प्रशिक्षित, 16. कुलीनता, 17. ध्यान, 18. पूज्य पिता, 19. धर्मोपदेशक, 20. युवावस्था, 21. विशेष सम्बन्ध, 22. विशेष ध्यान, 23. सभा के, 24. व्यवहार-नियम, 25. सदाचार, 26. सूरज, 27. चाँद, 28. जवान हुईं, 29. चारों ओर, 30. सभा, 31. छोटे-बड़े, 32. बात, चर्चा, 33. विद्वान, 34. सम्बन्ध, 35. कारण, 36. पहुँच हो गई थी, 37. मज़ा लिया, 38. धर्मोपदेश की सभा, 39. अपनी रीति-नीति को न त्यागना, 40. अन्तिम समय, 41. अनुकम्पा और दया की छाँव, 42. ऊँची छतवाला कोठा, 43. सभ्यता, 44. क़ुर्आन के तीस खंड, 45. छन्दशास्त्र, 46. कच्चा, अपरिपक्व, 47. परिपक्व, 48. सौन्दर्य-प्रेमी, 49. मन, 50. शीशे के समान।

साफ़, कनरस, शे'र शनास,[1] सोज़-ख़्वानी[2] करते हुए कभी सुर से बाहर नहीं हुए और लह्ज़ा की अदाइगी[3] में कभी ख़ता[4] नहीं की। फ़क़ीर आज के सोज़-ख़्वानों को देखता है तो ख़ून के आँसू रोता है। अरे मियाँ सोज़-ख़्वानी ज़ाकिरी न बाशद।[5] अच्छा-अच्छा ख़ून थूक जाता है। हक़ीर-फ़क़ीर यह कहता है कि राग-रागनियों में दर्क[6] नहीं तो इस फ़न्ने-शरीफ़[7] में क़दम रखना क्या ज़रूरी है। सवाब[8] कमाना मक़्सूद[9] है तो वह तो वाज़ देकर भी कमाया जा सकता है।

ख़ैर ज़िक्र तो यह था कि ऐसे थे हमारे फूफा हुज़ूर। हम सब छोटी फूफी को छोटी फूफी ही कहते। फूफा हुज़ूर ने ब-तर्ज़े-शाइस्ता[10] हमें टोका कि ऐसा कहना ख़िलाफ़े-आदाब[11] है। तब हम छोटी फूफी को फूफी हज़रत और छोटे फूफा को फूफा हुज़ूर कहने लगे। वाज़ेह[12] हो कि हमारे फूफा हुज़ूर के ख़ानदाने-आलीशान[13] में ज़बानो-बयान[14] पर बहुत ज़ोर दिया जाता था। रोज़मर्रा[15] और मुहावरे से इन्हिराफ़[16] को ज़ुल्मे-अज़ीम[17] तसव्वुर किया जाता था[18]। मौलाना शब्बीर हसन के मुतअल्लिक़ यह रिवायत मशहूर थी कि महज़ ज़बान के सवाल पर उन्होंने बेटी का रिश्ता वापस कर दिया था। सवाल डाल दिया कि हम साहिबज़ादे[19] को फ़र्ज़ंदी[20] में लेने से पहले उनका इम्तिहान[21] लेंगे। इम्तिहान इस तौर लिया कि 'मसनवी सिह्रुलबयान'[22] खोलकर सामने रख दी कि मियाँ ज़रा पढ़कर तो सुनाओ। चार शे'र सुने और कहा कि बस करो। कहला भेजा कि साहिबज़ादे इज़ाफ़त[23] खाते हैं। हमारी बिटिया का इनके साथ गुज़ारा कैसे होगा। वैसे हमारी फूफी का भी इम्तिहान लिया गया था। लखनऊ से चलकर एक बी मुग़लानी आईं। 'मसनवी सिह्रुलबयान' पढ़वाकर सुनी, लबो-लह्ज़ा[24] देखा, तज़्कीरो-तानीस[25] के इस्तेमाल को परखा। हमारी फूफी भी चारों खूँट पक्की थीं। बी मुग़लानी अपना-सा मुँह लेकर चली गईं।

फूफा हुज़ूर इस्ना-अशरी[26] थे। फूफी हज़रत भी उस घर में जाकर उसी रंग में रँग गईं। मुहर्रम के चाँद के साथ चूड़ियाँ तोड़ डालतीं, कंघी-चोटी मौक़ूफ़,[27] सुर्मा-मिस्सी मुअत्तल[28]। दस दिनों तक सियाह पोशाक[29] पहनना, उलटी चारपाई पे सोना। हमारे ख़ानदान में बड़े फूफा साहिब पीर मुग़ीसुद्दीन के तवस्सुत[30] से, कि पहुँचे हुए बुज़ुर्ग थे, तफ़्ज़ीलीयत[31] तो पहले ही राह पा गई थी। अब फूफा हुज़ूर की राह थोड़ा तशय्यो[32]

---

1. काव्य-मर्मज्ञ, 2. मुहर्रम में करुण स्वर में सोज़ (मर्सिया) पढ़ना, 3. परिशुद्धि, 4. भूल, 5. करुण स्वर में मरसिया (करबला के शहीदों के विषय में रचित काव्य) पढ़ना, धर्मोपदेश या इमाम हुसैन की शहादत का हाल वर्णन करना नहीं होता, 6. समझ, 7. कला, 8. पुण्य, 9. उद्देश्य, 10. शिष्टतापूर्वक, 11. शिष्टाचार के विरुद्ध, 12. स्पष्ट, 13. गौरवमय परिवार, 14. भाषा और कथन, 15. बोलचाल के शब्द, 16. विमुखता, 17. महान अन्याय, 18. समझा जाता था, 19. सुपुत्र, 20. दामादी, 21. परीक्षा, 22. मसनवी सिह्रुलबयान मीर ग़ुलाम हसन (1724-1787 ई.) की रचना है। लम्बी प्रबन्धात्मक कविता को मसनवी कहते हैं और यह किसी प्राचीन कथा या प्रेम कथा पर आधारित होती है। मीर हसन की भाषा सरल, बोलचाल के शब्दों और मुहावरों से भरपूर है, 23. समास चिह्न, 24. उच्चारण, 25. पुंलिंग और स्त्रीलिंग, 26. मुसलमानों के दो बड़े सम्प्रदायों में से एक, शीआ; 27. छोड़ दी जाती, 28. न लगाई जाती, 29. काले कपड़े, 30. सम्बन्ध, 31. हज़रत अली को पहले तीन ख़लीफ़ाओं (उत्तराधिकारियों) से श्रेष्ठ मानना, 32. शीआ होना।

भी दर आया। ख़ैर मियाँ शम्सुलहुदा की दहरीयत से तो बच गए। बस ख़ुदा ही ने बचाया। बर-वक़्त पता चल गया। वो मियाँ तो निरे जैंटलमैन बन गए। लन्दन गए तो वहाँ एक मेम से निकाह-ब-तर्ज़े-फ़िरंग[1] पढ़वा लिया। फिर चितकबरी औलाद पैदा की। बेटी-बेटे आधे गोरे आधे काले। क़दरे[2] मुसलमान, ज़्यादा क्रिस्टान। आधा तीतर आधा बटेर ख़ानदान।

मुद्दआ[3] कहने का यह है कि ऐसे काफ़िर ज़माने में इस आसी-पुरमआसी[4] ने शुऊर[5] की आँख खोली, मगर बहम्दुल्लाह[6] कि अपने अक़ीदे[7] के शीशे पर बाल नहीं आने दिया। ईमान[8] की कश्ती को दहरीयत के गिर्दाब[9] से, नेचरीयत के थपेड़ों से बचाकर साफ़ निकाल ले गया। उस पाक परवर्दिगार[10] का शुक्र बजा लाता हूँ[11] जिसने इस हेच-पोच[12] में यह इस्तिक़ामत[13] पैदा की कि ऐसे दुश्मने-ईमान[14] ज़माने में ईमान को मुतज़ल्ज़ल नहीं होने दिया[15]।

अरे नेचरीयत और दहरीयत एक तरफ, इस गुनहगार ने तो नाक़ूस[16] की आवाज़ों के साए में होश सँभाला है। मन्दिर चराग़ हवेली से कितनी दूर था, यही कोई फ़रलाँग-डेढ़ फ़रलाँग के फ़ासिले पर। पंडित गंगादत्त महजूर की सुहबत[17] इस पर मुस्तज़ाद[18] कि तब ही से उनके साथ दाँत-काटी रोटी चली आती है। हाय, पंडित क्या हीरा आदमी है। एक दफ़ा कलिमा[19] पढ़ ले तो सीधा जन्नत में जाए। उफ़ ख़ुदाया, कैसा-कैसा ग़ासिब[20], ज़ालिम, जाबिर,[21] बेईमान, दग़ाबाज़, चोर, उचक्का, क़ज़्ज़ाक़,[22] बटमार महज़ इस ज़ोर पर कि उम्मते-मर्हूमा[23] में शामिल है, जन्नत[24] पर अपना हक़ जताता है। इधर हमारे पंडित महजूर का दामन नेकियों से भरा है, मगर कलिमा-गो[25] न होने के सबब मुक़द्दमा उनका खटाई में पड़ गया है।

मैंने एक दिन कहा कि ''पंडित, बस एक दफ़ा कलिमा पढ़ ले और फिर मर जा।''

''इससे क्या होगा ?''

''फिर तू सीधा जन्नत में जाएगा।''

पंडित हँसा। कहने लगा कि ''श्री मुश्ताक़ अली, तुम्हारे यहाँ तो जन्नत में जाने का बहुत आसान नुस्ख़ा है। ज़ुबान से एक दफ़ा कलिमा पढ़ लिया और बेखटके सीधे जन्नत में पहुँच गए। हमारे याँ पे स्वर्ग की राह बहुत कठिन है। अर्जुन, भीम, नकुल, सहदेव कैसा-कैसा गुणी ज्ञानी रस्ते ही में ढह गया। अन्त में एक कुत्ता रह गया कि युधिष्ठिर महाराज के संग स्वर्ग की चौखट तक पहुँचा।''

मैंने टुकड़ा लगाया, ''सुब्हानल्लाह ![26] हज़रते-इनसान[27] अशरफुलमख़्लूक़ात[28] बने

---

1. अंग्रेज़ों की रीति से विवाह, 2. थोड़ा, 3. अभिप्राय, 4. पापी, 5. विवेक, 6. अल्लाह की कृपा से, 7. धर्म, 8. धर्म पर दृढ़ विश्वास, 9. नास्तिकता का भँवर, 10. ईश्वर, 11. कृतज्ञ हूँ, 12. तुच्छ, 13. दृढ़ता, 14. विश्वास का घातक, 15. डगमगाने नहीं दिया, 16. शंख, 17. संगत, 18. अतिरिक्त, 19. मुसलमानों का धर्मतन्त्र, 20. ज़बरदस्ती छीन लेनेवाला, 21. अत्याचारी, 22. लुटेरा, 23. हज़रत मुहम्मद को माननेवाला समुदाय, 24. स्वर्ग, 25. कलिमा पढ़नेवाला अर्थात् मुसलमान, 26. धन्य है ईश्वर (किसी अद्भुत या अति सुन्दर वस्तु को देखकर सराहना के भाव में बोलते हैं), 27. मनुष्य महोदय, 28. सारे प्राणियों में सबसे श्रेष्ठ।

फिरते थे, वो तो रह गए। कुत्ता स्वर्ग तक पहुँच गया।''

पंडित बोला : ''आदमी का घमंड उसे ले बैठता है। सहदेव को बुद्धिमान होने का घमंड था। नकुल को अपनी सुन्दरता का घमंड था। भीम को अपने कस-बल का घमंड था। अर्जुन को अपने धनुष और बाण का मान था।''

''और द्रौपदी ?''

''हाँ, द्रौपदी से भी इक चूक हुई। उसने पाँचों से बराबर का प्रेम नहीं किया। अर्जुन पे ज़्यादा रीझ गई।''

अब मेरे हँसने की बारी थी। ''वाह पंडित वाह ! अशरफुलमख़्लूक़ को किस-किस बहाने से काटा है। पूरी बनी-नौए-इनसान[1] को क़लमज़द करके[2] स्वर्ग का क़बाला[3] एक कुत्ते के नाम लिख दिया।''

पंडित ने बहुत मतानत[4] से कहा, ''श्री मुश्ताक़ अली, पशु-पंछी, नर-नारी, धनी-निर्धनी सब राम-रहीम की मख़्लूक़ हैं। इस संसार में न कोई छोटा है न कोई बड़ा, न कोई ऊँची ज़ात न कोई नीची ज़ात।''

ज़ालिम ने मुझे लाजवाब कर दिया। ख़ैर, आमदम-बर-सरे-मतलब,[5] फ़क़ीर यह अर्ज़ कर रहा था कि ऐसे पुरआशोब[6] ज़माने में जब चार-सू[7] दह्‌रीयत की आँधियाँ चल रही थीं और नेचरीयत ने तूफ़ान बो रखा था, इस हक़ीर-फ़क़ीर ने अपने ईमान पर आँच नहीं आने दी। ये सब अब्बा जानी और वालिदा माजिदा[8] की तर्बियत[9] की करामत[10] है और फूफा पीर मुग़ीसुद्दीन का फ़ैज़े-सुह्‌बत।[11] हमारे फूफा साहिब अपने वक़्त में मर्जए-ख़ासो-आम[12] थे। दरमाँदों[13]-दुखियारों के हमदर्द, हाजितमन्दों[14] के हाजितरवा।[15] नामुराद[16] ख़िदमते-बा-बर्कत[17] में आते थे और बामुराद[18] वापस जाते थे। एक रोज़ यह फ़क़ीर ख़िदमत[19] में हाज़िर[20] था कि एक मर्दे-मुफ़लिस[21] आकर मुल्तजी[22] हुआ कि घर में तीन दिन से फ़ाक़ा[23] है। बच्चों के मुँह में खील तक नहीं गई। मुराद पूरी करो या जह्‌र दे दो कि क़िस्सा पाक हो।[24] फूफा साहिब ने तअम्मुल किया। फिर आबे-संदल[25] से एक नक़्श[26] लिखकर दिया इस हिदायत के साथ कि इसे सिरहाने पाए तले दबा दीजियो। उसने ऐसा ही किया। असर[27] से उसके रोज़ सुबह को चाँदी का एक रुपया मलिका विक्टोरिया की मूरतवाला तकिए के नीचे से बरामद होता व नीज़ चाँदी की एक डली। दिनों में दलिद्दर[28] उसके दूर हो गए।

एक और वाक़िआ नक़्ल करता हूँ[29] कि क्योंकर एक आशिक़ को विसाले-सनम[30] मुयस्सर आया।[31] ख़ुदा को हाज़िरो-नाज़िर[32] जानकर आँखों देखी सुनाता हूँ। एक

1. मानव जाति, 2. काटकर, 3. अधिकार पत्र, 4. गम्भीरता, 5. अब मैं मतलब की बात करता हूँ, 6. घटनाओं और आपत्तियों से भरा हुआ, 7. चारों ओर, 8. मातृश्री, 9. पालन-पोषण, 10. कृपा, 11. संगत का उपकार, 12. हर छोटे-बड़े के रक्षक, 13. निराश्रय, 14. निर्धन, 15. इच्छा और कामना पूरी करनेवाला, 16. अभागा, 17. सेवा में, 18. जिसकी कामना पूरी हो गई हो, 19. सेवा में, 20. उपस्थित, 21. निर्धन, 22. निवेदक, 23. भूखा होना, 24. मरना, 25. चन्दन का पानी, 26. तावीज़, काग़ज़ पर अंकित मन्त्र या चक्र, 27. प्रभाव, 28. दरिद्रता, 29. लिखता हूँ, 30. प्रेमिका से मिलन, 31. सम्भव हुआ, 32. जो उपस्थित हो और देखता हो।

दिलज़दा[1] इस हाल में हाज़िरे-ख़िदमत[2] हुआ कि आँखें उसकी गंगा-जमुना बनी हुई थीं। पूछा, यह हाल क्या बनाया है ? कहा, क़िस्मत ने यह दिन दिखाया है।

पूछा, गिर्या[3] क्यों करता है ? बोला, यारे-अज़ीज़[4] याद आता है। पूछा, क्या चाहता है ? बोला, विसाले-यार[5]। पहले समझाया-बुझाया, इश्क़ की तबाहकारियों[6] से ख़बरदार किया। जब देखा कि दिल के हाथों लाचार है तो तरस खाकर कहा कि लकड़ी अनार की दर्कार है[7]। वह ढूँढ़कर अनार की लकड़ी लाया। आपने उस लकड़ी का क़लम बनाया और नक़्श एक लिखकर दिया कि मेंडक के मुँह में इसे रख और मेंडक को नदी किनारे दाब। उसने ऐसा ही किया। चालीस दिन जब गुज़रे तो उसने आकर पैर पकड़ लिए। हाल पूछा। कहा कि बिछड़ा यार मिल गया। दिल की मुराद बर आई।

दूसरा वाक़िआ इस तरह है और यह भी इन गुनहगार[8] आँखों का देखा हुआ है। एक आशिक़ बा-हाले-तबाह[9] हाज़िरे-ख़िदमत हुआ। फ़रियाद की कि रक़ीब[10] ने मेरी राह में काँटे बोए हैं। यार के कान मेरी तरफ़ से भरे हैं। अब वह मुझसे बिदका हुआ है। पुट्ठे पे हाथ नहीं रखने देता है। आपने कहा कि चौंतीस पत्ते आक के लेकर आ। वह भागा-भागा जंगल गया और झटपट चौंतीस पत्ते आक के तोड़ लाया। आपने उन पत्तों पर बबूल के काँटे से एक नक़्श गोदा। हिदायत की कि टीकाटीक दोपहरी में तन्दूर गर्म कर और ये पत्ते उसमें झोंक दे। उसने ऐसा ही किया। पन्द्रहवाड़ा न गुज़रा था कि रक़ीब रू-सियाह[11] हुआ। रूठा यार मन गया।

ऐसे बहुत-से वाक़िआत हैं, कहाँ तक बयान करूँ। उस दर से कभी किसी हाजितमन्द को नामुराद वापस जाते न देखा। नौअ-ब-नौअ[12] के नुस्ख़े, अमलीयात[13] टोटके उनके नाखुनों में थे। मुश्ते-नमूना अज़ ख़खरे,[14] इक्का-दुक्का टोटका और कोई-कोई हिक्मत[15] की बात जो ज़ेहन में अटकी रह गई है, नक़्ल करता हूँ।

दफ़ीना क्योंकर नज़र आवे

सियाह तीतर पकड़कर तीन शबो-रोज़[16] उसे भूखा रखे, चौथे दिन चोंच खोलकर पारा भर दे। फिर वह पारा निकालकर गाय के दूध में पकाए और तीतर को खिला दे। जब वह बीट करे तब उस बीट को आटे में मिलाकर गोली बनाए और मुँह में रख ले। दफ़ीना[17] अगर सात पर्दों में होगा तो भी नज़र आ जाएगा।

---

1. जिसका मन घायल हो, 2. सेवा में उपस्थित, 3. रोना, 4. प्रियतमा, 5. प्रियतमा से मिलन, 6. अत्याचार, 7. चाहिए, 8. पापी, 9. दुर्दशाग्रस्त, 10. एक प्रेयसी के प्रेमियों में से कोई एक, 11. अपमानित, 12. तरह-तरह के, 13. जन्त्र-मन्त्र, 14. ढेर में से मुट्ठी भर नमूना काफ़ी होता है, 15. बुद्धिमानी, 16. रात-दिन, 17. गड़ा हुआ ख़ज़ाना।

ऐज़न[1]

कुड़कनाथ मुर्ग़े की चर्बी हासिल करे। वाज़ेह[2] हो कि कुड़कनाथ मुर्ग़ा बिल्कुल सियाह होता है। उसका गोश्त भी सियाह होता है। उसकी चर्बी हासिल करके आँखों में लगाए। जहाँ ख़ज़ाना दबा होगा, नज़र आ जाएगा।

ऐज़न

शुभ घड़ी में काली गाय का दूध और मक्खन मिलाकर कुड़कनाथ मुर्ग़े की ज़बान पर निकाल ले। फिर वह शख़्स जो उलटा पैदा हुआ हो, अपनी आँखों में लगाए। माल जहाँ भी गड़ा होगा, उसे दिखाई देने लगेगा।

जेब ख़ाली न होने की तर्कीब

असाढ़ के महीने में सनीचर के दिन तालाब के किनारे जाकर एक जोड़ा मेंडक का, जब वह जुफ़्ती[3] खा रहा हो, पकड़े। नर के मुँह में रुपया रखके तालाब के एक किनारे पूरब की सम्त[4] और मादा के मुँह में अठन्नी रखके तालाब के दूसरे किनारे पच्छिम की सम्त गाड़ दे। यह काम बरहना[5] होकर करे। बाद आठ दिन के खोदकर देखे। अगर रुपया उड़कर अठन्नी के पास पहुँचे तो रुपए को ख़र्च करे और अठन्नी को पास रख ले। अगर अठन्नी उड़कर रुपए के पास पहुँचे तो अठन्नी को ख़र्च करे और रुपए को गिरह में बाँधकर रखे। इंशाअल्ला[6] जेब कभी ख़ाली न होगी।

तरीक़ा उम्र के मालूम करने का

तरीक़ा उम्र के मालूम करने का यह है कि उस घड़ी, जब सूरज निकल रहा हो, जंगल में जाए। सूरज के रुख़[7] आँखें मूँदकर सीधा खड़ा रहे और अपनी परछाईं का ख़याल दिल में लाए। फिर आँखें खोलकर अपनी परछाईं को देखे। अगर पूरी है तो उम्र दराज़[8] होगी। अगर सिर ग़ाइब नज़र आए तो बरस पूरा न होगा कि गुज़र जाएगा।

बीच फड़कने आज़ाए-जिस्मानी[9] के

वे गुलफ़ामे-ख़ुशअन्दाम[10] ज़ेरे-बहस[11] नहीं, जिनकी बोटी-बोटी फड़कती है। उनसे

1. ऊपर लिखे या कहे अनुसार, यह शब्द या चिह्न (〃) आवृत्ति से बचने के लिए लिखा जाता है।
2. स्पष्ट, 3. पशुओं आदि का मैथुन, 4. दिशा, 5. नंगा, 6. अल्लाह ने चाहा तो, 7. ओर, 8. लम्बी, 9. शरीर के अंग, 10. फूल-सी देहवाली सुन्दरी, 11. विचाराधीन।

क़तए-नज़र[1] हर आदमी के आज़ा[2] वक़्तन-फ़वक़्तन[3] फड़कते हैं। किसी उज़्व[4] का फड़कना अच्छा होता है, किसी का बुरा। अगर नाक सीधी तरफ़ से फड़के तो हाकिम[5] की नाक का बाल बने, ज़रो-माल[6] मिले। लब[7] अगर ऊपर का फड़के, महबूब[8] का बोसा[9] मिले। अगर गला फड़के, ग़िज़ा-ए-लज़ीज़[10] खाने को मिले व नीज़ फ़न्ने- मूसीक़ी[12] में कमाल हासिल करे[12]। अगर बग़ल[13] सीधी फड़के तो यार चला जाए, बग़ल ख़ाली रह जाए। अगर उलटी फड़के तो बिछड़ा दोस्त बग़ल में आए, शादकाम[14] हो जाए। अगर नाफ़[15] फड़के, मरज़[16] में मुब्तला[17] हो। अगर ज़ेरे-नाफ़[18] फड़के तो दोस्त की तरफ़ से सदमा[19] उठाए।

ख़ुलासा-ए-कलाम[20] यह कि हमारे फूफा साहिब अपने वक़्त के बड़े आमिल[21] थे। दुआ में असर था। तावीज़[22] तीर-ब-हदफ़[23] होता था और तावीज़ की चारों अक़्साम[24] ख़ाकी,[25] आबी,[26] बादी,[27] आतशी[28] उनके दाइरा-ए-इख़्तियार[29] में थीं। मुवक्किल[30] क़ब्ज़े में थे और मुवक्किल भी ऐसे-वैसे नहीं, हमारी फूफी अम्माँ बयान करती थीं कि उनके मुवक्किलों में ज़ाफ़र जिन्न का पड़पोता भी था। मैंने एक रोज़ फूफी अम्माँ को इस बाब में कुरेदा तो यूँ बयान फ़र्माया कि बेटे, तुम्हारे फूफा साहिब का यह तौर बँधा हुआ था कि बरस के बरस आशूर[31] के दिन सैयदानी बी के इमामबाड़े में जाके रौज़ा-ख़्वानी[32] में शरीक होते थे। उस बरस भी ऐसा ही हुआ। रौज़ा-ख़्वानी हो रही थी कि अचानक लोगों की नज़रों ने क्या देखा कि क़रीब ही एक नाग बल खाता है और ज़मीन पर फन पटख़ता है। देखनेवाले देखकर ख़ौफ़ज़दा हो गए। तुम्हारे फूफा साहिब ने देखा तो क़हर[33] भरी नज़रों से उसे घूरा और डाँटा कि तू यहाँ क्या कर रहा है। डाँट पड़नी थी कि नाग ग़ाइब, फिर जो देखा तो एक लम्बा-तड़ंगा आदमी सिर झुकाए हाथ बाँधे खड़ा है। तुम्हारे फूफा साहिब ने तुर्श-रूई[34] से पूछा, यहाँ क्या लेने आया है ? आजिज़ी[35] से बोला, सवाब[36] लेने। कहा, अपना हसब-नसब[37] बता। बोला, ज़ाफ़र जिन्न का पड़पोता हूँ। इब्ने-ज़ाफ़र कहलाता हूँ। इश्क़े-हुसैन[38] विरसे[39] में मिला है। यह सुनकर तुम्हारे फूफा साहिब नर्म पड़ गए। बोले, फिर ज़हरीले क्यों बने फिरते हो। ज़हर थूको, आदमी बनो और हमारे साथ रहो। ऐ लो वह तो सचमुच आदमी की जून[40] में आ गया और तुम्हारे फूफा साहिब की ख़िदमत में रहने लगा। पुतली कंचे की तरह चमकती थी मगर गर्दिश नहीं करती थी[41]। तुम्हारे फूफा साहिब ने किसी काम को कहा। फ़ौरन ग़ाइब। दम के दम में काम अंजाम दिया और फिर हाज़िर।

---

1. के अतिरिक्त, 2. उज़्व का बहु., शरीर के अंग, 3. कभी-कभी, 4. अंग, 5. शासक, 6. धन-दौलत, 7. होंठ, 8. प्रेमिका, 9. चुम्बन, 10. स्वादिष्ट आहार, 11. संगीत कला, 12. निपुणता प्राप्त करे, 13. काँख, 14. सफल, 15. नाभि, 16. रोग, 17. ग्रस्त, 18. पेड़ू, 19. दुख, 20. सारांश, 21. साधक, झाड़-फूँक करनेवाला, 22. काग़ज़ पर अंकित मन्त्र या चक्र, 23. अचूक, 24. प्रकार, 25. मिट्टी का, 26. पानी का, 27. हवा का, 28. आग का, 29. वश, 30. वह आत्मा जो साधक के वश में होती है, 31. मुहर्रम की दसवीं तिथि, 32. इमाम हुसैन की शहादत का हाल सुनाने की सभा, 33. क्रोध, 34. क्रोध से, 35. विनम्रता, 36. पुण्य, 37. कुलक्रम, 38. इमाम हुसैन से प्रेम, 39. उत्तराधिकार, 40. शरीर, रूप, 41. घूमती नहीं थी।

फूफा साहिब की ये सब करामात[1] अपनी जगह, मगर अब्बा जानी कभी उनके क़ाइल नहीं हुए।[2] वो फूफा साहिब के अमलियात[3] को ख़िलाफ़े-इस्लाम[4] जानते थे और बिदअत[5] में शुमार करते थे। मगर इस बाइस[6] कि फूफा साहिब रिश्ते में बड़े थे, उनके सामने मुँह नहीं खोलते थे। अस्ल में फूफी अम्माँ, अब्बा जानी से उम्र में बड़ी थीं और मियाँ जानी उन्हें मनिंद अपनी वालिदा के जानते थे कि उनकी वालिदा माजिदा यानी राक़िमुल-हुरूफ़[7] की दादी हज़रत उनकी कमउम्री ही में दुनिया से सिधार गई थीं। फिर फूफी अम्माँ ही ने उन्हें पाल-पोसकर बड़ा किया और तर्बियत दी। यह बाइस था कि फूफी अम्माँ ख़ानदान में सबसे बड़ी मानी जाती थीं। उनके होंटों से निकला हुक्म हाकिम[8] की हैसियत रखता था।

फूफी अम्माँ, वाह-वाह सुब्हानल्लाह,[9] क्या तालमखाने का सालन बनाती थीं। बाक़ी रहा क़ोरमा तो ख़ुदाए-राज़िक़[10] की क़सम, हमने पिछले चालीस साल से क़ोरमा न खाया, न आँख से देखा। न वो पकानेवाले रहे, न ज़ाफ़रान[11] और केवड़ा ख़ालिस मुहैया हैं, फिर क़ोरमा कैसे तैयार हो और चराग़ हवेली से तो क़ोरमे का जनाज़ा उसी रोज़ निकल गया था, जिस रोज़ फूफी अम्माँ की आँख बंद हुई थी। अब जो हम क़ोरमा खाते हैं तो क़ोरमे का मुँह चिड़ाते हैं।

हाँ, फूफी हज़रत जिन दिनों लखनऊ से आ जाती थीं, चराग़ हवेली के दस्तरख़्वान पर एक नई बहार आ जाती थी। अनन्नास का मुज़ाफ़र[12] ख़ूब, शश-रंगा[13] मर्ग़ूब,[14] शश-रंगे की एक रकाबी में छह ज़ाइक़े[15] समोए जाते थे और छह रंग चमक दिखाते थे। अरे अब हम क्या खाते हैं, ख़ाली चपाती और गोश्त। चपाती भी अब कहाँ मुयस्सर है। वह तो हमारे मियाँ चपाती के साथ चली गई। क्या चपाती पकाते थे। हर चपाती हाथी के कान से बड़ी, वरक़ से ज़्यादा पतली कि पूरी चपाती चुटकी में आ जाए। मियाँ चपाती अब्बा जानी के चहेते बावरची थे। मियाँ चपाती को भी उनसे बहुत लगाव था। जब अब्बा जानी की आँख बंद हुई तो हमसे ज़्यादा मियाँ चपाती रोए। ठंडे साँस भरते थे और कहते थे कि क़द्रदान[16] तो चला गया, अब मेरे बनाए हुए पिस्ते के सालन पर कौन दाद[17] देगा और हवाई चपाती पर कौन शाबाशी देगा। बस इसी ग़म में बावरचीख़ाने से कनाराकश[18] हो गए और छह महीने के अन्दर-अन्दर चटपट हो गए।

हैफ़-सद-हैफ़[19] कि ज़माना बदल गया और ज़ाइक़े रुख़्सत हो गए। तसव्वुर[20] किया चाहिए कि हम कितने ज़ाइक़ों के मातमदार[21] हैं। अब चराग़ हवेली के दस्तरख़्वान पर न पिस्ते, तालमखाने का सालन होता है, न केवड़े, ज़ाफ़रान से महकता हुआ क़ोरमा, न सुल्तानी दाल, न अट्ठारह वर्क़ी पराठे, न मुज़ाफ़र, न मुतंजन,[22] न याक़ूती की

---

1. चमत्कार, 2. नहीं माने, 3. जन्त्र-मन्त्र, 4. इस्लाम के विरुद्ध, 5. धर्म में नई बात निकालना, 6. कारण, 7. लेखक, 8. शासक, 9. धन्य है ईश्वर, 10. अन्नदाता, 11. केसर, 12. एक प्रकार का केसरयुक्त मीठा पुलाव, 13. छहरंगा, 14. मन पसन्द, 15. स्वाद, 16. गुण पहचाननेवाला, 17. प्रशंसा, 18. अलग, 19. हाय-हाय, खेद 20. कल्पना, विचार, 21. शोक करनेवाला, 22. एक प्रकार का मीठा पुलाव जिसमें खटाई भी डाली जाती है।

कुल्हियाँ, न शश-रंगे की तश्तरियाँ, न ज़ाफ़रानी सिवैयाँ, सब लज़्ज़तें नक़्शो-निगारे-ताक़े-निसियाँ हो गईं।[1]

लज़्ज़तों-ज़ाइक़ों पे क्या मौक़ूफ़ है। उस ज़माने का कौन-सा नक़्शा अब बाक़ी रह गया है। अब्बा जानी का क्या असरो-रुसूख़[2] था। उन्हीं के मुँह से फ़िरंगी हाकिमों ने इस हेच-मक़्दिरत[3] को ख़ान बहादुरी के ख़िताब[4] से नवाज़ा[5]। बाद में आनेवाले हाकिमों ने भी अपने पेशरौओं[6] की वज़्अ[7] को ख़ूब निभाया कि जो कलक्टर बहादुर इस ज़िला में तैनात होते हैं, वो इस बेबिज़ाअत[8] को ज़रूर याद करते हैं। जब कभी कलक्टर बहादुर का इस निवाह में वुरूदे-मसूऊद[9] होता है, हवेली को मुक़र्रर[10] अपने क़ुदूमे-मैमनतलुज़ूम[11] से ज़ीनत बख़्शते हैं[12] और खाना तनावुल फ़र्माकर[13] हवेली के दस्तरख़्वान को इज़्ज़त देते हैं। मगर फ़क़ीर साफ़-साफ़ अर्ज़ कर देता है कि यह दस्तरख़्वान अब्बा जानी के ज़माने का दस्तरख़्वान नहीं कि फूफी अम्माँ, फूफी हज़रत दोनों इस जहान से सिधार गईं और मियाँ चपाती भी अल्लाह को प्यारे हो गए कि अब जन्नत में टिकी लगाते हैं। फिर भी कलक्टर बहादुर होंट चाटते जाते हैं और दोबारा आकर खाना तनावुल फ़र्माने का वादा फ़र्माकार रुख़्सत होते हैं। मौजूदा कलक्टर बहादुर दाम-इक़्बालहु तो हमारे दस्तरख़्वान का कलिमा पढ़ते हैं[14] और वक़्तन-फ़वक़्तन[15] क़ोरमा, बिर्यानी की फ़र्माइश[16] करते हैं। काश उन्होंने अब्बा जानी के ज़माने का दस्तरख़्वान देखा होता।

(क़तए-कलाम[17] होता है, मगर मुझे इस ज़िक्र से अपने गुमशुदा[18] ज़ाइक़े याद आ गए। बू जान अपने भले वक़्त में माश की दाले-बिखरवाँ क्या ख़ूब पकाती थीं कि फ़र्श पर बिखेर दो और चावल के दानों की तरह चुन लो।

"बू जान, कभी आप माश की दाले-बिखरवाँ[19] पकाया करती थीं। अब तो ज़माना ही हो गया वह दाल खाए हुए।"

बू जान ने मेरी बात सुनकर ठंडा साँस भरा, बोलीं, " बेटे, वो भले वक़्तों की बातें थीं। अब वैसी दाल पक नहीं सकती।"

"क्यों नहीं पक सकती ?"

"बेटे, वह दाल तो मिट्टी की हँडिया में पका करती थी।"

"बू जान, मिट्टी की हँडिया नायाब[20] तो नहीं है। कल ही ले आऊँगा।"

"मिट्टी की हँडिया तो ले आओगे। मगर मेरे चाँद, मिट्टी का चूल्हा कहाँ से मुहैया करोगे ?"

"मिट्टी का चूल्हा..." मैं चकराया। "...बू जान, मिट्टी की हँडिया की बात तो मेरी समझ में आती है। मगर मिट्टी के चूल्हे का फ़ल्सफ़ा[21] मेरी समझ में नहीं आया।

---

1. सब स्वाद/आनन्द विस्मृति के ताक़ में सजे बेल-बूटों के समान हो गए, 2. प्रभाव और पहुँच, 3. अशक्त, 4. उपाधि, 5. कृपा की, 6. पथ-प्रदर्शकों, 7. नीति। 8. असमर्थ, 9. शुभागमन, 10. निश्चित, 11. शुभान्वित पदार्पण, 12. शोभा बढ़ाते हैं, 13. खाकर, 14. प्रशंसा करते हैं, 15. कभी-कभी, 16. आज्ञा रूप में कुछ माँगना, 17. बात काटकर दूसरी बात कहना, 18. खोए हुए, 19. सूखी दाल, 20. अप्राप्य, 21. तर्क।

मतलब तो आँच से है, वह गैस के चूल्हे में भी होती है।''

''बेटे, आँच और आँच में भी तो फ़र्क़ होता है। चिरी लकड़ियों की धीमी आँच पे पककर हँडिया का जो मज़ा निकलता है, वह तुम्हारे गैस के चूल्हों पे पकी हुई हँडिया का नहीं निकल सकता।''

शायद यही अहसास था कि बू जान रफ़्ता-रफ़्ता[1] बावरचीख़ाने से बिल्कुल ही बेतअल्लुक़ हो गई थीं। ज़ुबैदा ने पकाकर जो सामने रख दिया, उसे बिला-तब्सिरा[2] खा लिया। न तारीफ़ न तन्क़ीस।[3] आशियाने के किचन में, जहाँ ज़ुबैदा ने बड़े ज़ौक़ो-शौक़ से गैस के चूल्हे बाज़ार से मँगाकर फ़िट किए थे, बू जान ने बस एक दफ़ा क़दम रखा और उन चूल्हों को और उन पर चढ़े प्रेशर-कुकर को देखकर उल्टे पैरों वापस हो गईं। बू जान जो कुछ भी थीं, चराग़ हवेली के बावरचीख़ाने में थीं। कितनी मगन रहती थीं धुएँ से भरे उस बड़े बावरचीख़ाने में, जहाँ बड़े-बड़े मिट्टी के चूल्हों में हर दम मोटी-मोटी लकड़ियाँ सुलगती रहती थीं और हर दम कोई न कोई हँडिया उन पर चढ़ी ही रहती थी। मैंने जब होश सँभाला तो वह रंगारंग दस्तरख़्वान, जिसका मियाँ जान ने ज़िक्र किया, लिपट चुका था। मियाँ जान की फूफी अम्माँ और फूफी हज़रत दोनों अल्लाह को प्यारी हो चुकी थीं, उनके अब्बा जानी सिधार चुके थे और मियाँ चपाती भी मनों मिट्टी तले जा सोए थे। अब वह बावरचीख़ाना बू जान की क़लमरौ[4] था। ख़ैर...)

अब्बा जानी ख़ुद तो दो लुक़्मों[5] में सेर[6] हो जाते थे। खाते क्या थे, सूँघते थे। दस्तरख़्वान तो अस्ल में मेहमानाने-अज़ीज़[7] और याराने-बातमीज़[8] के लिए बिछता था। जहाँ और वज़अदारियाँ[9] थीं, एक वज़अदारी यह भी थी। अब्बा जानी की वज़अदारी का आलम तो यह था कि कहीं एक दफ़ा फूफी हज़रत और फूफा हुज़ूर को माहे-मुहर्रम[10] में इधर आना पड़ गया। महज़ उनकी ख़ातिर अब्बा जानी ने एक मजलिस[11] का एहतिमाम किया। अगला बरस जब आया और वह तारीख़ क़रीब आई तो अपनी वज़अ का पास करते हुए फिर मजलिस का एहतिमाम[12] किया। बस फिर वह मजलिस हर बरस होने लगी। अगरचे ख़ुद अब्बा जानी गिर्या[13] और मातम[14] के क़ाइल नहीं थे। गिर्या का फ़रीज़ा[15] उनकी तरफ़ से उस मजलिस में पंडित सोमदत्त आँजहानी[16] अदा करते थे। किस एहतिमाम के साथ दो रुमाल लेकर मजलिस में आते थे। उधर मसाइब[17] शुरू हुए, इधर उनकी आँखों से आँसुओं की गंगा बहने लगी। जब एक रुमाल आँसुओं से शराबोर[18] हो जाता तो दूसरा रुमाल निकालते। मजलिस के ख़त्म होने पर दोनों रुमाल आँसुओं से तर-ब-तर[19] होते।

अपना पंडित गंगादत्त उस बुज़ुर्ग की इकलौती औलाद थी। मुझे याद है कि बेटे को उनकी एक ही नसीहत[20] थी, ''बेटे, गिलहरी बन गिलहरी। इसी में तेरा कल्याण है।''

---

1. धीरे-धीरे, 2. बिना कुछ कहे, 3. न प्रशंसा न निन्दा, 4. राज्य, 5. कौरों, 6. तृप्त, 7. प्रिय अतिथियों, 8. शिष्ट मित्रों, 9. रीति-नीति का निर्वाह, 10. मुहर्रम का महीना, 11. करबला के शहीदों की शोकसभा, 12. प्रबन्ध, 13. रोना, 14. शोक, 15. कर्त्तव्य, 16. स्वर्गीय, 17. आपत्तियाँ, 18. गीला, 19. भीगा हुआ, 20. सदुपदेश।

मैं इस नसीहत पर बारहा[1] चकराया। एक रोज़ जसारत[2] करके इस हेचमदाँ[3] ने पूछा कि, "पंडित चचा, गिलहरी बनने में क्या भेद है ?"

तब उस बुजुर्ग ने यूँ फ़र्माया : "भतीजे, यह तब की बात है जब हमारे श्रीरामचन्द्र जी लंका में पहुँचने के लिए समन्दर पे पुल बाँध रहे थे। हनुमान जी की सेना पत्थर ढोने पे लगी हुई थी। उधर से एक गिलहरी का गुज़र हुआ। उसे चिन्ता हुई कि आज यहाँ क्या हो रहा है। पूछगछ की तो पता चला कि श्रीरामचन्द्र जी की आज्ञा से याँ पे पुल बन रहा है। उसने सोचा कि इस काम में मुझे भी भगवान की सहायता करना चाहिए। उसने यह किया कि मुँह में एक कंकरी दबाई और पत्थर ढोनेवाले बन्दरों के साथ-साथ चली। जहाँ उन्होंने पत्थर डाले, वहाँ उसने कंकरी डाल दी। देर तक वह यही करती रही। बन्दर उसे देखके हँसे। एक बन्दर ने उसे उठाकर अलग फेंक दिया। कहा कि परे हट, हमें काम करने दे। गिलहरी बिलाप करने लगी। श्रीरामचन्द्र जी ने यह देखा तो उसे उठाकर प्यार से गोद में बिठा लिया। बन्दरों से कहा कि हे भले बन्दरो ! जो तुम्हारे बस में है, तुम कर रहे हो। जो गिलहरी के बस में है, गिलहरी कर रही है। सो इसका अपमान मत करो। यह कहके उन्होंने शफ़क़त[4] से गिलहरी की पीठ पे हाथ फेरा। भगवान की शफ़क़त भरी उँगलियों के निशान आज भी गिलहरी की पीठ पे मौजूद हैं।"

पंडित सोमदत्त आँजहानी रामायण का पाठ किस इस्तिग़राक़[5] से करते थे। रामायण उनके नाख़ुनों में थी। गुलिस्ताँ[6] उन्हें अज़बर[7] थी। पूजा-पाट कितने ख़ुज़ूओ-ख़ुशूअ[8] से करते थे। पेशानी पे कितना लम्बा तिलक लगाते थे। ईद पर अँगरखा ज़ेबे-तन[9] करके मुक़र्रर[10] आते। अब्बा जानी से बग़लगीर होते,[11] मेरे सिर पर शफ़क़त से हाथ फेरते और ईदी[12] अता करते। इसी वज़्अदारी से अब्बा जानी होली-दीवाली पर उनके यहाँ जाते। पंडित गंगादत्त वज़्ए-एहतियात[13] बरतते। अब्बा जानी के रूए-मुबारक[14] को न तो गुलाल से आलूदा करते,[15] न रंग डालते कि अब्बा जानी तो इन मशाग़िल[16] को ख़ुराफ़ात[17] जानते थे और हिन्दू रुसूम[18] को शिर्क[19] से ताबीर करते थे। मगर दोस्तों के दोस्त थे और वज़्अ के पाबन्द थे। सो होली-दीवाली पर दोस्त के यहाँ जाना ज़रूर था। थाली में से एक इलायची और थोड़ी सौंफ़ उठाकर मुँह में रख लेते। लीजिए दोस्त के त्योहार में शरीक हो गए। पंडित सोमदत्त बाप की कसर बेटे के साथ निकालते। मेरे मुँह पर इतना गुलाल मलते कि मैं बन्दर बन जाता। फिर गंगादत्त पिचकारी चलाके मुझे टेसू रंग में शराबोर कर देता। अब्बा जानी सौंफ़ इलायची चबाते रहते और ख़ामोश रहते। दोस्त की इस रविश[20] पर कभी मोतरिज़[21] नहीं हुए। अल्लाह-अल्लाह क्या रवादारी[22] थी और क्या वज़्अदारियाँ थीं।

---

1. अनेक बार, 2. साहस, 3. निपट मूर्ख, 4. सहानुभूति, 5. तन्मयता, 6. फ़ारसी के कवि शैख़ सादी (1213-1292 ई.) की रचना, 7. कंठस्थ, 8. नम्रता, 9. पहनकर, 10. अवश्य, 11. गले मिलते, 12. त्योहारी, 13. सावधानी, 14. मुँह, 15. लगाते, 16. कामों, 17. व्यर्थ, 18. संस्कारों, 19. अल्लाह के साथ किसी और को शरीक जानना, 20. आचार-व्यवहार, 21. आपत्तिकर्ता, 22. सहृदयता।

अब्बा जानी इस दारे-फ़ानी[1] में अस्सी बरस जिए। सफ़रे-हयात[2] गुलिस्तान महल से शुरू हुआ और चराग़ हवेली में आकर अंजाम-पिज़ीर[3] हुआ। पूरी ज़िन्दगी राहे-एतिदाल[4] पर गाम़ज़न रहे।[5] जो रविश एक दफ़ा पकड़ ली, उससे कभी इन्हिराफ़ नहीं किया। सुबह मुँह-अँधेरे तारों की छाँव में उठना, मुगदर हिलाना, ताज़ा पानी से ग़ुस्ल[6] करना और फ़ज्र[7] की नमाज़ पढ़ना। फ़ज्र की नमाज़ के बाद नाश्ता कि शहद, बासी रोटी और अरक़े-माउल्लह्म से इबारत था[8]। फिर मतब करना।[9] जाड़े, गर्मी, बरसात वही एक तौर, हत्ताकि कभी लिबास में भी फ़र्क़ नहीं देखा गया। लट्ठे का चूड़ीदार पायजामा, मलमल का कुर्ता, चिकन का अँगरखा कि गर्मियों में भी पहनते थे। महावट के जाड़ों में भी ज़ेबे-तन किए रहते थे। मगर क्या सेहत[10] थी कि बुख़ार, जाड़ा क्या मानी, कभी छींक भी नहीं आई। बत्तीसी आख़िर वक़्त तक सलामत[11] रही और पुतली आँख की आँख बन्द होने तक रौशन रही।

अब्बा जानी ने फ़िक्रो-परीशानी को क़रीब नहीं फटकने दिया। आख़िरी उम्र में बस एक मलाल[12] दामनगीर हो गया था[13] कि उनके उठ जाने के बाद ख़ानदानी मस्नदे-हिकमत[14] पर कौन बैठेगा। कफ़े-अफ़सोस[15] मलते थे और कहते थे कि हमने साहिबज़ादों को अलीगढ़ भेजकर कितनी रकअत का सवाब[16] कमाया। एक साहिबज़ादे दीन से बेगाना हो गए, दूसरे साहिबज़ादे ने फ़िरंगी की चाकरी कर ली।

अब्बा जानी बस यह एक मलाल दिल पर धरकर ले गए। मगर इसके बावस्फ़[17] आख़िरी घड़ियों में बहुत पुरसुकून[18] नज़र आते थे। किस सादगी से पर्दा किया कि लेटे-लेटे एक हिचकी ली और आँखें मूँद लीं। इन्ना लिल्लाहि व इन्ना इलैहि राजिऊन[19]।

फ़रज़न्दे-अक्बर[20] होने की बिना पर इस ख़ाकसार[21] ही ने अब्बा जानी को क़ब्र में उतारने का शरफ़[22] हासिल किया। जब मैं क़ब्र में उतरा तो ख़ुदा को हाज़िरो-नाज़िर[23] जानकर अर्ज़ करता हूँ कि क़ब्र ख़ुशबू से महक रही थी और जब अब्बा जानी का जस्दे-मुबारक[24] मेरे हाथों में आया तो वह फूल की मिसाल हलका था। मैं हैरान कि या इलाही, अब्बा जानी तो दुहरे बदन के थे, काठी बनी हुई थी और इस घड़ी इतने सुबुक[25] हैं कि जैसे आदमी की लाश न हो, फूलों की डाली हो।

चराग़ हवेली से अब्बा जानी का जनाज़ा क्या निकला कि फूल से ख़ुशबू निकल गई। क्या अमी-जमी रहती थी। मतब मरीज़ों से भरा हुआ, दीवानख़ाने में मुलाक़ातियों की चहक-महक। अब मतब सुनसान था। दीवानख़ाना[26] वीरान था। ड्योढ़ी सूनी पड़ी थी।

---

1. नश्वर संसार, 2. जीवन-यात्रा, 3. अन्त, 4. बीच का रास्ता, 5. चले, 6. स्नान, 7. सुबह की नमाज़, 8. मतलब था, 9. चिकित्सालय, 10. स्वास्थ्य, 11. सुरक्षित, स्वस्थ, 12. दुख, 13. पकड़ लिया था, 14. चिकित्सा कार्य की गद्दी, 15. दुख से हाथ मलते थे, 16. पुण्य, 17. यद्यपि, 18. शान्त, 19. हम सब अल्लाह के लिए हैं और हम सबको उसी की तरफ़ लौटना है। (किसी की मृत्यु पर या मृत्यु का समाचार सुनकर पढ़ते हैं), 20. बड़ा बेटा, 21. तुच्छ, 22. सम्मान, 23. जो उपस्थित भी है और सब कुछ देखता भी है, अल्लाह, 24. शरीर, 25. हलका, 26. बैठक।

हमारे अब्बा जानी तिब्ब के आख़िरी चश्मो-चराग़ थे। वो दुनिया से सिधारे तो फिर ख़ानदान की मस्नदे-तिब्ब[1] पर कोई बैठनेवाला न रहा। अब्बा इस फ़न्ने-शरीफ़[2] के रुमूज़ो-निकात[3] को किसे मुंतक़िल करते,[4] सीने पे धरके ले गए। उनका मलाल इस नाख़लफ़[5] के दिल पर दाग़[6] है। मगर क्या करता, तबीअत से मजबूर था। अब्बा जानी ने सिखाने-पढ़ाने की अपनी-सी कोशिश की मगर तबीअत ने इस हुनर से मेल नहीं खाया या शायद तक़्दीर ही में फ़िरंगी की चाकरी लिखी थी। अब्बा जानी का असरो-रुसूख़ काम आया। नाइब-तहसीलदारी की असामी पर तक़र्रुरी[7] हो गई। इस चाकरी ने फ़क़ीर को बहुत ख़राब किया। आज यहाँ, कल वहाँ, रोज़-रोज़ के तबादलों ने कहीं जमकर बैठने न दिया और जिस शहर में तबादला होता, वह शहर काट खाने को आता। एक शहर भला लगा मगर वहाँ और ही उफ़्ताद[8] पड़ी। इलाही, किसी को मुसाफ़रत[9] में दिलज़दा[10] मत कीजियो। बाक़ी शहरों में सौ तरह के रंज खेंचे मगर उस शहर में आकर रंजे-इश्क़[11] खेंचना पड़ा कि सब रंजों से सिवा[12] था। साहिबो, वह शहरे-नापुर्सां[13] निकला। शर्बते-वस्ल[14] तो दूर रहा, उस इश्वा-तराज़[15] ने तो एक झलक दिखाकर शर्बते-दीदार[16] को भी तरसा दिया। कितने पापड़ बेलने और ख़्वार[17] होने के बाद मुलाक़ात की घड़ी आई। मगर क्या आई, वस्ल के नाम पर वह ख़ामपारा[18] हत्थे से उखड़ गई। फिर तो ऐसी गई कि पैंछल नहीं दिखाई। कितने दिनों उस शहर में ख़राब फिरता फिरा। सुध-बुध खो बैठा। तबीअत ख़फ़क़ानी[19] हो गई।

उन्हीं दिनों ऐसा हुआ कि बड़े दिन की छुट्टियों में घर आना पड़ा। अब्बा जानी ने मेरी सूरत देखी तो खुटक गए। आख़िर ज़माने का गर्मो-सर्द[20] देखे हुए थे। फिर दर पर उनके ऐसे मरीज़ भी तो आते थे कि उन्हें कोई बीमारी नहीं होती थी, मगर वही सबसे बढ़कर बीमार होते थे। अब्बा जानी ने इस बीमार का इलाज ख़ूब सोचा कि झटपट तलाश कर-कराके एक नेकबख़्त[21] के साथ हमें रिश्ता-ए-मुनाक़हत[22] में बाँध दिया। साथ ही यह बन्दोबस्त किया कि हुक्कामे-बाला[23] से कह-सुनकर हमारा तबादला दूर के शहर में करा दिया।

इलाज कारगर[24] हुआ। इज़्दवाजी[25] ज़िम्मेदारियों ने मुझे उलझा लिया। फिर आँख ओझल पहाड़ ओझल। जब वह शहर ही छूट गया तो उस शहरे-ख़ूबी का ख़याल भी दूर होता चला गया यूँ। अब भी जब उसका ख़याल आ जाता है तो दिल तिलमिला जाता है। ख़ैर, तो जब तूफ़ान ज़रा थमा तो अपनी सरकारी ज़िम्मेदारियों का भी ध्यान आया। फिर मैंने दिलजमूई[26] से अपने फ़राइज़े-मंसबी[27] बजा लाने शुरू किए। फिर तो

---

1. चिकित्साकार्य की गद्दी, 2. विद्या, 3. सूक्ष्म और गूढ़ बातें, 4. बताते, 5. कपूत, 6. दुख, 7. नियुक्ति, 8. विपत्ति, 9. यात्रा की अवस्था, 10. जिसका मन घायल हो, 11. प्रेम का दुख, 12. अतिरिक्त, 13. वह नगर जहाँ कोई पूछनेवाला न हो, 14. सहवास का आनन्द, 15. हाव-भाव से मन मोहनेवाली, 16. शर्बत रूपी मधुर दर्शन, 17. दुर्दशाग्रस्त, 18. व्यभिचारिणी, 19. जिसमें घबराहट हो, 20. ऊँचनीच, 21. भोली-भाली, 22. विवाह-सूत्र, 23. उच्चाधिकारी, 24. गुणकारी, 25. वैवाहिक, 26. सन्तोष, 27. नौकरी के कर्तव्य।

तरक़्क़ी के दर वा हो गए[1] और दर्जाति-बुलन्द[2] हासिल होते चले गए। आख़िरुलअम्र[3] डिप्टी कलक्टरी के उहदा-ए-जलीला[4] पर फ़ाइज़ हुआ।[5] इस मंसब को फ़क़ीर ने इस ख़ुशउस्लूबी[6] से निभाया और सरकारे-इंगलीसिया की वो ख़िदमात अंजाम दीं कि हुक्कामे-बाला ने खुश होकर रिटायरमेंट के वक़्त मुझे ख़ानबहादुरी का ख़िताब अता फ़र्माया और ऑनरेरी मजिस्ट्रेट के मंसब से नवाज़ा कि हनोज़[7] जारी है। आगे इस ड्योढ़ी पर मरीज़ों का हुजूम रहता था, अब दादख़्वाहों[8] का मज्मा[9] होता है। मगर ड्योढ़ी की वह रौनक़ अज्दाद के कस्बे-कमाल[10] से थी, यह रौनक़ फ़िरंगी हुक्काम की नज़रे-करम[11] की मर्हूने-मिन्नत[12] है। सो इसका क्या एतिबार, आज है कल रहे-रहे न रहे। आस्मान का रंग ज्यों-ज्यों बदलता है, त्यों-त्यों फ़क़ीर का दिल हौलता है। चराग़ हवेली दाइम[13] आबाद रहे मगर मेरे दिल में वस्‌वसा[14] बैठ गया है। तेवर जो ज़माने के अच्छे नहीं हैं।

---

1. दरवाज़े खुल गए, 2. उच्च पद, 3. अन्ततः, 4. उच्चतम पद, 5. पहुँचा, 6. अच्छे ढंग से, 7. अब तक, 8. न्याय चाहनेवाले, 9. भीड़, 10. गुण-प्राप्ति, 11. कृपा-दृष्टि, 12. आभारी, 13. सदा, 14. बुरी शंका।

5

मैंने देखा कि आशियाने की मुँडेरें सपाट हैं, न कोई बुर्जी, न कोई मम्टी। मेरा दिल बैठ गया। अब से पहले यह बात मेरे ध्यान ही में नहीं आई थी। नए घर का अजब नशा होता है। नई तामीर[1] ऐसा सिहृर[2] बाँधती है कि तामीर की ख़ामियाँ[3] और कमियाँ नज़र ही नहीं आतीं। वक़्त के साथ बिलउमूम[4] मौसमों के असर से यह नशा रफ़्ता-रफ़्ता उतरता है और सिहृर टूटता है। फिर ये ख़ामियाँ और कमियाँ नज़र आनी शुरू होती हैं। मुझे तामीर में इस नुक़्स[5] का एहसास परिन्दों के वास्ते से हुआ। मैंने देखा कि परिन्दे आशियाने की मुँडेरों से कन्नी काटकर निकल जाते हैं और क़रीब में खड़े हुए दरख़्तों की फुनंगों पर जाकर पड़ाव करते हैं। मेरे लिए उनका यह तर्ज़े-अमल[6] तअज्जुब-ख़ेज़[7] था और मायूसकुन[8] भी। मुझे कितना इश्तियाक़[9] था कि रंग-बिरंगे परिन्दे हमारे आशियाने की मुँडेरों पर आकर ठिकाना करें, चहचहाएँ। तवक़्क़ो[10] तो यही थी। मुँडेरों में परिन्दों के लिए एक कशिश होती है। परिन्दा कितने ही लम्बे सफ़र पर रवाँ-दवाँ[11] हो मगर रस्ते में कोई मुँडेर नज़र आ आए तो वह उस पर ज़रूर उतर पड़ता है, बेशक घड़ी भर बाद फिर उड़ जाए।

मैंने परिन्दों के इस तर्ज़े-अमल की तौजीह[12] पहले तो यह की कि आशियाना अभी नया-नया है। नई दीवारें और मुँडेरें परिन्दों के लिए अजनबी-अजनबी होती हैं। शायद वो उन्हें अपनी कुशादा फ़ज़ा[13] में रख़्ना[14] नज़र आती हैं। मगर मौसमों के अमल के साथ-साथ मुँडेरें परिन्दों के लिए मानूस[15] होती चली जाती है और किसी-किसी मुँडेर से तो उनका उंस[16] इतना बढ़ जाता है कि हिर-फिरकर वो उसी पर आकर पड़ाव करते हैं और किसी-किसी परिन्दे का रिश्ता तो मुँडेर के साथ इतना गहरा हो जाता है कि वह वहाँ उतरकर भूल ही जाता है कि उसे यहाँ से उड़ान भी करनी है।

फ़ाख़्ता, कबूतर, चील, ये वो परिन्दे हैं जिनका मुँडेरों से रिश्ता बढ़ते-बढ़ते बिलउमूम यह सूरत इख़्तियार कर लेता है...मैं इतना सोच पाया था कि अचानक मेरे ध्यान में यह बात आई कि परिन्दे मुँडेर पर उतरकर मम्टियों और बुर्जियों पर बैठना ज़्यादा पसन्द करते हैं। फिर उनकी यह ख़्वाहिश भी होती है कि जिस मुँडेर पर वो उतरें, उसकी दीवार ऊँची हो। दाना-दुनके के मुतलाशी[17] परिन्दे जैसे गौरैया, चिड़ियाँ या कौए

---

1. नया बना हुआ घर, 2. जादू, मोह, 3. निर्माण के दोष, 4. प्रायः, 5. दोष, 6. व्यवहार, 7. आश्चर्यजनक, 8. निराशाजनक, 9. चाह, 10. आशा, 11. तेज़ी से उड़ता हुआ, 12. स्पष्ट करना, 13. खुला आकाश, 14. बाधा, 15. परिचित, 16. लगाव, 17. तलाश करनेवाले।

पस्त[1] दीवारों और सपाट मुँडेरों के साथ भी गुज़ारा कर लेते हैं, बल्कि शायद उन्हीं को तर्जीह[2] देते हैं कि वहाँ से सहन में पड़े हुए टुकड़े-निवाले तक रसाई[3] आसान रहती है। मगर जो परिन्दे दाने-दुनके से बेनियाज़[4] आस्मान की बुलन्दियों[5] में परवाज़ करते हैं,[6] वो नीचे उतरते हुए फ़लकबोस[7] बुर्जियों और मम्टियों पर डेरा करना पसन्द करते हैं। कोई चीनी कबूतर आस्मान पर तारा बन जाने के बाद जब नीचे आने लगता है तो कोई ऊँची मम्टी, कोई फ़लकबोस बुर्जी उसे अपनी तरफ़ खेंचती है और वहाँ उतरकर वह इतना मगन होता है कि यह भूल ही जाता है कि उसे अपनी छतरी पर वापस जाना है और चील तो ऊँची मम्टी पर बैठकर फ़ौरन ही मुराक़िबा[8] में चली जाती है मगर...मैंने सोचा, आशियाने की न तो दीवारें ऊँची हैं, न इसकी मुँडेरों पर कोई मम्टी और बुर्जी क़िस्म की कोई चीज़ है। बुलन्द परवाज़[9] परिन्दों को अपनी तरफ़ माइल[10] करने के लिए इनके पास क्या है।

पहले मुझे अपने-आप पर गुस्सा आया कि तामीर के दौरान मैंने इस बात पर ध्यान क्यों नहीं दिया था। लेकिन मैं ध्यान कैसे देता। मेरी तो समझ ही में नहीं आ रहा था कि यह हो क्या रहा है। तामीर का बिछता हुआ नक़्शा मुझे तो बस ईंट-गारे का बलवा नज़र आता था। उस बलवे में से क्या शक्ल उभरेगी, मुझे इसका कोई अन्दाज़ा नहीं था। हाँ, ज़ुबैदा की नज़र सारी जुज़ईयात[11] और तफ़्सीलात[12] पे थी। मगर उसे मम्टियों और बुर्जियों से कोई दिलचस्पी नहीं थी।

फिर मुझे साजिद पर गुस्सा आया। मकान का नक़्शा मैंने साजिद से ही बनवाया था। वह मेरे साथ दफ़्तर में रह चुका था। मुझसे जूनियर था। रफ़्ता-रफ़्ता ख़ासी दोस्ती और बेतकल्लुफ़ी हो गई थी। फिर वह अमेरिका चला गया। वहाँ से वह बहुत मॉडर्न क़िस्म का आर्किटैक्ट बनकर आया और अपने पेशे में मसरूफ़ हो गया। फिर मेरा और उसका टाकरा ही नहीं हुआ। मकान के नक़्शे का जब मसअला[13] पैदा हुआ तो मुझे उसका ख़याल आया। मैं उससे जाकर मिला। बहुत ख़ुश हुआ। मकान के ज़िक्र पर उसने ख़ुद ही पेशकश[14] की कि अख़लाक़ भाई, तुम्हारे मकान का नक़्शा मैं बनाऊँगा और देखना, बारह मरले की जगह को इस तरह इस्तेमाल में लाऊँगा कि वह एक कनाल में फैली कोठी नज़र आएगी। उस वक़्त इस नक़्शे से मैं मुत्मइन था मगर अब मुझ पर इसके नुक़्स खुल रहे थे। मैं साजिद के पास गया और कहा कि, "भई साजिद, तुमने तो ख़ालिस मग़रिबी[15] स्टाइल में हमारा मकान खड़ा कर दिया। कुछ इस ख़ाकसार[16] के देसी मज़ाक़[17] का भी लिहाज़ रखा होता।"

"अच्छा। क्या कमी रह गई उस घर में ?"

"यार, वहाँ मम्टी कोई नहीं है।"

"मम्टी ? यह क्या शै[18] होती है ?"

---

1. नीची, 2. प्रधानता, 3. पहुँच, 4. निश्चिन्त, 5. ऊँचाइयों, 6. उड़ते हैं, 7. गगनचुम्बी, 8. ध्यान लगाना। 9. ऊँचा उड़नेवाला, 10. आकर्षित, 11. छोटी-छोटी बातें, 12. विस्तार, 13. समस्या, 14. प्रस्तावना, 15. पश्चिमी, 16. विनीत, बोलनेवाला अपने लिए प्रयोग करता है, 17. रुचि, 18. वस्तु।

"कमाल है साजिद, तुम अपने पुराने तर्ज़े-तामीर[1] से इतने नाआशना[2] हो। मम्टी को नहीं जानते। पुराने रवायती मकानों की दीवारें बहुत ऊँची हुआ करती थीं। मुँडेरें उनकी ख़ास वज़्अ की होती थीं और गोशों में कोई बुर्जी, कोई मम्टी होती थी।"

"अच्छा-अच्छा बुर्जी, मैं समझ गया मगर अख़लाक़ भाई, तुमने मुझसे मकान का नक़्शा बनवाया था। क़िले का नक़्शा बनाने को तो नहीं कहा था।"

"नहीं यार, क़िला तो और ही शै होती है, उसमें तो बहुत कुछ होता है। अब जैसे हमारी चराग़ हवेली थी जिसमें..."

"यार अख़लाक़ भाई..." साजिद ने फ़ौरन मेरी बात काटी। "...एक तो मैं इस बात से बहुत तंग हूँ कि उधर से जो भी आया है, वह एक पुदीने का बाग़ और एक हवेली ज़रूर छोड़कर आया है।" ज़ोर से हँसा। मैं भी हँस दिया। फिर कहने लगा : "ख़ैर, पुदीने के बाग़ तो मेरा दर्दे-सर[3] नहीं हैं, मगर उधर रह जानेवाली हवेलियों ने मुझे बहुत परीशान किया है। भाइयों के नाम दस-दस और पाँच-पाँच मरले के प्लाट कुर्आ[4] में निकले हैं, मगर नक़्शा बनवाने आते हैं तो हवेली का तसव्वुर[5] दिमाग़ में लेकर आते हैं। एक बुज़ुर्ग मुझे हिदायत देने लगे कि मेरे अज़ीज़, अँगनाई कुशादा[6] होनी चाहिए। हम नीम का पेड़ लगाएँगे। चाहते हैं कि सावन में बिटिया के झूले का कुछ बन्दोबस्त रहे। मैंने अर्ज़ किया कि क़िबला,[7] हमारे पास दस मरला जगह है। आपने अपनी जो ज़रूरियात[8] बताईं, उनके पेशे-नज़र[9] कवर्ड एरिया ख़ासा रखा गया है। अँगनाई-वँगनाई तो मैं जानता नहीं, छोटे-से लॉन की गुंजाइश निकलती है। उसमें मेरी दानिस्त[10] में तो कुछ पौदे ही लगाए जा सकते हैं, आप बेशक बरगद का पेड़ खड़ा कर लें।"

"वो तो सब ठीक है लेकिन एक बात मैं ज़रूर कहूँगा कि आप नए आर्किटैक्ट मग़रिबी तर्ज़े-तामीर को अपने ऊपर इतना सवार कर लेते हैं कि अपने यहाँ के तर्ज़े-तामीर को ख़ातिर ही में नहीं लाते[11] या उससे नाआशना होते हैं। न यहाँ की आबो-हवा[12] का लिहाज़ रखते हैं, न यहाँ के रहन-सहन का।"

"अख़लाक़ भाई, आपको शायद यह एहसास नहीं है कि आपका रहन-सहन कितना बदल चुका है। आपको शिकायत है कि आपके मकान की दीवारें नीची हैं। ऊँची छतों, दीवारोंवाले मकानों का ज़माना गुज़र गया। अब एयरकंडीशनर आ गया है।"

"मगर मैं एयरकंडीशनर अफ़ोर्ड नहीं कर सकता। ख़स की टट्टी अलबत्ता अफ़ोर्ड कर सकता हूँ।"

"मगर अख़लाक़ भाई, ख़स की टट्टी को यह हमारा ज़माना अफ़ोर्ड नहीं कर सकता और जहाँ नमक-मिर्च तक में मिलावट होती है, वहाँ आपको असली ख़स कहाँ मिल जाएगी। तो जहाँ आपने मकान की तामीर में इतने लाख ख़र्च कर दिए हैं, वहाँ

---

1. निर्माण शैली, 2. अपरिचित, 3. सिर का दर्द, समस्या, 4. चिट्ठी डालकर नाम निकालना, 5. विचार, 6. खुली हुई, 7. बड़े व्यक्तियों के लिए सम्बोधन का शब्द, 8. आवश्यकताएँ, 9. ध्यान में रखते हुए, 10. जानकारी, 11. तुच्छ समझते हैं, 12. जलवायु।

चन्द हज़ार ख़र्च करके एक एयरकंडीशनर ले लीजिए।''

साजिद ने मेरी एक नहीं चलने दी, अपनी कहे गया। आख़िर मैं उठ खड़ा हुआ। ''साजिद, तुम कुछ भी कहो मगर तुम्हारा एक जुर्म मैं मुआफ़ नहीं कर सकता।''

''क्या ?''

''तुमने इतनी बड़ी इमारत मेरे लिए खड़ी कर दी मगर उसमें तुम एक मम्टी की गुंजाइश पैदा न कर सके।''

साजिद ने क़हक़हा लगाया और चलते-चलते कहा कि, ''अख़लाक़ भाई, आपकी एक मम्टी के लिए मैं अपनी मॉडर्न आर्किटैक्टवाली रेपूटेशन को ख़ाक में नहीं मिला सकता था।''

मैंने जब ज़ुबैदा से मकान के इस नुक़्स का ज़िक्र किया तो उसने भी इस नुक़्स को कोई अह्मियत[1] नहीं दी। उलटा मुझे इलज़ाम देने लगी। ''अख़लाक़, जब मकान बन रहा था तो मैंने तुम्हारी कितनी मिन्नतें की थीं कि उन राज-मज़दूरों का कोई एतिबार नहीं, मैं हर वक़्त उनके सिर पर खड़ी नहीं रह सकती। तुम भी थोड़ी-बहुत निगरानी कर लिया करो। कोई नुक़्स नज़र आए तो फ़ौरन टोक दिया करो। उस वक़्त तो तुमने मेरी सुनी नहीं, अब तुम रोज़ घर में एक नुक़्स निकाल देते हो।'' फिर फ़ौरन ही बू जान से मुख़ातिब[2] हुई : ''बू जान, आप सुन रही हैं अपने बेटे की बातें।''

बू जान अपने मिराक़[3] में बैठी थीं। अभी तक उन्होंने हमारी बातों पर ध्यान नहीं दिया था। मुख़ातिब किए जाने पर चौंकीं, ''क्या हुआ ?''

''आपके बेटे को यह मकान पसन्द नहीं आया। कहते हैं कि नाक़िस[4] बना है।''

''ऐ बेटे, क्या नुक़्स है इसमें ?''

अब मुझे अपनी बात की वज़ाहत[5] करनी पड़ी। ''बू जान, आपको चराग़ हवेली की छत याद है। चारों तरफ़ कितनी अच्छी जाली बनी हुई थी और चारों गोशों में कितनी ख़ूबसूरत बुर्जियाँ बनी हुई थीं और मम्टियाँ।''

बू जान को इशारा मिल गया, बस जारी हो गईं। ''चराग़ हवेली की बुर्जियाँ तो ऐसी ख़ूबसूरत थीं कि हवेली क़िला नज़र आती थी। थी भी तो इतनी ऊँची कि स्टेशन से उसकी बुर्जियाँ नज़र आने लगती थीं। अल्लाह रक्खे, नगर में सबसे ऊँची इमारत थी और फाटक कितना ऊँचा था कि हाथी हौदे के साथ उसमें से गुज़र जाए। क़दम रखते हुए लगता कि क़िले में दाख़िल हो रहे हैं।''

चराग़ हवेली का बुलन्दो-बाला[6] फाटक मेरे तसव्वुर में घूम गया। मिह्राबी पेशानी[7] जिस पे दाएँ-बाएँ दो बड़ी-बड़ी मछलियाँ बनी हुई थीं। ख़ैर, वह तो हवेली थी और हवेली के दरवाज़े हाथी के हिसाब से ही बनाए जाते थे, चाहे हाथी ड्योढ़ी में बँधा हो या न बँधा हो। फिर आख़िर हाथी की सवारी करनेवालों के भी तो कुछ क़द होते थे। मगर छोटे मकानों के दरवाज़े भी कितने चौड़े और ऊँचे होते थे। दो पटोंवाले पीतल की

1. महत्ता, 2. सम्बोधित, 3. धुन, 4. दोषपूर्ण, 5. स्पष्टता, 6. ऊँचा, 7. धनुषाकार दरवाज़े का माथा।

मोटी-मोटी कीलों से मुरस्सा[1] किवाड़, दाएँ-बाएँ ऊँची चौकियाँ सुतूनों[2] के साथ, उनके अन्दर लम्बे और गहरे ताक़, चौखट ऊँची, कुशादा ड्योढ़ी, उन दरवाज़ों के मुक़ाबले में मुझे आशियाने का पस्ता-क़द[3] गेट कितना बेवक़ार[4] नज़र आया। कोठियों के गेट तो मोटर के हिसाब से बनाए जाते हैं। मगर अजीब बात है, मैंने सोचा, सवारी के क़द के साथ आदमी का कद भी घटता-बढ़ता रहता है।

बहरहाल, मैंने सोचा कि अब आशियाना मुनहदिम[5] होकर दोबारा तो तामीर नहीं हो सकता। इन्हीं दरो-दीवार के साथ गुज़र-बसर करनी है। बरसात लग चुकी थी। मैंने पहला काम यह किया कि हारसिंगार का एक पौदा लाकर लॉन के एक गोशे में लगा दिया। परिन्दों को तो किसी न किसी तरह आशियाने में उतरना ही था। मुझे गुमान-सा था कि शायद परिन्दे महकते दरख़्त पर उतरना ज़्यादा पसन्द करते हैं।

बरसात का अहवाल मत पूछो। सावन के पहले ही डोंगरे के साथ आशियाने की छतों ने टप-टप शुरू कर दी। ज़ुबैदा को अब पहली मर्तबा अहसास हुआ कि आशियाना उतना पुख़्ता[6] नहीं बना है जितना वह समझ रही थी। अब उसे अपनी चूक का अहसास हुआ कि लिंटर पड़ते वक़्त ऊपर जाकर उसने निगरानी नहीं की थी। ठेकेदार उसे जुल दे गया। मेटीरियल बचा लिया। रेत ज़्यादा खपा दी। छतों को तो टपकना ही था। बस इस वाक़िआ के साथ ही बरसात के बारे में मेरे और ज़ुबैदा के रद्दे-अमल में फ़र्क़ पैदा होता चला गया। जब घटा घिरकर आती तो मेरी ख़्वाहिश यह होती कि इसे मूसलाधार बरसना चाहिए, ज़ुबैदा की दुआ होती कि ख़ाली गरजकर गुज़र जाए। सो मैं डोंगरे की आस लगाकर बरामदे में आ बैठता और ज़ुबैदा तस्बीह[7] लेकर पिछले हिस्से में खड़े पस्ता-क़द कीकर की तरफ़ दौड़ती। यह कीकर इस ज़मीन में पहले से खड़ा था। ज़ुबैदा ने तो चाहा था कि इसे काट दिया जाए कि इससे तामीर में खंडत न पड़े। मगर मैंने इसे कटने नहीं दिया। ज़ुबैदा को इस बरसात में इसकी इफ़ादीयत[8] का एहसास हुआ। घटा जब घिरकर आती तो वह तस्बीह ले जाकर उसकी शाख़ से बाँध देती।

"यह क्या चक्कर है ?"

"यह बीबी फ़ातिमा[9] के नाम की तस्बीह है। इसे सहन में खड़े दरख़्त में बाँध दिया जाए तो फिर बारिश नहीं होती।"

"मगर ज़ुबैदा, यह सावन के साथ अच्छा सुलूक नहीं है और न धूप और लू से सताई हुई ख़ल्क़त के साथ।"

"हाँ तुम ये बातें करते रहो। बारिश होने के साथ जब छतें टपकती हैं तो मुसीबत मुझे झेलनी पड़ती है।"

छतें जैसी पड़ी थीं उनका पता तो बरसात के वास्ते से चल गया, बाक़ी इमारत की कैफ़ियत का किस तौर पता चलता। मगर अब शक तो पूरी इमारत के बारे में पैदा हो गया था। कमरे की एक दीवार में दरार देखकर ज़ुबैदा इस तश्वीश[10] में पड़ गई

---

1. जड़ाऊ, 2. स्तम्भों, 3. छोटा, 4. घटिया, 5. ध्वस्त, 6. पक्का, 7. जपमाला, 8. लाभकारिता, 9. पैग़म्बर मुहम्मद साहिब की पुत्री, 10. चिंता।

कि कहीं इमारत की बुनियाद तो नहीं बैठने लगी है। अब मैंने यह फ़रीज़ा[1] अपने ज़िम्मे लिया कि उसे इमारत की तरफ़ से इत्मीनान दिलाऊँ।" नहीं ज़ुबैदा, बुनियाद इमारत की पुख़्ता रखी गई है।"

"क्या पता। यह तो वक़्त ही बताएगा।" ज़ुबैदा ने अफ़्सुर्दा लह्जे[2] में कहा और चुप हो गई। फिर बोली, "मैं तो उस वक़्त से डरती हूँ जब इमारत साँस लेगी।"

"इसका क्या मतलब है ?"

"बात यह है कि इमारत बन चुकने के बाद एक मर्तबा साँस लेती है। कोई-कोई इमारत तो साँस लेने के साथ ही बैठ जाती है।"

ख़ैर, यह तश्वीश लम्बी नहीं खिंची। बरसात के साथ बात आई-गई हो गई। ज़ुबैदा जैसे भूल ही गई हो कि कभी बरसात भी आई थी और छतें टपकी भी थीं। वह आशियाने के दरो-दीवार के बीच अब उतनी ही मगन थी जितनी बरसात से पहले हुआ करती थी। मैं कभी-कभी बेइत्मीनान हो जाता था।

"ज़ुबैदा, इस घर में कोई ताक़ नहीं है।"

"ताक़ ?" ज़ुबैदा ने हैरान होकर मुझे देखा।

"हाँ, एक-दो ताक़ घर में होने चाहिए थे उसी तर्ज़ के मिह्राबी शक्लवाले। देखो ना, बिजली अब घंटों के हिसाब से जाती है और तुम्हें मोमबत्ती टिकाने के लिए कोई मुनासिब जगह मुयस्सर नहीं आती। ताक़ होते तो उनमें शम्अदान[3] रखे हुए भले लगते और कमरे में रौशनी भी अच्छी होती।"

"हाँ, और फिर ताक़ धुएँ से रच जाते। फिर कमरे कितने ख़ूबसूरत लगते।" ज़ुबैदा ने तंज़[4] भरे लह्जे में कहा। चुप हुई। फिर बोली, "अख़लाक़, तुम्हें वहीं रहना चाहिए, अपनी चराग़ हवेली में।"

बू जान बीच में बोल पड़ीं, "दुल्हन, तुम ठीक कहती हो। मियाँ जान ने तो मरते-मरते समझाया कि जहाँ हो, वहीं बैठे रहो। ख़ुदा जो दिखाए, सो देखो। मैंने भी कहा कि काँ[5] काले कोसों जा रहे हो। मगर अख़लाक़ के बाप को तो पाकिस्तान से इश्क़ हो गया था। उधर मियाँ जान की आँख बन्द हुई, इधर चल खड़े हुए। मगर उनकी क़िस्मत में बरतना नहीं था। यहाँ आकर कितने दिन जिए, इधर आए उधर गए।"

"उनके ह़क में अच्छा ही हुआ।"

"ऐ है, यह क्या बात हुई ?"

"ठीक कह रहा हूँ बू जान, कितने सदमों से बच गए।"

तो ख़ैर, आशियाने के बारे में मेरी बेइत्मीनानी भी लम्बी नहीं खिंची। आशियाने ही की तक़रीब[6] से परीशानियों का एक रेल आया और इस बेइत्मीनानी को बहाकर ले गया। मैंने बताया ना कि दफ़्तर से, हाउस बिल्डिंगवालों से, मुख़्तलिफ़ बैंकों से तो मैंने क़र्ज़े लिए ही थे, आख़िर में कुछ दोस्तों-अज़ीज़ों[7] से भी छोटे-छोटे क़र्ज़े यही कोई

1. कर्तव्य, 2. उदास स्वर, 3. वह वस्तु जिसमें मोमबत्ती रखते हैं, 4. व्यंग्य, 5. कहाँ का लघु., 6. कारण, 7. मित्रों और संबंधियों।

दो-दो हज़ार, ढाई-ढाई हज़ार वाले ले डाले थे। मेरा ख़याल था कि कम-अज़-कम ये लोग मेरी मुश्किलात[1] को देखते हुए थोड़ा तवक़्क़ुफ़[2] करेंगे मगर वो हाउस बिल्डिंगवालों और बैंकों से बढ़कर बेसब्रे[3] निकले, इनसे पहले उनके तकाज़े शुरू हो गए और सबने एकदम से तक़ाज़े किए। इधर एक बैंक से भी याददिहानी[4] का पर्वाना[5] आ गया कि आपने अभी तक क़िस्तों की अदाइगी[6] शुरू नहीं की है। मेरे हाथ-पाँव फूल गए।

''ज़ुबैदा, यह तो बड़ी परीशानी की बात है। क़र्ज़ख़्वाह[7] तो मुहलत देने के लिए तैयार ही नहीं है।''

''हाँ, यह तो बड़ी मुसीबत है। कमबख़्तीं-मारे हमारी बोटियाँ नोचे डाल रहे हैं।''

''अगर मैं इन सबके क़र्ज़ इकट्ठा चुकाना शुरू कर दूँ तो घर में फ़ाक़े पड़ जाएँगे और फिर भी सबकी अदाइगी नहीं होगी। आख़िर एक तनख़्वाह में कितनों को भुगताऊँगा।''

''अख़लाक़, तुम्हें अब और कोई सबील[8] निकालनी चाहिए। एक सूखी तनख़्वाह से अब गाड़ी नहीं खिंचेगी और तुम्हारी नौकरी में तो बालाई[9] आमदनी भी नहीं है।''

''सोचो, कुछ न कुछ तो करना पड़ेगा। दुनिया को देखो, किस-किस तरीक़े से लोग कमाई कर रहे हैं। तुम्हारी तरह ख़ाली तनख़्वाह पे तकिया[10] करके तो कोई भी नहीं बैठा हुआ।''

क़र्ज़ख़्वाहों का दबाव, उनसे बढ़कर ज़ुबैदा का दबाव, मुझे इज़ाफ़ी[11] आमदनी के लिए संजीदगी से सोचना पड़ा। सिद्दीक़ी साहिब का ख़याल आया और समझा कि मेरी मुश्किलात का हल निकल आया। सिद्दीक़ी साहिब हमारे दफ़्तर के अकाउंट्स सैक्शन में थे। मामूली तनख़्वाह था। साइकिल पर दफ्तर आते-जाते थे। एक दिन अचानक स्कूटर को फ़र्राटे से चलाते हुए आए। रुफ़क़ाए-कार[12] उनके स्कूटर को देखकर हैरान भी हुए, ख़ुश भी हुए। ख़ुशी में उनसे मिठाई भी खा ली। मगर दफ़्तरों में ताड़नेवाले भी होते हैं जो उड़ती चिड़िया के पर गिन लेते हैं। बस सिद्दीक़ी साहिब एक ऐसे ही रफ़ीक़े-कार[13] की ख़ुसूसी तवज्जुह[14] का मर्कज़[15] बने और मुश्किल में फँस गए। हिसाब-किताब में घपला निकला। बक़ौले-बाज़[16] लम्बा ग़बन किया था। बहरहाल सिफ़ारिशें कराके केस को दबवाया। फिर इस्तीफ़ा दे दिया। दफ़्तर से फ़राग़त पाकर सारे झंझट से छूट गए। इधर से फ़राग़त पाकर अपना करोबार शुरू किया। एक डाइजैस्ट निकाला जो छह माह के अन्दर-अन्दर बेस्ट-सैलर बन गया और साल के ख़त्म होते-होते सिद्दीक़ी साहिब ने स्कूटर को रिटायर कर दिया और कार ख़रीद ली। मुझसे उनके तअल्लुक़ात शुरू से ख़ुशगवार चले आते थे। मेरे पास आए और कहने लगे कि ''अख़लाक़ साहिब, कुछ हमारा हाथ बटाइए।''

''कैसे ?''

---

1. कठिनाइयों, 2. ढील, 3. अधीर, उतावला, 4. याद दिलाना, 5. आदेशपत्र, 6. भुगतान, 7. क़र्ज़ लेनेवाले, 8. उपाय, 9. ऊपरी, 10. सहारा, 11. अतिरिक्त, 12. साथ काम करनेवाले, 13. साथ काम करनेवाला, 14. विशेष ध्यान, 15. केन्द्र, 16. कुछ लोगों के कथनानुसार।

"कुछ हमारे लिए लिखिए।"

"सिद्दीक़ी साहिब, कैसी बातें करते हैं। लिखनेवालों से लिखवाइए। मेरा इस फ़न्ने-शरीफ़[1] से क्या तअल्लुक़ है।"

"आपने इतनी किताबें पढ़ी हैं। लिखना चाहें तो आप लिख भी सकते हैं।"

"किताबें पढ़ने का यह मतलब तो नहीं होता कि उसे लिखना भी आता हो। मैं किताब पढ़ता ज़रूर हूँ, लिखने की सलाहियत[2] नहीं रखता।"

"अख़लाक़ साहिब, एक मर्तबा आप क़लम उठाइए। फिर आप देखेंगे कि आपमें लिखने की कितनी सलाहियत है। यूँ कीजिए कि हमारे लिए अंग्रेज़ी से किसी जासूसी नॉवेल की तल्ख़ीस[3] कर दीजिए। उन नॉवेलों पर तो आपकी नज़र होगी।"

"नहीं सिद्दीक़ी साहिब, यह काम मेरे बस का नहीं है।"

"आप हिम्मत तो कीजिए। और एक बात मैं अर्ज़ कर दूँ, आपको मुझसे कोई शिकायत नहीं होगी। यह गारंटी देता हूँ कि एक साल के अन्दर-अन्दर आप रिक्शाओं के झमेले से निकल जाएँगे। चार पहियोंवाली आपके क़दमों तले होगी।"

मैंने मुश्किल से जान छुड़ाई मगर थोड़े अर्से के बाद सिद्दीक़ी साहिब फिर आकर मुझसे मिले। अबके उनका रंग और था। कहने लगे : "अख़लाक़ साहिब, आपकी दुआओं से और अल्लाह तआला के फ़ज़्लो-करम[4] से पैसा तो हमने दाल-रोटी लाइक़ कमा लिया है। अब सोचते हैं कि पाकिस्तान की भी कुछ ख़िदमत करनी चाहिए।"

"अच्छा ख़याल है।" मैं यही कह सकता था और क्या कहता।

"इसका ख़याल मुझे मिडिल ईस्ट का दौरा करते हुए आया। आपको पता है कि हमारा डाइजेस्ट मिडिल ईस्ट में बहुत निकलता है। मैंने पिछले दिनों वहाँ का एक सर्वे किया। बहुत बड़ी मार्किट है साहिब और बहुत इम्कानात[5] हैं, कोई काम करनेवाला हो। इस वक़्त तो वहाँ इंडिया छाया हुआ है और साहिब किस कमाल से वो अपने कल्चर का प्रोजैक्शन करते हैं। वहाँ से मुझे ख़याल आया कि हम वहाँ पाकिस्तान का प्रोजैक्शन क्यों न करें। आख़िर हमारी भी सक़ाफ़त[6] है, अदब[7] है, आर्ट है। तो इस सिलसिले में आप हमारी क्या मदद करेंगे ? कुछ लिखना पसन्द करेंगे ? कोई किताब, बस ऐसी कि पाकिस्तानी कल्चर पर हर्फ़े-आख़िर हो। बहुत ज़रूरत है ऐसी किताब की।"

"सिद्दीक़ी साहिब, आपको पता ही है कि लिखने के मुआमले में मैं सिफ़र[8] हूँ।"

"ख़ैर यह तो आपकी कस्रे-नफ़्सी[9] है। अच्छा इस पर बाद में बात करेंगे। बहरहाल इस मुआमले में आप हमें मश्विरा तो दे सकते हैं।"

"हाँ, इसके लिए हाज़िर हूँ। पता नहीं मेरा मश्विरा आपके काम आ सकेगा या नहीं।"

"यह तो हम पर छोड़ दीजिए। बस आप हमारे मुशीर[10] बन जाइए और इस मक़्सद को पेश[11] रखते हुए कोई मंसूबा[12] बना दीजिए और मेरी तरफ़ से आपको कोई

---

1. कला, 2. योग्यता, 3. संक्षिप्त, 4. कृपा और दया, 5. संभावनाएँ, 6. संस्कृति, 7. साहित्य, 8. शून्य, 9. नम्रता, 10. परामर्शदाता, 11. सामने, 12. योजना।

शिकायत का मौक़ा नहीं मिलेगा। पूरी ख़िदमत करूँगा।"

मैंने वादा किया और चला आया। मगर हुआ यह कि उसी दौरान में तामीर का बखेड़ा शुरू हो गया और मकान की तामीर तो वैसे ही आदमी की मति मार देती है, सो वादा पूरा करने की नौबत ही नहीं आई। सिद्दीक़ी साहिब का एक-दो मर्तबा पैग़ाम भी आया, मगर मैं मकान के झमेले में ऐसा फँसा हुआ था कि उनके पास जा ही नहीं सका।

मैंने सोचा कि सिद्दीक़ी साहिब से चलकर बात करते हैं। अदब और फ़नूने-लतीफ़ा[1] के ज़ैल[2] में क्या कुछ पेश करना चाहिए और किस तरह पेश करना चाहिए। इस पर बहुत सोच-विचार करके मैं सिद्दीक़ी साहिब के पास पहुँचा। देखकर बहुत खुश हुए। बहुत तपाक[3] से मिले। जब मैंने उन्हें उनका मंसूबा याद दिलाया तो अफ़्सुर्दा होकर बोले कि, "अख़लाक़ साहिब, आपके पीछे हम इतना दौड़े और आप हाथ नहीं आए। अब तो वह वेला ही लंग गया।"

"क्यों क्या हुआ, पाकिस्तान को अब अपने प्रोजैक्शन की ज़रूरत नहीं रही ?"

"नहीं, यह बात नहीं है। अस्ल में मार्शल-लॉ ने तो सारे बिज़िनेस ही को ठप्प कर दिया और प्री-सैंसरशिप ने तो ऐसे हालात पैदा कर दिए हैं कि कोई माक़ूल[4] किताब छापी ही नहीं जा सकती।"

दलील[5] दिल को लगनेवाली थी। मैं क़ाइल हो गया। ख़ैर, देर तक हम इधर-उधर की बातें करते रहे। गुज़रे हुए अच्छे ज़माने की बातें करके अपने-आपको तस्कीन[6] देते रहे। बातें करते-करते सिद्दीक़ी साहिब बोले : "अख़लाक़ साहिब, एक प्रोजैक्ट है, इसमें आप हमें कुछ मश्‌विरा दीजिए।"

"क्या ?"

"इस्लामी बैंकारी पर एक किताब लिखवानी है, इसके लिए कोई आदमी तज्वीज़[7] कीजिए।"

"सिद्दीक़ी साहिब, इसके लिए तो किसी माहिरे-इक़्तिसादियात[8] से रुजू[9] कीजिए।

"मुआफ़ कीजिए, मैंने उन्हें टोह के देख लिया है, इस्लाम के मुतअल्लिक़ वो कुछ नहीं जानते।" थोड़ा रुककर, "अख़लाक़ साहिब, आप इस मौज़ू[10] पर लिखें तो कैसा रहे ?"

"मैं ?" इस तज्वीज़ पे मैं हैरान रह गया। "सिद्दीक़ी साहिब, इस मौज़ू पर तो मेरा कोई गुतालआ[11] नहीं है।"

"अख़लाक़ साहिब, हमें कोई फ़ाज़िलाना[12] मक़ाला[13] दर्कार नहीं है।[14] बस मोटी-मोटी बातें होनी चाहिए।

मैने बड़ी मुश्किल से इस पेशकश से पीछा छुड़ाया।

"अच्छा ख़ैर, इस प्रोजैक्ट को छोड़ते हैं, एक और प्रोजैक्ट मेरे ज़ेहन में है। आप

---

1. ललित कलाएँ, 2. पंक्ति, निम्न, 3. प्रेम, 4. उचित, 5. तर्क, 6. ढाढ़स, 7. सलाह, 8. अर्थशास्त्री, 9. सम्पर्क, 10. विषय, 11. अध्ययन, 12. विद्वत्तापूर्ण, 13. लेख, 14. नहीं चाहिए।

फ़ारसी तो माशाअल्लाह ख़ूब जानते हैं। मुझे याद है, आप हाफ़िज़ शीराज़ी[1] के शे'र बहुत सुनाया करते थे। हम आपकी फ़ारसी-दानी[2] से फ़ाइदा उठाना चाहते हैं।''

''अच्छा ख़याल है, लाइए आपके लिए हम हाफ़िज़ का एक इंतिख़ाब[3] किए देते हैं।''

''हाफ़िज़ का इंतिख़ाब...'' सिद्दीक़ी साहिब सोच में पड़ गए। ''नहीं अख़लाक़ साहिब, हाफ़िज़ का ज़माना गुज़र गया, अब उसे कौन पढ़ता है।''

''सिद्दीक़ी साहिब, आप कैसी बातें करते हैं, हाफ़िज़ तो सदाबहार है।''

''अरे अख़लाक़ साहिब, हाफ़िज़ को तो अब ईरान में भी कोई नहीं पूछता। इस वक़्त तो ऐसे शाइर को पसन्द किया जाता है जिसके पास देने के लिए पैग़ाम हो। गुलो-बुलबुल[4] और जामो-सुबू[5] वाली शाइरी तो ज़वाल[6] के ज़माने की यादगार है।''

मैंने सिद्दीक़ी साहिब को हैरत से देखा। ''सिद्दीक़ी साहिब, आप भी इन्क़िलाबियों वाले रोजमर्रा में बातें करने लगे।''

''लाहौल वला कुव्वत।[7] इन्क़िलाबियों पे तो मैं लानत भेजता हूँ। उन्होंने तो मुल्क का बेड़ा ग़र्क़ किया है। सारी नई नस्ल को ला-दीन[8] बना दिया। साहिब, मैं तो इस्लामी इन्क़िलाब का क़ाइल हूँ। हाँ लीजिए, वह बात तो बीच में ही रह गई। हमारे पास ईरान से इस्लामी इन्क़िलाब के बारे में बहुत लिटरेचर आया रखा है उसे सामने रखकर उर्दू में इस्लामी इन्क़िलाब के बारे में एक बहुत अच्छी किताब तैयार हो सकती है। अख़लाक़ साहिब, आप यह काम कर सकते हैं। इसमें उर्दू की भी ख़िदमत है और इस्लाम की भी।''

''लो-लो मैं...? नहीं सिद्दीक़ी साहिब, मेरे लिए यह ख़िदमत अंजाम देना ज़रा मुश्किल है।''

''अच्छा,'' सिद्दीक़ी साहिब मायूस हो गए। ''आपकी ख़ुशी। फिर कोई आदमी हमें बताइए। आलिम-फ़ाज़िल[9] आदमी की ज़रूरत नहीं है, बस फ़ारसी की शुदबुद[10] रखता हो। मैटीरियल सारा हम मुहैया करेंगे, उसे तो बस दाएँ-बाएँ करना होगा।''

मैं कितनी मुश्किलों से जान छुड़ाकर वहाँ से वापस हुआ। घर पहुँचकर देर तक मैं ढेर हुआ पड़ा रहा जैसे पत्थर ढोकर आया हूँ।''

''अख़लाक़ क्या बात है, बहुत चुप-चुप नज़र आ रहे हो ?''

''आज मैं सिद्दीक़ी साहिब के पास गया था।''

''हाँ-हाँ, वह तो मुझे याद ही नहीं था। उनसे कोई बात तै हुई ?''

''नहीं।''

''नहीं ? तुम तो बड़े यक़ीन से कह रहे थे कि उनके साथ मुआमला तै हो जाएगा।''

''पहले जो उन्होंने बात की थी, मैं उस हिसाब से सोच रहा था।''

---

1. फ़ारसी के महाकवि (1325-1390 ई.) 2. फ़ारसी भाषा का ज्ञान, 3. चयन, 4. फूल और बुलबुल, 5. शराब का पियाला और घड़ा, 6. पतन, 7. घृणा, विरक्ति या बुरी बात पर खेद या अक्षमता प्रकट करने के लिए बोलते हैं, 8. अधर्मी, 9. विद्वान, 10. अल्पज्ञान।

"अब क्या हो गया ?"

"अब...? अब यह हुआ कि ज़माना बहुत आगे निकल गया, मैं बहुत पीछे रह गया हूँ।"

ज़ुबैदा बुझ-सी गई। ख़ामोशी से उठी और किचन में चली गई। देर बाद किचन से निकली तो पिछवाड़े वाली दीवार की तरफ़ चली गई। वहाँ पड़ी हुई दो ईंटों पर पंजे टिकाकर, एड़ियाँ उठाकर देर तक पिछवाड़े के मंज़र का जाइज़ा लेती रही। ज़ुबैदा का अब यह तौर बन गया था कि दिन में एक दफ़ा ज़रूर, जब भी उसे घर के कामों से फ़रागत होती या जब भी घर के कामों से बोर हो जाती, उस तरफ़ जाती और पिछवाड़े का मुशाहदा[1] करने लगती। घर की चारदीवारी में बंद औरतों को बाहर झाँकने का कितना शौक़ होता है। बाहर खुलनेवाली कोई खिड़की या ऐसी दीवार, जहाँ से बाहर झाँका जा सके, उनका मर्जा[2] बन जाती है। किस शौक़ के साथ वो वहाँ से बाहर का नज़्ज़ारा[3] करती हैं। यह उनकी आउटिंग होती है। बाहर देखने के लिए बेशक कुछ न हो लेकिन नज़र को मंज़र[4] की यकसानियत[5] से तो नजात[6] मिलती है। चारदीवारी की तंगी से निकलकर एक कुशादा फ़ज़ा में नज़र को सफ़र का मौक़ा मुयस्सर आता है। नज़र के साथ ज़ात[7] भी एक वसीतर[8] दुनिया में साँस लेती महसूस होती है। इतना तो था ही मगर ज़ुबैदा के लिए इस मश्ग़ले[9] में शायद इससे भी ज़्यादा मानी[10] थे। मुझे कुछ यूँ महसूस होता था कि उस वाक़िआ के बाद से पिछवाड़ा ज़ुबैदा के लिए ज़्यादा पुर-मानी,[11] ज़्यादा पुर-असरार[12] बनता चला जा रहा था।

बू जान ने बरामदे में अपनी चौकी पे बैठे-बैठे कितनी मर्तबा बेचैनी के साथ ज़ुबैदा को देखा। आख़िर ज़ब्त न हुआ। पुकारीं : "दुल्हन, बस भी करो, आ जाओ।" ज़ुबैदा उधर से वापस हुई और बू जान के पास आ बैठी।

"दुल्हन, यह जो तुम वक़्त-बेवक़्त उधर जा खड़ी होती हो, यह बात हमें अच्छी नहीं लगती। मत झाँका करो उधर, मुझे शक आवे है।"

"बू जान, उस रोज़ के बाद से तो उधर ऐसा सन्नाटा हुआ है कि न कोई आदमी नज़र आता है, न कोई आवाज़ सुनाई देती है।"

"रात को तो बहुत आवाज़ें सुनाई देती हैं। कमबख़्त चौकीवाला आधी रात से जो आवाज़ें लगानी शुरू करता है तो फ़ज्र तक लगाता ही रहता है। मगर दिन में जाने सब कहाँ दफ़्न हो जाते हैं। हू का आलम[13] होता है। फाटक भी बंद पड़ा रहता है। मैं तो जानूँ, उस रोज़ के बाद से खुला ही नहीं जैसे अब अन्दर कोई है ही नहीं।"

बू जान ने लम्बा ठंडा साँस लिया, "जाने किस माँ के लाल थे ! तीनों जवान थे बिचारे।"

"बेचारे तो वो नहीं थे।"

"दुल्हन, हमें क्या पता कि वो कौन थे, क्या किया था उन्होंने।"

---

1. दर्शन, निरीक्षण, 2. बचाव की जगह, 3. दर्शन, 4. दृश्य, 5. एकरसता, 6. मुक्ति, 7. स्वयं, 8. विशाल, 9. मन बहलाने का काम, 10. अर्थ, 11. अर्थपूर्ण, 12. रहस्यमय, 13. सन्नाटा।

“बू जान, आख़िर कुछ तो उन्होंने किया होगा कि...” आगे कुछ कहते-कहते ज़ुबैदा झिझक गई।

“हाँ कुछ तो किया होगा।” बू जान चुप हुईं, फिर सोचते हुए बोलीं : “पता नहीं कमबख़्तों के दिमाग़ में क्या कीड़ा कुलबुलाया था या आँखों पर पर्दे पड़ गए थे।” बू जान चुप हो गईं।

ज़ुबैदा भी जवाब में कुछ नहीं बोली। कितनी देर बू जान के घुटने से लगी बैठी रही मगर चुप।

6

थका-हारा मैं दफ़्तर से आया ही था कि ज़ुबैदा ने एक लम्बा-सा लिफ़ाफ़ा हाथ में पकड़ा दिया।

"क्या है यह ?"

"पढ़ लो।"

मैंने लिफ़ाफ़ा उलट-पलटकर देखा कि कहाँ से आया। हाउसिंग फ़िनांस कार्पोरेशन की तरफ़ से था। "अच्छा-अच्छा, क़िस्त का तक़ाज़ा किया होगा। ठीक है। अब हमें उन्हें बाक़ाइदगी[1] से अदाइगी शुरू करनी चाहिए।"

"तक़ाज़ा नहीं, नोटिस है।" ज़ुबैदा ने जले-कुटे लहजे में कहा : "कुछ बसन्त की ख़बर है। वो हमारा घर नीलाम करने लगे हैं।"

मैंने यह सुनते ही जल्दी से लिफ़ाफ़ा चाक किया।[2] जल्दी-जल्दी पढ़ा। वाक़िई वह तो नोटिस था और नोटिस भी ऐसा-वैसा नहीं, ख़बरदार किया गया था कि पिछली सारी क़िस्तें मा-सूद[3] पन्द्रह दिन के अन्दर-अन्दर अदा कर दी जाएँ। ब-सूरते-दीगर[4] महकमा[5] मकान को नीलाम करने का इख़्तियार रखता है। मैं परीशान हुआ कि पन्द्रह दिन के अन्दर-अन्दर इतनी लम्बी रक़म का इंतिज़ाम कहाँ से करूँगा, कैसे करूँगा ? मगर चेहरे से मैंने अपनी परीशानी ज़ाहिर नहीं होने दी। कुछ ऐसा तअस्सुर[6] देने की कोशिश की जैसे यह कोई ऐसी परीशानी की बात नहीं है। क़द्रे बेएतिनाई[7] से कहा, "अच्छा, देखते हैं।"

ज़ुबैदा को ऐसे ख़ुश्क रद्दे-अमल की बिल्कुल तवक़्क़ो नहीं थी।

"ग़ौर से पढ़ा भी है ? बेपर्वाई से कह दिया कि देखते हैं। क्या देखोगे ? इतनी लम्बी रक़म का इंतिज़ाम पन्द्रह दिन में कहाँ से हो जाएगा ? मैं पहले ही कहती थी कि देखो, क़िस्तें महीने के महीने अदा करते रहो, नहीं तो बहुत सूद चढ़ जाएगा। मगर तुमने मेरी एक न सुनी।"

"ज़ुबैदा, तुम्हें पता है कि महीने पर कितनी क़िस्तें अदा करनी पड़ती हैं। जिस क़िस्त को रोकता, उसी की तरफ़ से नोटिस आ जाना था। बहरहाल किसी न किसी की क़िस्त तो रुकनी ही थी।"

"क्यों रुकनी थी ?"

"जहाँ-जहाँ से हमने मकान के लिए क़र्ज़ लिया था, उन सबकी क़िस्तें बाक़ाइदगी

1. नियमितता, 2. फाड़ा, 3. ब्याज सहित, 4. अन्यथा, 5. विभाग, 6. धारणा, 7. उपेक्षा।

से अदा की जातीं तो हम खाते क्या ? घर के ख़र्च के लिए कौड़ी नहीं बचनी थी।''

''न खाते, फ़ाक़े कर लेते।''

इस पे मुझे याद आया कि जब मकान की तामीर के दौरान क़र्ज़े पे क़र्ज़ा लिया जा रहा था और उस पर मैंने फ़िक्रमन्दी[1] का इज़हार किया था तो ज़ुबैदा ने इसी क़िस्म का एलान बड़े एतिमाद[2] से किया था कि अपना घर बन जाना चाहिए, सब क़र्ज़े अदा हो जाएँगे। अपना घर हो तो आदमी फ़ाक़े भी कर सकता है। नहीं खाएँगे तर निवाला, रूखी-सूखी खाके सब क़र्ज़े उतार देंगे। मगर मकान बन जाने के बाद ज़ुबैदा ने इस एलान को कहाँ याद रखा। घर के इख़राजात[3] उसी तरह जारी रहे बल्कि नए मकान की फ़र्निशिंग के चक्कर में इख़राजात कुछ बढ़ ही गए। और मैं कर्ज़ों में जकड़ा हुआ था। हर क़र्ज़े की शर्त यह थी कि क़िस्त माहाना[4] अदा की जाए। मैं परीशान कि या अल्लाह, कौन-सी क़िस्त अदा करूँ, कौन-सी अदा न करूँ। जिस क़िस्त से ज़रा हाथ खेंचा, उस क़िस्त के सिलसिले में याददिहानी का पर्वाना मौसूल हो गया[5]।

असल में अपने घर के हनीमून की मुद्दत बहुत मुख़्तसर रही। इब्तिदा[6] के दिन तो ख़ुशी-ख़ुशी गुज़र गए। ख़ुशी-सी ख़ुशी, ज़िन्दगी में पहली मर्तबा पता चला कि अपने बनाए हुए घर में बसर करने के क्या मानी होते हैं। कितना इत्मीनान, कितनी आसूदगी[7] होती है अपनी डाली हुई छत तले सोने-जागने में। मगर जब क़िस्तों की अदाइगी का मरहला[8] आया और याददिहानियों के पर्वाने आने शुरू हुए तो फिर तस्वीर का दूसरा रुख़ सामने आया। बू जान ने तो मुझे बस यह तस्वीर दिखाई थी कि आदमी का अपना कोना न हो तो बेठिकाना रहता है। सारी मुज़ाहमत[9] के बावुजूद यह ख़याल मेरे अन्दर सरायत[10] कर गया। लगने लगा कि मैं इसी बाइस उखड़ा-बिखरा फिरता हूँ कि अपना कोई ठिया नहीं है। अगर अपना मकान बना लूँ तो ज़िन्दगी में एक जमाव आ जाएगा। मगर मकान बनाने के थोड़े ही दिन बाद खुला कि मैं तो और बिखर गया हूँ। हाउसिंग फ़िनांस कॉर्पोरेशन में, बैंकों में, अपने दफ़्तर के अकाउंट सैक्शन में—कहाँ-कहाँ बिखरा पड़ा हूँ। शायद यह इस नए ज़माने का ख़ास्सा[11] है कि आदमी जितना इत्मीनान के लिए जतन करता है, उतना ही अपनी परीशानियों में इज़ाफ़ा करता है,[12] आसाइश[13] के जितने अस्बाब[14] मुहैया करता है उतना ही बेआरामी का सामान करता है, जितना ज़िन्दगी में तर्तीब[15] का एहतिमाम[16] करता है उतना ही बिखरता चला जाता है और अपना मकान, ये तो बूर के लड्डू हैं कि खाए तो पछताए न खाए तो पछताए। बहरहाल अब मैं यह सोच रहा था कि इस पछतावे से तो अपनी वह हसरते-तामीर[17] ही अच्छी थी।

''ख़ैर इस वक़्त तो जी जलाने का कोई फ़ाइदा नहीं है।'' मैंने क़िस्सा मुख़्तसर करने की कोशिश की। ''सुबह दफ़्तर नहीं जाऊँगा। इसी मार पे निकलूँगा। कुछ न कुछ बन्दोबस्त हो ही जाएगा।''

---

1. चिन्ता, 2. भरोसा, 3. व्यय, 4. प्रतिमास, 5. मिल गया, 6. आरम्भ, 7. सन्तोष, 8. कठिन काम, 9. हस्तक्षेप, 10. प्रवेश, 11. स्वभाव, 12. बढ़ाता है, 13. सुख, 14. सामान, 15. ठीक करना, 16. प्रबन्ध, 17. निर्माण की अभिलाषा।

"अगर तुम ऐसे ही बन्दोबस्त करनेवाले होते तो पहले न कर लेते। आज कह रहे हो कि कल कुछ करूँगा। कल कहोगे कि परसों करूँगा। बस इसी आज, कल में मीआद[1] गुज़र जाएगी और वो कमबख़्ती-मारे हमारे घर की बोली लगाने के लिए आन धमकेंगे।"

बू जान कि अब तक ख़ामोश बैठी थीं, तड़पकर बोलीं, "ख़ाक-भूभल उन मुँह-झुलसों के मुँह। आए बड़े कहीं के हमारे घर की बोली लगानेवाले।"

"अच्छा सुबह तो होने दो। कल देखेंगे।" मैंने एक मर्तबा फिर क़िस्सा मुख़्तसर करने की कोशिश की।

"जब मैंने कहा था कि एक मन चावल का बन्दोबस्त कर दो, अच्छे-बुरे वक़्त के लिए घर में पड़े रहेंगे तो उस वक़्त भी तुमने यही कहा था कि अच्छा कल कुछ करेंगे।"

"एक मन चावल..." बू जान बोलीं, "एक मन चावल में दुल्हन, तुम कितने दिन निकाल लोगी ? शैतान के कान बहरे, अगर दंगा-फ़साद शुरू हुआ तो जल्दी तो नहीं निबट जाएगा। ऐ दुल्हन, ख़ाली एक मन चावल से क्या बनेगा। बाज़ार तो सारे पट हो जाएँगे। कोई चीज़ नहीं मिलेगी।"

"बू जान, आटा तो भरा रखा है और मँगाके रख लूँगी। दालें भी भरी रखी हैं।"

"अरी वो तो महीने के ख़र्च की होंगी। उस वक़्त गोश्त तो मिले-विलेगा नहीं, दालों पे ही गुज़ारा होगा। सब दालें मँगाके रख लो। नोन, मिर्च, धनिया, लहसुन, प्याज़, हर चीज़। वक़्त का कोई पता थोड़े ही है।"

मैंने बू जान और ज़ुबैदा की यह गुफ़्तगू हैरत से सुनी। लगता था कि सास-बहू में संजीदगी से कुछ बड़े मसाइल[2] पर तबादला-ए-ख़याल[3] हुआ है और बाज़[4] इंतिज़ामी उमूर[5] तै हुए हैं और यह कि मुझे एतिमाद में लेने की क़तई ज़रूरत महसूस नहीं की गई।

"क़िस्सा क्या है, क्या जंग छिड़नेवाली है ?"

"सुन रही हो बू जान, तुम्हारे बेटे क्या पूछ रहे हैं।" ज़ुबैदा का लहजा सख़्त तंज़िया[6] था।

"मेरे लाल, दुनिया में रहते हो तो दुनिया की ख़बर भी रखा करो। तुम तो बाहर घूमने-फिरनेवाले हो, तुम्हें ज़्यादा पता होना चाहिए। हम घर में बैठे इतना कुछ सुन रहे हैं। नसीबन बुआ बता रही थीं कि दोनों तरफ़ झड़पें तेज़ हो रही हैं। वह क़त्लाम[7] होगा कि ख़ून की नदियाँ बह जाएँगी।"

"अच्छा ?" बू जान की बातों से मैं महज़ूज़[8] होने के मूड में था।

ज़ुबैदा ने फिर नश्तर चलाया : "बू जान, अपने बेटे का जवाब सुन लिया। भोले बनकर पूछ रहे हैं कि अच्छा। इनकी इन्हीं बातों पे तो मेरा जी जलता है।"

"बेटे, मेरे चाँद, तुम किस मिराक़ में रहते हो। चारों तरफ़ शोर मचा हुआ है। तुम्हें किसी बात की कोई ख़बर ही नहीं है।"

---

1. निश्चित समय, 2. समस्याओं, 3. परस्पर बातचीत, 4. कुछ, 5. समस्याएँ, 6. व्यंग्यपूर्ण, 7. क़त्ले-आम, सर्वसाधारण का वध, 8. आनन्दित।

"बस इन्हें उतना ही पता होता है जितना कामरेड इन्हें बता जाता है।"

"मगर बख़्त-मारे कामरेड को तो दुनिया की हर बात का पता होता है। उसे और काम ही क्या है, जोरू न जाता घर न बार, टिकके कहाँ बैठे। जले पाँव की बिल्ली बना घूमता ही रहता है।"

"जब ही तो लोग उस पे उँगलियाँ उठाते हैं।" ज़ुबैदा कहने लगी : "नसीबन बुआ मुझसे पूछने लगी कि यह आदमी तुम्हारे घर क्यों आता है। मैंने कहा, क्यों क्या बात है ? कहने लगी कि यह तो रूस का जासूस है। बू जान, यह सुनके एक दफ़ा तो मैं सन्नाटे में आ गई।"

"अजी कोई रूस का जासूस है तो हुआ करे, हमें क्या। हम कौन-सा रूस के ख़िलाफ़ मिस्कोटें करते हैं। फिर भी अगर कोई लगाई-बुझाई करता है तो करे, हमारी जूती से। रूस से हमारा कौन-सा लेना-देना है, जो वह हमें देता हो वह न दे।"

मैंने देखा कि बात क़िस्तों की अदायगी के मस्अले से चलकर रूस पर पहुँच गई है। मैंने यह मौक़ा ग़नीमत जाना। अब ज़ुबैदा की तरफ़ से किसी नश्तर का अन्देशा नहीं था। इधर-उधर की बात करके क़िस्सा मुख़्तसर किया और बू जान को एहसास दिलाया कि उनके दुआ पढ़ने और सोने का वक़्त आन पहुँचा है। बू जान फ़ौरन ही उठ खड़ी हुईं। इधर मैंने भी एलान कर दिया कि बहुत थका हुआ हूँ, बस सोना चाहता हूँ।

ज़ुबैदा ने सुबह ही झंझोड़कर उठा दिया। वो दिन तो अब गुज़र गए थे जब इस घर में तड़के से मेरी आँख खुल जाती थी और फिर मैं इस घर में चढ़नेवाली ताज़ा-ताज़ा सुबह का लुत्फ़[1] उठाता था। देर से उठने का मामूल[2] वापस आ गया था। वही पुराना दस्तूर कि ज़ुबैदा ने झँझोड़ा, "अजी आज तुम्हें दफ़्तर जाना नहीं है ?" ख़ैर यह जुमला तो बहुत पुराना हो गया था। नए घर में आकर जगाने के कुछ नए बहाने पैदा हो गए थे, "कुछ याद है, आज आपको क़िस्त जमा करनी है।" "उठिए ना, आज बैंक भी जाना है। प्रॉपर्टी टैक्स जमा कराने की आज आख़िरी तारीख़ है।" वैसे आज ज़ुबैदा ने इस क़िस्म का कोई नोटिस नहीं दिया, बस झँझोड़कर उठा दिया। शायद मिज़ाज[3] की दरहमी[4] किसी क़दर अभी बाक़ी थी।

मैं उठकर बाथरूम गया। नहाया-धोया। बरामदे में आ बैठा। फ़ौरन ही सामने नाश्ता आ गया। नाश्ते के आते ही सुबह के मेहमान भी एक-एक करके आन मौजूद हुए और मुझे लगा कि जैसे मैं नए सिरे से इकट्ठा हो रहा हूँ। रात तो ज़ुबैदा की बातें सुनकर बिल्कुल ही बिखर गया था। एक मज्ज़ूब[5] के मुतअल्लिक़ सुन रखा था कि रात को सोते वक़्त उनके आज़ा[6] बिखर जाते थे, सुबह हुए पर आज़ा यकजा[7] होते और बुज़ुर्ग सहीह-ओ-सालिम[8] उठ खड़े होते। मगर मेरे आज़ा दिन निकलने के साथ बिखरने शुरू होते। बस इधर घर से क़दम निकाला और आज़ा बिखरने शुरू हुए।

हाँ तो मैं अपने सुबह के मेहमानों का ज़िक्र कर रहा था। यह भी बताना पड़ेगा

---

1. आनन्द, 2. नित्य नियम, 3. स्वभाव, 4. अस्त-व्यस्तता, 5. फ़क़ीर जो देखनेवालों की दृष्टि में पागल हो, पर ब्रह्मलीन हो, 6. शरीर के अंग, 7. इकट्ठा, 8. समूचा।

कि इन मेहमानों की आमद[1] की तक़रीब कैसे पैदा हुई। बरामदे के सामने अपने मुख़्तसर-से सब्ज़ाज़ार[2] में जो हरसिंगार लगाया था, वह अब अच्छा-ख़ासा बड़ा हो गया था। उसके क़रीब अनार, अनार के क़रीब कुकरौंधा। यह चराग़ हवेली की तरह कोई लम्बे-चौड़े एहातावाला घर तो था नहीं कि नीम और इमली जैसे ऊँचे पेड़ लगाए जा सकते। यहाँ तो छोटे क़द और कम फैलनेवाले दरख़्त ही लगाए जा सकते थे। सो हारसिंघार, अनार, कुकरौंधा, साथ में चन्द पौदे और बेलें। यही बेला, चमेली, मोतिया, गुलाब, इनमें किसी की बेल किसी का पौदा।

इन पेड़-पौदों की वजह से अपना यह छोटा-सा घर जल्द ही शाद-आबाद हो गया[3]। क्या-क्या मेहमान यहाँ आकर उतरा था। यह जो ख़ाकिस्तरी[4] रंग की चिड़ियाँ होती हैं, इनका क्या है जहाँ नाम को भी दाना-दुनका देखा, आन इकट्ठी हुईं। हर घर में अपने लिए जगह पैदा कर लेती हैं। कड़ियोंवाले मकानों में इन्हें अपने घर बनाने की ज़्यादा सहूलतें हासिल थीं। ज़रा कड़ी झुकी और इन्होंने चार तिनके चुनकर अपना घोंसला बना लिया। छतें कड़ियों से बेनियाज़ हुईं तो फिर इनकी सारी तवज्जुह[5] रौशनदानों पर हो गई। घर में जब घोंसला बना लिया तो फिर घर के खाने-पीने में भी बराबर की शरीक हो गईं। ख़ैर अभी अपने घर का कोई गोशा इनके घोंसलों की ज़द में नहीं था। मगर सुबह के नाश्ते में शरीक होना इनकी आदत बनती जा रही थी। शायद बन चुकी थी। सीधी वजह यह थी कि जब से मैं यहाँ मुन्तक़िल[6] हुआ था, कमरे में बंद होकर नाश्ता करने का तरीक़ा मैंने तर्क कर दिया था[7]।

बरामदे में बैठकर नाश्ता करता था। मुझे तो पता भी नहीं चला कि इस नेक रस्म[8] का आग़ाज़ कैसे हुआ। बस मुझे रफ़्ता-रफ़्ता इसका एहसास हुआ कि जब मैं सुबह ही सुबह बरामदे में बैठकर नाश्ता करता हूँ तो आसपास कुछ चिड़ियाँ बेचैन-बेचैन-सी नज़र आती हैं। कोई-कोई बेताब होकर मेज़ पर आन बैठती है और प्लेट में रखे तोस को नदीदे दीदों[9] से देखती है। यह देख मैंने खुले दिल से इन चिड़ियों का ख़ैरमक़्दम[10] किया और अपने नाश्ते में इन्हें मुस्तक़िल शरीक[11] बना लिया। तोस के किनारे रेज़ा-रेज़ा[12] करके डाल देता। वो बड़े शौक़ से इन रेज़ों को चुगतीं और दम भर में चटकर जातीं। इस रोज़-रोज़ की ख़ातिरदारी[13] से उनकी बेतकल्लुफ़ी[14] इतनी बढ़ गई कि कोई-कोई उड़कर नाश्ते की मेज़ पर आन बैठती। थोड़ी देर दूर-दूर फुदकती, फिर एकदम से क़रीब आकर मेरे सामने रखे तोस पर चोंच मारती। चिड़ियों की इस बेतकल्लुफ़ी पर एतिराज़[15] नहीं, एतिराज़ इस बात पर है कि इतने क़ुर्ब,[16] इतनी बेतकल्लुफ़ी के बाद भी चिड़ियाँ आदमी पर एतिबार नहीं करतीं। ज़रा खटका हुआ और भर्रा खाकर उड़ गईं। कौए का मुआमला तो यह है कि वह तो सिरे से एतिबार करता ही नहीं। मरीज़ाना[17] हद तक शक्की, हर वक़्त कान खड़े रखना, समझता है कि सारी दुनिया उसके दरपए-आज़ार[18]

---

1. आना, 2. छोटा-सा बाग़, 3. बस गया, 4. मटमैला रंग, 5. ध्यान, 6. स्थानान्तरित, 7. छोड़ दिया था, 8. परम्परा, 9. मरभुक्खी आँखों, 10. स्वागत, 11. भागीदार, 12. टुकड़े-टुकड़े, 13. आवभगत, 14. घनिष्ठता, 15. आपत्ति, 16. सामीप्य, 17. रोगी-सा, 18. सताने और हानि पहुँचाने की घात में।

है। रोटी का टुकड़ा डालो, फ़ौरन आएगा मगर टुकड़ा डालनेवाले पर एतिबार कर ले, यह नहीं हो सकता। तो कौए ने तो एतिबार करना सीखा ही नहीं इसलिए उसकी किसी हर्कत से सदमा भी नहीं होता। मगर चिड़ियाँ तो यह ज़ाहिर करती हैं कि उन्हें आप पर बहुत एतिबार है और फिर अचानक किसी ज़रा-सी बेमानी[1]-सी बात पर अपनी बेएतिबारी का एलान कर देती हैं। मैं समझता रहा कि मैंने उनका बहुत एतिबार हासिल कर लिया है, मगर कभी ज़ोर से खाँस दिया या छींक आ गई तो आन की आन में उन्होंने सारे आपस के एतिबार को मलियामेट करके रख दिया, भर्रा खाकर यह जा वह जा। चाहे वो इसके बाद फ़ौरन ही वापस आ जातीं मगर एक मर्तबा तो ज़ाहिर कर ही दिया कि उन्होंने मुझ पे कुछ ज़्यादा एतिबार नहीं किया था।

ख़ैर चिड़ियाँ एतिबार करें या न करें मगर तकल्लुफ़ नहीं करतीं। खाने-पाने के मुआमले में बहुत ही बेतकल्लुफ़[2] वाक़े हुई हैं। तो सुबह के नाश्ते पर वो बहुत बेतकल्लुफ़ी से मेरे क़रीब आ जातीं मगर बुलबुल के यहाँ तकल्लुफ़ बहुत है। मैं तोस के किनारे रेज़ा-रेज़ा करके क़रीब ही डाल देता, चिड़ियाँ बेतकल्लुफ़ उतर आतीं और चुग लेतीं। एक दिन देखा कि एक बुलबुल आसपास मँडला रही है। क़रीब आने से झिझकती है। मैंने उसकी झिझक का एहतिराम[3] करते हुए तोस के थोड़े रेज़े सामनेवाले हारसिंगार तले बिखेर दिए और ख़ुद वापस आकर बरामदे में अपनी जगह आन बैठा। बुलबुल किसी क़दर तअम्मुल के बाद अनार की शाख़ से उड़कर हारसिंगार पर आई, फिर झिझकती-झिझकती शाख़ से उतर और एक रेज़ा चोंच में दाब फुरती से उड़ फिर शाख़ पे जा बैठी। फिर उसने मुझ पर एक ताइराना[4] नज़र डाली। मेरी हर्कातो-सक्नात[5] का जाइज़ा लिया। पूरी तरह इत्मीनान कर लेने के बाद फिर शाख़ से उतरी, फिर एक रेज़ा चोंच में दाबा और फिर उसी फुरती से शाख़ पे जा बैठी। ख़ैर यह तकल्लुफ़ पहले दिन रहा, किसी क़दर दूसरे दिन, तीसरे दिन उसने शाख़ से उतरकर इत्मीनान से रेज़े चुन-चुनकर खाए। चौथे दिन वह अकेली नहीं आई। नर-मादा साथ आए और फिर वो इस दस्तरख़्वान पर चिड़ियों के मुस्तक़िल शरीक हो गए। बुलबुलों की शिर्कत[6] ने हारसिंगार की छाँव में बिछनेवाले इस दस्तरख़्वान को चार चाँद लगा दिए।

चन्द दिनों बाद देखा कि दो गुड़सिलें भी बर-वक़्त[7] आन उतरती हैं और चिड़ियों, बुलबुलों की शरीक बन जाती हैं। उनकी शिर्कत भी भली लगी। लेकिन जब एक कौए ने यहाँ आकर इस सभा में खंडत डाली और उनके रिज़्क़[8] पर हाथ साफ़ किया तो मुझे यह बात अच्छी नहीं लगी। और वह तो उन रेज़ों पर इतना टूटकर गिरता था और इतना जारिहाना[9] रवैया इख़्तियार करता था कि चिड़ियाँ, बुलबुलें, गुड़सिलें, सब थोड़ी देर के लिए कनाराकश[10] हो जातीं। कितनी मर्तबा मैंने उसे उड़ाने की कोशिश की, धुतकारा, शी-शी किया, मगर कौआ तो बहुत ढीठ होता है। मगर फिर मुझे ख़याल आया कि कौए के ख़िलाफ़ मेरे यहाँ इतना तअस्सुब[11] क्यों है। आख़िर यह भी तो परिन्दा है और

1. अर्थहीन, 2. निःसंकोच, 3. आदर, 4. उड़ती हुई, 5. चेष्टाओं, 6. भागीदारी, 7. समय पर, 8. अन्न, 9. उग्र, 10. अलग, 11. कट्टरपन।

वह परिन्दा है जिसे गीतों की बिरहन कागा कहकर पुकारती है। नाम से भी कितना फ़र्क़ पड़ जाता है। कागा का नाम ध्यान में आते ही उसके साथ मेरा सुलूक बदल गया। अब मुझे अहसास हुआ कि मेरे दिमाग़ में ज़ाग़ो-ज़ग़न[1] फँसे हुए थे। इस वास्ते से कौए के ख़िलाफ यह तअस्सुब था।

परिन्दों की इस सभा में एक ग़ैर-जिंस[2] भी शामिल हो गई। हारसिंगार की छाँव में चुगते-चुगते चिड़ियों, बुलबुलों, गुड़सिलों ने महसूस किया कि बीच उनके एक गिलहरी भी आन घुसी है जो उनके खाने-दाने में हिस्सा बटा रही है। इससे इस सभा में थोड़ी बदमज़गी पैदा हुई। मगर गिलहरी ने परिन्दों के रद्दे-अमल पर ध्यान नहीं दिया। उसे अपने काम से काम था। पंजों में तोस का रेज़ा लेकर मुँह में रखती जैसे आदमी निवाला तोड़कर मुँह में रखता है। आख़िर चिड़ियों ने भी अपने रवैये में नर्मी पैदा की और गिलहरी के साथ इफ़हामो-तफ़हीम[3] कर ली।

ख़ैर, तो मैं रोज़ सुबह को नाश्ता करते-करते तोस के किनारे अलग करके रेज़ा-रेज़ा करता, हारसिंगार तले उन्हें बिखेर देता। चिड़ियाँ तो पहले से मुंतज़िर[4] होतीं। इधर रेज़े बिखेरे गए, उधर वो मुख़्तलिफ़ गोशों से उड़कर आईं और चुगने लगीं। बुलबुलें ऐन वक़्त पर आतीं और उनकी शरीक बन जातीं। गुड़सिलें भी उनके आगे-पीछे आन पहुँचतीं। उधर गिलहरी मुँडेर पर दौड़ती हुई आती, तेज़ी से नीचे उतरती और नाश्ते में शामिल हो जाती। कौआ कभी आता कभी न आता। जब आता तो टूटकर गिरता, अनाप-शनाप खाता और फ़ौरन ही उड़ जाता।

बस यह वह वक़्त होता जब मैं महसूस करता कि मैं इकट्ठा हो रहा हूँ। रंगारंग मेहमान उतरते जाते और मेरे बिखरे रेज़े इकट्ठे होते जाते, देखते-देखते मैं सारा इकट्ठा हो जाता। लगता कि अब मैं पूरा हूँ, बिल्कुल सालिम।[5]

''किस मिराक़ में बैठे हो। आज दफ़्तर जाना नहीं है ?'' ज़ुबैदा की आवाज़। इसके साथ ही जैसे मैं फिर बिखरने लगा हूँ।

''याद है, आज हाउसिंगवालों की क़िस्त भी जमा करानी है।''

''वह भी याद है।''

याद तो था मगर हारसिंगार ने जो पकड़ रखा था। चिड़ियाँ तो चुगकर उड़ गई थीं मगर हारसिंगार ने मेरा रास्ता रोक रखा था। उन दिनों इसका मौसम था। गर्मियाँ जा चुकी थीं। अब तो बस दोपहर की धूप में बची-खुची चुटकी भर गर्मी रह गई थी। मगर वह तो दोपहर का क़िस्सा था। शामें और सुबहें तो ख़ुनक[6] हो चुकी थीं। उस ख़ुनकी के साथ हारसिंगार के महकने का मौसम शुरू हो गया। शाम के साथ फूलना शुरू होता, तारीकी[7] में रात के साथ दम-ब-दम[8] फूलता चला जाता। सुबह के धुँधलके में कितना हँसता-महकता दिखाई देता। छाँव में उसकी आधा सफ़ेद आधा ज़ाफ़रानी[9] बिस्तर बिछा नज़र आता। धीरे-धीरे एक-एक करके फूलों का गिरना और बिस्तर का

1. कौआ और चील, 2. अन्य जाति, 3. समझौते की बातचीत, 4. प्रतीक्षक, 5. पूरा, 6. ठंडी, 7. अँधेरा, 8. लगातार, 9. केसरी।

दबीज़[1] होते चले जाना।

हारसिंगार की महक में यह और कौन-सी महक आन शामिल हुई कि मैं महकने लगा। अच्छा वाह। मैं याद करके कितना हैरान हुआ। मैं यह समझे बैठा था कि वह महक मेरी ज़िन्दगी से निकल गई, कहीं खो गई। ऐ लो, वह तो मेरे अन्दर ही कहीं गुम हो गई थी। हारसिंगार की महक उसे अन्दर से बाहर खेंच लाई। फूलों के साथ यही तो परीशानी है। आदमी को शिगुफ़्ता[2] करने के साथ-साथ उदास भी करते हैं कि उनकी ख़ुशबू माज़ी[3] की दूर-दराज़ गलियों से हाफ़िज़ा[4] की किसी अक़्बी[5] कोठरी से, कहाँ-कहाँ से खोई हुई ख़ुशबुओं को खेंचकर ले आती है। मुझे याद आया और मैं हैरान हुआ कि अच्छा वह मैं था, एक ख़ुशबू ने मुझे क्या से क्या बना दिया था। फिर बेयक़ीनी[6] की एक लहर कहीं से उमड़ आई; नहीं, मैं तो यह हूँ जो अब हूँ। वह कोई और था। कितनी देर मैं इस लहर में बहता रहा। फिर एक और ख़याल आया कि अपने से ज़रा हटकर उसको देखना तो चाहिए जो शायद मैं ही था और जैसे मैं नहीं, कोई और था। उसे देखने के लिए ज़रा अपना सीग़ा नहीं बदलना पड़ेगा। पुरानी कहानियों में तो आदमी अपना क़ालिब[7] बदल लेता था, तुम अपना सीग़ा ही तो बदल सकते। सीग़ा-ए-वाहिद- मुतकल्लिम[8] से सीग़ा-ए-वाहिद-ग़ाइब[9] में मुंतक़िल होना आख़िर ऐसा कौन-सा लम्बा सफ़र है।

उन दिनों अजब आलम था। उठते-बैठते उसी का ध्यान। उसने अपनी लिखी हुई एक रोमानी कहानी उसे पढ़ने के लिए भिजवाई। कहानी पढ़कर वह बहुत सटपटाई। फ़ौरन उसे फ़ोन किया।

''अख़लाक़, तुमने यह कहानी मुझ पे लिखी है ?'' उसके लहजे में थोड़ी बरहमी[10] थी।

वह बहुत सटपटाया। ''तुम पे ? नहीं तो।''

''नहीं कैसे, मुझ पे तो लिखी ही है। तुमने मेरे बारे में कैसी-कैसी बातें लिखी हैं।''

''तुम्हारे बारे में ? कौन-सी बातें हैं तुम्हारे बारे में ?''

''बहुत भोले बन रहे हो। तुम्हें पता नहीं है कि तुमने मेरे बारे में क्या-क्या लिखा है ?''

''मगर यह कहानी तो मैंने उस वक़्त लिखी थी, जब मैं तुम्हें जानता ही नहीं था और अब भी...''

बात काटते हुए, ''इससे क्या फ़र्क़ पड़ता है।''

इस पर वह लाजवाब हो गया।

फिर उसने वाक़िई उसके बारे में एक कहानी लिखी। उसे पढ़ने को भिजवाई। उसने कहानी पढ़ी और फ़ोन किया।

''अख़लाक़, यह कहानी तुमने किस लड़की के बारे में लिखी है ?''

---

1. मोटा, 2. प्रसन्न, 3. अतीत, 4. स्मृति, 5. पीछे की, 6. अविश्वास, 7. शरीर, 8. प्रथम पुरुष एक वचन काल, 9. अन्य पुरुष एकवचन काल, 10. क्रोध।

"तुम्हारे बारे में।"

"मेरे बारे में ? क्यों मज़ाक़ कर रहे हो ? सच बताओ, यह कौन लड़की है ?"

"यह तुम हो।"

"मैं ? किसी को बनाना तो तुम्हें ख़ूब आता है। सच-सच बताओ, यह है कौन और तुम्हारा इससे...अच्छा ख़ैर, यह मैं नहीं पूछती। बस इतना बता दो कि लड़की कौन है ?"

"मैं कैसे तुम्हें यक़ीन दिलाऊँ कि यह तुम हो।"

"यह मैं हूँ। चिह ख़ूब,[1] मैं कहाँ से हो गई। तुमने तो अभी मुझे देखा ही नहीं है।"

"इससे क्या फ़र्क़ पड़ता है।"

इस पर वह लाजवाब हो गई। टेलिफ़ोन बंद कर दिया। मगर थोड़ी देर बाद फिर फ़ोन किया। बहुत बेचैन लग रही थी। आवाज़ से पता चल रहा था कि कितनी बेचैन है। "अच्छा यह बताओ अख़लाक़, मेरे बारे में ये बातें तुम्हें बताईं किसने ?"

"तोते ने।"

"तोते ने ?" वह चकरा गई।

"हाँ, तोते ने।"

पूछना राजा रत्नसेन[2] का हीरामन तोते से और बयान करना हीरामन तोते का रत्नसेन से कि यहाँ सात समन्दर पार एक नगर है सरानद्वीप (सिंहलद्वीप)। राजा है उसका गन्धर्वसेन।[3] बेटी है उस राजा की पद्मावती; नाज़ुक पद्मिनी, गजगामिनी, चन्द्रमुखी, बाल सावन की घटा जैसे, गर्दन सुराही ऐसी, सीना हरी-भरी खेती, पेट सन्दल[4] की तख़्ती, कमर पतली, कूल्हे भारी और सुनके आशिक़ हो जाना रत्नसेन का और तपड़ना मछली की तरह उसे एक नज़र देखने के लिए।

"यानी कि तुमने उसे देखा ही नहीं है।"

"नहीं।"

"तुम मुझे चला तो नहीं रहे हो ?" मुम्ताज़ ने शक भरी नज़रों से उसे देखा।

"सहीह[5] कह रहा हूँ। अभी तक न मुलाक़ात हुई है, न मैंने उसे देखा है।"

"यानी तुम्हें पता नहीं कि वह है कैसी ?"

"जब देखा ही नहीं है तो कैसे पता हो सकता है कि वह कैसी है।"

"अच्छा !" मुम्ताज़ तअज्जुब में पड़ गया। "अख़लाक़, जब तुमने उसे देखा ही नहीं है तो तुम्हें उससे इश्क़ कैसे हो गया।"

"यही बात तो मेरी समझ में नहीं आती।"

"बकवास। यह कोई इश्क़-विश्क़ नहीं है।"

वह ख़ुद शक में मुब्तला था। हाँ वाक़िई, जब मैंने उसे देखा ही नहीं है और किसी

---

1. वाह, 2. लोककथा के अनुसार चित्तौर का राजा, 3. लोककथा के अनुसार सिंहल का राजा, 4. चन्दन, 5. ठीक।

देखनेवाले ने भी कभी नहीं बताया कि वह कैसी है तो फिर मुझे इश्क़ कहाँ से हो जाएगा। शायद यह बस एक ख़लिश[1] है, एक यह जानने की आरज़ू कि वह कैसी है।''

''ख़ैर इश्क़ तो यह नहीं है। मगर मैं यह पूछता हूँ कि जब तुमने उसे देखा नहीं, उससे तुम्हारी मुलाक़ात नहीं हुई तो वह तुम्हारे चक्कर में या तुम उसके चक्कर में आए कैसे ?''

''यार, कोई ऐसी बात ही नहीं थी। मैं दफ़्तर उस रोज़ ज़रा देर से पहुँचा। देखा कि मेरी मेज़ पे एक नाज़ुक-सा फ़ाउंटेन पेन रखा है। मैंने अपने चपरासी से पूछा, रहमत यह फ़ाउंटेन पेन कैसा है। साब जी एक बीबी आई थी। कहने लगी कि मुझे एक ज़रूरी फ़ोन करना है। मैं उसे याँ पे ले आया कि बीबी याँ से फ़ोन कर लो। वह बीबी टेलिफ़ोन पे बातें करते-करते कुछ लिख रही थी। फिर चली गई। बाद में मैंने देखा कि वह अपना फ़ाउंटेन पेन छोड़ गई है। मैंने रहमत की बात सुनकर पेन अपनी दराज़ में रख लिया कि आएगी तो उसके हवाले कर दूँगा। दूसरे दिन उसका फ़ोन आ गया कि जी मैं आपकी मेज़ पर अपना पेन भूल आई थी। मैंने कहा कि महफ़ूज़[2] है। बोली, कल मैं बारह-साढ़े बारह बजे आकर ले जाऊँगी। दूसरे दिन इन औक़ात[3] में मैंने उसका इंतिज़ार किया। आई ही नहीं। न ख़ुद आई, न फ़ोन किया। इसके बाद दूसरे दिन फ़ोन पर माज़िरत[4] की कि आ नहीं सकी। इस पर मैंने एक फ़िक़रा[5] कह दिया। बस लाइट मूड में कहा था।''

''क्या फ़िक़रा कह दिया ? वह भी बता दो।''

''मैंने बस यूँ ही एक फ़िक़रा लगा दिया कि देखिए, आपका पेन मेरे लिए शहज़ादी की जूती तो नहीं बन जाएगा। इस पर वह चकराई, जी मैं समझी नहीं। मैंने कहा, मतलब यह है कि जिस तरह पुरानी कहानियों में शहज़ादियाँ शादी-ब्याह से वापस होते हुए हबड़-दबड़ में अपनी एक जूती छोड़ जाया करती थीं और फिर वह जूती बदनसीब शहज़ादे के गले का हार बन जाती थी। इस तरह तो नहीं होगा। इस पर वह बेसाख़्ता खिलखिलाकर हँसी। यार, उसका इस तरह खिलखिलाकर हँसना, बस मैं तो फ़ना हो गया।[6]''

''अच्छा ?''

''हाँ। यार, क्या हँसी थी उसकी।''

''फिर हुआ क्या ?''

''इसके बाद पेन के लिए उसका आना तो मुल्तवी[7] होता चला गया। माज़िरत का फ़ोन आ जाता था। बस उस वक़्त से यह सिलसिला चला हुआ है।''

इस पर मुम्ताज़ जी खोलकर हँसा। ''यार अख़लाक़, तुमने फ़िक़रा ग़लत कह दिया।''

''कैसे ?''

''तुमने उसे शहज़ादी का स्टेटस दे दिया। अब वह तुम्हें शहज़ादी बनकर दिखा

---

1. उलझन, 2. सुरक्षित, 3. वक़्त का बहुवचन, 4. क्षमा-याचना, 5. वाक्य, 6. मर मिटा 7. स्थगित।

रही है। प्यारे, बहुत सताएगी।"

"फिर क्या किया जाए ?"

"अब तुम इसकी उलट बात कहो। अबके फ़ोन आए तो कहो कि यह पेन शहज़ादी की जूती नहीं है कि मैं इसे अपने गले का हार बना लूँ। आप इसे लेने आ रही हैं या मैं अपनी टाइपिस्ट को प्रेजेंट कर दूँ।"

"हाँ यह ठीक है।"

उसने कितना मुसम्मम[1] इरादा किया था कि अबके वह दो टूक लहजे में बात करेगा। मगर जब उसका फ़ोन आया तो बात कहीं से चली और कहीं पहुँच गई। कितनी बातें हुई थीं उस रोज़ और फ़ोन पर उस रोज़ आवाज़ कितनी साफ़ आ रही थी जैसे बिल्कुल क़रीब बैठी बातें कर रही हो। बातें करते-करते जब दरमियान में एक ज़रा वक़्फ़ा[2] आता तो उसे उसके साँस की आवाज़ तक सुनाई देती। आवाज़ धीमी होती गई। वो एक-दूसरे के क़रीब होते गए कि वह उसके गर्म साँस को और उसके बदन की आँच को महसूस कर सकता था। फ़ोन दरमियान से ग़ाइब ही हो गया। कितनी देर तक वो सिर जोड़े बातें करते रहे, आहिस्ता-आहिस्ता कभी इतनी आहिस्ता कि बात सरगोशी[3] बन जाती।

जब फ़ोन से फ़ारिग़ होकर वह बाहर निकला तो दोनों वक़्त मिल रहे थे। अरे यह तो शाम हो गई। वह हैरान हुआ। अच्छा, आज इतनी लम्बी बात हुई थी। कमाल हो गया। चलते-चलते उसने हैरत से आसमान की तरफ़ देखा जहाँ अब सितारे निकल आए थे। आसमान कितना नीचे आ गया था और सितारों से कितना भरा हुआ नज़र आ रहा था। और आज सितारे भी कितने बड़े-बड़े नज़र आ रहे थे और कितने क़रीब कि बस वह ज़रा हाथ बढ़ाएगा तो मुट्ठी में बहुत-से सितारे आ जाएँगे।

"आज क्या दफ़्तर से छुट्टी ले ली है ? मगर क़िस्त तो जमा करानी है या वह भी नहीं करानी ?" ज़ुबैदा की सरज़निश[4] भरी आवाज़ और इसके साथ ही सितारे ग़ाइब, वापस अपने सीग़ा में। वही सीग़ा-ए-वाहिद-मुतकल्लिम का क़ैदख़ाना जहाँ से न आस्मान नज़र आता है, न सितारे दिखाई पड़ते हैं। उन दिनों मैं अन्दर से कितना भरा-भरा महसूस करता था, जैसे मेरे अन्दर बहुत कुछ है, जैसे मैं बहुत कुछ हूँ। ख़ाली मैं नहीं, मैं से बढ़कर बहुत कुछ, सितारों से भरे आस्मान की तरह मेरे अन्दर सचमुच सितारे भरे हुए थे। मैं था कि झिलमिलाते सितारों से लदा-फँदा आस्मान था। और अब, मैंने सोचा, मैं अन्दर रो कितना ख़ाली हूँ, कितना तितर-बितर हूँ। अगर चिड़ियों की यह सभा न होती और हारसिंगार का यह पेड़ न होता तो मैं तो बिल्कुल ही गया था।

ज़ुबैदा सर पे आन खड़ी हुई थी। किस बेज़ारी[5] के साथ हारसिंगार और चिड़ियों की भरी सभा को छोड़कर वहाँ से उठा। बेदिली[6] के साथ कपड़े बदले और घर से निकल खड़ा हुआ। बाहर निकलकर किसी रिक्शावाले को राम किया[7]। रिक्शा की सवारी तो

1. पक्का, 2. विराम, 3. कानाफूसी, 4. डाँट, 5. अप्रसन्नता, 6. उदासी, 7. मनाया।

वैसे ही आदमी को तोड़कर रख देती है और मैं तो पहले ही से टूटा हुआ था। रिक्शावाला माल की तरफ़ दौड़ते-दौड़ते फिर पलट पड़ा। वापस होते हुए एक रिक्शावाले ने उससे इशारे में कुछ कहा था।

"क्यों अब क्या हुआ ?"

"आगे रास्ता बंद है।"

"इधर से भी रास्ता बंद है ?"

"हाँ इधर से भी बंद है।" यह कहते-कहते उसने रिक्शा का रुख़ मोड़ा और फिर दौड़ना शुरू कर दिया।

"अब मुझे कहाँ लिए जा रहे हो ?"

ए.जी. आफ़िस की तरफ़ से रास्ता खुला होगा। उधर से निकलता हूँ।"

ए.जी. आफ़िस के क़रीब पहुँचकर रिक्शावाला फिर ठिठक गया। "इधर से भी रास्ता बंद है जी। मेरे यारों ने पूरी माल ही की नाकाबन्दी कर रखी है।"

"यह तो बड़ी मुश्किल है।" मैं बुड़बुड़ाया। "मुझे तो बैंक में ज़रूरी काम है। मैं इधर इसी तरह भटकता रह जाऊँगा, उधर बैंक बंद हो जाएगा।"

रिक्शावाले ने अचानक रिक्शा को मोड़ा और एक गली में दाख़िल हो गया।

"भई यह कहाँ लिए जा रहे हो मुझे ?"

"जी आपको बैंक तो पहुँचाना ही है। यह रास्ता बैंक के क़रीब जाके निकलेगा।" इसके साथ ही रिक्शा ने उछलना शुरू कर दिया। हर झटके के साथ ही उछल पड़ता।

"भाई रिक्शावाले, मुझे तुम बैंक तो पहुँचा दोगे मगर पसलियों समेत पहुँचाओ तो अच्छा हो।"

"बाबूजी, अल्लाह अच्छा ही करेगा।"

यह रास्ता मेरे लिए बिलकुल नया था और मैं हैरान हो रहा था कि मैं रोज़ सुबह-शाम माल आता-जाता हूँ। मगर मुझे कभी अहसास ही नहीं हुआ कि माल की तरफ़ इतने रास्ते जाते हैं। कितने रास्ते आसपास की सड़कों से निकलते हैं और माल की तरफ़ जाते हैं। मगर क्या फ़ायदा। कोई एक वाक़िआ। कोई एक अन्देशा[1] दफ़अतन[2] इन सारे रास्तों को मस्दूद कर सकता है।[3]

गली से रिक्शा के निकलते-निकलते मैंने देखा कि सामने चन्द क़दम के फ़ासिले पर माल नज़र आ रही है और उसके परली तरफ़ बैंक दिखाई दे रहा है। मैंने इत्मीनान का साँस लिया। मगर रिक्शावाले ने एकदम से ब्रेक लगाए। "बाऊजी, यह रास्ता भी बंद है।"

"कहाँ बन्द है।" मैंने झुँझलाकर कहा।

"बाश्शाओ, ग़ौर से तो देखो। सामने सड़के पे काँटेदार तारों से रास्ता रुका हुआ है।"

---

1. भय, 2. अचानक, 3. बंद कर सकता है।

7

अज़ीज़ो-बातमीज़ो[1] ! अस्लाफ़[2] का ज़िक्र कहाँ तक करूँ ! ख़ानदान की अज़्मत[3] का कितना बयान करूँ !

सफ़ीना चाहिए इस बहरे-बेकराँ के लिए[4]

सो हाथ खेंचता हूँ और रहवारे-क़लम[5] को मोड़कर अर्सा-ए-हाल[6] में लाता हूँ। ख़ानदान की अज़्मतो-शौकत अब फ़साना है। अस्लाफ़ का दबदबा-तंतना[7] क़िस्सा-ए-पारीना[8] है। मैं ख़ानदान की गुमशुदा[9] अज़्मतों का मातमदार हूँ, अपने वुजूद[10] पर शर्मसार[11] हूँ। बुज़ुर्ग अच्छे रहे कि भले वक़्तों में गुज़र गए। ख़ानदान के ज़वाल[12] का मंज़र देखने के लिए नंगे-अस्लाफ़[13] मुश्ताक़ अली रह गया।

वाज़ेह[14] हो कि फ़क़ीर ने आनरेरी मजिस्ट्रेटी को सलाम कर लिया है। कचहरी में हाज़िरी देनेवालों के तेवर बदले हुए थे। मेरे फ़ैसलों पर नुक्ताचीनी[15] करते थे। हिर-फिरकर वही एक एतिराज़ कि फ़ैसला बर-बिनाए-तअस्सुब[16] किया गया है, मुसलमान फ़रीक़[17] की पासदारी[18] की गई है। यह रंग देख मैंने आफ़ियत[19] इसी में देखी कि कलक्टर साहिब बहादुर से ज़ईफ़ी[20] का उज़्र[21] करके इस उह्दा-ए-जलीला[22] से सबुकदोशी[23] हासिल कर लूँ। बस अब ख़ाली ख़ान बहादुरी रह गई है। मुसलमानाने-शहर[24] हनोज़[25] इसी से मर्ऊब हैं। समझते हैं कि आफ़त आने पर मेरी ख़ान बहादुरी उन्हें बचा लेगी। भला जब फ़िरंगी के क़दमों तले की ज़मीन सरकी हुई है तो उसके दिए हुए ख़िताबात[26] की क्या वक़्अत[27] रह गई। मगर मैं उनसे साफ़-साफ़ कुछ कहता भी नहीं। अगर एक बेवक़्अत ख़िताब से उनकी ढारस बँधी हुई है तो बँधी रहने दो। सो देखता हूँ, सुनता हूँ, मगर लब पर कोई बात नहीं लाता हूँ। मेरा हाल सिवाए मेरे ख़ुदावंद के कोई नहीं जानता।

एक पंडित गंगादत्त महजूर थे, उनसे दिल का हाल कह लिया करता था और जी की भड़ास निकाल लिया करता था, वो भी स्वर्ग में जा बिराजे। हाय, पंडित क्या हीरा था कि मिट्टी में मिल गया। उसकी कही एक बात मुझे इन दिनों रह-रहके याद आती

---

1. मित्रो-सज्जनो, 2. पुरखों, 3. महानता, 4. इस असीम सागर के लिए नाव चाहिए, 5. घोड़ा रूपी क़लम, 6. वर्तमान, 7. तेज, 8. पुरानी कथा, 9. खोई हुई, 10. अस्तित्व, 11. लज्जित, 12. पतन, 13. कुलघातक, 14. स्पष्ट, 15. आलोचना, 16. पक्षपात के कारण, 17. पक्ष, 18. पक्षपात, 19. सुख, 20. बुढ़ापा, 21. विवशता, 22. उच्च पद, 23. निवृत्ति, 24. नगर के मुसलमान निवासी, 25. अब तक, 26. उपाधियाँ, 27. महत्त्व।

है। कहने लगा कि श्री मुश्ताक़ अली, तुम्हें पता है कि अन्त में शेरे-आर्यवृत्त ग़ाज़ी[1] अर्जुन के साथ क्या हुआ था ? पंडित, क्या हुआ था ? मुश्ताक़ अली जी, जब हज़रत श्रीकृष्ण के विसाल[2] के बाद अर्जुन महाराज उनकी अज़्वाजे-मुतहूहरात[3] को लेकर द्वारका से निकले तो रस्ते में बटमारों ने उन पर हल्ला बोल दिया। मगर वह कस-बल वाला अचानक इतना निर्बल हो गया कि धनुष को खेंचता है तो धनुष नहीं खिंचती। जिस मर्दे-जर्री[4] ने भारतवर्ष के नामी-गिरामी सावन्तों, सूरमाओं से अपनी ताक़त का लोहा मनवाया था, उसे बटमारों ने पसपा[5] कर दिया। उस मर्दे-ग़यूर[6] ने इसका बहुत शोक किया। हज़रत व्यास जी के हुज़ूर में पहुँचकर गिर्या किया[7] और इस्तिफ़्सार[8] किया कि ऋषि महाराज, मेरा कस-बल कहाँ चला गया ? हज़रत ने इरशाद फ़र्माया,[9] मेरे पुत्र, ऐ फ़र्ज़ंदे-अर्जुमन्द,[10] यह सब काल का चक्कर है।

यह सुनकर इस गुनहगार ने ठंडा साँस भरा और कहा कि पंडित, तुम्हारे व्यास जी ने दुरुस्त फ़र्माया। वक़्त बेशक ज़ोरावर[11] है, इसके सामने आदमी नाताक़त है। पंडित सोच में डूब गया। फिर अफ़्सुर्दा होकर बोला, सहीह[12] कहा, बिल्कुल सहीह कहा। काल बलवान है, हम निर्बल हैं। चुप हुआ, फिर बोला, मुश्ताक़ अली, हमारा-तुम्हारा समय बीत गया। अब किशन लाल का ज़माना है।

मैंने कहा कि पंडित, कोई मुझे बता रहा था कि तुम्हारा किशन लाल जनसंघियों का लीडर बन गया है।

पंडित ने जवाब में सिर नेवढ़ा लिया। शर्मिंदगी से बोला, मुश्ताक़ अली, तुमने सहीह सुना। जब ही तो इस आसी-पुरमआसी ने यह अर्ज़ किया था कि हमारा समय बीत गया, अब किशन लाल का ज़माना है। बाप ढह रहा है, बेटा ज़ोर पकड़ रहा है। फिर बुड़बुड़ाने लगा :

डूबा बंस कबीर का...

पंडित महजूर वाक़िई ढह रहे थे फिर ढहते ही चले गए। एक दिन बिल्कुल ही ढह गए। हाय पंडित, तू कितना तोताचश्म[13] निकला, दोस्त को कैसे आशोब[14] के अय्याम[15] में छोड़कर गया है ! देख, यह नातुवाँ[16] भी अब ढहने लगा है। बस अब गिरा कि अब गिरा मगर इसमें तस्कीन[17] का पहलू[18] नहीं है।

महजूर से मुलाक़ात तो मरने के बाद भी नहीं होगी। ज़ालिम, तूने मेरा कहा मान लिया होता और एक दफ़ा कलिमा पढ़ लिया होता तो हश्र[19] में मुलाक़ात की वतक़्क़ो[20] हो सकती थी कि तेरा-मेरा एक ही हश्र[21] होता। अब किस बहाने यह तवक़्क़ो करूँ। आख़िरुलअम्र[22] मुझ गुनहगार को उन्हीं के साथ उठाया जाना है जिनमें से मैं हूँ। मेरा हश्र अलग, तेरा हश्र अलग, ख़ैर हश्र की हश्र पर देखी जाएगी। मगर मेरा हश्र तो इस वक़्त भी उन्हीं के साथ होता नज़र आ रहा है जिनमें से मैं हूँ। महजूर, तू अगर

---

1. धर्मवीर। 2. निधन, 3. पुण्य पत्नियाँ, 4. महारथी, 5. पराजित, 6. स्वाभिमानी, 7. रोया, 8. प्रश्न, 9. कहा, 10. सपूत, 11. बलवान, 12. ठीक, 13. जो तोते की भाँति आँखें फेर ले, 14. हलचल, 15. दिनों, 16. निर्बल, 17. सन्तोष, 18. पक्ष, 19. प्रलय, 20. आशा, 21. हाल, 22. अन्ततः।

ज़िन्दा भी रहता तो क्या अपने रफ़ीक़े-देरीना[1] को इस हश्र से बचा लेता।

वाए हवाए-ज़माने[2] तुझ पर कि तूने रफ़ाक़त[3] के बाग़ में निफ़ाक़[4] का बीज बो दिया और हमसाये को हमसाये का दुश्मन बना दिया। महजूर का नूरे-नज़र[5] किशनलाल कल तक मुझे ताऊ कहता था, अब मुझे दो पोरे सलाम[6] करने का रवादार[7] नहीं। महजूर के स्वर्गवासी होने के बाद एक मर्तबा अलबत्ता मेरे पास आया था मगर सर से एक बोझ उतारने, न कि अज़-राहे-सआदतमन्दी।[8] मैं तो उसे देखकर तस्वीरे-हैरत बन गया।[9] न आँखों में लिहाज़, न अदा में पासे-अदब,[10] एक पुलन्दा मेरे हाथ में पकड़ा दिया और रूखे-फीके अन्दाज़ में कहने लगा कि "पिताजी फ़ारसी अक्षरों में जाने क्या लिखते रहते थे, मैं तो उनकी लिखत पढ़ नहीं सकता। ये अक्षर ताऊजी आप ही लोगों के हैं, आप ही इन्हें सँघवाएँ।"

मैं उस जवाने-अज़ीज़ का मुँह तकने लगा। कोई जवाब नहीं दिया। मख़्तूता[11] उससे लेकर रख लिया। जब चला गया तो सूए-आस्मान[12] देखा। मगर क़सम पाक परवर्दिगार की, कोई शिकवा नहीं किया, शिकवा करने का फ़ाइदा भी क्या था। आस्मान बहरा है, चाल उसकी टेढ़ी है। शो'राए-किराम[13] ने बिला-वजह, बिला-सबब[14] तो उसकी मज़म्मत[15] नहीं की थी। कुछ देखा था तब उसे फ़लके-कज-रफ़्तार[16] और चर्ख़े-फ़ितना-परवर[17] कहकर दिल का ग़ुबार[18] निकाला था और गुम्बदे-वाज़गूँ[19] कहकर पुकारा था।

मैंने वह मख़्तूता उलट-पुलटकर देखा। महजूर ने कैसी कुढब ज़बान लिखी है। हाँ, यह ज़रूर है कि बीच-बीच में कोई जवाहर-रेज़ा[20] आ गया है जिससे बयान[21] की क़ीमत बढ़ गई है; कोई हिकायते-लज़ीज़[22], कोई दास्ताने-पारीना,[23] कोई बसीरत-अफ़रोज़[24] दोहा, कोई हकीमाना क़ौल[25]। महजूर आँजहानी को आरिफ़ाने-हिंद-क़दीम[26] के अक़वाल[27] अज़बर हैं,[28] उनकी दानिश[29] से उसने बिसात-भर इस्तिफ़ादा किया है।[30] काश उसे ज़बान पर भी उबूर[31] हासिल होता, शुतुरगुर्बा[32] उसकी तहरीर[33] में जा-ब-जा[34] है। बहरहाल फ़क़ीर ने बर-बिनाए-रफ़ाक़ते-देरीना[35] सोचा कि इस तज़्किरे को भी अपने तज़्किरे में शामिल कर लिया जाए तो क्या मुज़ायक़ा[36] है। सहीह है कि बीच-बीच में कलिमाते-कुफ़्र[37] आ गए है मगर नक़्ले-कुफ़्र कुफ़्र नबाशद।[38] सो बाद ग़ौरो-तअम्मुल[39] के तज़्किरा-ए-महजूर से थोड़ा हिस्सा अपने यहाँ नक़्ल कर लिया।

---

1. पुराना दोस्त, 2. हाय-हाय ज़माने का चलन, 3. मित्रता, 4. बैर, 5. आँखों की ज्योति अर्थात् सुपुत्र, 6. प्रणाम, 7. सम्बन्ध रखनेवाला, 8. आज्ञाकारितावश, 9. चकित हो गया, 10. प्रतिष्ठा के अनुसार आदर-सत्कार, 11. हस्तलिखित, 12. आकाश की ओर, 13. कविजन, 14. अकारण, 15. निन्दा, 16. टेढ़ी चाल चलनेवाला आकाश, 17. षड्यन्त्री आकाश, 18. मन का दुख, भड़ास, 19. औंधा आकाश, 20. रत्न रूपी शब्द, 21. कथ्य, 22. मज़ेदार कहानी, 23. पुरानी कथा, 24. अन्तर्दृष्टि बढ़ानेवाला, 25. विज्ञानपूर्ण बात, 26. प्राचीन भारत के सूफ़ी, 27. प्रवचन, 28. ज़बानी याद हैं, 29. विद्या, 30. लाभ उठाया है, 31. पूर्णता, 32. काव्य का एक दोष, 33. लेखन, 34. जगह-जगह, 35. पुरानी दोस्ती के कारण, 36. आपत्ति, हानि, 37. ईश्वर या धर्म की निन्दा, 38. ईश्वर को अस्वीकृत करने का वर्णन करना ईश्वर की अस्वीकृति नहीं होती, 39. विचार।

मन्क़ूल अज़ तज़्किरा-ए-गंगादत्त महजूर[1]

आरम्भ करता हूँ नाम से राम के और रहीम के कि वही सत्य है और वही हक़[2] है और वही सुन्दर है और उसी की दया और करम से इस ब्रह्मांड में और इस आलमे-रंगो-बू[3] में सारी चहल-पहल है। जो सत्य है वह हक़ है, जो हक़ है वह सुन्दर है; अल्लाहु जमीलुन व युहिब्बुलजमाल[4]। हक़ीर-फ़क़ीर गंगादत्त महजूर हम्द[5] करता है और उस पैदा करनेवाले की जिसने गाय को पैदा किया और जिसने कोयल को कूक और मोर को झनकार अता की। और गाय को माता का दर्जा दिया व नीज़ थनों में उसके दूध उतारा। उसी पालनहार की दया और करम है कि इस आलमे-रंगो-बू में भिन्न-भिन्न प्रकार के, मुख़्तलिफ़ अनवा-ओ-अक़्साम[6] के पशु-पंछी, वहोशो-तुयूर[7] चहकते-बोलते-चिंघाड़ते हैं और अल्वानो-अनवा[8] के गुल-बूटे खिले हुए हैं। इसी रंगारंगी से काइनात[9] को रौनक़ है और जग में उजियारा है। पवित्रम्, मंगलम्, परम्, वह पाक ज़ात[10] है, मुबारक[11] है, बरतरो-आला[12] है।

सुनो भई मित्रो और अज़ीज़ो बातमीज़ो ! एक यक्ष ने शहंशाहे-वालासिफ़ात[13] हज़रत युधिष्ठिर महाराज से कुछ टेढ़े-मेढ़े प्रश्न पूछे थे और सवालाते-अजीब[14] किए थे। एक सवाल यह था कि वह क्या चीज़ है जो घास से भी ज़्यादा है ? उस रम्ज़शनास[15] राजा ने जवाब दिया कि वो हमारे विचार हैं। सो भई मित्रो-अज़ीज़ो ! ख़यालों-विचारों की तनिक-सी घास मैंने भी इकट्ठी की है। मैंने भगवत् गीता का पाठ किया, क़ुर्आन मजीद की तिलावत की व नीज़ वेदों, पुराणों, शास्त्रों, मल्फ़ूज़ातों[16], हदीसों[17] में ताक-झाँक की। मज़ीद-बर-आँ[18] महाकवि श्री सादी और हज़रत कबीर अलैहिर्रहमह[19] की हिकायात-ओ-दोहा- जात[20] का मुतालआ[21] किया। तब ख़यालों-विचारों की यह थोड़ी घास जमा हुई है। सो पहले इन ज्ञान भरी पुस्तकों और मुक़द्दस[22] किताबों की वन्दना करता हूँ व नीज़ बोसा देता हूँ[23]। फिर अर्ज़पर्दाज़ होता हूँ,[24] इस जग को निस्तारने के लिए और बनी-नौए-इनसान[25] की इस्लाह[26] के लिए ईश्वर-अल्लाह की ओर से कितने सन्त-साधु, ऋषि-मुनि, अवतार, पीर-पैग़म्बर, मुस्लेह[27]-उपदेशक आए और मनुष्य जाति के बीच बिराजे, उपदेश दिए, सत्य-पथ बताया, तबलीग़े-दीने-हक़्क़[28] की। मगर मुर्ग़े की वही एक टाँग; भूल-चूक का पुतला, आदम का बेटा जैसा था वैसा ही रहा। मसल[29] मशहूर है कि कुत्ते की दुम बारह बरस तक दबाके रखी, मगर वही टेढ़ी की टेढ़ी निकली।

---

1. गंगादत्त महजूर के जीवन-चरित से नक़ल किया गया, 2. सत्य, 3. संसार, 4. अल्लाह सुन्दर है और सुन्दरता को पसन्द करता है, 5. स्तुति, 6. भिन्न-भिन्न प्रकार के, 7. पशु-पक्षी, 8. बहुत-से रंगों और प्रकार, 9. ब्रह्मांड, 10. पवित्र, 11. मंगल, 12. परम्, 13. बहुत अच्छे और प्रतिष्ठित गुणोंवाला सम्राट, 14. विचित्र प्रश्न, 15. भेद जाननेवाला, 16. महात्माओं के प्रवचन, 17. पैग़म्बर मुहम्मद साहिब की कही हुई बातें, 18. इसके अतिरिक्त, 19. इस पर अल्लाह की दया हो, 20. कथाएँ और दोहे, 21. अध्ययन, 22. पवित्र, 23. चूमता हूँ, 24. प्रार्थना करता हूँ, 25. मानव जाति, 26. सुधार, 27. सुधारक, 28. सत्य-धर्म का प्रचार, 29. कहावत।

साहिबो-सज्जनो ! वैसे तो यह संसार अपने पालनहार की कृपा से बहुत सुन्दर है, पर अधिक भयंकर भी है; एक ओर से सुन्दर, दूसरी ओर से भयंकर। एक प्रकार से देखो तो यह जीवन एक नग़्मा-ए-शादी[1] है, सुख की सेज है; दूसरे ज़ाविये[2] से देखो तो यह ज़िन्दगी दुखों की माला है। ज़रा शादी-ओ-ग़म[3] के मुक़ामात[4] से बुलन्द[5] होकर देखें तो यह आलम जुगों का सिलसिला है। ब्रह्मांड में काल का चक्र चला हुआ है; एक जुग जाता है, दूसरा जुग आता है। वाज़ेह हो कि जुग चार हैं; सत्‌जुग, त्रेताजुग, द्वापरजुग, कलिजुग। जब एक जुग का अन्त होता है तो महशर[6] बपा होता है। साहिबुलअस्र-वज़्ज़माँ हज़रत मार्कंडेय ऋषि इसके ऐनी शाहिद[7] हैं कि उन्होंने संसार को असार देखा और चार सू में हू का आलम[8] मुशाहदा[9] किया कि भूमंडल में चारों ओर पानी ही पानी है। जीव-जन्तु, जानदार-बेजान सब नाबूद[10] हो चुके हैं। न नर-नारी, न पशु-पंछी, न शजर-हजर,[11] न वृक्ष, न डाल-पात; हर शै[12] नष्ट हो चुकी है। हज़रत मार्कंडेय जी वर्तए-हैरत[13] में ग़र्क़[14] कि भूमंडल कहाँ गया; काइनात[15] को ज़मीन खा गई या आस्मान ने निगल लिया; और ख़ुद ज़मीनो-आस्मान, धरती-आकाश कहाँ हैं, मैं कहाँ हूँ ! उसी घड़ी देखा कि बीच पानी में एक वृक्ष बरगद का खड़ा है; बरगद तले सिंघासन बिछा है, सिंघासन पे एक हँसता-मुस्काता बालक खेलता-किलकारियाँ मारता है। मार्कंडेय जी उसे देख के मोहित हो गए, सुधबुध भूल गए; उसे तके जावें। बालक बोला कि महामुनि, तुम अधिक थक गए हो, तनिक मेरे संग आराम करो। यह कहके बालक ने मुँह खोला। मार्कंडेय जी उसके साँस के साथ खिंचे चले गए और पेट के अन्दर उतर गए। उस पेट में तो एक दुनिया आबाद थी; हिमावत पर्बत, गंगा नहीं, द्वारका, अजोध्या, काशी। मार्कंडेय जी ने लम्बी यात्रा की, भिन्न-भिन्न प्रकार के आलम[16] देखे, देस-देस की ख़ाक छानी, पर्बतों की चढ़ाई की, समुद्रों में हाथ-पैर मारे, पर आलमे- फ़ानी[17] का ओर-छोर न मिला। मार्कंडेयजी थक-हारकर बैठ गए। फिर गिड़गिड़ाए कि हे नारायण दया करो। दफ़अतन बादे-नसीम[18] चली और हज़रत मार्कंडेय नारायण के मुँह से निकल पड़े। नारायण के विशाल पेट से बाहर आए तो देखा कि वही बरगद का वृक्ष है, वही सिंघासन, वहीं हँसता-मुस्काता बालक। उसने मुस्काके मार्कंडेय जी को देखा, बस उसी आन मार्कंडेय जी को नई दृष्टि मिल गई। क्या देखा कि काइनात फिर से ज़हूर[19] कर रही है, अंडे के बीच से प्रकाशित हो रही है। पवित्रम्, मंगलम्, परम्।

हे मित्रो और ऐ यारो ! सोचो और विचार करो कि अब दुनिया पे कौन-सा वक़्त आया हुआ है। संसार में हाहाकार मची है, ख़ल्क़त त्राहि-त्राहि कर उठी। नगर ख़ाली हो रहे हैं, कूचे उजड़ रहे हैं। इनसानी रिश्ते बेवक़अत[20] हो गए; न मित्रता का पास, न हमसाइगी[21] का अहसास। ख़ून सफ़ेद हो गए हैं; भाई भाई का बैरी, औलाद माँ-बाप

1. खुशी का गीत, 2. दृष्टिकोण, 3. सुख और दुख, 4. स्थानों, 5. ऊँचा, 6. क़यामत, 7. साक्षी जिसने अपनी आँखों देखा हो, 8. सन्नाटा, 9. दर्शन, 10. नष्ट, 11. पेड़-पत्थर, 12. वस्तु, 13. आश्चर्य का भँवर, 14. डूबे हुए, 15. ब्रह्मांड, 16. संसार, 17. नश्वर संसार, 18. शीतल, मन्द हवा; 19. प्रकट, 20. अमान्य, 21. पड़ोस।

से बाग़ी। मुझे देखो जो दीदा-ए-इब्रत-निगाह हो। जीवन भर मैंने शान्ति का कलिमा पढ़ा, एक ही उपदेश दिया कि हिन्दू, मुस्लिम, सिक्ख, ईसाई, सब आपस में भाई और मित्र हैं। मेरा बेटा किशन लाल उलटा वज़ीफ़ा[1] पढ़ता है। मसल तो यह थी कि बाप पर पूत पिता पर घोड़ा, बहुत नहीं तो थोड़ा-थोड़ा, मगर यहाँ तो उलटी गंगा बह रही है। ये सब काल का चक्र है और वक़्त की करश्मासाज़ी[2] है। कितने जुगों का इसी प्रकार ख़ातिमा-बिलख़ैर[3] हुआ। हमारे जुग का भी, देख लेना, इसी तौर अन्त होगा। मुझे तो लगता है कि बस होने को है, क़राइन[4] तो यही कहते हैं। मित्रो ! यह दुनिया ज़मानों का मदूफ़न[5] है और जुगों का मरघट है और जहाँ जुग जल रहे हों, वहाँ आदमी के तन की क्या बिसात है। मैं अपनी हड्डियों की माला लिए बैठा हूँ, मगर कब तक इसे संघवाऊँगा। आग की लपट आएगी और इसे भस्म कर देगी। जन्म-जन्म से यही हो रहा है। कितनी बार जल चुका हूँ, कितनी बार और जलना है। ज़माना आग है और हम इसका ईंधन हैं।

हाड़ जलें ज्यों लाकड़ी, केस जलें ज्यों घास
इह तन जलता देखके भयो कबीर उदास

सन्तो ! ग़ौर का मुक़ाम है और विचार की जाए[6] है। लखोखा बरस से इस धरती पे यही हो रहा है। लो, एक जातक इस मज़्मून की अपने आँजहानी पिता सोमदत्त की पोथी से नक़्ल करता हूँ।

दुनिया श्मशानभूमि है

बुद्धदेवजी ने एक दिन भिक्षुओं से यूँ सम्बोध किया कि हे भिक्षुओ ! कान धर के सुनो। अब से लाख बरस पहले की बात है कि एक साधु ने हिमालय पर्वत की एक ऊँची चोटी पे धूनी रमाई थी। एक दिन उसने क्या देखा कि उस सुनसान चोटी पर दो जने भटकते फिरते हैं, एक बूढ़ा खूसट और एक जवान। साधु ने अचरज किया कि इस उजाड़ जगह ये जने कहाँ से आ गए। उन्हें बुलाकर पूछा कि बच्चा, तुम याँ पे क्या लेने आए हो ? जवान ने कहा कि यह बूढ़ा मेरा पिता है। इसकी इच्छा है कि मरने के बाद इसका क्रियाकर्म ऐसे स्थान पे हो जहाँ पहले किसी का क्रियाकर्म न हुआ हो। तो हम ऐसे स्थान की खोज में याँ पे आए हैं।

साधु ने पूछा कि बच्चा, फिर तुम्हें ऐसा स्थान मिला ? जवान ने उत्तर दिया कि हाँ मिल गया। साधु हँसा। कहा कि बच्चा, वह स्थान मैं भी तो देखूँ। जवान ने कहा कि अवश्य देखो। और वह साधु को ऐसी जगह पे ले गया जो तीन पहाड़ियों के बीच में घिरी हुई थी। लगता था कि याँ पे कभी कोई मानव नहीं बिराजा है।

साधु उस स्थान को देख के हँसा। बोला कि मूर्ख, तुझसे पहले भी एक शक्तिशाली लम्बी यात्रा करके बड़े जोखिम के बाद याँ पे आया था, बाप की अरथी उठाके लाया

---

1. जप, 2. चमत्कार, 3. सुखद अन्त, 4. लक्षण, 5. क़ब्रिस्तान, 6. जगह, अवसर।

था। इसी स्थान पे उसने यह सोच के बाप का क्रियाकर्म किया कि इस अलग-थलग जगह पे इससे पहले कौन मानव आया होगा। उस मूर्ख को कब पता था कि उसके पिता ने चौदह हज़ार जन्म लिए थें और चौदह हज़ार बार उसका क्रियाकर्म इसी स्थान पे हुआ था।

जवान यह सुनके सटपटाया। बोला, अच्छा फिर मैं दूसरा-ऐसा स्थान खोजूँगा जहाँ पहले किसी का क्रियाकर्म न हुआ हो।

साधु फिर हँसा और बोला कि हे पुत्र, इस विशाल धरती पे ऐसा कोई स्थान नहीं है जहाँ कोई लाश न दबी हो और किसी मुर्दे की हड्डियाँ न जली हों। हे पुत्र, यह संसार सारा श्मशान भूमि है सो तू अपने-आपको मत थका। जहाँ तेरा बाप प्राण छोड़ दे, वहीं पे इसका क्रियाकर्म कर दे।

बुद्धदेव जी इतना सुनाकर चुप हो गए। फिर मुस्काए और बोले कि हे भिक्षुओ, बूझो कि वह साधु कौन था। हे अमिताभ, कौन था वह साधु ? हे भिक्षुओ, वह साधु मैं था।

भिक्षुओं ने यह सुनके अचंभा किया। पूछा कि हे तथागत, इतने समय तुम कहाँ रहे ?

बुद्धदेव जी फिर मुस्काए और बोले कि फिर मैंने बिल्ली का जन्म लिया। पर यह जातक मैं तुम्हें फिर किसी और दिन सुनाऊँगा।

तो हे सन्तो और ऐ भले मानसो ! यह संसार तो है ही श्मशानभूमि, पर हम अज्ञानियों को इसका शुऊर[1] नहीं है। याँ पे मौत का दौर-दौरा[2] है, यमदूत का डेरा है। फ़रिश्ता-ए-अजल[3] हर दम, हर समय हमारे सरों पे मँडलाता रहता है। बाक़ी रही ज़िन्दगी तो हज़रत कबीर अलैहिर्ररहमह[4] ने कैसे ज्ञान की बात कही है :

कबीर बेड़ा झोजरा फूटे छेक हज़ार
हौले-हौले तर गए, डूबे जिन पर भार

तो सन्तो, हम तो टूटे जहाज़ पे सवार हैं जिसमें हज़ार छेद हैं। मनुष्य के जीवन का क्या एतिबार; झोजरा बेड़ा है, काचा सूत है, तारे-नफ़स[5] जाने कब टूट जाए। फ़र्द[6] की क्या बिसात है, भरे नगर हर्फ़े-ग़लत[7] की मिसाल मिट जाते हैं। एक दिन यह बन्दा-ए-आजिज़[8] मुश्ताक़ अली को बताने लगा कि द्वारका कैसे नष्ट हुआ। मुश्ताक़ अली ने हमेशा की तरह अपने जले-कटे लहजे में कहा कि पंडित, तुम्हारे श्रीकृष्ण महाराज ने अपने नगर को नहीं बचाया। मैंने कहा कि मुश्ताक़ अली, यहीं से तो यह साबित होता है कि जब नगरवासी पापी, निर्दयी, दुराचारी, फ़ासिक़ो-फ़ाजिर[9] हो जाते हैं तो पीर-पैग़म्बर, ऋषि-अवतार कोई उस नगर को नहीं बचा सकता। पर वहाँ तो एक नगर डूबा था, यहाँ नगर-नगर आग लगी है। जानो कि ज्वालामुखी फट पड़ी है। बस इसी प्रकार सबकुछ जल जावेगा और संसार भस्म हो जावेगा। जो हज़रत मार्कंडेय ऋषि

---

1. समझ, 2. बोलबाला, 3. मौत का फ़रिश्ता, यमदूत;, 4. इस पर अल्लाह की दया हो, 5. साँस की डोरी, 6. व्यक्ति, 7. अशुद्ध अक्षर, 8. विनम्र, 9. दुराचारी और दुष्टाचारी।

ने देखा था, वह हमें देखना है। पर मार्कंडेय जी ने तो नया संसार आरम्भ होते भी देखा था, हमारे यह भाग्य कहाँ। हमारे नसीबे में तो ख़ाली तबाही देखनी लिखी है।

हज़रत मार्कंडेय ऋषि भी क्या पीर-फ़क़ीर आदमी थे; ने ग़मे-दुनिया ने गमे-काला[1], मस्त क़लन्दर थे। हज़ारों बरस जिए मगर मजाल है कि एक बाल भी सफ़ेद हुआ हो। सदा पच्चीस बरस के शक्तिशाली नज़र आए। पर भैया, उम्र का ज़्यादा होना भी आदमी को बहुत दुख देता है। मेरे बुज़ुर्गवार पिता पंडित सोमदत्त आँजहानी-स्वर्गवासी ने इस मज़्मून की एक हिकायत अपनी पोथी में दर्ज की है, उसे ज़ैल[2] में नक़्ल करता हूँ।

भवसागर में अकेला मानव

पांडवों ने एक बार मार्कंडेय ऋषि से प्रश्न किया कि ऋषि महाराज, आपसे ज़्यादा भी किसी मानव ने उम्र पाई है ? उत्तर दिया कि हाँ पाई है। भला किसने ? इन्द्रदमन ऋषि ने। महाराज, इन्द्रदमन ऋषि ने कितनी उम्र पाई ? पुत्रो, उन्होंने इतनी उम्र पाई, जिसकी वर्षों-शताब्दियों में गिनती नहीं हो सकती। महाराज, उन्हें इतनी लम्बी उम्र कैसे मिल गई ? पुत्रो, उन्होंने एक बार लम्बा जाप किया, उसका फल उन्होंने यह पाया कि मानवलोक से निकलकर देवलोक में जा बिराजे। वर्षों-शताब्दियों के चक्कर से निकलकर स्वतन्त्र हो गए। पर एक बार उनसे कुछ चूक हो गई, फिर इस धरती पे ढकेल दिए गए। इन्द्रदमन ने पहले तो बहुत शोक किया। फिर यह विचार करके मन को बहलाया कि हूँ तो मैं इस धरती ही का बासी; अपने देस चलता हूँ और संघियों-साथियों से मिलता हूँ। सो वो घूमते-फिरते अपने नगर पहुँचे और अपने संघियों को ढूँढने लगे पर किसी संघी का खोज न पाया। समय बहुत बीत चुका था। सब संघी-साथी मर-खप चुके थे। इन्द्रदमन बहुत दुखी हुए।

हे पांडवो ! इन्द्रदमन यह सोचके बहुत दुखी हुए कि अब कोई उन्हें पहचानता भी नहीं। इस खोज में कि कोई पहचाननेवाला मिले, वो नगर-नगर घूमते फिरे पर कोई ऐसा न मिला जो उन्हें पहचानता। कहीं उनकी मुठभेड़ मुझसे हो गई। बोले कि हे मार्कंडेय, मैंने सुना कि तेरी उम्र बहुत लम्बी है, तू तो मुझे पहचानता होगा। मैंने कहा कि ऋषि महाराज, मैं अपनी धुन में मारा-मारा फिरता हूँ। न किसी स्थान पे टिकता हूँ, न किसी मानव से हँसता-बोलता हूँ, मैं भला किसे पहचानूँगा। इन्द्रदमन ऋषि मेरी यह बात सुन के और भी दुखी हुए। फिर उन्होंने मुझसे पूछा कि हे मार्कंडेय, तुझसे ज़्यादा उम्रवाला भी कोई है ? मैंने कहा कि हाँ है। हिमावत की चोटी पे एक उल्लू बैठा है, उसकी उम्र मुझसे ज़्यादा है। बोले कि चल मेरे संग। चलकर उस उल्लू से पूछते हैं कि तू मुझे पहचानता है ? वह मुझे अवश्य पहचान लेगा।

पुत्रो, मैं इन्द्रदमन के संग हो लिया। हम दोनों चले उल्लू के पास। चलते-चलते हिमावत की चोटी पे पहुँचे। देखा कि उल्लू एक ठुंठ पे आँखें मूँदे बैठा है। मैं बहुत

1. न संसार की चिन्ता न गृहस्थी की, 2. नीचे।

शताब्दियों पहले याँ पे आया था, उस समय भी वह इसी प्रकार आँखें मूँदे बैठा था। तब से अब तक उसने आँख नहीं खोली थी। हमने जब उसे पुकारा तो मुश्किल से आँखें खोलीं। इन्द्रदमन जी ने पूछा कि हे उल्लू, मैं इन्द्रदमन हूँ। तू मुझे जानता होगा।

उल्लू ने इन्द्रदमन जी को देखा; कहा, मैं तो तुझे नहीं पहचानता। और फिर आँखें मूँद लीं। इन्द्रदमन जी उल्लू से यह बात सुनकर बहुत दुखी हुए। पहले तो चुप ही हो गए, फिर उन्होंने उल्लू से एक प्रश्न कर डाला। हे उल्लू, तुझसे भी ज्यादा उम्र किसी जने की है ? उल्लू ने मुश्किल से आँखें खोलीं; कहा, कि हाँ है। याँ से पच्छिम की ओर हज़ार कोस पर एक तलैया है। उस तलैया के बीच एक सारस खड़ा है, उसकी उम्र मुझसे ज़्यादा है।

इन्द्रदमन यह सुनके बोले कि हे उल्लू, तू मेरे संग चल। हम चलके उस सारस से बात करते हैं। वह मुझे अवश्य पहचान लेगा।

उल्लू संग चलने पे तैयार हो गया। तब इन्द्रदमन, उल्लू और मैं, तीनों मिलकर चले सारस से मिलने के लिए। महीनों बाद उस तलैया पे पहुँचे। देखा कि बीच तलैया में एक सारस चोंच परों में दिए, आँखें मूँदे, एक टाँग पे खड़ा है। उल्लू ने बताया कि सारस अनगिनत शताब्दियों से इसी प्रकार आँखें मूँदे, चोंच परों में दिए, एक टाँग पे खड़ा है।

इन्द्रदमन ने पुकारके कहा कि हे सारस, मैं इन्द्रदमन हूँ। सारस ने चोंच परों से निकालीं, आँखें खोलीं और बोला, कौन इन्द्रदमन ? इस पर इन्द्रदमन ने कहा कि हे सारस, क्या तू इन्द्रदमन को नहीं पहचानता ? मैं इन्द्रदमन हूँ। सारस ने कहा कि नहीं। मैं अपनी तपस्या में खोया हुआ हूँ। मुझे क्या मालूम कि तू कौन है और इन्द्रदमन कौन है।

बेचारे इन्द्रदमन पे घड़ों पानी पड़ गया। चुप का चुप रह गया। फिर हिम्मत करके पूछा कि हे सारस, तुझसे ज़्यादा उम्र भी किसी की है ? हाँ है। भला किसकी है ? हे मानव, इसी झील में एक कछुआ बास करता है। उसकी उम्र इतनी है कि मैं उसके सामने बालक के समान हूँ। हे सारस, भला वह इस समय किधर है ? हे मानव, वह कछुआ तो लखोखा बरसों से आँखें मूँदे तलैया के अन्दर बैठा है और ओम् का जाप कर रहा है। पर मैं तेरे लिए उसे बुलाता हूँ।

यह कहके सारस ने कछुए को पुकारा। कछुआ सारस के पुकारने पर तलैया से बाहर आया और बोला कि हे सारस, तूने किस कारण मेरी तप में भंग डाली ?

सारस ने कहा कि हे कछुए, एक लम्बी उम्रवाला मानव काले कोसों चलकर आया है। मैं तो इसे पहचानता नहीं। वह कहता है कि जिसकी उम्र तुझसे ज़्यादा हो, उसका पता दे, वह मुझे पहचान लेगा। तो मुझसे ज़्यादा तो तेरी ही उम्र है। तू बता कि तू इस मानव को पहचानता है।

कछुए ने पूछा कि भला इस मानव का क्या नाम है ?

इन्द्रदमन ने आगे बढ़कर कहा कि हे कछुए, मेरा नाम इन्द्रदमन है। मैं इतनी

शताब्दियों के बाद पलटके याँ पे आया हूँ कि मेरे संघी-साथी सब मर-खप चुके हैं, कोई मुझे अब पहचानता ही नहीं। शायद तू मुझे पहचानता हो।

कछुआ इन्द्रदमन का नाम सुनकर चौंका। ग़ौर से इन्द्रदमन को देखा और पहचान लिया। वह रोया और बोला कि हे इन्द्रदमन, मैं भला तुझे कैसे न पहचानूँ। तूने जो गऊएँ दान दी थीं, उन्होंने ही तो खुर मार-मारके यह तलैया बनाई है जिसमें अब मैं वास करता हूँ।

कछुए के यह कहते ही देवलोक से एक रथ उतरा। साथ में एक पुकार आई कि हे इन्द्रदमन चल, चलके देवलोक में अपना स्थान सँभाल।

इन्द्रदमन ऋषि रथ में बैठे, हमें भी अपने संग बिठा लिया। हममें से हर एक को उसके ठिकाने पे उतारा। फिर ख़ुद देवलोक को सिधार गए।

सो भई मित्रो ! आदमी भवसागर में अकेला है। यह काइनात[1] ग़ैर-जगह[2] है और हम इसमें अनजबी हैं। सो याँ से जल्दी गुज़र जाने ही में आफ़ियत[3] है। लम्बी उम्र की आरज़ू में ख़राबी ही ख़राबी है। सच्ची बात है, मुझे तो यह हिकायत पढ़के बहुत इबरत[4] हुई। मैं डरता हूँ उस दिन से जब यारे-अज़ीज़[5] मुश्ताक़ अली इस नगर से हिजरत[6] कर जाए और अहदे-हाज़िर[7] की शबे-दैजूर[8] में रंजूर[9] महजूर अकेला रह जाए। फिर मैं इन्द्रदमन की तरह उल्लुओं से पूछता फिरूँगा कि मित्रो, तुम मुझे पहचानते हो ? इन्द्रदमन को तो अन्त में एक कछुए ने पहचान लिया था। मुझे कौन पहचानेगा। देखते-देखते दुनिया बदल गई। आगे लगता था कि सारा नगर मुझे जानता है। अब लगता है कि यह ग़ैर-जगह है और मैं परदेसी हूँ। ख़ुद मेरा बेटा मुझे ग़ैर जानता है। जान-पहचानवाले एक-एक करके सब ही चले गए; बस एक मुश्ताक़ अली ने ज़मीन पकड़ी है परन्तु वो इस घड़ी बत्तीस दाँतों के बीच ज़ुबान के समान हैं। कल तक जो उन्हें झुकके दंडवत् करते थे, वो अब उन्हें पहचानने से इन्कारी हैं। जो दोस्ती का दम भरते थे, अब वो शत्रु बने हुए हैं। मेरी जाति के लोगों के इरादे उनके बारे में अच्छे नहीं हैं और मैं कुछ कर नहीं सकता। बेटा मेरे कहने में नहीं है, दूसरे क्या सुनेंगे। ख़ैर, मैंने कुछ मन्त्र जो आँजहानी पिताजी की पोथी में लिखे देखे थे, मुश्ताक़ अली को बता दिए हैं। ज़ैल में चन्द एक नक़्ल करता हूँ।

शत्रु को नष्ट करने का मन्त्र

ओंग, हरींग, सरींग—ये शब्द आक के पत्ते पे लिखे और गर्म तन्दूर में झोंक दे। सात दिन ऐसा करे। शत्रु जलकर राख हो जाएगा।

---

1. ब्रह्मांड, 2. पराई जगह, 3. सुख, 4. चेतावनी, 5. प्यारा दोस्त, 6. प्रवास, 7. वर्तमान समय, 8. अमावस की रात, 9. दुखी।

ऐज़न[1]

ओंग, बलोंग, यजरंग, बजरंग, जय हनुमान की—ये शब्द बबूल के काँटे से भोजपत्र पे लिखे। लिखके बाज़ू पे बाँध ले। शत्रु देखके डरेगा, कन्नी काटके निकल जावेगा।

ऐज़न

मम, मकट, सकट, मम मनोरथे पूरनी, मम चिनता चूरनी। दुहाई बासदेव की दुहाई लोना चमारी की—ये शब्द पीपल की लकड़ी की लेखनी से पत्र पे लिखके दोपहर के समय चौखट तले दबा दे। फिर उस घर के लिए कोई जोखों नहीं है। घरवाले बैरियों से सुरक्षित रहेंगे।

आँजहानी पिताजी का बयान है कि ये मन्त्र आज़मूदा[2] हैं। पर मित्रो-दोस्तो, सबसे बड़ा मन्त्र तो ओम् का जाप है। ओम् का जाप रद्दे-बला[3] है। आदमी कैसे ही संकट में हो, कैसी ही मुश्किल में हो; ओम् का विर्द[4] करे, संकट से निकल आवेगा। मुश्किल दूर हो जावेगी। सज्जनो, हमारा मन माचिस की डिबिया है, ओम् का कलिमा माचिस की तीली है। तीली को डिबिया पे घिसो, रौशनी पैदा होगी, सारा अँधेरा दूर हो जावेगा। मित्रो और दोस्तो, मेरा तो यही ईमान है। मेरा रोज़ाना का वज़ीफ़ा यह है कि सोने से पहले सौ दफ़ा ओम् का विर्द करता हूँ और तीन दफ़ा नादे-अली[5] पढ़ता हूँ। ओम् शान्ति-शान्ति-शान्ति। या अली, या अली, या अली।

---

1. ऊपर लिखे अनुसार, 2. परखे हुए, 3. आई हुई बला का टल जाना, आपत्ति का निवारण, 4. जप, 5. क़ुर्आन की एक विशिष्ट आयत।

8

इस बसन्त पे वह मुझे बहुत याद आई। थी भी तो इस अपने नए घर में यह मेरी पहली बसन्त। कितने बरसों बाद मैंने बसन्त के उजले-नीले आसमान को देखा कि धूप से भरा था और पतंगों-परिन्दों से झिलमिला रहा था। किराएवाले मकान, एक पहले मकान को छोड़कर, हमेशा इतने तंग मुयस्सर आए कि आस्मान से ढंग की मुलाक़ात ही नहीं हो पाती थी। अस्ल में आस्मान भी तो हमारे रहने-सहने के हिसाब को देखकर अपने दर्शन देता है। जितना आँगन उतना आस्मान। अभी अपने घर का आँगन उजला-उजला था। छत भी बहुत फैली हुई दिखाई देती थी। घर के इस उजले और कुशादा गिर्दोपेश में बसन्त का आस्मान कितना रौशन, कितना कुशादा नज़र आ रहा था।

बसन्त की इस झिलमिल में हाफ़िज़ा[1] के दरीचे[2] कितनी तेज़ी के साथ खुलते चले गए। बीते दिनों की महक अपने बहाव में मेरे तितर-बितर रेज़ों[3] को भी ले आई। मैं फिर से इकट्ठा हो रहा था। लगा कि वही मैं हूँ जो हुआ करता था और वही ये दिन हैं। वह बिल्कुल इसी रंग का बसन्ती दिन था। हवा में हरारत[4] और ख़ुनकी[5] का ऐसा ही घालमेल था। फ़ोन की घंटी बजी। मैंने उठाया। वह बोल रही थी। बसन्त की तरंग में मेरी भी ज़बान खुल गई। पहली बार तकल्लुफ़ को बालाए-ताक़ रखा। ‘‘शहज़ादी की जूती अपना काम दिखा चुकी है। इसे अब वापस ले ही लिया जाए तो अच्छा है।’’

‘‘शहज़ादी की जूती ? क्या मतलब ?’’

‘‘मतलब यह कि मैंने उस हसीन क़लम को बहुत सँभालकर रखा है। यह अमानत अब मुझे भारी पड़ रही है। अब तुम आकर अपनी अमानत ले जाओ। यह वक़्त भी मुनासिब है।’’

‘‘मुनासिब वक़्त से आपकी क्या मुराद[6] है ?’’

‘‘यही कि अगर यह मौसम गुज़र गया तो फिर सावन रुत तक इंतिज़ार करना पड़ेगा।’’

वह खिलखिलाकर हँसी, वही तबाहकुन[7] हँसी। मैं सारी फ़िक़रेबाज़ी भूल गया, पिघलता चला गया। एक मर्तबा फिर फ़ोन दरमियान से सरक गया। बस वह थी और मैं। वह बिल्कुल बसन्त की तरह खिली हुई थी। ‘‘अच्छा कल।’’

‘‘कल ?...वाक़िई ?’’ मुझे यक़ीन नहीं आ रहा था।

जैसे खिलखिलाती हँसी एक दम से सरगोशी बन गई हो।

1. स्मृति, 2. खिड़कियाँ, 3. टुकड़ों, 4. गर्मी, 5. ठंडक, 6. आशय, 8. नष्ट करनेवाली।

"हाँ कल।"

"आज छुट्टी का दिन ऊँघकर ही गुज़ारना है।" ज़ुबैदा की आवाज़ आई और उसके साथ ही वह ख़ुद आन मौजूद हुई।

"क्यों, क्या मस्अला[1] दरपेश[2] है ?" मैं यादों की इक़लीम[3] से कितनी तेज़ी से टूटता-बिखरता वापस आया।

"मैंने कहा कि आज छुट्टी का दिन है। हाउसिंग वालों का हिसाब आया रखा है, ज़रा उसे चैक कर लेते। यह भी पता चल जाता कि हम अब तक कितना अदा कर चुके हैं।"

"कल-परसों किसी वक़्त इत्मीनान से बैठकर हिसाब कर लेंगे।"

"आज क्या बेइत्मीनानी[4] है ?"

"बेइत्मीनानी तो कोई नहीं है। बस इतनी बात है कि बसन्त है। देख नहीं रही हो, आज आस्मान पे कितनी चहल-पहल है।"

"यह बसन्त से ज़्यादा ज़रूरी काम है। पता तो चले कि उन्होंने हिसाब ठीक भेजा है, कम-ज़्यादा तो नहीं किया। महकमावालों का कोई एतिबार थोड़ा ही है। क्या पता है, हमारे हिसाब में किस वक़्त कितनी रक़म निकाल दें। जो देना है वह तो देना है ही, मुफ़्त की चट्टी तो न पड़े।"

बस जैसे आँगन में उतरी हुई चिड़ियों को कोई हुश् कहके उड़ा दे। इन चार फ़िक़रों ने यादों के जमघटे को तितर-बितर कर दिया। थोड़ी देर के लिए मैं ऐसे हो गया जैसे अन्दर से बिलकुल ख़ाली हूँ। ख़ैर थोड़ी ही देर में यादें फिर उतरने लगीं। आँगन फिर भरता चला गया। अब मेरी नज़रें आस्मान से उतरकर उस गेंदे पर डोल रही थीं जो लॉन के एक धूप से भरे गोशे में खड़ा हँस रहा था। यादों ने उस गेंदे से इशारा लिया और हुजूम[5] करती चली गईं। हिर-फिरकर वही याद जो उस हुजूम में सबसे नुमायाँ[6], सबसे रौशन[7] थी।

"ठीक है कल सही, बसन्त रुत तो कल भी होगी। मगर यह न हो कि कल किसी अगली कल पर जा पड़े। उस अगली कल आने पर फिर कोई अगली कल।"

फिर हँस पड़ी। "नहीं। कल का मतलब है कल।"

"कल किस वक़्त ?"

"बस लंच टाइम में आ जाऊँगी।"

मेरे कान खड़े हुए। "अच्छा तो किसी दफ़्तर में काम करती हो।"

यह बात जैसे सुनी ही नहीं, साफ़ गोल कर गई। "बस कल डेढ़ बजे के लगभग आ जाऊँगी।"

"ठीक है, मगर वह लंच का वक़्त होता है। वैसे मेरा तो ड्राई लंच होता है, कॉफ़ी हाउस में जाकर करता हूँ। अच्छा है कॉफ़ी की पियाली पर मुलाक़ात ज़्यादा भली लगती है।"

---

1. समस्या, 2. समस्या की उपस्थिति, 3. देश, महाद्वीप, 4. अशान्ति, 5. भीड़, 6. स्पष्ट, 7. उज्ज्वल।

थोड़े तअम्मुल के बाद, "अच्छा ठीक है, वहीं आ जाऊँगी।"

"मगर मैं तुम्हें पहचानूँगा कैसे ?"

"रत्न ने पद्म को कैसे पहचाना था ?"

"उसने तो पद्म को ख़्वाब में देखा था।"

"आपने अभी तक मुझे ख़्वाब में नहीं देखा ?" साथ ही खनखनाती हँसी। फ़ौरन ही एक फ़िक़रा और लगा दिया। "और हाँ, तोता भी तो होगा।"

मैं बिलकुल लाजवाब हो गया।

"मगर मेरा गाइड तो कोई तोता नहीं होगा। मैं आपको कैसे पहचानूँगी ?"

"बहुत आसान तरीक़ा है। काउंटर पर मेरा नाम लेकर पूछ लीजिए। मैं भी कह रखूँगा कि एक बीबी ज़किया अहमद नाम की आएँगी। ठीक है ना।"

बिलकुल ठीक है।"

"मैंने कहा कि कान बंद करके बैठे हुए हो।" ज़ुबैदा की आवाज़ आई और एक मर्तबा फिर चिड़ियाँ भर्रा खाके उड़ गईं।

"क्यों क्या हुआ ?"

"दरवाज़े पे कोई है। बैल बजी है।"

"अच्छा।" मैं उठ खड़ा हुआ।

जाकर दरवाज़ा खोला। कामरेड खड़ा था। "कामरेड, तुम इस वक़्त कहाँ से आन टपके।"

कामरेड अन्दर आया। अपने पुराने दस्तूर के मुताबिक़[1] किताबचों[2]-रिसालों[3]-अख़बारों से भरा थैला एक तरफ़ रख, कुर्सी-सोफ़ा से कनारा करके[4] क़ालीन पे पसर गया।

"यह वक़्त की क्या शर्त है, क्या ग़लत वक़्त पे आया हूँ ? वैसे तो हर वक़्त ही ग़लत वक़्त हो गया है। पता नहीं साला ठीक वक्त़ कब आएगा।"

"बहरहाल आ गए। अच्छा किया।"

"क्या कर रहे थे ?"

"बसन्त मना रहा था।"

कामरेड ने ऊपर सरसराती पतंगों पर नज़र डाली। "फिर तो तुम्हें छत पे होना चाहिए था।"

"नहीं बस अपने लॉन में बैठा था। फूलते गेंदे को देख रहा था और गुज़रे दिनों को याद कर रहा था। यार, वो अच्छे दिन थे।"

कामरेड ने ग़ज़बनाक[5] नज़रों से मुझे देखा। "अच्छे दिन ? वो कौन-से दिन थे ?"

"जिन दिनों हम इकट्ठे थे।"

"चार रजअतपसन्द[6] अगर इकट्ठे हो जाएँ और बुर्ज़ुआ अदब[7] पे धुआँधार बातें करके वक़्त ज़ाये[8] करें तो वो दिन अच्छे हो जाते हैं ?"

1. नियमानुसार, 2. पुस्तिकाओं, 3. पत्रिकाओं, 4. दूर होकर, 5. क्रोध से भरी हुई, 6. प्रतिक्रियावादी, 7. बुर्ज़ुआ साहित्य, 8. नष्ट।

"कामरेड, मत भूलो कि उस मंडली में तुम भी थे और तुम्हारा कामरेड ज़हूर भी था।"

"कामरेड ज़हूर..." कामरेड ने दाँत किचकिचाए। "उन सालों ही ने तो पार्टी का बेड़ा ग़र्क़ किया..." रुककर, "और वह साला कामरेड शौकत, एक्सपोर्ट-इम्पोर्ट के लाइसेंसों के चक्कर में पार्टी का तियापाँचा कर दिया। इन्क़िलाबियों[1] का सरख़ैल[2] बना फिरता था। अब स्मगलर किंग है।"

मैंने कामरेड का हाथ पकड़ा। "ज़रा बाहर चल।" उसे ले जाकर लॉन में खड़ा कर दिया। अपने गेंदे की तरफ़ इशारा किया। "कामरेड, आज बसन्त का दिन है। मैं तुम्हारी इन्क़िलाबी बकवास सुनने के बिलकुल मूड में नहीं हूँ। आज अपने गेंदे से मेरे मुकालमे[3] का दिन है।"

"कामरेड, तुम मरीज़ हो। अपना इलाज कराओ। जो अवाम[4] के साथ मुकालमा की हिम्मत नहीं रखते, फिर वो गेंदे और गुलाब ही से मुकालमा करते हैं। इस मुकालमा में कोई जोखों जो नहीं है।"

"अच्छा ठीक है। तुम आज ज़्यादा ही कहीं से पिटकर आए हो। आराम करो। ज़रा शाम हो तो मुम्ताज़ के पास चलेंगे।"

"मुम्ताज़ से तुम्हारी मुलाक़ात हो गई ?"

"हाँ हुई तो थी। यार, वह तो अब बहुत मसरूफ़ आदमी हो गया है।"

"जो साला पैसा कमा लेता है, उस साले का वक़्त फिर बहुत क़ीमती हो जाता है।"

"बहरहाल आज उससे मुलाक़ात की ठहरी है। कहने लगा कि प्रोग्राम क्या है ? मैंने कहा कि यार कभी पहले प्रोग्राम तै करके मिले थे। बस मिलकर बैठेंगे, बातें करेंगे, पुराने दिनों को याद करेंगे। बक़द्रे-तौफ़ीक़[5] रतजगा करेंगे।"

कामरेड ने एक मर्तबा फिर मेरी मरीज़ाना ज़ेह्नीयत[6] पर भरपूर तब्सिरा[7] किया और अन्दर ड्राइंगरूम में जाकर क़ालीन पे लोट लगाने लगा। वह अन्दर ख़र्राटे ले रहा था और यहाँ मैं गेंदे के रू-ब-रू[8] अपने ख़यालों में गुम था। सिलसिला जहाँ से टूटा था, वहाँ से फिर मिल गया था।

"यार मुम्ताज़, आजकल मुझे एक लड़की टकरी हुई है।"

मुम्ताज़ ही से मैं दिल के मुआमलात[9] कहता था कि उसी पर मुझे इन मुआमलात में एतिबार था।

"जब तुम उसे टकरोगे तब हम जानेंगे।"

"वह नहीं यार। यह एक और लड़की है।"

"अच्छा ? कोई नया चक्कर। यह चक्कर कैसे शुरू हुआ ?"

"कोई चक्कर-वक्कर नहीं है। तुम्हें पता है कि आजकल मेरा स्कूटर ख़राब है।

---

1. क्रान्तिकारियों, 2. प्रधान, 3. वार्तालाप, 4. जनसाधारण, 5. जितना सामर्थ्य हो उतना, 6. रोगियों जैसी विचारधारा, 7. आलोचना, 8. सामने, 9. प्रेम-प्रसंग।

वैगन से दफ़्तर आता-जाता हूँ। तो जब मैं सुबह को निकलता हूँ और स्टैंड पर जाकर वैगन का इन्तिज़ार करता हूँ तो वहाँ एक बेचैन रूह[1] नज़र आती है। बार-बार अपनी घड़ी देखती है जैसे अपनी घड़ी पर उसे एतिबार न हो, मेरे पास आती है। पहले पूछेगी कि आपकी घड़ी में क्या वक़्त है ? फिर पूछेगी कि वैगन का तो यही टाइम है ना ?

'जी' 'फिर क्यों नहीं आई अभी तक ?'

'पता नहीं।' 'कहीं आकर चली तो नहीं गई ?' 'मेरे ख़याल में तो अभी नहीं आई है।'

'आप यहाँ कब से खड़े हैं ?' 'यही कोई आध घंटे से।' 'अच्छा फिर ठीक है।'

''बहुत सवाल करती है।'

''इब्तिदा[1] तो अच्छी है। वैसे शक्लो-सूरत कैसी है ?''

''यार, शक्लो-सूरत की तो बुरी नहीं। मगर बोर है या उसके सवालों से मैं बोर हो गया हूँ।''

''और तुम कोई सवाल नहीं करते ?''

''नहीं।''

''कुछ नहीं पूछते ?''

''नहीं, मैं क्या पूछूँ ?''

''कोई भी बेमानी,[2] फ़ुज़ूल,[3] लायानी[4]-सी बात पूछी जा सकती है। बात जो करनी हुई।''

''नहीं, मेरी समझ में तो कोई बात आती नहीं। सो मैं तो उससे कुछ पूछता-वूछता नहीं।''

''फिर बोर तो तुम हुए।''

''यार, मेरे दिमाग़ में तो वह बसी रहती है। अब उसके होते हुए तो मुझे सब लड़कियाँ बेमानी नज़र आती हैं।''

''फिर उसी के मुतअल्लिक़ कुछ करो।''

''किया है। कल मुलाक़ात हो रही है।''

''अच्छा ?''

''हाँ।''

''गुड।''

और दूसरे दिन लंच का वक़्त होने से पहले ही मैं दफ़्तर से निकल लिया कि कहीं यह न हो कि वह मेरे पहुँचते-पहुँचते आकर चली जाए। इंतिज़ार करनेवाले भी कितने उजलतपसन्द[5] होते हैं, यूँ पूरी उम्र इंतिज़ार में गुज़ार दें। ख़ैर लंच टाइम से पहले ही मैं मौक़ा-ए-वारिदात[6] पे पहुँच लिया। ऐसी मेज़ सँभाली और ऐसे ज़ाविये[7] से बैठा कि दरवाज़ा खोलकर जो भी अन्दर आता, वह साफ़ नज़र आता। दरवाज़े के बराबर काउंटर

1. आरम्भ, 2. अर्थहीन, 3. व्यर्थ, 4. निरर्थक, 5. उतावले, 6. घटनास्थल, 7. कोण।

था। रोज़ की तरह आज भी अशरफ़ साहिब क़ाफी हाऊस के मैनेजर हैं, काउंटर पे बैठे थे।

लंच टाइम हो चुका था। दरवाज़ा बार-बार खुलता। आनेवाले आते चले जा रहे थे, मगर मुझे बाक़ियों से क्या लेना था। मैं तो उस वक़्त चौंकता था, जब कोई लड़की दाख़िल होती थी। और हर ख़ूबसूरत लड़की को देखकर मैं शक में पड़ जाता कि शायद यही वह है। वह क़रीब आती जाती और मेरे दिल में धुकड़-पुकड़ होने लगती, मगर मेरे क़रीब से गुज़रकर वह सीढ़ियों पर हो लेती और ऊपर की मंज़िल पर चली जाती। एक ख़ूबसूरत लड़की जब दाख़िल होकर ठिठकी और काउंटर पर खड़े होकर अशरफ़ साहिब से कुछ पूछने लगी तो मैंने सोचा कि यह लड़की ज़रूर वही होगी। मगर अशरफ़ साहिब ने सीढ़ियों की तरफ़ इशारा किया और वह ऊपर चली गई।

फिर एक लड़की ने दाख़िल होकर इधर-उधर नज़र दौड़ाई; अशरफ़ साहिब से कुछ पूछा और फ़ौरन ही वापस चली गई। मैं लपककर काउंटर पर गया। "अशरफ़ साहिब, यह लड़की किसे पूछ रही थी ?"

"अज़ीम साहिब को पूछ रही थी। आज वो आए ही नहीं।"

मैं अपनी जगह पे आ बैठा। मगर जब एक और लड़की उसी तरह दाख़िल होकर काउंटर पर अशरफ़ साहिब से बात करके चली गई तो मैं फिर बेचैन हुआ। जाकर अशरफ़ साहिब से पूछा : "यह लड़की किसे पूछ रही थी ?"

अशरफ़ साहिब मुझे देखकर हँसे। "अख़लाक़ साहिब, जब आपवाली लड़की आएगी तो मैं उसे आपकी तरफ़ डाइरैक्ट कर दूँगा। आप परीशान न हों।"

मैं बहुत सटपटाया। "अशरफ़ साहिब, मेरी कोई लड़की नहीं है। मैंने तो उसे देखा भी नहीं है।" फिर मैंने वज़ाहत[1] की। "हुआ यह कि वह हमारे दफ़्तर में फ़ोन करने आई थी। मैं तो उस वक़्त था भी नहीं। वह जाते हुए अपना पेन भूल गई। अस्ल में उसे अपना पेन लेने के लिए आना है।"

"अरे अख़लाक़ साहिब, आप तो सफ़ाइयाँ पेश करने लगे।"

"सफ़ाई पेश नहीं कर रहा, बता रहा हूँ।"

"ठीक है। आप बैठे हैं ना। वह आएगी तो मुझ ही से पूछेगी। मैं आपकी तरफ़ उसे डाइरैक्ट कर दूँगा।"

मैंने वहीं खड़े-खड़े बेचैनी से अपनी घड़ी देखी। "लंच टाइम जा रहा है। मुझे आख़िर दफ़्तर वापस जाना है। अभी तक आई ही नहीं।"

"क्या उसे दूर से आना है ?"

"अब यह तो मुझे पता नहीं—वैसे दूर ही से आ रही होगी और फिर इस वक़्त सवारी भी मुश्किल से मिलती है।" मैंने इस तरह अपने आपको भी समझाया और वापस अपनी जगह आ बैठा। और अब मैं एक शक में पड़ गया था। पता नहीं, आएगी भी या नहीं। और इस शक के साथ मेरी बेचैनी और बढ़ गई। उसी आन दरवाज़ा खुला। एक लड़की दाख़िल हुई। मगर इस मर्तबा मैं थोड़ा बोर हुआ। अस्ल में यह वही लड़की

थी जो मुझे बस स्टैंड पर नज़र आया करती थी। मैंने बेज़ार होकर सोचा कि लो, यह यहाँ भी आन टपकी। उसने काउंटर पे खड़े होकर अशरफ़ साहिब से कुछ पूछा। उन्होंने उसी तरफ़ इशारा किया, जिस तरफ़ मैं बैठा था। वह लड़की मेरी सम्त आई। मैं ऐसे बन गया जैसे मैंने उसे देखा ही नहीं। फिर मैंने इत्मीनान का साँस लिया कि शुक्र है कि वापस चली गई। फिर मुझे यूँ ही ख़याल आया कि आख़िर यहाँ वह किससे मिलने आई है। होगा इसका भी कोई दिलदादा;[1] जवान लड़की कैसी भी हो, चाहनेवाला कोई न कोई उसे मिल ही जाता है। यह सोचकर मैं उसे ज़ेहन से रफ़अ-दफ़अ[2] कर देना चाहता था कि क्या देखता हूँ कि अशरफ़ साहिब उसे साथ लेकर मेरी तरफ़ आ रहे हैं। "देखिए, ये हैं अख़लाक़ साहिब।"

"आप !" उसने मुझे हैरान होकर देखा।

"जी मैं अख़लाक़ हूँ।" मैंने अपनी बेज़ारी को छुपाते हुए ख़ुशअख़लाक़ी[3] से जवाब दिया। वह सटपटाई।

"आप अख़लाक़ साहिब हैं—अच्छा आप हैं—मैं समझ रही थी कि..."

"आप क्या समझ रही थीं ?" मैंने अब किसी क़दर तुर्शी[4] से जवाब दिया।

"देखिए बात यह है कि मैंने आपको फ़ोन किया था। मुझे आपसे पेन लेना था।"

अब मेरे हैरान होने की बारी थी। "पेन ! आपको पेन लेना था, तो आप हैं !"

"जी।"

"तशरीफ़ रखें।"

वह किसी क़दर तअम्मुल के साथ बैठ गई। उधर वह सटपटाई हुई थी, इधर मैं।

"अच्छा, आपका वह पेन है। मैं समझ रहा था कि..."

"जी आप क्या समझ रहे थे ?"

"कुछ नहीं।" मैंने फ़ौरन जेब से पेन निकाला और पेश कर दिया। "यह लीजिए। आपका पेन हाज़िर है।" उसने क़लम लिया और उठ खड़ी हुई।

"तशरीफ़ रखें ना। कॉफ़ी पीजिए।"

"शुक्रिया। मैं इस वक़्त जल्दी में हूँ।"

शाम को मुम्ताज़ मिला। "सुनाओ उस्ताद, क्या हुआ ?"

"यार बहुत बुरी हुई।"

"क्यों, नहीं आई ?"

"आई तो थी।"

"फिर ?"

"यार, वह तो वही बोर लड़की थी।"

"कौन-सी बोर लड़की ?"

"वही जिससे बस स्टैंड पे मेरी मुठभेड़ होती रही है।"

मुम्ताज़ ने एक भरपूर क़हक़हा लगाया। "अच्छा वह थी। अच्छा बताओ फिर

1. चाहनेवाला, 2. दूर, 3. सुशीलता, 4. रुष्टता।

क्या हुआ ?''

''मैंने उसे पेन दिया और चलता किया।''

मुम्ताज़ एकदम से संजीदा हो गया। ''चलता कर दिया ? क्या मतलब ?''

''हाँ इधर मैं उसे देखकर सटपटाया, उधर वह भी मुझे देखकर सटपटा गई। यह सिचुएशन दोनों ही के लिए ख़िलाफ़े-तवक़्क़ो[1] थी। मैंने पेन उसके हवाले किया। वह चली गई।''

''तो कोई बात-वात नहीं की ?''

''उससे क्या बात-वात हो सकती थी।''

''कॉफ़ी-वॉफ़ी से तवाज़ो[2] की होगी। आख़िर उस दौरान क्या करते रहे ?''

''मैंने कॉफ़ी के लिए पूछा था। उसने कहा कि मैं जल्दी में हूँ। मैंने भी सोचा कि अब इसे जाने ही दो।''

मुम्ताज़ मेरी इस बात पे बहुत बेमज़ा हुआ। ''यार अजब घामड़ आदमी हो। अच्छी-भली आई हुई लड़की को गँवा दिया।''

''यार तुम्हारा क्या ख़याल है, वह लड़की बोर नहीं थी ?''

''कौन-सी ? जिससे फ़ोन पे तुम लम्बी-लम्बी बातें किया करते थे ?''

''नहीं यार, वह तो बहुत स्वीट थी। मगर जो बस स्टैंड पे मेरे गले पड़ गई थी...''

''नादान आदमी, अब तो तुझे समझ आ जानी चाहिए कि लड़की बयक-वक़्त बोर भी होती है, स्वीट भी होती है। वैसे एक बात मैं तुझे बताए देता हूँ।''

''क्या ?''

''तुम पछताओगे ?''

''कैसे ?''

''बस मैंने कह दिया। लड़की इस तरह से आकर चली जाए। आदमी को यह तो बाद में पता चलता है कि हुआ क्या ?''

ख़ैर उस वक़्त तो मैंने मुम्ताज़ की बात सुनी-अनसुनी कर दी। फिर एक-दो दिन मैंने बस-स्टैंड का रुख़ ही नहीं किया। सोचा कि न बस से सफ़र करोगे, न उससे मुठभेड़ होगी। रिक्शा लिया और सीधे दफ़्तर।

बात जब ज़रा आई-गई हो गई तो मैंने सोचा कि रिक्शा का किराया कब तक भरोगे, अपनी मिनी बस ही ठीक है। एक दिन, दो दिन, तीन दिन, वह लड़की नज़र नहीं आई। अब मेरा तजस्सुस[3] बढ़ने लगा। रोज़ वक़्त से ज़रा पहले स्टैंड पर पहुँच जाता, वहाँ खड़ी हुई मख़्लूक़[4] का जाइज़ा[5] लेता और हैरान होता कि वह लड़की कहाँ चली गई।

''यार मुम्ताज़, वह लड़की तो ग़ाइब हो गई।''

''कौन लड़की ?''

---

1. आशा के विरुद्ध, 2. आवभगत, 3. जिज्ञासा, 4. लोग, 5. निरीक्षण।

"यार वही, अब वह बस स्टैंड पर नज़र ही नहीं आती।"

"फ़ोन भी कोई नहीं आता ?"

"नहीं। उसने तो बिल्कुल चुप साध ली।"

"फिर प्यारे वह गई।"

"कामरेड, गेंदे से तुम्हारा मुकालमा ख़त्म हुआ या नहीं हुआ ?" कामरेड ने धम्म से आकर यादों के सारे सिलसिले को दर्हम-बर्हम[1] कर दिया। "भैया, मैंने तो पूरी नींद ले ली।"

"कामरेड, गेंदे से नहीं, इस वक़्त मैं अपने-आपसे मुकालमा कर रहा था।"

"अपने आपसे मुकालमा !" कामरेड ने मुझे उस वक़्त कितनी तह्क़ीर[2] से देखा। "मैं तुम इंटेलेक्चुअल लोगों की जाली[3] ज़बान से बहुत तंग हूँ। मैं पूछता हूँ कि मुम्ताज़ की तरफ़ चलना नहीं है ? वह साला तुम्हें गालियाँ दे रहा होगा।"

"चलते हैं यार, चाय तो पी लें।" मैं उठकर अन्दर गया। ज़ुबैदा से चाय की फ़र्माइश की। फिर कामरेड के पास आ बैठा। चाय भी जल्दी ही आ गई और चाय पीते-पीते फिर मैं पटरी से उतर गया, फिर वही यादें और बातें। और मैं सोचने लगा कि मैं उस वक़्त आज से कितना मुख़्तलिफ़[4] था, जैसे वह आदमी ही कोई और था। अब मैंने ध्यान ही ध्यान में अपने उस रूप को ऐसा याद किया जैसे वह कोई और शख़्स था, मुझसे बेहतर मुझसे बरतर।[5]

"रहमत, मेरा कोई फ़ोन तो नहीं आया था ?"

"नहीं साब जी।"

अब यह सवाल उसका मामूल[6] बन गया था। दफ़्तर में दाख़िल होकर अपनी निशस्त[7] पे बैठा, घंटी बजाकर रहमत को बुलाया; पहला सवाल, "मेरा कोई फ़ोन तो नहीं आया था ?" और रहमत का बँधा-टका जवाब, "नहीं साब जी।" बेएतिनाई[8] के दिन कितनी जल्दी गुज़र गए; बेचैनी के दिन कितनी तेज़ी से वापस आए और पहले की निस्बत[9] कितनी ज़्यादा शिद्दत के साथ वापस आए। उठते-बैठते, सोते-जागते उसी का ध्यान, वह एक आवाज़ नर्म-शीरीं[10] उसके सामिआ[11] में गूँजती रहती और अब यह पहले की तरह महज़ आवाज़ नहीं थी, इसके साथ एक चेहरा भी जुड़ गया था। वह सूरत जिससे वह इतना बेज़ार रहा था, धीरे-धीरे उसके दिलो-दिमाग़ में खुबती चली गई, उसी हिसाब से दिलकश[12] होती चली गई। अब वह पैकर[13] उस साअत[14] के साथ, जब वह काफ़ी हाउस में उसकी तलाश में दाख़िल हुई थी, उसके तसव्वुर[15] में कितना रच-बस गया था। वह छरहरा बदन, वह साँवली सूरत, वह घबराए-घबराए लह्जे में पूछना, "आप हैं अख़लाक़ साहिब" और फिर सटपटा जाना। उसने अपने-आप पर कितनी मलामत[16] की कि उसे रोकने की कोशिश क्यों नहीं की। थोड़ा इसरार किया जाता तो वह ज़रूर रुक जाती। नहीं रुकती मगर उसके बाद फ़ोन तो करती। फ़ोन

1. तितर-बितर, 2. घृणा, 3. बनावटी, 4. विभिन्न, 5. श्रेष्ठ, 6. नित्य नियम, 7. आसन, 8. उपेक्षा, 9. तुलना, 10. कोमल-मधुर, 11. कान, 12. मनोहर, 13. शरीर, 14. क्षण, 15. कल्पना, ध्यान, 16. निन्दा।

उसने फिर क्यों नहीं किया ? कितनी बार दिल ही दिल में यह सवाल उसने दोहराया। मेज़ पे रखा हुआ टेलीफ़ोन अब उसे कितना बेमानी नज़र आने लगा था। अभी पिछले दिनों तक जब उसके फ़ोन आया करते थे तो यह टेलीफ़ोन उसके लिए एक ज़िन्दा शै[1] था। फ़ोन की घंटी बजती तो वाक़िई बोलता हुआ लगता, जैसे उसे पुकार रहा है। अब वह महज़ एक मशीन था। एक ठीकरा जिसने मेज़ पे ख़्वाह-मख़्वाह जगह घेर रखी थी। फिर हार-झक मारकर रहमत से सवाल, ''मेरे पीछे किसी का फ़ोन तो नहीं आया ?'' ''नहीं साब जी।'' और ऐन लंच के वक़्त बेक़रार होकर उठ खड़े होना; कॉफ़ी हाउस ऐसे पहुँचना जैसे मुलाक़ात का वक़्त ठहरा हुआ हो।

''अशरफ़ साहिब, वह लड़की फिर तो नहीं आई ?''

''नहीं।''

''अजब लड़की है।'' बुड़बुड़ाना और चुप हो जाना।

रोज़ वही एक सवाल; नफ़ी[2] में जवाब सुनना, बुड़बुड़ाना और चुप हो जाना। आख़िर अशरफ़ साहिब की ज़बान खुल गई। ''अख़लाक़ साहिब, आप उस लड़की के लिए बहुत परीशान नज़र आते हैं ?''

''नहीं, परीशान तो मैं नहीं हूँ मगर...'' कुछ कहना चाहता था, पता नहीं क्या।

''उसे बैंक ही में जाकर क्यों नहीं मिल लेते ?''

''बैंक में ?'' वह चौंका जैसे हाथ से निकली हुई डोर का सिरा मिल गया हो। ''मुझे तो पता नहीं कौन-से बैंक में काम करती है।''

''वाह अख़लाक़ साहिब, यह भी हम ही बताएँ आपको।''

''अशरफ़ साहिब, आप कमाल करते हैं। मैं कौन-सा उस लड़की से इश्क़ कर रहा हूँ कि उसका पता नोट करता। वह खुद ही अपना पेन मेरे दफ़्तर में आकर छोड़ गई। बस उसकी सज़ा भुगत रहा हूँ।''

''तो उस रोज़ पेन लेकर नहीं गई है ?''

''वह तो ख़ैर ले गई थी लेकिन...'' समझ में न आया कि आगे क्या कहे और बात कैसे बनाए।

''ठीक है अख़लाक़ साहिब, ठीक है। मगर वह आपसे तो बहुत क़रीब है। आपके दफ़्तर के पास कमर्शियल बैंक है ना।''

''हाँ-हाँ।''

''वहीं काम करती है।''

वह हैरान रह गया। कहाँ-कहाँ उसे ढूँढ़ता फिर रहा था। बग़ल में लड़का शहर में ढँडोरा। वह तो बिलकुल उसके बग़ल में बैठी हुई है।

''वहाँ उसका पता कैसे चलेगा ?''

अशरफ़ साहिब बहुत हँसे। ''कमाल है अख़लाक़ साहिब, आप तो बहुत ही सीधे आदमी हैं। किसी से पूछ लीजिए कि ज़किया अहमद किधर बैठती है। पहले तो वह

1. वस्तु, 2. नहीं।

अदाइगियों के काउंटर पे हुआ करती थी, मगर अब जो मैं पिछले हफ़्ते चैक कैश कराने गया था तो वहाँ वह नज़र नहीं आई।'' रुककर, ''लंच टाइम ख़त्म हो रहा है। इस वक़्त वह मिल जाएगी।''

''नहीं, मुझे इतनी उज्लत नहीं है।'' इसके साथ ही उसने कॉफ़ी का ही आर्डर दे दिया। वह ऐसे जता रहा था जैसे वह इस वक़्त उधर जाने की कोई नीयत नहीं रखता। इत्मीनान से कॉफ़ी पीता रहा। देर बाद उठा। इत्मीनान से वहाँ से निकला। लेकिन बाहर निकलते ही उसकी रफ़्तार तेज़ हो गई। चला कमर्शियल बैंक की तरफ़। चल क्या रहा था, दौड़ रहा था। कितनी जल्दी-जल्दी क़दम उठ रहे थे, उसका बस चलता तो उड़कर वहाँ पहुँच जाता।

''देखिए यहाँ ज़किया अहमद किस तरफ़ बैठती हैं ?'' पहले ही काउंटर पर जो उसे नज़र आया, उस पर सवाल दाग़ दिया।

''ज़किया अहमद, वो तो अब यहाँ नहीं होतीं।''

''जी, वो यहीं होती हैं।''

काउंटर पे बैठे क्लर्क ने उड़ती-सी एक नज़र उस पर डाली। ''होती थीं। यहाँ से उनका ट्रांसफ़र हो गया।''

''ट्रांसफ़र ?'' उस पे ओस पड़ गई। ''अच्छा ?'' सोच में पड़ गया। मगर फिर फ़ौरन ही उसने हौसला पकड़ा। ''आप बता सकते हैं कि कहाँ ट्रांसफ़र हुआ है ?''

काउंटर क्लर्क ने, कि अपने काम में मसरूफ़ हो चुका था, बड़ी बेदिली से रजिस्टर से नज़रें उठाईं। क़रीब बैठे हुए क्लर्क से पूछा : ''यार, मिस अहमद कौन-सी ब्राँच में गई है ?''

''छोटी मार्किटवाली ब्राँच में।''

''शुक्रिया !'' बस वह फ़ौरन ही पलट लिया।

लम्बे-लम्बे डग भरता चला छोटी मार्किट की तरफ़। बाज़ार की वह भीड़, वह ट्रैफ़िक उसके लिए बेमानी बन गया था। चौराहे पर पहुँचकर उसने सब्ज़-सुर्ख़ बत्ती का लिहाज़ किए बग़ैर कितनी तेज़ी से सड़क को उबूर किया। कितनी तेज़ी से बैंक की इमारत में दाख़िल हुआ।

''देखिए, यहाँ ज़किया अहमद होती हैं ?''

''ज़क़िया अहमद ?'' काउंटर पे बैठा क्लर्क इस नाम से आशना[1] नज़र नहीं आता था। क़रीब वाले से पूछा : ''यार, ज़किया अहमद कौन है ?''

''मिस अहमद। हाँ वह नई-नई आई थी, मगर आते ही उसने छुट्टी की दरख़्वास्त दे दी।'' फिर उससे मुख़ातिब[2] होते हुए बोला : ''मिस्टर, वो तो लाँग लीव पर हैं।''

''लाँग लीव पर ?'' जैसे उसके क़दमों तले से ज़मीन निकल गई हो।

''यार चाय ख़त्म करो ना।'' कामरेड की आवाज़।

''हूँ।'' और एकदम से फिर मैं अपने सीग़ा में था। ''हाँ यार, मैं वाक़िई दूर चला

---

1. परिचित, 2. सम्बोधित।

गया था।" और मैंने सोचा कि वो दिन अब वाक़िई कितनी दूर चले गए हैं।

मैं अब उसे उस तरह याद क्यों नहीं करता। अब तो वह बस एक ख़ुशगवार लेकिन जामिद[1]-सी याद बनकर रह गई है। मैं अब उसे याद करके न बेताब होता हूँ, न अज़ीयत[2] महसूस करता हूँ। इस याद में बेतअल्लुक़ी का रंग कितना आ गया है। उन दिनों वह तसव्वुर में कितनी ज़िन्दा थी। हर दम एक ख़याल कि अब फ़ोन की घंटी बजी और अब उसकी आवाज़ आई। और मैं कितना बेक़रार फिरता था, हर दम एक दीवानगी तारी रहती। किसी के साथ वाबस्तगी[3] भी आदमी को क्या से क्या बना देती है। बस जैसे जून बदल गई हो। मगर शायद आदमी की अस्ली जून वही होती है, या शायद मेरी अस्ली जून वही थी। वह दीवानगी क्या गई कि मैं भी चला गया। अब मैं कहाँ हूँ ? अपने घर और घरवाली के साथ खाती-पीती ज़िन्दगी बसर करनेवाला एक दुनियादार आदमी; यह भला मैं हूँ। यह तो कोई और है। मैं तो वह था जो उस वक़्त था। अब मैं कोई और हूँ, जाली[4] मैं। "चल उठ, कामरेड।" मैं अपने जाली मैं से ख़ाइफ़[5] फ़ौरन ही उठ खड़ा हुआ।

"मुम्ताज़ यार, तुम तो बहुत बेमुरव्वत[6] निकले। कितने दिन तुम्हें आए हुए हो गए, आने के बाद अपनी रसीद[7] तो दी होती।"

"मत पूछो यार, आने के बाद मुझे क्या-क्या पापड़ बेलने पड़े हैं। अब कहीं जाकर थोड़ा इत्मीनान का साँस लिया है। कामरेड से कितनी मर्तबा कहा कि अख़लाक़ की तरफ़ चलना है मगर इसकी तो अपनी मौज होती है।"

"जाने भी दे यार, क्यों गप्प हाँक रहा है।"

"अच्छा ख़ैर और सुनाओ। मेरे होते हुए तुम मकान बनाने के चक्कर में फँसे हुए थे। अब क्या हाल-अहवाल है।"

"यार, हम तो मकान बना के मुश्किल में फँस गए।"

"क्यों, क्या हो गया ?"

"यार, हाउस बिल्डिंगवालों का क़र्ज़ा तो बड़ी जानलेवा चीज़ है। मैं महीने के महीने बाक़ाइदा क़िस्त अदा करता हूँ। इसके बावजूद नोटिस आ गया कि इतनी रक़म पन्द्रह दिन के अन्दर-अन्दर अदा कर दो वर्ना मकान नीलाम कर दिया जाएगा। मेरी बीवी के तो होश उड़ गए।"

फ़ारुक़ ने मुझे तअज्जुब से देखा। "हर महीने क़िस्त देते हो ?"

"हर महीने तैशुदा[8] तारीख़ पर, एक दिन इधर न एक दिन उधर।"

"सुन रहे हो मुम्ताज़।" उसने मुम्ताज़ को मुख़ातिब किया : "यह मेरा यार महीने के महीने बाक़ाइदगी से क़िस्त अदा करता है।"

---

1. जड़, ठोस, 2. कष्ट, 3. बन्धन, प्रेम, 4. नक़ली, 5. भयभीत, 6. जिसमें शील संकोच न हो, 7. पहुँच, 8. निश्चित।

“कोई तअज्जुब की बात नहीं है।” मुम्ताज़ बोला : “अख़लाक़ को तुम जानते नहीं हो। इससे तुम और क्या तवक़्क़ो कर सकते हो।”

“फिर उस्ताद, शिकायत किस बात की करते हो ? मुश्किल को तो तुमने ख़ुद दावत[1] दी है। हमने भी मकान बनाया है और तुमसे ज़्यादा लम्बा क़र्ज़ा लिया है। आज तक तो कोई क़िस्त अदा की नहीं है।”

“कोई नोटिस नहीं आया ?” मैंने तअज्जुब से फ़ारुक़ को देखा।

“नहीं।”

“इकट्ठा आएगा।”

“बेशक आ जाए।”

“बहुत सूद देना पड़ जाएगा।”

“पहले वो अस्ल[2] तो मुझसे वसूल कर लें।”

“क्या फ्रॉड किया है तुमने ?”

“बस तरीक़े होते हैं। आदमी अगर मकान बनाए तो उसे ये तरीक़े भी मालूम होने चाहिएँ। वर्ना मकान तो फिर आदमी को कहीं का नहीं रहने देता।”

“यार, फिर हमें भी ये तरीक़े बताए होते। यहाँ तो रोज़ यही रहता है; आज हाउस बिल्डिंगवालों की तरफ़ से नोटिस, परसों किसी निजी क़र्ज़ा देनेवाले का तक़ाज़ा।”

फ़ारूक़ इस पर बहुत हँसा। कहने लगा : “उस्ताद, हमारी शागिर्दी करो। फिर हम तुम्हें क़र्ज़ों से बचने के गुर बताएँगे।”

मैं परीशान होकर कभी फ़ारुक़ को देखता था, कभी मुम्ताज़ को। दोनों इस वक़्त मुझे कितने दाना-बीना[3] नज़र आ रहे थे और कामरेड; वह इस गुफ़्तगू से लातअल्लुक़[4] सिगरेट पीने में मगन था। आख़िर बोला : “यार बातें ही किए जाओगे। वह साली चाय-शाय कहाँ है।”

“कामरेड, थोड़ा सब्र, आर्डर दिया हुआ है।” मुम्ताज़ ने उसे दिलासा दिया।

“ख़ाली चाय का ऑर्डर ?”

“और क्या चाहता है यार ?”

“कामरेड, इतने बड़े होटल में लाके बिठा दिया और ख़ाली चाय पे टरख़ाओगे। वह साले तुम शयूख़[5] के बूट चाटके जो दौलत कमा के लाए हो, उसमें से कभी फ़क़ीरों पर भी ख़र्च किया करो।”

मैंने कामरेड को रश्क[6] से देखा। “यार कामरेड, तुम मज़े में हो। न ग़मे-दुनिया न ग़मे-काला,[7] न शादी की न मकान बनाया।”

“मकान !” कितनी तहक़ीर[8] थी कामरेड के लहजे में। “आदमी ने मकान बनाया और काम से गया।” और इसके साथ ही उसे अपनी पार्टी के कामरेड याद आ गए। “सालों ने प्लाट अलॉट कराए और मकान बना लिए। कोठियाँ, बँगले, मोटर-कार,

---

1. निमन्त्रण 2. मूलधन, 3. बुद्धिमान, 4. असंबद्ध, 5. शैख़ का बहु., 6. ईर्ष्या, 7. न संसार का दुख न गृहस्थी का, 8. घृणा।

बीवी। दल्ले के बच्चे चले थे इन्क़िलाब लाने के लिए...'' थोड़ा रुककर, ''वह साला अपना कामरेड ख़ुर्शीद, चुक्कड़ छोले और एक तन्दूरी रोटी, यह उसका नान-क़ोरमा हुआ करता था और कभी-कभी बस एक बन, एक चाय का कोप। मगर अब पोर्च में दो-दो कारें खड़ी रहती हैं, एक कार सिर्फ़ बच्चों को स्कूल से लाने-ले जाने के लिए है। साला इन्क़िलाबी बनता था।''

''कामरेड ज़हूर ?'' मैंने लुक़्मा दिया[1]।

''कामरेड ज़हूर,'' कितना मुँह बिगाड़कर कामरेड ने उसका नाम लिया। ''उसका सोशलिज़्म तो किताबों के नीचे दबकर रह गया। पता है, मेरे यार का क्या प्रोग्राम हुआ करता था। सुबह ही सुबह डंड पेले, उट्ठक-बैठक की। फिर लस्सी का यह लम्बा गिलास ग़टाग़ट चढ़ाया। फिर मार्क्स को लेके बैठ गया और इसके बाद वह साला फ्रांस का बुर्ज़ुआ शाइर बॉदेलेअर। डंड, लस्सी का गिलास, मार्क्स, बॉदेलेअर, भला पूछो इनका आपस में क्या जोड़ है। मैंने कहा कि कामरेड, इस वक़्त हमें किताबों की ज़रूरत नहीं है, इन्क़िलाबी ऐक्शन की ज़रूरत है। कहने लगा कि मैंने एक इन्क़िलाबी नज़्म लिखी है। मैंने कहा कि दुर फ़िट्टे मू, इस साली तुम्हारी शाइरी ने तुम्हें बेअमल[2] बना दिया है।''

मैंने कहा कि, ''कामरेड, कैसी बातें करते हो। उस ग़रीब ने कौन-सी ग़ज़ल कही थी, इन्क़िलाबी नज़्में ही तो लिखी थीं।''

''हूँ इन्क़िलाबी नज़्में। पानी में चार क़तरे दूध के डाल दिए जाएँ तो वह दूध बन जाएगा, रहेगा तो पानी ही। यह साली शाइरी, अदब, ये सब बुर्ज़ुआई चक्कर है। लफ़्ज़, लफ़्ज़, लफ़्ज़; कामरेड इन्क़िलाब में तो गोली काम दिखाती है, लफ़्ज़ों से तो फली भी नहीं फूटती। और हमारे ग्रेट कामरेड सैयद साहिब की सुनो।'' कामरेड को उसी रौ में कामरेड सैयद कल्बे हैदर का ख़याल आ गया। ''मशरिक़े-वस्ता[3] में बादशाहों के तख़्ते उलट रहे थे, अमरीकी साम्राज्य का जनाज़ा निकल रहा था। मैं गया सैयद साहिब के पास कि हमें क्या करना चाहिए। बताने लगे कि आजकल दाग़[4] पर काम कर रहा हूँ। मैंने हैरान होके कहा कि वह रंडियों के कोठों का शाइर ! इन्क़िलाब से उसका क्या तअल्लुक़ है। सैयद साहिब मुस्कराए। बोले, इस पर बात करेंगे। इस वक़्त तो हम मज्लिस[5] में जा रहे हैं। मज्लिस ! मैं हक्का-बक्का रह गया। बोले कि हाँ क़िब्ला-ओ काबा[6] नक़्क़न साहिब आए हुए हैं। मैंने दबे लफ़्ज़ों में कहा कि सैयद साब, यह मज़हब का जो भंभलभूसा है...बात काट के बोले, नहीं भाई, यह मज़हब नहीं कल्चर है। मैंने जलके कहा कि सैयद साब, यह तो लखनऊ का DECADENT कल्चर है। इसका धरती के VIRILE कल्चर से क्या तअल्लुक़ है ? सैयद साब झेंप गए। मुस्करा के बोले कि कामरेड आज तुम अंग्रेज़ी में बहुत रवाँ हो।''

''यार कामरेड, बस कर। तक़रीर बहुत लम्बी हो गई।'' आख़िर मुम्ताज़ ने बेज़ार होकर कहा।

---

1. बढ़ावा दिया, उत्तेजित किया, 2. निकम्मा, 3. मध्यपूर्व, 4. दाग़ देहलवी : कवि (1831-1905 ई.), 5. करबला के शहीदों की शोकसभा, 6. प्रतिष्ठित व्यक्तियों के लिए सम्बोधन के शब्द।

"इन्क़िलाब की राम कहानी बहुत हो गई। अब कोई बात होनी चाहिए।" फ़ारुक़ ने ताईदी[1] लहजे में कहा।

मगर कामरेड तो ख़ुद ही चुप हो गया था; एकदम से चुप और फिर जैसे गहरे ख़याल में डूब गया हो। फिर लम्बा ठंडा साँस भरा। "पार्टी में बस एक नग था, दादा मंसूर। क्या नर आदमी था। लेनिन भी उसका लोहा मानता था।"

"लेनिन ?" हम सब चौंके और महज़ूज़[2] हुए।

"हाँ लेनिन। दादा की लेनिन से मुलाक़ात हुई थी, फिर बाद में लेनिन ने दादा को ख़त भी लिखा था। इन सालों में से किसे लेनिन ने घास डाली थी। ये उसके सामने जाते तो इनकी तो घिग्घी बँध जाती और लेनिन भी इन्हें ठुड्डे मारके निकाल देता कि दफ़अ हो जाओ दल्लो के बच्चो, तुम लाओगे इन्क़िलाब ! यार, तुमने दादा को देखा था ?"

"मैंने देखा था।" मुम्ताज़ ने कहा, "ख़लख़ल[3] अचकन, बटन ऊपर से नीचे तक खुले हुए, मला-दला पाजामा, दाढ़ी बढ़ी हुई।"

"बिल्कुल ठीक।" कामरेड ने तस्दीक़[4] की। "बिल्कुल यही हुलिया था। वह तो फ़क़ीर आदमी था। इनमें से किसने ऐसी दरवेशाना[5] ज़िन्दगी गुज़ारी है ?"

"यार, वह ज़माना ही ऐसा था..." मुम्ताज़ कहने लगा : "लोगों में अभी दरवेशी बाक़ी थी। एक दफ़ा की सुनो, रात के कोई तीन बजे होंगे। मैं मैट्रो से कैबरे देखकर अपनी साइकिल पे घर जा रहा था। लोहारी दरवाज़े की तरफ़ से गुज़रा, यहाँ से वहाँ तक अँधेरा। फुटपाथ पे एक चायवाला बैठा था। उसके इर्द-गिर्द ताँगेवाले बैठे प्यालों में चाय पी रहे थे। क्या देखता हूँ कि बीच में नासिर काज़मी[6] बैठा है और रवाँ है।[7] मैं हैरान कि यार अभी तो यह बन्दा मैट्रो में ऐंजिला का कैबरे देख रहा था, अभी मुझसे पहले यहाँ पहुँच गया। क्या उड़कर आया है।"

"ऐंजिला। वाह सुब्हानल्लाह !" फ़ारुक़ बेसाख़्ता बोला, "बस उसके जाने के साथ यह शहर वीरान हो गया।"

कामरेड ने झुरझुरी ली। "कामरेड, औरत इस शहर में बस एक थी। तुम सालों ने दादा को नहीं देखा, उसे कहाँ देखा होगा।"

"कौन थी बे।" फ़ारुक़ ने पूछा।

कामरेड ने कानों के क़रीब मुँह करके उसका नाम लिया। फ़ारुक़ ने फ़ौरन तरदीद[8] की। "नहीं यार, आजकल तो मैं रोज़ उसे देखता हूँ।"

"अब उसे क्या देखना है, उन दिनों देखा होता। मैं यूँ तो अंजुमन[9] के जलसों[10] में जाता नहीं था। सालों को इन्क़िलाब के लिए जो वर्क करना चाहिए था, वह तो करते नहीं थे। अदब पर बे-फ़ुज़ुल[11] बहसें करते रहते थे। बस उसे देखने के लिए मैं उधर

---

1. समर्थन, 2. आनन्दित, 3. ढीली-ढाली, 4. पुष्टि, 5. संन्यासियों जैसी, 6. प्रसिद्ध आधुनिक कवि, 7. बातें कर रहा है, शे'र पढ़ रहा है, 8. खंडन, 9. एक साहित्यिक सभा 10. गोष्ठियों, 11. अशुद्ध शब्द है, फ़ुज़ूल : निरर्थक।

जा निकलता था।''

''यार, हममें से किसी ने क़ाइदे-आज़म[1] को भी देखा था ?'' मुम्ताज़ ने अचानक सवाल उठाया। ''अख़लाक़, तुमने तो देखा होगा ?''

''नहीं यार, मैंने तो होश सँभालने के साथ फ़ील्ड मार्शल अय्यूब ख़ाँ ही को देखा। फिर यहया ख़ाँ को देखा। फिर...''

''मगर दादा मंसूर को नहीं देखा ?'' कामरेड ने बात काटते हुए सवाल किया।

''नहीं।''

''कामरेड, तुमने दादा को देख लिया होता तो आज तुम इतने बे-फ़ुज़ूल क़िस्म के रजअतपसन्द[2] न होते।''

''यार, वह ज़माना अच्छा था।'' एक मर्तबा फिर उस ज़माने को मुम्ताज़ ने एक नॉस्टैल्जियाई कैफ़ियत के साथ याद किया।

''बस जब तक दादा ज़िन्दा रहे। उनकी आँख बन्द होते ही हमारा तो पुट्ठा बैठ गया। साला ज़माना ही बदल गया।''

''कामरेड, अब कौन-सा ज़माना जा रहा है।''

''यार यह पूछो कि कौन-सा ज़माना आनेवाला है ?''

''हाँ, बताओ।''

''भंभलभूसा।''

''और कामरेड तुम्हारा इन्क़िलाब ?''

''इन्क़िलाब कौन लाएगा ?'' फ़ारुक ने तंज़िया कहा : ''साले तुम्हारे कामरेडों ने तो सोशलिज़्म को बेच खाया।''

''कामरेड तुम मत बोलो।''

''क्यों न बोलूँ।'' फ़ारुक़ ने थोड़ी बर्हमी[3] से कहा।

'इसलिए कि तुम इस्लाम को बेच रहे हो।''

फ़ारुक़ फ़ौरन ही गर्म हो गया।

''कामरेड, इसमें गर्म होने की क्या बात है।'' कामरेड ने फ़ौरन ही टुकड़ा लगाया। ''यह तो अपना-अपना कारोबार है।''

दोनों में गर्मी-सर्दी[4] होने लगी थी। मैंने और मुम्ताज़ ने तत्तोथंबो की, तब कहीं जाकर दोनों चुप हुए वर्ना उस शाम का मज़ा बिल्कुल ही किरकिरा हो जाता। मज़ा किरकिरा यूँ भी हुआ; इसके बाद फ़ारुक़ जितनी देर बैठा, उखड़ा-उखड़ा रहा। जो बात की, तल्ख़ी[5] के लहजे में की। आख़िर उठ खड़ा हुआ।

''क्यों, जा रहे हो ?''

''हाँ यार, इस वक़्त मैं मूड में नहीं हूँ।''

मैंने बहुत एहतिजाज[6] किया। ''यार इतने दिनों बाद तो हम इकट्ठे हुए हैं। इतनी जल्दी उखड़ने की नहीं ठहरी थी। मैं तो एक भरपूर रतजगे की नीयत[7] से आया था।''

1. मुहम्मद अली जिनाह, 2. प्रतिक्रियावादी, 3. क्रोध, 4. मौखिक युद्ध, 5. कटुता, 6. विरोध, 7. विचार।

"तुम रतजगा करो। कौन रोक रहा है। मगर मेरी तबीअत रतजगे के लिए हाज़िर नहीं है।"

इसके बाद हम तीनों ने इस बात को यकसर नज़रअन्दाज़ करके इधर-उधर की बहुत-सी बातें कीं।

कामरेड चाय की फ़र्माइश से शुरू हुआ था। धीरे-धीरे करके वह मुमताज़ को डिनर तक ले आया। "कामरेड, अब तो खाने का वक़्त हो रहा है, कुछ खाया-पिया जाए।"

"खा ले यार जो खाना हो।"

"यूँ नहीं, पूरा डिनर होगा।"

मुम्ताज़ ने कामरेड की यह तज्वीज़ भी मान ली। मगर फिर भी सभा जिस तरह जमनी चाहिए थी, जम नहीं सकी। गए दिन वापस नहीं आया करते और जो सभा एक मर्तबा उखड़ जाए, वह दोबारा नहीं जमा करती। हम खाना खाने के बाद होटल से निकल लिए कि बाहर की ताज़ा हवा और रात की ठंडक के असर से तबीअत रवाँ होगी। यह हमारा आज़मूदा[1] नुस्ख़ा[2] था। उन दिनों यही होता था। कॉफ़ी और चाय पी-पीकर जब हम हाल से बेहाल हो जाते और उधर कॉफ़ी हाउस भी बंद होने लगता तो हम निकल खड़े होते। बे-तै किए[3] कि किधर जाना है और कहाँ जाकर डेरा करना है; अपनी लहर में कभी इस राह कभी उस राह, कभी लम्बे फुटपाथ पर अहले-गहले, कभी बीच सड़क पर ख़िरामाँ-ख़िरामाँ[4]। रात बीतने के साथ ट्रैफ़िक यूँ ही छिदरा होता चला जाता, रफ़्ता-रफ़्ता[5] न होने के बराबर रह जाता। दुकानें यहाँ से वहाँ तक बन्द। मुनव्वर[6] खंभों तले जगमग-जगमग करती ख़ाली ख़ामोश सड़क। फुटपाथ पर कुछ अँधेरा, कुछ उजाला। ज़रा मोड़ मुड़े तो मुनव्वर खंभे ग़ाइब, जैसे शहरे-बेचराग़'[7] में चल रहे हैं। किसी मुक़फ़्फ़ल[8] दुकान के आगे सड़क के किनारे कोई पान-सिगरेटवाला अपनी टिमटिमाती, धुएँ से रची लालटेन की रौशनी में ऊँघता-जागता किसी शब-बेदार[9] गाहक का मुंतज़िर।[10] आगे थोड़ा अँधेरा, फिर मोड़ आते ही रौशनी का एक जज़ीरा[11] कि बाज़ार यहाँ जागता है, गोया दिन निकला हुआ है। कोई पान-सिगरेट-कोका कोला की रंग-बिरंगी दुकान, कोई तिक्के कबाब का होटल, कोई चायख़ाना धुएँ से और चाय के धत्तियों से भरा हुआ, फ़िल्मी रेकार्डों के शोर से गूँजता हुआ, आगे चार क़दम चलकर फिर अँधेरे का दौर-दौरा[12] ख़ामोशी का डेरा। ख़ालिस रात का ज़हूर।[13]

"यार मैं चला।"

"यह क्या बात हुई।" मैंने मुम्ताज़ को तअज्जुब से देखा।

मुम्ताज़ ने कलाई पर लगी घड़ी को देखा। बोला : "यार, बात यह है कि इस वक़्त एक ओवरसीज़ कॉल आनी है। मुझे जल्दी घर पहुँचना चाहिए।"

"साले तुम तो पक्के बिज़नेसमैन हो गए।"

---

1. परखा हुआ, 2. ढंग, 3. निश्चित किए बिना, 4. धीरे-धीरे टहलते हुए, 5. धीरे-धीरे, 6. प्रकाशित, 7. अँधेरा नगर, 8. ताला लगी हुई, 9. रात भर जागनेवाला, 10. प्रतीक्षक, 11. द्वीप, 12. बोलबाला, 13. प्रकट होना।

"भाई ज़िन्दगी में सब कुछ करना पड़ता है।"

और मज़ीद[1] बहस में उलझे बग़ैर मुम्ताज़ तेज़ी से होटल की तरफ़ चला। कार में बैठा और तेज़ी से हमारे क़रीब से मोटर निकालकर ले गया। हमारा आज़मूदा नुस्ख़ा अपनी तासीर[2] खो बेठा था। मालूम हुआ कि रात का जादू उन रातों तक था। दिनों की तरह रातों की रंगत भी तो अब बदल चुकी थी। अभी तक ट्रैफ़िक की उतनी ही रेलपेल थी; उतना ही बेहंगम[3] शोर रिक्शाओं का, स्कूटरों का, भारी-भरकम ट्रकों का। इस शोर ने कोक भी इत्मीनान से नहीं पीने दिया, उस पर दुकान में डिस्को कैसेट का शोर मुस्तज़ाद।[4]

"हाँ यार, अब चलना ही चाहिए।" फिर मुँह ही मुँह में बुड़बुड़ाया। "फ्रॉडिया। समझता है कि किसी को कुछ पता ही नहीं है।"

"किसे कह रहे हो ?"

"फ़ारुक़ को और किसे।" और फिर मुँह ही मुँह में कुछ बुड़बुड़ाने लगा।

"शुक्र है, तुम्हें घर वापस आना याद तो आया।"

"ज़ुबैदा, ऐसी ज़्यादा रात तो नहीं हुई। मगर इतने दिनों बाद चार दोस्त इकट्ठे हुए थे, बहुत जल्दी भी वापस नहीं आया जा सकता था।"

'हाँ तुम तो वहाँ दोस्तों के साथ बेफ़िक्र बैठे होगे। यहाँ मेरे दिल में हौलें उठ रही थीं।"

"हौलें उठ रही थीं ?—वह क्यों ? शहर के हालात अभी इतने तो ख़राब नहीं हुए हैं।"

बू जान कि नमाज़ की चौकी पर बैठी तस्बीह फेर रही थीं, तस्बीह और दुआ से इक उज्लत के साथ फ़ारिग़ होकर आईं और जल्दी से ज़ुबैदा को टोका, "बस भी करो दुल्हन, फिर वही ज़िक्र ले बैठीं।" फिर मुझसे मुख़ातिब हुईं : "अल्लाह बुरी घड़ी से बचाए रखे और दुल्हन से तो मैंने कितनी मर्तबा कहा कि दुल्हन, जब दोनों वक़्त मिल रहे हों तो अँगनाई में खुले सिर मत फिरा करो और आज तो वैसे भी जुमेरात[5] थी। भला पिछवाड़ेवाली दीवार की तरफ़ जाने और उस तरफ़ झाँकने की क्या ज़रूरत थी।"

"क्यों, क्या बात हुई ?" मैंने चकराकर बू जान को और फिर ज़ुबैदा को देखा।

"कुछ नहीं हुआ। मैं तो कहती हूँ कि यह सब दुल्हन का वहम है।"

"बू जान, आप उसे वहम कह रही हैं। मैंने अपनी इन आँखों से देखा है।"

मैं हैरान। "क्या देखा है आँखों से ?"

बेगम कुछ कहने लगी थी कि बू जान ने बीच में बात काटी। "ऐ दफ़अ करो दुल्हन। रात ज़्यादा हो रही है। जाओ आराम करो। जो बात करनी है सुबह को करना।"

---

1. अधिक, 2. प्रभाव, 3. भद्दा, 4. अतिरिक्त, 5. गुरुवार।

बू जान ने हमें हमारे कमरे में धकेला। ख़ुद जानमाज़ की चौकी पर जाकर जानमाज़ लपेटने लगीं।

बिस्तर में आराम से लेटने के बाद मेरे पूछने पर ज़ुबैदा ने रुकते-रुकते डरी-सी आवाज़ में अपनी वारिदात[1] सुनाई। "मैंने पिछवाड़े वाली दीवार के उधर जो झाँका तो नज़र वहाँ जा पड़ी जहाँ फाँसियाँ पड़ी थीं। क्या देखती हूँ कि बराबर-बराबर तीन आदमी खड़े हैं; ये लम्बे, बाँस के बाँस, सफ़ेद कफ़नियाँ पहने हुए और जैसे उन्होंने ताड़ लिया हो कि मैं उनकी तरफ़ देख रही हूँ। मेरा दम ही तो निकल गया। भागी चीख़ मारके। बू जान घबराके बाहर निकल आईं, क्या हुआ दुल्हन ? मेरी तो घिग्घी बँध गई। बू जान ने क़ुर्आन की हवा दी, आयतलकुर्सी[2] पढ़के दम किया,[3] तब कहीं मुझे होश आया। नहीं तो मैं गई थी।"

इसके बाद ज़ुबैदा चुप, जैसे सक्ता[4] हो गया हो।

एक वक़्फ़ा के बाद मैंने पूछा : "बस ?"

"हाँ बस।"

"मगर एक बात तो बू जान ने सहीह कही। आख़िर अब उधर जा-जाकर झाँकने की क्या ज़रूरत है। अब वहाँ कौन-सा तमाशा हो रहा है।"

"मैं कहाँ उधर जा-जाके झाँकती हूँ। मुझे तो उधर जाने का कभी ख़याल भी नहीं आता। मगर पता नहीं आज शाम को मुझे क्या हुआ, बस लगा जैसे कोई मुझे खेंचकर उधर लिए जा रहा है।"

उसी घड़ी बाहर से ताली की आवाज़ आई। मैंने खिड़की से बाहर नज़र डाली। बू जान बीच सहन में खड़ी कुछ पढ़ने-फूँकने के साथ ताली बजा रही थीं। बारी-बारी से चारों सम्तों में मुँह करके पहले कुछ पढ़ा, फिर फूँक मारी, फिर ताली बजाई। पिछवाड़ेवाली दीवार की तरफ़ रुख़ करके ज़्यादा ज़ोर से फूँका, ज्यादा ज़ोर से ज़्यादा देर तक ताली बजाई।

"जागते रहो"—दूर से आती जेल के पहरेदार की आवाज़ से मुझे अहसास हुआ कि रात बहुत गुज़र गई है। ज़ुबैदा बेख़बर सो रही थी, हल्के-हल्के ख़र्राटों के साथ। यूँ ही मुझे ख़याल आया कि वहम ज़ुबैदा को हुआ था और जाग मैं रहा हूँ। उसी आन बराबर कमरे से बू जान की परीशान आवाज़ सुनाई दी। "अरे-अरे यह क्या कर रहे हो ?"

मैं लपककर उनके कमरे में गया। देखा कि सोते से उठकर बैठी हुई हैं।

"बू जान, क्या बात है ?" मैंने क़रीब पहुँचते हुए कहा।

बू जान ने फटी-फटी नज़रों से मुझे देखा। एकदम से चुप हो गईं। मुझे देखती रहीं। फिर लेट गईं। "कुछ नहीं।"

"बू जान !"

1. घटना, 2. क़ुर्आन का एक अध्याय, 3. फूँका, 4. मूर्च्छित।

"नहीं, कुछ नहीं।" और फ़ौरन ही सो गईं। फ़ौरन ही ख़र्राटे भी लेने लगीं।

वापस अपने कमरे में आया। रौशनी बुझाते-बुझाते ज़ुबैदा पर एक नज़र डाली। उसी तरह बेख़बर सो रही थी। लेट गया। करवटें बदलने लगा। यूँ ही ख़याल आया कि इस वक़्त क्या बजा होगा, कितनी रात गुज़र गई, कितनी रात बाक़ी है। मगर पता कैसे चलता। उस वक़्त क़रीब में घड़ी भी नहीं थी। दूर की आवाज़ों पर कान लगाए कि उनसे रात के औक़ात का शायद कुछ अन्दाज़ा हो जाए। मगर उस वक़्त कोई आवाज़ ही नहीं थी, पहरेदार की आवाज़ भी नहीं, बस एक सन्नाटा। मगर फिर यूँ लगा कि जैसे दूर बहुत दूर बहुत-से लोग ग़ुल मचा रहे हों। जैसे शहर की सारी ख़ल्क़त घरों से निकलकर बाहर गलियों-बाज़ारों में उमड़ रही हो। क्या वाक़िई शहर में कोई बलवा हो गया है, क्या वाक़िई ? मगर जब दोबारा कान दूर की आवाज़ों पर लगाए तो कोई आवाज़ नहीं थी। फिर एक सन्नाटा और बस। मैं दम साधे पड़ा रहा। पड़ा रहा इसी तौर पर दम साधे। कितनी देर बाद अचानक कहीं दूर से मुर्ग़े की बाँग सुनाई दी। बाँग सुनकर किसी तरह जान में जान आई। एक इत्मीनान-सा हुआ कि अब तो सुबह हो रही है। फिर हैरान हुआ कि अच्छा सुबह होने लगी है जैसे यह ख़िलाफ़े-तवक़्क़ो वाक़िआ हुआ और इसके साथ ही कहीं क़रीब की सड़क पर ताँगा के चलने की आवाज़ सुनाई दी और इस आवाज़ में मिली-जुली किसी मोटर के हॉर्न की आवाज़। कहीं बहुत दूर से रिक्शा के तेज़ दौड़ने की आवाज़। फिर तो आवाज़ों का एक रेला-सा आ गया। मोटरों के हॉर्न, तेज़ दौड़ती रिक्शाओं का शोर, ताँगों, रेढ़ों के पहियों की गड़गड़ाहट। वाक़िई यह तो सुबह हो रही थी और अचानक चिड़ियों का एक मीठा-मीठा शोर उठा। शायद हमारे घर के आसपास के दरख़्तों में बसेरा करनेवाली सब चिड़ियाँ एकदम से जाग उठी थीं।

उठकर बिस्तर में बैठ गया। कमरे में बाहर से बहुत हलका-हलका उजाला छनकर आ रहा था। ज़ुबैदा पर एक नज़र डाली कि उसी शान से बेख़बर सो रही थी, उसी तरह हलके-हलके ख़र्राटे। फिर मुझे ख़याल आया कि अजब बात है; वहम ज़ुबैदा को हुआ था, रात आँखों में मेरी कट गई। जमाही ली और लेट गया। मेरी आँखों में नींद फूलने लगी थी।

9

जब मैंने ड्योढ़ी से क़दम निकाला तो शहर बदल चुका था। मैंने देखा और हैरान हुआ कि दहशत[1] ने डेरा तो मेरे घर में किया था, यह शहर को क्या हो गया ! शहर कभी-कभी आनन-फ़ानन[2] भी बदलते हैं, इस रंग से कि कहने को कुछ भी नहीं बदलता मगर सब कुछ बदल जाता है। और मैं एक ही वक़्त में दो दफ़ा हैरान हुआ। मैंने ड्योढ़ी से धड़कते दिल के साथ क़दम बाहर रखा। दिल को एक धड़का लगा हुआ था कि जाने बाहर क्या नक़्शा हो। शायद सब कुछ तलपट हो चुका हो। मैंने इर्द-गिर्द नज़र डाली और हैरान हुआ कि सब कुछ उसी तरह था। ज़िन्दगी का कारोबार मामूल के मुताबिक़[3] जारी था। मायूसी हुई कि यक-क़लम[4] सारे ही अन्देशे[5] बातिल[6] हो गए। इत्मीनान हुआ कि सो भी अच्छा हुआ कि कुछ नहीं हुआ। रफ़्ता-रफ़्ता मैंने देखा और हैरान हुआ कि यह तो सब कुछ बदल गया है। और मैं हैरान हुआ कि अच्छा, शहर यूँ भी बदला करते हैं कि आन की आन में सबकुछ बदल जाए और यूँ कुछ भी न बदले। मैंने एक बार फिर इर्द-गिर्द नज़र डाली हैरत से और दहशत से। यह तो वह शहर ही नहीं है जो हुआ करता था।

ज़िन्दगी का कारोबार मामूल के मुताबिक़ चल रहा था। बसें, मिनी बसें, मोटर, स्कूटर, रिक्शा, ताँगे, रेढ़े, सब सवारियाँ अपनी-अपनी चाल चल रही थीं। सवार अपनी राह, प्यादे[7] अपनी राह। फिर भी मुझे एक शक हुआ कि कहीं चाल में कुछ फ़र्क़ आ गया है, या शायद फ़ज़ा[8] में कुछ है। शायद एक तनाव। कितने चेहरे साफ़-साफ़ तने हुए नज़र आ रहे थे। मैं डर गया। दिल में कहा कि शहर गुस्से में है, पता नहीं कब उबल पड़े। डरे हुए दिल के साथ मैंने एक-एक चेहरे को ग़ौर से देखा और आसपास चलनेवालों की चाल को। मैं रंजीदा हुआ। दिल में कहा कि शहर कर्ब[9] में है। मगर घड़ी न गुज़री थी कि मैंने चेहरों पर ख़ौफ़ की एक लकीर देखी। मैं अफ़्सुर्दा हो गया। दिल में कहा कि शहर अस्ल में दहल गया है। अपने-आपको ज़ाहिर नहीं कर रहा है, अन्दर से हिल गया है।

एक ज़मीमा[10] वाला साइकिल तेज़ी से दौड़ाता हुआ आया सदा लगाता हुआ, मुझसे चार क़दम आगे जाकर रुक गया। कितने लोग तेज़ी से उसकी तरफ़ लपके। इस ज़मीमे ने तो शहर की काया पलट दी थी और सुबह सवेरे निकलनेवाले सब अख़बारों को दम

---

1. भय, 2. ज़रा-सी देर में, 3. नित्य नियमानुसार, 4. सिरे से, 5. शंकाएँ, 6. झूठ, 7. पैदल चलनेवाले, 8. वातावरण, 9. यातना, 10. परिशिष्ट।

के दम में बेमानी[1] बना दिया था। मैंने भी बढ़कर एक ज़मीमा ख़रीद लिया। यह ज़मीमा मैं सुबह पढ़ चुका था मगर उस वक़्त रवारवी[2] में पढ़ा था। रात भर का जागा हुआ था। सुबह को ज़रा आँख लगी थी। ज़ुबैदा ने आकर झँझोड़ा :

"अख़लाक़ उठो। देखो तो सही, यह ज़मीमावाला क्या चिल्ला रहा है ?" और मेरे उठने का इंतिज़ार किए बग़ैर ड्योढ़ी की तरफ़ लपकी। मैं उठकर बैठ गया। आँखों में अभी तक नींद भरी थी। ज़ुबैदा एक वरक़[3] लेकर आई। सख़्त बौखलाई हुई थी।

"देखो तो सही, यह क्या लिखा है ?"

मैंने ज़ुबैदा से ज़मीमा लेकर पढ़ा। आँखों से सारी नींद एकदम ग़ाइब हो गई। ज़ुबैदा इस तवक़्क़ो में मेरे बिलकुल पास आन बैठी थी कि मैं कुछ कहूँगा, तब्सिरा करूँगा। मैं ख़ामोशी से उठकर बाथरूम चला गया। कुल्ली की, दाँत माँझे, ग़रारे किए, नहाया-धोया। बाथरूम में आज कुछ ज़्यादा ही वक़्त सर्फ़ हुआ[4]। नहा-धोकर निकला तो नाश्ते की मेज़ पर जा बैठा। नाश्ता करता रहा। ज़ुबैदा मेरे सामने बैठी थी। उस वक़्त कितना बोल रही थी। मुझे चुप देखकर उसे भी चुप लग गई। हाँ जब मैं चलने लगा तो आहिस्ता से एक हिदायत की :

"दफ़्तर में किसी से कोई बात करने की ज़रूरत नहीं है और दफ़्तर से सीधे घर आना।"

बू जान जो देर से तस्बीह पढ़ने में मसरूफ़ थीं, उठकर क़रीब आईं। सिर पर हाथ रखकर कुछ पढ़ा, फूँका : "जाओ, अल्लाह की अमान[5] में दिया। घर जल्दी आना। और दुल्हन ठीक कह रही है। किसी से कोई बात करने की ज़रूरत नहीं है।"

मैं ख़ुद ही किसी से बात करने की ज़रूरत महसूस नहीं कर रहा था। घर में किसी से कोई बात नहीं की तो बाहर आकर क्या करता। और दफ़्तर में तो फ़ज़ा ऐसी थी कि मुझे और चुप लग गई। दफ़्तर में उस दिन दफ़्तरवाली फ़ज़ा ही नहीं थी। किसी मेज़ पर फ़ाइल खुला हुआ नहीं था। ऐसा भी नहीं था कि चाय चल रही हो और गपशप हो रही हो। जो भी था, उखड़ा-उखड़ा-सा बैठा था। किसी ने मुँह से सिगरेट लगाई हुई है और बस मुँह से धुआँ उड़ाए जा रहा है, कोई बड़े इन्हिमाक[6] से ज़मीमा पर नज़रें गाड़े हुए, कोई-कोई क़रीब की सीटवाले के साथ सरगोशी में बातें करता हुआ। एक मेज़ के क़रीब इंबिसात[7] की एक लहर फूटी। किसी ने बुलन्द आवाज़ में कहा :

"ख़स कम जहाँ पाक।"[8]

कितनी ग़ुस्सैली नज़रें उस तरफ़ उठ गईं। वक़्फ़ा।[9] कोई ग़ुस्सैली आवाज़ में दाँत किचकिचाते हुए बुड़बुड़ाया : "हरामज़ादे।" ख़ामोशी। फ़ज़ा में अचानक एक तनाव आ गया था।

मैं सोच रहा था कि थोड़ा दफ़्तरी काम निबटा दिया जाए मगर उस कशीदा फ़ज़ा[10] से मैं उखड़ गया। बस फ़ौरन ही उठ खड़ा हुआ।

---

1. निरर्थक, 2. जल्दी, 3. पन्ना, 4. ख़र्च हुआ, 5. सुरक्षा, 6. तन्मयता, 7. ख़ुशी, 8. संसार से कूड़ा उठा तो और सफ़ाई हो गई, 9. अन्तराल, 10. तनावपूर्ण वातावरण।

"रहमत, अगर बॉस की तरफ़ से बुलावा आ जाए तो कह देना कि उनकी तबीअत ख़राब हो गई। घर चले गए हैं।"

"अच्छा साब।" फिर क़रीब आकर आहिस्ता से, "बहुत बुरा हुआ साब।"

"हाँ।" मैंने बेतअल्लुक़ी से कहा और दफ़्तर से निकल लिया।

दफ़्तर से निकल तो आया लेकिन समझ में नहीं आ रहा था कि कहाँ जाना चाहिए। क़दम घर की तरफ़ उठने के लिए बिल्कुल तैयार नहीं थे। बस यूँ ही चलने लगा। उस वक़्त सड़कों का अजब नक़्शा था। लोग ग़ाइब, परछाइयाँ चल रही थीं। बराबर से कई रिक्शाएँ गुज़रीं, ख़ाली, अपनी बर्क़रफ़्तारी[1] से महरूम[2]। देर बाद एक बस गुज़री मगर अपनी बराए-नाम सवारियों के साथ कितनी हलकी-हलकी नज़र आ रही थी। मैं कहाँ जा रहा हूँ ? मैंने चलते-चलते सोचा और फिर मुम्ताज़ के दफ़्तर की तरफ़ हो लिया।

"आओ।" मुम्ताज़ ने कितने बुझे लहजे में मेरा ख़ैरमक़्दम[3] किया। सिगरेट की डिबिया मेरी तरफ़ ख़ामोशी से बढ़ा दी। उसी ख़ामोशी से मैंने सिगरेट सुलगाई और लबे-लम्बे कश लिए।

"बाहर क्या हाल है ?" देर बाद उसने बज़ाहिर[4] एक सादगी से पूछा।

"हाल।" मैं गड़बड़ा गया। "यार, कुछ समझ में नहीं आया। पिछले दिनों कितना शोर रहा है कि पता नहीं क्या हो जाएगा और आज इतनी ख़ामोशी।"

"वह शोर झूठा था, यह ख़ामोशी सच है।"

"लोगों का इस तरह चुप हो जाना..."

और मैंने देखा कि मुम्ताज़ मेरी तरफ़ पूरी तरह मुतवज्जेह[5] है जैसे वह मुझसे कुछ सुनना चाहता है लेकिन मेरे लिए तो यह एक फ़िक़रा पूरा करना ही दूभर हो गया था।

"यार, रात अपनी सुहबत[6] अच्छी रही। कितने दिनों बाद हम इकट्ठे हुए।"

मैंने इत्मीनान का साँस लिया कि दूसरा ज़िक्र निकला।

"मगर यार तुम लोग जल्दी उखड़ गए। मैं तो रतजगे की सोचकर आया था।"

"रतजगा !" मुम्ताज़ थोड़ा अफ़्सुर्दा हो गया। "हाँ यार अपने वो रतजगे तो ख़्वाबो-ख़याल हो गए।" मगर ख़ैर इकट्ठे होने की एक तक़रीब[8] तो पैदा हुई। बहुत लुत्फ़[9] आया।"

"हाँ, लुत्फ़ तो आया। बल्कि कल बहुत दिनों के बाद मुझे रात ख़ूबसूरत नज़र आई और शहर भी। तुम्हारे चले जाने के बाद भी मैं और कामरेड कुछ देर तक आवारा फिरते रहे। भीगती रात के अँधेरे-उजाले में शहर अच्छा लग रहा था। अगरचे अब इस शहर में अँधेरा कितना रह गया है। इन साली रौशनियों ने रात से इसका जादू छीन लिया है, फिर भी...ख़ैर...मगर यार, जब सुबह मैं घर से निकला तो शहर बदल चुका था।"

---

1. बिजली की भाँति गति, 2. रहित, 3. स्वागत, 4. देखने में, 5. ध्यान देनेवाला, 6. संगत, 7. सपने बन गए, 8. अवसर, कारण, 9. आनन्द।

"हूँ..." मुम्ताज़ सोच में ण्ड़ गया। "शहर का इस तरह अचानक बदल जाना..."

मैं इंतिज़ार करता रहा कि मुम्ताज़ आगे कुछ कहेगा। मगर वह चुप हो गया।

"हाँ, इस तरह शहर का अचानक बदल जाना..."

फिर मैं भी चुप हो गया। गुफ़्तगू के मोड़ पर आकर हम दोनों फिर उलझ गए थे।

एकदम से कामरेड दाख़िल हुआ। गले से थैला उतारकर मेज़ पर पटख़ते हुए बोला : "यार, चाय पिलवाओ।"

ज़हूर भी कि थोड़ा पीछे रह गया था, मुँह से लगे अपने पाइप के साथ दाख़िल हुआ।

"ज़हूर तुम...तुम कहाँ ?"

"यहीं। जहाँ तुम देख रहे हो।" ज़हूर ने अपनी उसी पुरानी इंटेलेक्चुअल संजीदगी[1] के साथ जवाब दिया।

मुम्ताज़ ने बेल देकर चपरासी को बुलाया : "सादिक़, चाय लाओ। और सुनाओ, बाहर क्या हाल है ?" यह कहते-कहते उसने सिगरेट की डिबिया और माचिस कामरेड की तरफ़ खिसका दी।

"मत पूछो..." कामरेड ने सिगरेट सुलगाते हुए गुस्सैले लहजे में कहा, "लोग ग़ुस्से में हैं।"

"गुस्से में ?" मैंने हैरत से कामरेड को देखा। "मुझे तो लगता है, लोग सहम गए हैं।

कामरेड ने गुस्से से मुझे देखा। "तुम साले सदा के बुर्जुआ, ड्राइंगरूमों में बैठकर इंटेलेक्चुअल गुफ़्तगू करनेवाले, तुम लोगों को कितना समझते हो ?"

"मैं समझता हूँ कि..." ज़हूर ने ज़बान खोलने के साथ ही पाइप को कुरेदकर सुलगाने का अमल शुरू कर दिया। और मैं और मुम्ताज़ दोनों कामरेड को नज़रअन्दाज़ करके उसकी तरफ़ मुतवज्जेह हो गए। पाइप का एक घूँट लेने के बाद गम्भीर लह्जे में बोला : "आज की कैफ़ियत[2] देखकर अख़लाक़ को जो मुग़ालता[3] हुआ है, वह कल तक दूर हो जाएगा।"

"कल तक ?" मुम्ताज़ ने तअज्जुब से ज़हूर को देखा।

"हाँ, कल तक।" और एक पैग़म्बराना[4] शान के साथ एलान किया : "यह तारीख़ी[5] वक़्त है। हम इन्क़िलाब की दहलीज़ पर खड़े हैं।"

इतने में फ़ारुक़ आन टपका। रवायती अलैक-सलैक[6]। और फ़ौरन ही शुरू हो गया : "यार, इमरान ख़ान ने तो कमाल कर दिया।"

कितनी देर तक बोले चला गया और मैच पर, जो इन दिनों जारी था, भरपूर तब्सिरा कर डाला। पाकिस्तानी टीम की कारकर्दगी[7] पर वह कितना मसरूर[8] था।

"कामरेड, तुम कुछ नहीं बोल रहे।" मुमताज़ ने कामरेड को थोड़ा छेड़ा।

---

1. गम्भीरता, 2. दशा, 3. भ्रम, 4. पैग़म्बरों (अवतारों) जैसी, 5. ऐतिहासिक, 6. परम्परागत नमस्कार, 7. कार्यक्षमता, 8. प्रसन्न।

"आज फ़ारुक़ का दिन है।" कामरेड के लहजे में कितना ग़ुस्सा था।

फ़ारुक़ ने एक क़हक़हा लगाया : "कामरेड क्या बोलेगा। यह इसका मैदान नहीं है।" और वह फिर क्रिकेट पर रवाँ हो गया।

"चलो कामरेड चलें।" कामरेड ने ज़हूर को टहोका दिया और खड़ा हो गया। उन दोनों को जाते देखकर मैं भी उठ खड़ा हुआ।

"तुम जा रहे हो ?"

"हाँ यार।" फ़ारुक़ की बेतकान[1] तक़रीर से बोर तो मैं भी हो गया था।

बाहर निकलकर कामरेड उबल पड़ा : "हराम का पैसा आ गया है। दोनों सालों की आँखों पर चर्बी चढ़ गई है। ज़मीर[2] बेच खाया है।" फिर मुझसे मुख़ातिब हुआ : "कामरेड, तुम यहाँ क्या लेने आए थे ?"

"तुम भी तो आए थे। तुम क्या लेने आए थे ?"

"मैं तो उल्लू का पट्ठा हूँ।" कामरेड ने ग़ुस्से से कहा।

"यह तो कोई इन्किशाफ़[3] नहीं है।"

कामरेड मेरे इस फ़िक़रे को पी गया। फिर उसने दूसरी ही बात की : "कोई बात नहीं, इन सब सालों से हिसाब लिया जाएगा। किसी साले की गर्दन पर सर सलामत नहीं रहेगा। मुस्तक़बिल[4] हमारा है।"

"यानी मुस्तक़बिल के ज़ालिम तुम हो।"

कामरेड ने मुझे लाल-पीली नज़रों से देखा। "कामरेड, कभी-कभी मुझे तुम पे शुब्ह[5] होता है कि साले तुम भी कहीं बिक तो नहीं गए हो ?"

"यार कामरेड, तुम्हें तो अपने सिवा हर आदमी बिका हुआ नज़र आता है।"

"हाँ, मैं सिर्फ़ अपने बारे में जानता हूँ। बाक़ी किसी के बारे में इत्मीनान से कुछ नहीं कहा जा सकता। यह वह वक़्त है कि आदमी अपने सिवा किसी पर भरोसा नहीं कर सकता।"

"अपने सिवा !" और अब मैं भी किसी क़दर संजीदगी से कामरेड से मुख़ातिब हुआ : "अपनी ज़ात के बारे में इतने वुसूक़[6] से सिर्फ़ तुम कामरेड लोग ही बात कर सकते हो।"

"इसलिए कि..." ज़हूर बोला, "हम तुम लोगों की तरह मरीज़ाना दाख़िलीयत की उलझनों में गिरिफ़्तार नहीं हैं।"

"बिल्कुल ठीक।" कामरेड ने पुरज़ोर लहजे में ताईद की। आज उन दोनों में कितना इत्तिहाद[7] नज़र आ रहा था। कामरेड ने ज़हूर के ख़िलाफ़ अपने सारे शकूक[8] को दफ़अतन मुअत्तल[9] कर दिया था।

ज़हूर ने मेरी बात का जवाब देते-देते कामरेड की तरफ़ रुख़ किया। "मगर कामरेड, यह मत भूलो कि ऐसे हालात में आदमी को कभी-कभी ख़ुद पता नहीं चलता

1. लगातार, 2. अन्तरात्मा, 3. प्रकटन, 4. भविष्य, 5. सन्देह, 6. विश्वास, 7. एकता, 8. शक का बहु., शंकाएँ, 9. स्थगित।

कि वह बिक चुका है।''

कामरेड ज़हूर का मुँह तकने लगा। ''भंभलभूसा।'' आहिस्ता से कहा और चुप हो गया।

फिर हम कितनी देर तक चुप रहे। न बैठ पा रहे थे, न बात कर पा रहे थे। पहले कितनी-कितनी देर तक बैठते थे और बातें करते थे। बस जहाँ जिस रेस्तराँ में जाकर बैठ गए सो बैठ गए। घंटों के हिसाब से बैठते थे। और चल खड़े हुए तो बस चले जा रहे हैं। न पाँव रुकते थे, न ज़ुबान रुकती थी। और अब जब मैं उस ज़माने को याद करता हूँ तो इस तरह तौजीह[1] करता हूँ कि उस ज़माने में आज का-सा शोर और हंगामा नहीं था। न ऐसी गँवरदल थी कि आदमी पर आदमी गिरा पड़ता है। न इतना ट्रैफ़िक होता था कि सवारी से सवारी भिड़ी नज़र आती है। माल कितनी ख़ामोश सड़क हुआ करती थी, सहीह मानों में ठंडी सड़क। मगर आज भी तो माल ख़ामोश थी, फिर हमसे बात क्यों नहीं हो पा रही थी। और तब मुझे यह एहसास हुआ कि ख़ामोशी और ख़ामोशी में भी फ़र्क होता है। इस ख़ामोशी ने तो हमारे दिलो-दिमाग़ के सुकून से जन्म लिया था, और यह ख़ामोशी, मगर ख़ैर। वैसे शहर भी कभी-कभी किस तरह अचानक से बदल जाते हैं कि यूँ कुछ भी नहीं बदलता मगर सब कुछ बदल जाता है।

''यार, आज तो शाम ही से उल्लू बोलने लगा।'' ज़हूर ने चलते-चलते कहा।

''अभी तो उल्लू बोलेगा।'' कामरेड का ग़ुस्सैला लहजा अभी तक बरक़रार था।

तब मुझे एहसास हुआ कि वाक़िई यह तो शाम हो गई है। शाम से रात। जो थोड़ा-बहुत ट्रैफ़िक था, वह भी मादूम हो गया। बस कोई-कोई कार बग़ैर हॉर्न दिए, बग़ैर शोर किए तेज़ी से गुज़री चली जाती। वक़्फ़ा-वक़्फ़ा के बाद कोई स्कूटर, कोई ख़ाली रिक्शा, फुटपाथ पे चलता हुआ इक्का-दुक्का आदमी। आहिस्ता-आहिस्ता यह सिलसिला भी ख़त्म होता नज़र आने लगा।

''माल आज इतनी जल्दी ख़ामोश हो गई।'' जैसे मैंने अपने-आपसे कहा हो, आहिस्ता से अपने ही कान में। और कामरेड ने उतने ही ज़ोर से और ग़ुस्से से कहा, ख़बरदार करने के लहजे में : ''कामरेड, इस ख़ामोशी से डरो।''

हम पहले ही उखड़े हुए थे। कामरेड की उखड़ी-उखड़ी बातों ने और उखाड़ दिया।

''कामरेड, मैं चलता हूँ।'' ज़हूर ने एक बेज़ारी से एलान किया और एकदम से बग़ैर अलैक-सलैक किए अपनी राह हो लिया।

''दल्ले के बच्चे।'' कामरेड मुँह ही मुँह में सख़्त ग़ुस्से के आलम में बुड़बुड़ाने लगा : ''ये साले इन्क़िलाब लाएँगे।''

''कामरेड, तुम्हारा ज़हूर तो गया। अब क्या इरादे हैं ?''

''तुम भी जाना चाहते हो ?'' कामरेड ने ग़ुस्सैली नज़रों से मुझे देखा।

''फिर क्या करें, बोरियत होने लगी।''

मेरे लहजे की बेज़ारी को कामरेड ने महसूस किया और फ़ौरन ही हाथ मिला लिया।

---

1. कारण बताना, स्पष्ट करना।

"अच्छा, सलाम अलैकुम !"

"और तुम ?"

"मेरा रास्ता तुम्हारे रास्ते से अलग है।" और फ़ौरन ही वह मुझसे मुँह मोड़कर दूसरी सड़क पर हो लिया।

एक ख़ाली रिक्शा कितनी देर से ख़ाली ख़ामोश सड़क पर भटक रहा था। इशारा करने की देर थी, फ़ौरन आन पहुँचा। मैं उसमें बैठ घर की तरफ़ हो लिया।

रिक्शावाला पूरे रस्ते ख़ामोश रहा। मगर जब मैं घर के दरवाज़े पर पहुँचकर रिक्शा से उतरा और उसे पैसे देने लगा तो अचानक बोला, "एक बात कहूँ जी ?"

"कहो, क्या बात है ?"

क़रीब आकर राज़दाराना लहूजे में[1] बोला, "ये सब इन लोगों का डिरयामा[2] है। वह तो याँ पे था ही नहीं।"

"कौन याँ पे नहीं था ?" मेरी समझ में नहीं आया कि वह क्या कहना चाहता था।

"वह जी।"

"कौन वह ?"

"समझ जाओ जी।" फिर ज़रा करीब आकर कहने लगा : "मेरे फूफा का भतीजा कल ही सऊदी अरब से आया है। वाँ पे जी उसकी टेलर मास्टर की दुकान है। शहज़ादों के कपड़े वही सीता है जी। बतावे था कि मैं शहज़ादे साहिब के कपड़े लेकर महल में गया तो क्या देखूँ हूँ कि वह वहाँ बैठा अख़बार पढ़ रहा है। मैं हैरान हुआ कि अच्छा यह याँ पे है।" रुका, फिर सरगोशी में बोला : "किसी को बताइयो मत।"

फिर तेज़ी से रिक्शा स्टार्ट किया। यह जा वह जा।

सोते-सोते आँख खुल गई। बस आप ही आप। और ऐसे जैसे पूरी नींद ले चुका हूँ। घड़ी देखी। लो अभी तो बहुत रात पड़ी है। मगर मुझे जितना सोना था, सो चुका था। उठकर बैठ गया। कुछ करना चाहता था। कभी-कभी मेरे साथ यही होता है। बीच रात में आँख खुल जाती है। एहसास होता है कि पूरी नींद ले चुके। फिर मैं पलंग से बँधा बिस्तर से चिपका नहीं रह सकता। उठ खड़ा होता हूँ कि कुछ करना चाहिए। तो मैं थोड़ी देर तक बैठा रहा, फिर उठ खड़ा हुआ। कमरे की चटख़नी खोल आहिस्ता से बाहर निकल गया। पिछवाड़े की दीवार पर टिमटिमाता चराग़ अब बुझने को था। बस आख़िरी दमों पे था। मगर मैं यह ख़याल करके हैरान हुआ कि अभी तक नहीं बुझा है। ज़ुबैदा को अव्वल[3] रात ही में यह डर पड़ा था कि बस अब बुझा और अब बुझा। तीन दिन से यही हो रहा था। जिस शाम ज़ुबैदा डरी थी, उसके दूसरे ही दिन जब मैंने शाम पड़े घर में क़दम रखा तो देखा कि पिछवाड़े वाली दीवार पर एक दिया टिमटिमा रहा है।

1. चुपके से, 2. ड्रामा, 3. आरम्भ।

"बू जान, उन्होंने तो कहा था कि चराग़ बुझना नहीं चाहिए। यह तो बुझा जा रहा है।"

बू जान ने चराग़ को तश्वीश[1] भरी नज़रों से देखा। फिर जैसे ज़ुबैदा की ढारस बँधा रही हों, बोली : "नहीं दुल्हन, अल्लाह चाहे तो नहीं बुझेगा। लगेगा यही कि बुझने लगा है। आख़िर शयातीन[2] से मुक़ाबला है, कोई खेल तो नहीं है।"

मैंने चक़राकर पूछा, "यह क्या सिलसिला है ?"

"बेटे, आज मौलवी ग़ुलाम रसूल आए थे।"

"मौलवी ग़ुलाम रसूल...किस सिलसिले में ?"

"दुल्हन को वहम हो गया था तो मैंने सोचा कि उन्हें बुलाकर कुछ पढ़वा-फूँकवा लिया जाए। उन्होंने पढ़-फूँक दिया है और सात दिन चराग़ जलाने को कहा है। हिदायत की है कि बुझना नहीं चाहिए।"

"और अगर बुझ गया तो ?"

"मेरे लाल, बदशुगुनी[3] का कलिमा मुँह से नहीं निकालना चाहिए। अल्लाह चाहे तो नहीं बुझेगा।"

चराग़ तब से अब तक हवा से लड़ रहा था। और लड़ता, मगर शायद तेल ख़त्म हो गया था कि लौ इतनी धीमी हो गई थी। चराग़ से गुज़रकर मेरी नज़र जेल की बुर्जी पर गई जहाँ पहरेदार एक हाथ में लालटेन, एक हाथ में लठ लिए साकित[4] खड़ा था। मुझे यह शनाख़्त[5] करने में कि कोई खड़ा है, देर लगी। वह तो लाठी पटख़ता रहता था और लालटेन हिलाता रहता था। साथ में ऊँची पुकार 'जागते रहो'। मगर इस वक़्त वह बुत की मिसाल खड़ा था। मैंनें बहुत ग़ौर से देखा, तब अन्दाज़ा हुआ कि कोई खड़ा है। वही लम्बा-तगड़ा आदमी, अपनी दाढ़ी और लालटेन के साथ। आज उसके इस तरह साकितो-सामित[6] खड़े रहने ने मुझे डरा दिया। फ़ौरन ही उस तरफ़ से नज़रें हटा लीं। ऐसा लगा कि वह बहुत क़रीब खड़ा है बिलकुल हमारी दीवार के बराबर और मेरी नक़्लो-हरकत[7] को देख रहा है। ऐसे बन गया जैसे मैंने उसे देखा ही नहीं है और जैसे मुझे पता ही नहीं है कि वह मुझे देख रहा है। मगर अब मैं वहाँ ज़्यादा देर खड़ा नहीं रह सकता था। वापस अपने कमरे की तरफ़। अपने कमरे में दाख़िल होते हुए बू जान के कमरे में झाँका। बेसुध सो रही थीं, ऐसी बेसुध कि ख़र्राटे भी नहीं ले रही थीं। यह भी अजीब ही बात है कि बू जान सो रही हों और ख़र्राटे न लें।

कमरे में आकर फिर बिस्तर पर दराज़ हो गया। ज़ुबैदा उसी तरह बेख़बर सो रही थी। इधर आँखों में दूर-दूर तक नींद नहीं थी। करवटें बदलता रहा। ऊबड़-खाबड़ ख़यालात[8] यलग़ार[9] करते रहे। तसव्वुर[10] में अनमिल-बेजोड़ शक्लें बनती रहीं, बिगड़ती रहीं। दिन के दौरान देखे हुए कितने नक़्शे बारी-बारी ध्यान में आए और महव[11] हो गए। काफ़ी हाउस में बुतों की मिसाल गुमसुम लोग। रिक्शावाले की राज़ भरी सरगोशी :

1. चिन्ता, 2. शैतान का बहु., प्रेत, 3. अपशकुन, 4. मौन, निश्चल, 5. पहचान, 6. निश्चल और मौन, 7. गतिविधि, 8. विचार, 9. आक्रमण, 10. कल्पना, 11. लुप्त।

"वह तो याँ पे था ही नहीं।" "वह कौन ?" "वह।" कामरेड का गुस्से से तमतमाता चेहरा। जला-भुना फ़िक़रा जैसे ख़बरदार कर रहा हो, इस सन्नाटे से डरो। उस वक़्त तो नहीं मगर इस वक़्त पलंग पर लेटे-लेटे रात के इस सन्नाटे में डर लगने लगा। तअज्जुब अलग कि यह कैसी रात है कि सिरे से कोई आवाज़ ही नहीं है। सन्नाहटी रातों में भी बीच-बीच में कोई आवाज़ तो गूँजनी है, बेशक बेतुकी, बेमहल[1] ही हो। सोते-सोते अचानक किसी का हुँकार उठना। किसी परिन्दे का दफ़अतन चिल्लाकर चुप हो जाना। दुरुस्त कि ऐसी बेतुकी, बेमहल आवाज़ों से सन्नाटे का एहसास और गहरा हो जाता है। बहरहाल वह आवाज़ तो होती है। लेकिन उस रात जब से मेरी आँख खुली थी, सिरे से कोई आवाज़ ही सुनाई नहीं देती दी। जेल के पहरेदार को क्या हो गया था। वह भी गुमसुम[2] था। इतनी सन्नाहटी रात ! मेरे दिल में दहशत उतरने लगी। उसी हंगाम[3] उलटे-पुलटे ख़यालात के बीच मुझे पिछली शाम का ध्यान आया कि जब मैं गली से गुज़रकर घर में दाख़िल हो रहा था, तो वह कौन था जो मेरे पास से तेज़ी से गुज़र गया था। कौन था वह जो मेरे बराबर से शाम के झुटपुटे में इस तेज़ी से गुज़रा कि मैं उसकी सूरत भी न देख सका। इतनी उज्लत में वह क्यों था ? क्या उज्लत उसकी वजह थी या दानिस्ता[4] उसने कोशिश की थी कि मैं उसकी सूरत न देख सकूँ। इस क़िस्म के कितने शक एकदम से मेरे अन्दर पैदा हो गए। एक शक को दफ़अ किया तो किसी दूसरे शक ने सिर उठाया। दूसरे शक का क़ल्अ-क़म्अ[5] किया तो कोई तीसरा शक पैदा हो गया। मैंने अपने आपको समझाया कि आख़िर हमारी गली ऐसी सुनसान तो नहीं है। यहाँ लोग रहते हैं, चलते-फिरते हैं, आते-जाते रहते हैं। आदमी को सौ तरह के काम होते हैं, सो किसी का उज्लत में गुज़रना ऐसे कौन-से अचम्भे की बात है और शाम के औक़ात में तो आदमी यूँ भी उज्लत में होता है। जब दोनों वक़्त मिल रहे हों तो क़दम ख़्वाह-मख़्वाह तेज़-तेज़ उठते हैं। मगर अपने-आपसे मेरा कोई इस्तिदलाल[6] मेरे काम न आया। मैंने अपने शकों की जितनी तर्दीद की, उतनी ही वो ताक़त पकड़ते गए। और अचानक मुझे एक और शक गुज़रा कि कहीं वह मेरे दरवाज़े पर दस्तक देकर तो नहीं पलट रहा था। मेरे दरवाज़े पर ? मगर क्यों ? मैं एकदम से उठकर बैठ गया। कुछ समझ में न आया तो मैंने स्टूल पर रखी सिगरेट की डिबिया और माचिस उठाई और सिगरेट सुलगा ली। हालाँकि उस वक़्त मुझे सिगरेट की कोई तलब महसूस नहीं हो रही थी, मगर शक की रौ उसी तरह उमड़ी हुई थी। मेरे दरवाज़े पर ? मगर क्यों ?

"अभी तक जाग रहे हो ?" ज़ुबैदा तो बेख़बर सो रही थी। जाने कैसे उसकी आँख खुल गई।

"हाँ, नींद नहीं आ रही।"

ज़ुबैदा उठकर बाथरूम गई। वापस आई। लेटी ही थी कि मैंने पूछ लिया : "आज शाम कोई आया तो नहीं था ?"

"नहीं। क्या किसी को आना था ?"

1. अनुचित, 2. चुप और निश्चेष्ट, 3. समय, 4. जान-बूझकर, 5. उखाड़-पछाड़, 6. तर्क।

"नहीं तो, वैसे ही पूछ रहा था कि शायद कोई मुझे पूछने आया हो।"

"नहीं, कोई भी नहीं आया।" और यह कहते-कहते ज़ुबैदा फिर सन्नाने लगी।

मैं इसी शशोपंज[1] में कि आख़िर वह कौन शख़्स था, उस वक़्त जब वह मेरे बराबर से गुज़रा था, मैंने उस पर ध्यान ही नहीं दिया था। क्या ध्यान देता। दिन भर में चलते-फिरते कितनी छोटी-मोटी बातें होती हैं, जिन पर हम ज़रा ध्यान नहीं देते। कितने लोगों से मुठभेड़ होती है, कितनों से मामूली अलैक-सलैक होकर रह जाती है, कितने पास से गुज़र जाते हैं और उनका हम ज़रा-सा भी नोटिस नहीं लेते। तो उसके मुआमले में भी यही हुआ, ज़रा जो उसका नोटिस लिया हो। मगर अब रात के सन्नाटे में वह मेरे ध्यान में आया और मेरे दिलो-दिमाग़ पर छाता चला गया। उसका पास से यूँ गुज़र जाना कि उसकी सूरत नज़र नहीं आई, उस वक़्त कितनी ग़ैर-अहम[2] बेवक़अत बात लगी थी और उसी ग़ैर-अहम, बेवक़अत बात में कितने मानी, कितने संगीन इम्कानात[3] पोशीदा[4] नज़र आ रहे थे। आख़िर वह क्यों इतनी तेज़ी से मेरे क़रीब से गुज़रा कि मैं उसकी सूरत नहीं देख सका। उसे यूँ मुँह छुपाने की ज़रूरत क्यों पेश आई ? "जागते रहो।" जेल के पहरेदार की आवाज़ अचानक बुलन्द हुई, इस तरह नहीं कि दूर से आ रही हो, इस तरह जैसे क़रीब से आ रही हो। बस ऐसा लगा कि वह बुर्जी से उतरकर थोड़ा हमारे घर के क़रीब आ गया है, पिछवाड़े की दीवार के बराबर। दिल मेरा धड़-धड़ करने लगा। मगर फिर फ़ौरन ही अपने-आपको सँभाला। ख़ुद को टोका, डर रहे हो। इसके साथ ही ध्यान कहीं से कहीं चला गया। मियाँ जान अपने वालिद के हुज़ूर; मेरे बेटे, आदमी तीन हालातों में पहचाना जाता है :

जब वह सरख़ुशी[5] के आलम में हो;
जब वह ख़ौफ़ के आलम में हो;
जब वह नश्शे[6] के आलम में हो;
और ऐ मेरे बेटे, नश्शे की तीन क़िस्में हैं :
उम्मुलख़बाइस[7] का नश्शा;
ताक़त का नश्शा;
इश्क़ का नश्शा

और जानना चाहिए कि अह्ले-बसीरत[8] ने नश्शों में से सिर्फ़ नश्शा-ए-इश्क़ को जाइज़[9] जाना है। बाक़ी नश्शों को बातिल[10] ठहराया है। मियाँ जान का तज़्किरा, जो मैंने पिछले दिनों पढ़ते-पढ़ते बीच मे छोड़ दिया था, इस घड़ी मुझे अपनी तरफ़ खेंच रहा था।

सो ऐ साहिबो, यह है हमारे ख़ानदान का अहवाल। और अब ज़रूर आ पड़ा है कि जस्ता-जस्ता[11] अब्बा जानी के औराक़े-परीशाँ[12] से नक़्ल करूँ कि यूँ अज्दाद का

1. उधेड़बुन, 2. महत्त्वहीन, 3. संभावनाएँ, 4. छिपे हुए, 5. हलका नशा, 6. नशा, 7. सारी बुराइयों की माँ अर्थात् शराब, 8. बुद्धिमानों, 9. उचित, 10. झूठ, 11. कहीं-कहीं से, 12. बिखरे हुए पन्ने।

ज़िक्र भी बज़बाने-अब्बा जानी[1] फ़क़ीर के तज़्किरे में शामिल होकर इसके लिए बाइसे-शरफ़[2] बन जाएगा और गुज़रे ज़मानों का एक नक़्शा भी, जिसमें इबरत[3] के गूनागूँ[4] पहलू हैं, नज़रों के सामने आ जाएगा।

मन्क़ूल अज़ तज़्किरा-ए-हकीम चराग़ अली कि पिदरम बूद[5]

इस कजमज-बयान[6] चराग़ अली ने सुना अपने अब्बा हुज़ूर से, अब्बा हुज़ूर ने सुना अपने अब्बा हुज़ूर से, और अब्बा हुज़ूर के अब्बा हुज़ूर ने सुना अपने अब्बा हुज़ूर से कि उस बुज़ुर्ग ने वह हाले-तबाह[7] और वह माजरा-ए-जाँकाह[8] अपनी आँख से देखा था, देखकर मुँह अश्कों[9] से धोया था। यूँ बयान किया उस जनाब ने कि एक दिन यह ख़बर आम हुई, ज़बाँज़दे-ख़वासो-अवाम[10] हुई कि बाग़ी एक तख़्त[11] का पकड़ा गया है, ज़ंजीरों में जकड़ा गया है। कल शहर में उसे फिराया जावेगा, तमाशा ख़ल्क़त को दिखाया जावेगा। देखनेवाले मलामत[12] करेंगे, क़िस्से से उसके इबरत पकड़ेंगे, ख़याले-फ़ासिद[13] बग़ावत का अगर कुछ और सरफिरों, सरकशों[14] के दिमाग़ों में पक रहा है तो वे उससे बाज़ आवेंगे।[15]

तो अगले दिन गजर फ़ज्र[16] का बजते ही ख़ल्क़त घरों से निकली। कूचा-ओ-बाज़ार में उमड़ी। मैं भी फ़ज्र का दुगाना[17] अदा करके मस्जिद से निकला तो घर जाने की बजाए तरफ़ चाँदनी चौक के हो लिया। तमाशाइयों का इज़्दिहाम[18] था। मज्मा-ए-ख़ासो-आम[19] था। आदमी पे आदमी गिरता था। खवे से खवा छिलता था। चश्मे-तमाशा[20] एक नए तमाशे की मुंतज़िर थी। निराले एक नज़्ज़ारे[21] के लिए मुज़्तरिब[22] थी। ख़ुदा-ख़ुदा करके सवारी बाग़ी की आई। तमाशाइयों की जान में जान आई। हथनी एक बदरंग नज़र आई। हौदा ग़ाइब। नंगी पीठ पे उसकी एक शख़्स बा-हाले-तबाह[23] बैठा था। सर उसका झुका था। दुशाला एक मैला दोश[24] पे उसके पड़ा था। देखनेवालों ने थुड़ी-थुड़ी की। आवाजें कसीं कि नज़रें क्यों नहीं उठाता है। सूरत अपनी क्यों नहीं दिखाता है। नागाह[25] एक फ़क़ीर सफ़ों[26] को चीरता, तमाशाइयों को धकेलता पास उसके पहुँचा और यूँ गोया हुआ[27] कि ऐ वह कि कल तक साहिबे-जाहो-हशम[28] था, मालिके-तब्लो-अलम[29] था। तेरी सवारी बादे-बहारी इस राह से गुज़रती थी तो तू मुझे अता किया करता था, दामन अशरफ़ियों से भर दिया करता था। आज तेरे पास क्या है कि इस साइल[30] को अता करे। यह सुनकर उस शख़्स ने नज़रें उठाकर माँगनेवाले को देखा और दुशाला दोश

---

1. अब्बा जानी की ज़बान में, 2. सम्मान का कारण, 3. चेतावनी, 4. चित्र-विचित्र, 5. हकीम चराग़ अली के जीवन-चरित से नक़ल किया गया जो मेरे पिता थे, 6. जिसे बात करने की तमीज़ न हो, मूर्ख, 7. दुर्दशा, 8. अत्यन्त कष्ट देनेवाला हाल, 9. आँसुओं, 10. छोटे-बड़े सबमें प्रसिद्ध बात, 11. राज्य, 12. निन्दा, 13. असंगत विचार, 14. विद्रोहियों, 15. त्याग देंगे, 16. सुबह, 17. सुबह की नमाज़, 18. भीड़, 19. छोटे-बड़े व्यक्तियों की भीड़, 20. तमाशा देखनेवाली आँख, 21. दृश्य, 22. बेचैन, 23. दुर्दशाग्रस्त, 24. कन्धा, 25. अचानक, 26. पंक्तियों, 27. बोला, 28. वैभवशाली, 29. सेना का मालिक, 30. सवाल करनेवाला, फ़क़ीर।

से उतारकर उसकी सम्त[1] फेंक दिया। तब ख़ल्क़त ने सूरत उसकी देखी और सन्नाटे में आ गई। कितनी ज़बानों से एकदम निकला :

"वलीअहद बहादुर !"[2]

और फिर एकदम सन्नाटा। देखनेवाले दंग, ज़बानें गुंग। सब हैरान कि या इलाही, यह क्या माजरा है। आलमे-बेदारी[3] या ख़्वाब की सिह्रकारी[4] है। फिर देखते-देखते हैरत की जगह ग़ज़बनाकी[5] ने ले ली। मज्मा बिफर उठा। मलिक जीवन पर, कि वलीअहद बहादुर को गिरफ़्तार करके तुर्रम ख़ाँ[6] बना हुआ था, टूट पड़ा। शाही पहरेदार हरकत में आए। तत्तोथम्बो कर मलिक जीवन को बचा ले गए।

मैं हैरानो-परीशान घर लौटा। रात भर करवटें बदलता रहा। गिरीबान सहर का जब चाक हुआ[7] और क़िस्सा रात का पाक हुआ[8] तब मैं उठ मस्जिद की सम्त चला। नमाज़ से फ़राग़त पाकर मस्जिद से निकला तो देखा कि छोटे-बड़े, जवान-बूढ़े, ख़ासो-आम, शरीफ़ो-वज़ी[9] सब लपक-झपक चले जाते हैं। चाँदनी चौक की तरफ़ ढलते हैं। मैं भी उस रौ[10] में बह लिया। इस तजस्सुस[11] में कि देखें आज नैरंगी-ए-ज़माना[12] क्या रंग दिखाती है, कौन-सा गुल खिलाती है। जहाँ ख़ल्क़त क़तार-अंदर-क़तार खड़ी थी और किसी आनेवाले की राह देखती थी, वहाँ मैं भी जा खड़ा हुआ। अभी ज़्यादा देर न हुई थी कि वही नहूसत-मारी बदरंग हथनी नुमूदार हुई। अब रंग दिगर[13] था। नक़्शा दूसरा था। एक लाशा-ए-बेसर[14] पुश्त[15] पर उसकी धरा था। लोगों ने यह मंज़र[16] देखा तो सहम गए। दिल उनके दहल गए। आज फिर मलिक जीवन तुर्रम ख़ाँ बना चल रहा था। कमाल[17] इतरा रहा था कि पूरा शाही दस्ता उसकी कुमुक[18] पर था।

दिल कि दहल गए थे, रफ़्ता-रफ़्ता गुदाज़ हुए[19]। आँसू आँखों से जारी हो गए। हक़ यह है कि ख़ल्क़त जहानाबाद की उस दिन बहुत रोई। मैंने ज़ब्त[20] का दामन ता-देर[21] थामे रखा मगर घर आते-आते बन्द टूट गया। ये दो आँखें मेरी गंगा-जमना बन गईं। तबीअत कमबख़्त फिर भी न सँभली। तब मैं पिदरे-गिरामीक़द्र[22] की ख़िदमते-बा-बरकत[23] में हाज़िर हुआ। दुज़ानू[24] हो मुअद्दब[25] एक तरफ़ बैठा। उस साहिबे-नज़र[26] ने चेहरे पर मेरे नज़र की, तअम्मुल किया। फिर यूँ गोया हुए :

> "जाने-पिदर ! हम देखते हैं कि चेहरे पर फ़रज़ंद[27] के मलाल[28] की गर्द है, रंगत ज़र्द है। आख़िर वजहे-मलाल[29] क्या है ?"
>
> मैं अर्ज़-पर्दाज़ हुआ[30] कि : "पिदरे-बुज़ुर्गवार[31] ! कल और आज में वो दिलख़राश[32] मंज़र इन गुनहगार आँखों ने देखें हैं और ऐसे

1. ओर, 2. राजकुमार, 3. जागने की अवस्था, 4. स्वप्न की जादूगरी, 5. क्रोध, 6. वीर, 7. जब पौ फटी, 8. अन्त हुआ, 9. अच्छे-बुरे सब, 10. बहाव, 11. जिज्ञासा, 12. कालचक्र, 13. दूसरा, 14. बिना सिर का शव, 15. पीठ, 16. दृश्य, 17. बहुत, 18. सहायता, 19. पिघले, 20. सहन, 21. देर तक, 22. पिता महोदय, 23. सेवा में, 24. घुटनों के बल बैठने की मुद्रा, 25. शिष्टतापूर्ण, 26. दोष-गुण को पहचाननेवाला, 27. पुत्र, 28. दुख, 29. दुख का कारण, 30. निवेदन किया, 31. पूज्य पिताजी, 32. हृदय-विदारक।

दहशत-असर[1] अख़बार[2] इन कानों ने सुने हैं कि जिगर कटता है, कलेजा मुँह को आता है। क्योंकर आजिज़[3] गोश-गुज़ार[4] करे कि ज़बान को बयान का यारा[5] नहीं है, ज़ब्त की ताब नहीं।''

मैं यह कहकर चुप हुआ। फिर दिल को सँभाला, हवास[6] दुरुस्त किए और जो मुशाहिदा किया था, वह बेकमो-कास्त[7] बयान किया।

पिदरे-आलीक़द्र[8] ने यह माजरा सुन ता-देर सुकूत[9] इख़्तियार किए रखा। फिर फ़र्माया कि :

''जाने-पिदर ! एक सानिहा[10] की दीद[11] ने तुम्हें हिला दिया। औसान को तुम्हारे गुम कर दिया। ग़ौर की जाए[12] है और फ़िक्र का मुक़ाम है कि तुम्हारे अज्दाद ने कितना कुछ देखा कि उसके देखे से शेरों का जिगर फट जाए। मगर किसी माजरे[13] ने उनके हौसले को पस्त[14] नहीं किया। किसी सानिहा से उनकी कश्ती-ए-हिम्मत[15] डाँवाडोल नहीं हुई।''

यह कलाम सुनकर मैं हैरान हुआ और इस्तिफ़्सार किया कि वो कैसे माजरे थे कि अज्दाद ने देखे और जिनके सामने यह माजरा जनाब को गर्द[16] नज़र आता है।

पिदरे-आलीमुक़ाम ने तअम्मुल किया। फिर यूँ गोया हुए कि :

''ऐ फ़रज़ंदे-दिलबंद ! हम अस्लन[17] इस्फ़हान निस्फ़-जहान की मिट्टी हैं। हमारे जद्दे-आला[18] ख़ुल्द-आशियाँ[19] अहमद बिल्लाह अज़्मो-हिम्मत[20] का पैकर[21] थे, जौदो-सख़ा[22] का समन्दर थे। उनका मस्कन[23] कि बैतुल अबैज़ कहलाता था, इस्फ़हान में मर्जए-ख़लाइक़[24] था। क़रीबो-दूर से हाजितमन्द[25] आते थे और दामन भरकर जाते थे। मगर तैमूरी ग़ज़ब[26] की आँधी ऐसी चली कि भरा इस्फ़हान उजड़ गया। सियहबख़्ती[27] ने बैतुलअबैज़ में डेरा किया। अब वहाँ सन्नाटा था। जवानाने-जरी[28] कि मैदान की तरफ़ गए थे, वापस नहीं आए। सब कट गए। एक-एक करके निबट गए। सर उनके खोपड़ियों के मीनार की ज़ीनत[29] बनकर बुलंद हुए। तब हमारे आलीक़द्र जद[30] ने बसद-वक़ार[31] अपने घोड़ों और हथियारों पर एक नज़र डाली। ख़ाली एक तलवार कमर से बाँधी और उस अस्पे-बावफ़ा[32] पर सवार हुए जो रानों के बीच आकर बिजली की मानिंद तड़पता था और हवा से बातें करता था। ज़ौजा-ए-मुह्तरमा[33] को पीछे और कमसिन

---

1. भयानक, 2. समाचार, 3. विनम्र, 4. कहे, 5. शक्ति, 6. सुधबुध, 7. ज्यों का त्यों, 8. पूज्य पिताजी, 9. मौन, 10. दुर्घटना, 11. दर्शन, 12. स्थान, 13. घटना, 14. कम, 15. साहस की नाव, 16. धूल, साधारण, 17. मूलतः, 18. पूर्वज, 19. स्वर्गवासी, 20. संकल्प और साहस, 21. देह, 22. दानशीलता, 23. घर, 24. जनसाधारण का रक्षा स्थान, 25. निर्धन, 26. क्रोध, 27. अभागापन, 28. वीर, 29. शोभा, 30. पूज्य पूर्वज, 31. अति गम्भीरता से, 32. स्वामिभक्त घोड़ा, 33. पत्नी महोदया।

फ़रज़ंद[1] को आगे बिठाया। बैतुलअबैज़ के दरोदीवार पर हसरत से नज़र की और निकल खड़े हुए।

जद्दे-आली-मर्तबत[2] कितने दिनों ख़ाक-ब-सर[3] फिरते फिरे। सह्राओं[4] की ख़ाक छानी। जंगलों को खोंदा। रात कभी किसी खोह में गुज़ारी। कभी किसी झाड़ी तले ख़ाक के बिस्तर पर बसर की। आख़िर के तईं मर्ज़बूमे-क़ज़वीन[5] पे क़दम रखा। उस ज़मीन ने क़दम इस जनाब के पकड़ लिए और दिल को मोह लिया। बस फिर उसी दयार में डेरा डाला और उस लासानी क़रिये को इस्फ़हाने-सानी[6] जाना। जो लाल[7] इस्फ़हान की मिट्टी ने उगला था, वह क़ज़वीन की ख़ाक में आसूदा[8] हुआ। फिर अगली नस्लें उसी दयार में परवान चढ़ीं। बेटे, पोते, पड़पोते ख़ूब फले-फूले। उनमें सबसे बढ़कर हमारे जद्दे-अम्जद[9] हकीम अली शेर रेहान थे कि मस्कन इस घराने का उस जनाब ही के नाम से मंसूब[10] हुआ और क़स्रे-रेहान के नाम से क़रीबो-दूर मशहूर हुआ।

क़स्रे-रेहान उलमा-ओ-फ़ुज़ला[11] का मर्जा[12] था। दुखियारों, बीमारों का मल्जा[13] था। वाज़ेह हो कि क़ज़वीन में आकर हमारे अज्दाद ने शमशीरो-सिनाँ[14] से रिश्ता तोड़ लिया था। शमशीरे-आबदार,[15] कि जद्दे-आलीवक़ार अहमद बिल्लाह ज़ेबे-कमर करके[16] बैतुल अबैज़ से निकले थे, इस्फ़हान से क़ज़वीन तक रफ़ीक़ो-दमसाज़[17] रही। राह में कितनी मर्तबा तातारी रिसालों से मुठभेड़ हुई। हर मर्तबा उस शमशीर ने जौहर दिखाए। मगर जब उस जनाब ने क़ज़वीन की ज़मीन पर क़दम रखा तो तलवार को खोलकर अलग रखा और बसद-अफ़्सोस[18] फ़र्माया कि यह तलवार इस्फ़हान की हिफ़ाज़त न कर सकी और बैतुलअबैज़ को बर्बाद होने से न बचा सकी। सो अब तौक़ीर[19] इसकी क्या रह गई। इस कलाम के साथ शमशीरो-सिनाँ को सलाम किया और इल्मो-फ़ज़्ल[20] से रिश्ता उस्तुवार[21] किया।

आगे इस घराने का हर फ़र्द[22] शुजाअत[23] में फ़र्द[24] था। तलवार का धनी था। अब हर फ़रज़ंदे-ख़ानदान[25] इल्मो-फ़ज़्ल में यकताए-रोज़गार[26] ठहरा। सबसे बढ़कर जद्दे-अम्जद हकीम अली शेर रेहान थे कि तिब्बो-हिकमत के बह्र[27] के शिनावर[28] थे। बहैसियत तबीब जालीनूस सानी[29] कहलाए गए। बू अली सीना[30] के मसील ठहराए गए। पर तबए-आली[31] को ज़ुल्म से नफ़ूर[32] था और वह ज़माना पुरफ़ुतूर[33] था। हाकिमे-वक़्त[34] के ज़ुल्म से ख़ल्क़े-ख़ुदा[35] पनाह माँगती थी। उसके ज़ुल्म की चक्की अंधाधुन्ध चलती थी कि अपने-पराए को भी नहीं देखती थी। उस मर्दे-शूम[36] के चार

---

1. कम उम्र बेटा, 2. महामहिम पूर्वज, 3. धूल उड़ाता हुआ, 4. रेगिस्तानों, 5. क़ज़वीन (इराक़ का एक नगर), 6. दूसरा इस्फ़हान (ईरान का एक नगर), 7. रत्न, 8. सन्तुष्ट, 9. पूर्वज, 10. सम्बन्धित, 11. विद्वानों, 12. सभा, 13. रक्षा-स्थान, 14. तलवार और भाला, 15. चमकदार या धारदार तलवार, 16. कमर से बाँधकर, 17. साथी, 18. बहुत दुख से, 19. मान्यता, 20. ज्ञान-विज्ञान, 21. दृढ़, 22. व्यक्ति, 23. वीरता, 24. अद्वितीय, 25. परिवार का पुत्र, 26. अपने समय का सर्वश्रेष्ठ, 27. सागर, 28. तैराक, 29. जालीनूस द्वितीय अर्थात् जालीनूस के समान जो यूनान के प्रसिद्ध चिकित्सक थे, 30. ग्यारहवीं शताब्दी का प्रसिद्ध हकीम, 31. स्वभाव, 32. घृणा करनेवाला, 33. दोषपूर्ण, 34. शासक, 35. मानवजाति, 36. अशुभ और कृपण व्यक्ति।

बेटे थे। ख़ल्क़त में मक़्बूल[1] थे। यह देख वह उनसे ख़ाइफ़[2] हुआ। एक को ज़हर दिलवा दिया। दूसरे की आँखों में गर्म सलाई फेर दी। तीसरे की आँखें साबुत निकाल लीं। चौथे को फ़रिश्ता-ए-क़ज़ा[3] ने उचक लिया, उसकी दस्तबुर्द[4] से बच गया।

वाज़ेह हो कि उन्हीं अय्याम में जद्दे-बुज़ुर्गवार ने, उस तबीबे-बेमिसाल ने एक सुर्मा तैयार किया था कि बीनाई[5] किसी सूरत भी ज़ाइल[6] हुई हो, उसकी एक सलाई से बहाल[7] हो जाती थी। पर जिनकी आँखें निकलवाई जाती थीं, उन तक यह सलाई कैसे पहुँचती कि उनके मुक़द्दर में तो फिर बंदीख़ाने की तारीकी लिखी जाती थी।

ये हालात देखकर जद्दे-आलीमुक़ाम कबीदा-ख़ातिर हुए। आबदीदा होकर बोले कि अफ़्सोस है हम पर कि बेबसर[8] हाकिमे-वक़्त के हाथों ख़ल्क़त चश्मे-बीना[9] से महरूम[10] होती चली जा रही है और हम बैठे देखते हैं और अपनी ईजाद[11] पर फ़ख़्र[12] करते हैं। फिर आगे धरी हुई सुर्मादानी से मुख़ातिब हुए कि ऐ सुर्मादानी, अगर तू क़ज़्वीन की बुझती आँखों को रौशन नहीं कर सकती तो फिर किस काम की ? यह कहकर सुर्मादानी उलट दी और उठ खड़े हुए। चार मख़्तूता-ए-दर्बारा-ए-तिब्ब[13] बग़ल में दाबे, अहले- ख़ाना[14] को हमराह[15] लिया और क़स्रे-रेहान के दरो-दीवार को एक नज़र देख निकल खड़े हुए।

उस साहिबे-वालासिफ़ात[16] ने उस नवाह[17] में जिस क़रिये[18] में क़दम रखा, यही देखा कि ख़ल्क़े-खुदा[19] मातूबो-मक़हूर[20] है। आँखों में उनके गर्म सलाइयाँ फेरी जाती हैं, पुतलियाँ निकलवाई जाती हैं। एक बदबख़्त हाकिम ने बंदीख़ाना के दारोग़ा को ब-हालते-ग़ज़ब[21] हुक्म दिया कि जितने बाग़ी पा-ब-ज़ंजीर[22] हैं, उतनी पुतलियों के जोड़े माबदौलत[23] के हुज़ूर[24] गिनकर पेश किए जाएँ। एक जोड़ा भी कम हुआ तो तेरी पुतलियाँ निकलवाकर गिनती पूरी करूँगा।

यह नक़्शा देख जद्दे-अमजद ने उस नवाह से मुँह मोड़ा और दयारे-हिन्द[25] की राह ली। जाने पिदर, यूँ हमारे अज्दाद इस्फ़हान से निकले, क़रिया-क़रिया फिरे और जहानाबाद में जाकर डेरे डाले।

पिदरे-आली[26] यह कहकर ख़ामोश हुए। फिर अफ़्सोस से बोले, "हैफ़[27] है इस बस्ती पर कि यह भी उसी राह पर चल निकली है।"

मैंने इस्तिफ़्सार किया कि बाइस[28] इस फ़साद का क्या है ?

फ़र्माया : "इनसान ज़ालिम है और जाहिल है।"

तब मैंने बसद-अदब[29] यह सवाल किया कि मेरे पिदर, ऐसा क्यों है कि ज़ालिम[30] और जाहिल[31] सब से बढ़कर उम्मते-मर्हूम[32] के बीच नुमूदार[33] होते हैं। इस पर पिदरे-

---

1. लोकप्रिय, 2. भयभीत, 3. यमदूत, 4. अन्याय, 5. आँखों की ज्योति, 6. समाप्त, 7. रोगमुक्त, 8. अंधा, 9. जिस आँख में ज्योति हो, 10. वंचित, 11. आविष्कार, 12. गर्व, 13. चिकित्साशास्त्र से सम्बन्धित हस्तलिखित पत्र, 14. घर के लोग, 15. साथ, 16. उत्तम गुणी, 17. क्षेत्र, 18. गाँव, 19. मानवजाति, 20. क्रोध पात्र, 21. क्रोध में, 22. पाँव में ज़ंजीर पड़ा हुआ, बंदी, 23. हमारे, राजा का अपने लिए सम्बोधन, 24. सामने, 25. हिन्दोस्तान, 26. पूज्य पिताजी, 27. खेद, 28. कारण, 29. आदरपूर्वक, 30. अत्याचारी, 31. निरक्षर, 32. समुदाय, 33. प्रकट।

बुज़ुर्गवार ने सुकूत[1] इख़्तियार किया, फिर तीन बार कहा : "अफ़्सोस ! अफ़्सोस ! अफ़्सोस !"

फिर आँखें मूँद लीं और बहरे-सुकूत[2] में ग़र्क़ हो गए।[3]

आसी-पुरमआसी चराग़ अली इस बाब में यूँ कहता है कि जद्दे-अमजद ने बजा फ़र्माया। बेशक आदमी ज़ालिमो-जाहिल है। कितना कुछ देखता है मगर इबरत हासिल नहीं करता है। एक वाक़िआ इस बाब[4] में यह हेचमदाँ तवारीख़[5] से अख़्ज़ करके[6] नक़्ल करता है।

रिवायत किया[7] अबू जाफ़र ने इब्ने-नदीम से और इब्ने-नदीम ने सुना इस्हाक़ ज़ैतून फ़रोश[8] से कि ज़ैतून की उसके शुहरत दूर-दूर थी, दियानत[9] उसकी क़रिया-क़रिया मशहूर थी। और इस्हाक़ ज़ैतून फ़रोश ने नक़्ल किया हारिस अत्तार से कि मर्दे-बासफ़ा[10] था, साहिबे-ज़ुहदो-इत्तिक़ा[11] था। और हारिस अत्तार ने इस्तिफ़ादा किया बयान से अबूबकर जल्लाबी के कि इल्म का समंदर थे, अहादीसो-रिवायात[12] के शिनावर[13] थे। और अबूबकर जल्लाबी ने शुनीद किया[14] ज़ैद बिन उस्मान ज़रगर से कि मर्दानुल-हमार क़त्ल हुआ और सर उसका क़लम करके[15] तश्त[16] में सजाके अब्दुल्लाह बिन अली के रू-ब-रू पेश किया गया और बाद उसके वह तश्त एक तरफ़ रख दिया गया। उसी हंगाम[17] एक बिल्ली हराम पिल्ली सटककर उस सर के पास पहुँची और किसी तरकीब ज़ुबान उसके बीच से निकालकर चबा गई। देखनेवालों ने यह देखा और शश्दर[18] रह गए और इस पर कहा अब्दुल्लाह बिन अली ने कि ख़ुदा की क़सम ! मैंने ज़माने की इबरतनाकियों[19] और वक़्त की सफ़्फ़ाकियों[20] में इस वाक़िआ को सबसे ज़्यादा इबरतनाक[21] और सफ़्फ़ाक[22] पाया। और फ़क़ीर चराग़ अली इस बीच यह कहता है कि बेशक बिल्ली जितनी मिस्कीन[23] होती है, उतनी ही सफ़्फ़ाक भी होती है। जाए-ग़ौर है व नीज़ जाए-इबरत[24] कि बनी उमय्या[25] को जितना घमंड अपनी ख़िलाफ़त[26] पर था, उतना ही ग़ुर्रा[27] अपनी ख़िताबत[28] पर था, मगर एक गुर्बा-ए-मिस्कीन[29] मर्वानुल-हिमार की ज़ुबान चबाकर उनकी ख़िलाफ़त और ख़िताबत दोनों को चाट गई कि बाद उसके किसी उमवी[30] को तख़्ते-ख़िलाफ़त पर बैठना नसीब न हुआ।

अलक़िस्सा[31] दुनिया में ज़क़ज़क़, बक़बक़ बग़ायत[32] है; शोरो-ग़ोग़ा[33] ग़ुल-ग़पाड़ा बेनिहायत[34] है, भाई को भाई से अदावत[35] है। ज़न,[36] ज़र[37] और ज़मीन के लिए ख़ून-ख़राबा, शोर-शराबा, नफ़्सानफ़्सी,[38] धींगामुश्ती, दग़लफ़स्ल,[39] जंगो-जदल,[40] चीख़मधाड़, दाँता किलकिल।

---

1. मौन, 2. ख़ामोशी का सागर, 3. डूब गए, 4. विषय, 5. तारीख़ का बहु., इतिहास, 6. लेकर, 7. किसी से सुनी हुई बात कही, 8. ज़ैतून बेचनेवाला, 9. ईमानदारी, 10. सदाचारी, 11. संयमी, 12. पैग़म्बर मुहम्मद साहिब की कही हुई बातों, 13. तैराक, 14. सुना, 15. काटकर, 16. थाल, 17. समय, 18. चकित, 19. ऐसी बातें जिन्हें देखकर व्यक्ति भयभीत हो और उनसे शिक्षा ले, 20. अत्याचारों, 21. चेतावनी देनेवाला, 22. अत्याचारी, 23. भोली-भाली, 24. विचार और सीख की बात है; 25. अरब का एक सम्प्रदाय, 26. पैग़म्बर मुहम्मद साहिब के बाद उनका ख़लीफ़ा (प्रतिनिधि) होना; 27. उत्तम होने का गर्व, 28. धर्मोपदेश देने का काम, वाक्पटुता, 29. भोली-भाली बिल्ली, 30. अमय्या सम्प्रदाय का व्यक्ति, 31. सारांश यह कि, 32. बकवास ही बकवास, 33. कोलाहल, 34. अत्यधिक, 35. वैर, 36. नारी, 37. सोना, 38. आपाधापी, 39. छल, 40. मारकाट।

मगर ज़िन्दगी का क्या एतिबार है। दुनिया नापायदार[1] है। यहाँ किस चीज़ को क़रार[2] है। अभी तख़्त पर बैठे हैं, अभी ताबूत में लेटे हैं। ज़माना अब्लक़े-अय्याम[3] पर सवार बगटुट दौड़ता है, नेको-बद[4] नहीं देखता, बिला-तमीज़[5] सबको रौंदता है। मौत की गर्म-बाज़ारी[6] है, आज हम कल तुम्हारी बारी है। क़िस्सा मुख़्तसर दुनियाए[7]-दूँ[8] में हालत सबकी ज़बूँ[9] है। रंगे-गर्दूं[10] हर दम दिगरगूँ[11] है। कभी यूँ है कभी वूँ है। यह हेच-पोच[12] चराग़ अली अपनी मिसाल लाता है। इन दो आँखों ने इस उम्र में क्या-क्या कुछ देख लिया। जो जाके न आए वह जवानी देखी, जो आके न जाए वह बुढ़ापा देखती हैं। तैमूरी बिसात[13] को लिपटते देखा। जहानाबाद को उजड़ते देखा। ताया हुज़ूर को दार[14] पर बुलन्द होते देखा और अह्ले-जहानाबाद[15] ने ज़ेरे-आस्माँ[16] क्या-क्या देखा। जिस बादशाह को तख़्ते-शाही पर लिबासे-शाहाना[17] में रौनक़-अफ़रोज़ देखा था, उसी की नंगी लाश जमना की रेती पर पड़ी देखी। ताया हुज़ूर ने यह अहवाल बयान किया और इतना रोए कि रीशे-मुबारक[18] उनकी आँसुओं से तर हो गई। ऐसा उन पर असर हुआ कि जीने से जी सर्द हुआ,[19] रंग चेहरे का ज़र्द हुआ। दुनिया के क़िस्सों बखेड़ों से मुँह मोड़ा, ऐशो-इशरत[20] की महफ़िलों को, यारो-अहबाब[21] की सुह्बतों[22] को छोड़ा। ख़ाना-नशीन[23] हो गए, मुसल्ले[24] पे बैठ गए। हर दम यादे-ख़ुदा में मुस्तग़रक़।[25] तबीअत में न शोख़ी[26] रही, न ख़ुशी की रमक़।[27] मिज़ाज में ग़म बस गया था, अलम[28] रच गया था।

ताया हुज़ूर ने जब दुनिया की तरफ़ से आँखें बंद कर लीं तो किसी और आलम में जाकर उनकी आँखें खुल गईं। आनेवाले वाक़िआत की ख़बर दे देते थे। पेशगोई[29] में दर्क[30] रखते थे और ख़्वाबों की ताबीर[31] में तो उन्हें यदेतूला[32] हासिल था। इस कम-फ़ह्म[33] ने उनसे ताबीरें सुनकर एक ताबीर-नामा[34] मुरत्तब[35] कर लिया था। 'मुश्ते नमूना अज़ ख़रवारे'[36] के तौर पर थोड़ा नक़्ल करता हूँ :

इंजीर का पत्ता देखना :
बाइसे-परीशानी[37] है। अन्देशा[38] की निशानी है।
अनाज ख़ुश्क[39] खाना :
मुफ़्लिसी[40] में मुब्तला होवे, रंज का सामना होवे।
ऊँची जगह से उतरना :
उह्दा[41] जाता रहे। ग़मो-गुस्सा खाता रहे।

---

1. अस्थायी, 2. स्थिरता, 3. समय रूपी घोड़ा, 4. अच्छा और बुरा, 5. पहचाने बिना, 6. बहुत होना, 7. पापमय संसार, 8. ख़राब, 9. आकाश का रंग, ईश्वर का व्यवहार, 10. अस्त-व्यस्त, 11. तुच्छ, 12. तैमूर का राज्य, 13. फाँसी, 14. जहानाबाद के वासी, 15. आकाश के नीचे, संसार में, 16. राजसी वस्त्र, 17. बिराजमान, 18. दाढ़ी, 19. उचाट हुआ, 20. भोगविलास, 21. मित्रों, 22. संगतों, 23. जो घर से बाहर न निकले, 24. नमाज़ पढ़ने की चटाई या दरी, 25. डूबे हुए, 26. चंचलता, 27. थोड़ा-सा अंश, 28. दुख, 29. भविष्यवाणी, 30. ज्ञान, 31. स्वप्नफल, 32. बहुत अधिक कुशलता, 33. नासमझ, 34. स्वप्नफल की पुस्तिका, 35. संगृहीत, 36. ढेर में से मुट्ठी भर नमूना काफ़ी होता है, 37. दुख का कारण, 38. चिन्ता, 39. सूख, 40. निर्धनता, 41. पद।

आँधी देखना :
मलाल[1] बेश[2] होवे। फ़ितना-ओ-फ़साद[3] पेश होवे।
बुलबुल देखना :
हाकिम[4] से नफ़अ[5] की दलील[6] है मगर क़लील[7] है।
पैसा पड़ा पाना :
ग़म की निशानी है। निहायत परीशानी है।
फूल देखना :
किसी गुलरू[8] पर आशिक़ होवे। मुब्तलाए-फ़ेले-फ़ासिक़[9] होवे।
पिस्तान[10] देखना :
दिल शाद[11] होवे। औलाद होवे।
प्यासा आपको देखना :
हिर्स[12] बढ़े। नेक[13] कामों में ख़लल[14] पड़े।
हुक़्क़ा पीना :
माशूक़ से हमकलाम होवे।[15] ग़म से नजात[16] पावे।
शुतुरे-बेमिहार[17] देखना :
बदकारी[18] करने में बेबाक[19] होवे। आख़िर ग़मनाक[20] होवे।
ताऊस[21] देखना :
इश्क़ में मुब्तला[22] होवे। जुनून का सामना होवे।
हँसना :
ग़म की दलील है मगर क़दरे क़लील है।

ताया हुज़ूर ने अपनी मौत की ख़बर भी पहले ही दे दी थी। एक रोज़ पहले गिर्या किया,[23] फिर तबस्सुम फ़र्माया।[24] अब्बा हुज़ूर ने सबबे-गिर्या[25] और तबस्सुम का पूछा तो फ़र्माया कि जाने-बरादर[26] रोया मैं ख़ल्क़त के लिए आनेवाली आफ़त[27] का तसव्वुर करके और मुतबस्सम हुआ[28] यह जानकर कि विसाल[29] का वक़्त अब क़रीब आन पहुँचा है। अब्बा हुज़ूर ने इस्तिफ़्सार किया कि यह आपने क्योंकर जाना। फ़र्माया कि जाने-बिरादर, पहली बात मैंने इस तौर जानी कि रात ख़्वाब में देखा कि आँधी के झक्कड़ चलते हैं, तनावर[30] दरख़्त गिरते हैं। दूसरी ख़बर इस तरीक़[31] से पाई कि आज सुबहदम मैं सूरज की सम्त मुँह करके खड़ा हुआ और आँखें बंद करके अपने-आपको ध्यान में लाया। देखा कि तन से हमारे सर ग़ाइब है। यह कहकर चुप हो गए। फिर चेहरे पर मलाल[32] की कैफ़ियत तारी हुई। तअम्मुल किया, फिर गोया हुए[33] कि

1. दुख, 2. अधिक, 3. लड़ाई-झगड़ा, 4. शासक, 5. लाभ, 6. प्रमाण, 7. कम, 8. फूल जैसे सुन्दर, कोमल मुखवाली नायिका, 9. व्यभिचार में लिप्त, 10. स्तन, 11. प्रसन्न, 12. लालच, 13. अच्छे, 14. बाधा, 15. बात करे, 16. मुक्ति, 17. बिना नकेल का ऊँट, 18. व्यभिचार, 19. निडर, 20. दुखी, 21. मोर, 22. थोड़ा कम, 23. रोए, 24. मुस्कराए, 25. रोने का कारण, 26. भाई की जान, 27. विपदा, 28. मुस्कराया, 29. निधन, 30. स्थूल, 31. युक्ति, 32. दुख, 33. बोले।

जाने-बिरादर, यह सर तो वैसे ही वबाल[1] बना हुआ था। तन से जुदा हो गया तो ख़ूब हुआ। मगर कौन-सी घड़ी आनेवाली है कि जिस रौशन-ज़मीर[2] को ध्यान में लाता हूँ, तन से उसके सर जुदा[3] देखता हूँ। बाद इसके आपने तीन बार फ़र्माया : "अफ़्सोस ! अफ़्सोस ! अफ़्सोस !"

"ऐ बेटे, रात को तुम सोए नहीं थे ?"

मैंने हड़बड़ाकर बू जान को देखा कि जाने किस वक़्त मेरे क़रीब आन खड़ी हुई थीं। मैंने तज़्किरे के औराक़ अलग रखे।

"बू जान, आज ज़रा जल्दी आँख खुल गई। मैंने सोचा कि मियाँ जान के तज़्किरे के जो औराक़ पढ़ने से रह गए थे, उन्हें निबटा दूँ।

"बेटे, रात के कहीं बीच मेरी आँख खुली थी, उस वक़्त भी तुम जाग रहे थे। ख़ुदा-ख़ुदा करके तुम्हारे जागने की आदत छुटी थी, अब फिर तुमने वही तौर पकड़ लिया।" यह कहते-कहते बू जान बाहर बरामदे में निकल गईं। वुज़ू[4] किया। फिर नमाज़ के लिए खड़ी हो गईं।

बू जान दोबारा मेरे पास उस वक़्त आईं जब मैं नाश्ता करते-करते अख़बार पढ़ने में ग़र्क़ हो गया था।

"ऐ है, अख़बार न हुआ बलाए-जान हो गया। क्यों चाय को ठंडा कर रहे हो ?"

मैंने अख़बार से ज़रा नज़र हटाकर सामने रखी चाय की पियाली पर नज़र डाली। पियाली मुँह से लगाई। वाक़िई ठंडी हो गई थी।

"और आज तुम अपनी चिड़ियों को भी भूल गए। ग़रीब चुग्गे के इंतिज़ार में सूख रही हैं।"

हाँ वाक़िई, चिड़ियाँ तो मेरे ज़ेह्न से आज उतर ही गई थीं। फ़ौरन अख़बार अलग रख तोस के बचे हुए टुकड़े जल्दी-जल्दी रेज़ा किए और आज तोस के टुकड़े ज़्यादा ही बच गए थे। एक तोस तो पूरा बच गया था। नाश्ते को तबीअत ले ही नहीं रही थी। रेज़े लेकर हारसिंगार के पास पहुँचा तो चिड़ियाँ जा चुकी थीं। उन चिड़ियों के भी अजीब नख़रे थे। रेज़े डालने में जिस सुबह ज़रा ताख़ीर[5] हो जाती, वो उड़कर जाने किस तरफ़ निकल जातीं जैसे रूठ गई हों।

बस एक चिड़िया पीछे भटकती रह गई थी। वह थोड़े तअम्मुल के साथ शाख़ से उतरकर आई, चंद रेज़े चुगे मगर कुछ ज़्यादा शौक़ के साथ नहीं। फिर वह भी उड़ गई।

---

1. जंजाल, 2. अन्तर्यामी, 3. अलग, 4. नमाज़ से पहले यथाविधि हाथ, पैर और मुँह धोना, 5. देर।

10

"दरवाज़े पे कोई है।" यह कहने के साथ-साथ मैंने घंटी की आवाज़ पर कान लगाए। कुछ ऐसा गुमान हुआ था कि किसी ने दरवाज़े की घंटी बजाई है और मैंने इस तवक़्क़ो[1] पर कान लगाए कि अगर कोई है तो फिर घंटी बजाएगा मगर फिर कोई आवाज़ ही नहीं आई।

"कोई भी नहीं है।" ज़ुबैदा बोली : "कोई होता तो दरवाज़े की घंटी बजाता।"

"मेरा ख़याल है कि किसी ने बजाई थी।"

"मुझे तो सुनाई नहीं दी। तुम्हारे तो कान बजते हैं।"

मैं थोड़ा खिसियाना होकर चुप हो गया। आगे धरी हुई पियाली उठाई और ख़ामोशी से चाय पीने लगा। मगर अन्दर एक ख़लिश[2]-सी थी कि क्या वाक़िई कोई नहीं था और क्या वाक़िई किसी ने घंटी नहीं बजाई थी ? फिर मुझे यह कैसे गुमान हुआ। क्या यह महज़ वह्म था ? मगर फिर मैंने जल्द ही इस ख़लिश को रफ़अ-दफ़अ कर दिया। यह सोचकर कि आख़िर यह कौन-सा ऐसा बड़ा मस्अला[3] है। नहीं होगा कोई, मेरा वह्म होगा। और ऐसा वह्म होना कोई ग़ैरमामूली[4] बात नहीं। यूँ भी तो होता है कि कोई आसपास नहीं होता और लगता है कि तुम्हें किसी ने पुकारा है, तुम्हारा नाम लिया है। तो क्या अजब है कि इस वक़्त भी ऐसा ही हुआ हो। तो उस तरफ़ से ज़ेह्नी फ़राग़त[5] के बाद मैंने इत्मीनान से चाय ख़त्म की, सिगरेट सुलगाई। ज़ुबैदा चाय की ट्रे लेकर बावरचीख़ाने की तरफ़ चली गई।

अब शाम हो रही थी। मैं इत्मीनान से बैठा सिगरेट पी रहा था। सिगरेट पीते-पीते बस यूँ ही एक रौ[6] मेरे अन्दर उठी कि मुम्किन[7] है कोई आया ही हो कि घंटी की आवाज़ तो मेरे कान में आई थी मगर कौन था वह ? और उस आन मुझे उस शख़्स का ख़याल आया जो शाम के झुटपुटे में मेरे पास से गुज़रा था, ऐसे कि मैं उसकी सूरत भी नहीं देख सका और जिसका ख़याल उस सन्नाहटी रात में मेरे दिलो-दिमाग़ पर छाया रहा। वह शख़्स एक मर्तबा फिर मेरे तसव्वुर में ज़िन्दा हो गया। तो क्या वह शख़्स आया था ? मगर इस तरह क्यों आता है ? आने का अच्छा वक़्त चुना है और क्या ख़ूब तौर अपनाया है कि शाम के झुटपुटे में आकर दरवाज़े पर दस्तक देता है और कितनी आहिस्तगी[8] से दस्तक देता है कि मैं शक में पड़ जाता हूँ कि किसी ने दस्तक दी भी है या नहीं और फिर दम के दम में उड़न छू हो जाता है।

---

1. आशा, 2. उलझन, 3. समस्या, 4. असाधारण, 5. मानसिक सन्तोष, 6. लहर, 7. सम्भव, 8. धीरे से।

अब में पछता रहा था कि फ़ौरन जाकर दरवाज़े पर देखा क्यों नहीं ? फिर ज़ुबैदा पर गुस्सा आया कि उसने बेसोचे-समझे फ़ौरन ही मेरी बात की तर्दीद कर दी। ख़ुद पर भी झुँझलाहट हुई कि मैंने ज़ुबैदा की बात क्यों मान ली।

"एक बात बताऊँ। आज मैंने फ़ाल[1] निकलवाई थी।" ज़ुबैदा ने वापस आकर क़रीब बैठते हुए कुछ राज़दाराना लहजे में इत्तिला दी।"[2]

"वह किस सिलसिले में ?" मैंने चौंककर ज़ुबैदा को देखा।

'आशियाने के सिलसिले में।" ज़ुबैदा थोड़ा हिचकिचाई। फिर बोली : "फ़ाल में निकला है कि यह ज़मीन तुम्हें रास नहीं आई...बेच डालो।"

"क्या ?" मैं कुछ बौखला गया।

"फ़ाल में तो यही निकला है।"

यह बात इतनी अचानक थी कि पहले तो मेरी समझ में कुछ न आया कि क्या कहूँ। रफ़्ता-रफ़्ता मैंने अपने-आपको जम्अ[3] किया, कहा, "ज़ुबैदा, सुनो। मैं तो इस झंझट में पड़ ही नहीं रहा था। तुम्हारी ज़िद थी कि मकान अपना होना चाहिए। तुम्हें मालूम है कि किन मुसीबतों से प्लाट हासिल किया। फिर क्या-क्या जतन करके मकान बनवाया। इसके क़र्ज़े अभी तक जान के साथ लगे हुए हैं।"

"यह सब ठीक है। मगर मकान तुम्हारी जान से ज़्यादा प्यारा तो नहीं है।"

"मेरी जान से प्यारा ? मेरी जान तो इसके लिए जितनी घुलनी थी, घुल चुकी। अब यह मकान मेरी जान को क्या कहता है ?"

"ख़ैर, मैंने तो फ़ाल में जो निकला था, वह बता दिया।"

"तो तुम्हारा मतलब यह है कि यह मकान, जो इतनी मुसीबतों से बना है, बेच डालना चाहिए ?"

मैंने चिढ़कर कहा था और ज़ुबैदा ने किस सुकून के साथ जवाब दिया, "मकान जानों से ज़्यादा तो नहीं है। कमानेवाले हाथ सलामत रहें, मकान तो और भी बन सकता है।"

इतने में बू जान बरामद हुईं। मैंने फ़ौरन उनके सामने मुक़द्दमा पेश कर दिया : "बू जान, आपने सुना। ज़ुबैदा की तज्वीज़ यह है कि आशियाना बेच दिया जाए।"

"हाँ, सुन चुकी हूँ।" बू जान ने बिगड़े लहजे में कहा और उससे मैंने अन्दाज़ा लगाया कि ज़ुबैदा बू जान से यह ज़िक्र पहले ही कर चुकी है और बू जान इस पर अपनी नापसन्दीदगी[4] का इज़हार कर चुकी हैं। बू जान थोड़ा चुप हुईं, फिर ज़ुबैदा से मुख़ातिब हुईं :

"ऐ दुल्हन, होश की दवा लो। मकान कोई गुड्डे-गुड़िया का खेल है कि आज बनाया कल बेच दिया। बीबी मकान तो आम का पेड़ होता है। नस्लें फल खाती हैं। ख़ैर से सुहाग बना रहे। आज तुम दो हो, कल अल्लाह चाहे तो तीन हो जाओगे और फिर तीन से चार होंगे। टब्बर को कहाँ लिए-लिए फिरोगी ?"

---

1. शकुन, 2. चुपके से सूचना दी, 3. इकट्ठा, 4. अरुचि।

"और घर बना लेंगे।"

"और घर बना लेंगे।" बू जान ने कितना मुँह बिगाड़कर कहा : "दुल्हन, मकान ज़िन्दगी में एक मर्तबा बनता है, फिर पुश्तों चलता है। हमारी चराग़ हवेली पाँच पुश्तें पहले बनी थी। अल्लाह रखे उसने पाँच पुश्तें देखीं और अभी तो उसे और पुश्तें देखनी थीं। हवेली तो खड़ी थी, हवेलीवाले ही उखड़ गए।"

"बू जान, ख़ुशी से तो मैंने यह बात नहीं कही। फ़ाल में जो निकला है, वह मैंने कहा है।"

"ऐ दुल्हन, कैसी बातें करती हो। फ़ाल निकालना हर ऐरा-ग़ैरा का तो काम नहीं है। किसी टटपूँजिया मौलवी से तुमने फ़ाल निकलवाई और यक़ीन कर लिया। अरे फ़ाल ही निकलवानी थी तो मौलवी ग़ुलाम रसूल से निकलवातीं। और मैं तो कहूँ हूँ कि उन्हें बुलाके कहा जाए कि घर को कील दो[1]। बस फिर घर महफ़ूज़[2] है।"

फिर वही गुमान कि जैसे दरवाज़े पे कोई है, जैसे किसी ने घंटी बजाई है। मैंने चाय पीते-पीते सामने बैठी ज़ुबैदा पर एक नज़र डाली। उसे देखकर तो नहीं लगता था कि उसने कुछ सुना है। ज़ुबैदा ऊँचा सुनने लगी है या सुनी अनसुनी कर देती है। ख़ैर मैं ज़्यादा इस सवाल से नहीं उलझा। सोचा कि उठकर देख ही लो। क्या ख़बर है कोई हो। न भी हो तो देख लेने में क्या हरज[3] है। कम-अज़-कम शक तो रफ़अ[4] हो जाएगा। कल की शाम मुझे याद थी। एक ज़रा-सी अलकसाहट की वजह से कितने शकों में गिरिफ़्तार हो गया था। चाय बीच में छोड़कर उठ खड़ा हुआ।

"अख़लाक़, यह तुम्हारी क्या बुरी आदत है कि चाय बीच में छोड़कर उठ खड़े होते हो।"

"जा कहीं नहीं रहा, अभी आता हूँ।"

किस तेज़ी से मैं दरवाज़े पर आया। वहाँ तो कोई भी नहीं था। कोई आया भी था या महज़[5] मेरा वह्म[6] था। अगर आया था तो क्या ख़ाली दहलीज़ छूने आया था। घंटी बजाई और छू हो गया। महज़ अपने इत्मीनान के लिए मैंने दरवाज़े से निकलकर बीच गली में खड़े होकर उसकी आख़िरी हद तक नज़र डाली। गली यहाँ से वहाँ तक ख़ाली। मगर जब मुड़कर अन्दर जाने लगा तो मैंने गली के आख़िरी किनारे पे एक हयूला[7] देखा जैसे कोई गली से निकलकर सड़क पर मुड़ गया। देखा या ऐसा लगा कि देखा है। फ़ैसला नहीं कर पाया कि सचमुच किसी को देखा था या शक हुआ था। सोचा कि आगे बढ़कर देख लेते हैं। तेज़-तेज़ क़दम उठाता गली से निकला और सड़क पे हो लिया। सड़क पे नज़र दौड़ाई कि कहाँ गया वह। चन्द क़दम के फ़ासिले पर पान-सिगरेट की दुकान के सामने से गुज़रते हुए देखा कि वहाँ एक शख़्स इत्मीनान से खड़ा

1. मन्त्र या प्रेत को प्रभावहीन करने के लिए पढ़ी हुई कीलें लगाना; 2. सुरक्षित, 3. हानि, 4. समाप्त, 5. केवल, 6. भ्रम, 7. छाया।

कोकाकोला पी रहा है और मुझे देख रहा है। या मुम्किन है मुझे न देख रहा हो, मेरा एहसास हो कि वह मुझे देख रहा है। दम भर के लिए मुझे ख़याल आया कि कहीं यही तो वह आदमी नहीं है। इस ख़याल के साथ मैं मुड़कर एहतियात[1] से उसका जाइज़ा लेना चाहता था। मगर मैंने सोचा कि उसे मुझ पर ऐसा कोई शक नहीं होना चाहिए कि मैंने उसे शनाख़्त कर लिया है। थोड़ा आगे जाकर वापस आऊँगा और सादगी से, ऐसे जैसे कोई बात ही नहीं है, उस पर नज़र डालूँगा। अगर वही है तो मैं उसे किसी न किसी तौर ताड़ लूँगा। लेकिन अभी मैं चन्द क़दम बढ़ा था कि मैंने देखा कि मेरे आगे-आगे एक चौड़ा-चकला आदमी लम्बे-लम्बे डग भरता हुआ जा रहा है जैसे उसे अन्देशा हो कि उसने चाल सुस्त की तो मैं उसे जा लूँगा। मैंने फ़ौरन ही अपनी चाल तेज़ कर दी लेकिन वह तो इतने लम्बे-लम्बे डग भर रहा था कि मेरी चाल में तेज़ी आ जाने के बावजूद मेरे और उसके दरमियान फ़ासिला बढ़ता ही चला गया। आगे चौराहा था। चौराहे पर मेरे पहुँचते-पहुँचते वह सड़क को उबूर कर चुका था और बत्ती सुर्ख़ हो चुकी थी। मुझे ठहरना पड़ा। बत्ती का रंग बदलते ही मैंने तेज़ी से सड़क को उबूर किया और निगाह दौड़ाई कि वह कहीं नज़रों से ओझल न हो जाए। मगर यहाँ सड़क पर इतना मज्मा था कि ख़ुदा की पनाह। लगता था कि जैसे कोई हादसा हो गया है या कोई मुजरिम पकड़ा गया है। मैं हैरान कि या अल्लाह इस सड़क पर आज इतनी ख़ल्क़त कहाँ से उमड़ पड़ी। यह मसरूफ़ सड़क बेशक थी मगर इतनी भीड़ तो यहाँ नहीं हुआ करती थी। मगर मैं यह जानने के लिए कि हुआ क्या है, रुक नहीं सकता था। यह जो फ़िक्र थी कि कहीं वह आँखों से ओझल न हो जाए।

भीड़-भड़क्का पीछे रह गया। अब सड़क ख़ाली और ख़ामोश थी। ख़ामोश-सी ख़ामोश जैसे हू का आलम हो। बस जैसे मैं ख़ाली-ढंडार किसी बस्ती में चल रहा हूँ। मगर वह कहाँ गया। दूर-दूर तक नज़र दौड़ाई। वह तो कहीं नज़र नहीं आ रहा था। वह क्या, वहाँ तो चिड़िया का बच्चा भी नहीं था। सड़क से हटकर एक गली में मुड़ गया। बस शक-सा था कि वह मेरी नज़रों से बचने की ग़रज़ से किसी गली में मुड़ा है। एक गली से दूसरी गली में, दूसरी गली से तीसरी गली में। हर गली ख़ाली हर गली ख़ामोश। मैं हैरान कि ये गलियाँ तो मेरी देखी-भाली हैं; इतनी अजनबी क्यों नज़र आ रही हैं और इतनी बेआबाद[2] क्यों दिखाई दे रही हैं ?

कितनी मर्तबा अपने ही क़दमों की चाप पर चौंका। कितनी मर्तबा शक हुआ कि कोई दबे पाँव मेरे पीछे आ रहा है। मगर कौन ? मैं उसका पीछा कर रहा हूँ। वह मेरा पीछा क्यों करेगा ? मगर क्या ख़बर है ?

थक-हारकर वापस हो लिया। अपने गेट में क़दम रखा तो सामने बरामदे में कोई बैठा नज़र आया। वह ? वह या कोई और ? बहरहाल कोई अजनबी था। मुझे देखकर खड़ा हो गया। अलैक-सलैक हुई।

"फ़र्माइए।"

---

1. सावधानी, 2. उजाड़।

"मैंने सुना है कि आप अपना मकान बेचना चाहते हैं ?"

"जी !" मैं चकरा-सा गया।

"जी बात यह है कि मैं प्रॉपर्टी डीलर हूँ।" फ़ौरन उसने अपनी हैसियत की वज़ाहत[1] की। "मैंने आज आपको दफ़्तर में भी फ़ोन किया था। दो मर्तबा फ़ोन किया और दोनों मर्तबा आप नहीं मिले।"

मुझे याद आया कि चपरासी ने मुझे बताया था कि किसी ने आपको फ़ोन किया था। मैंने उस पर तवज्जुह नहीं दी, यह सोचकर कि होगा कोई। अब कौन ऐसा फ़ोन करनेवाला है जिसके लिए मैं तरद्दुद[2] करूँ। अचानक एक ख़याल बिजली की तरह मेरे ज़ेह्न में आया : "अच्छा इससे पहले भी आप यहाँ आए थे ?"

"जी !" अब प्रॉपर्टी डीलर के सटपटाने की बारी थी।

"मेरा मतलब है कि आप कल भी आए थे और अभी थोड़ा देर पहले।"

"नहीं।" वह चकरा-सा गया।

"अच्छा, कमाल है ! वो आप नहीं थे, फिर कौन था ?" मैं यह कहते-कहते एक मर्तबा फिर सोच में पड़ गया।

मगर शायद उस शख़्स को इसका एहसास नहीं हुआ। सादगी से बोला : "वह कोई और होगा। मुझे तो आज ही पता चला था कि आप मकान बेच रहे हैं। पहले मैंने दफ़्तर में आपसे राबिता[3] पैदा करने की कोशिश की, वहाँ नहीं हो सका तो यहाँ हाज़िर हो गया। अन्दर से जवाब आया कि आप दफ़्तर से तो आ गए हैं, यहीं कहीं हैं। मैंने सोचा, थोड़ा इंतिज़ार कर लिया जाए।"

"आपको किसी ने ग़लत इत्तिला[4] दी है कि मैं मकान बेच रहा हूँ।"

"अच्छा ? फिर तो मुझे आपसे माज़िरत[5] करनी चाहिए कि ख़्वाह-मख़्वाह मैंने आपका वक़्त लिया।"

"कोई बात नहीं।"

वह तो चला गया मगर मैं हैरान था कि कल ही तो घर में यह बात हुई है। प्रॉपर्टी डीलर के कानों तक कैसे पहुँच गई। मैंने ज़ुबैदा से पूछा : "प्रॉपटी डीलर को किसने इत्तिला दी कि हम मकान बेच रहे हैं ?"

"प्रॉपर्टी डीलर को ?...अच्छा...तअज्जुब है...यह आदमी कौन था ?"

'प्रॉपर्टी डीलर था। तुमने किसी से ज़िक्र किया होगा ?"

"किसी से नहीं। कल घर में ही यह बात हुई थी। क्या कहता था वह ?"

"पूछने आया था। कि आप मकान बेच रहे हैं। नहीं बल्कि इस एतिमाद[6] के साथ आया था कि यह मकान बिकने लगा है और उसे इसका सौदा कराना है।"

"दिमाग़ ख़राब हो गया है उसका। हम मकान ऐसे थोड़ी ही बेच देंगे, आँखें बंद करके। फिर क्या कहा तुमने ?"

"मैंने कह दिया कि तुम्हें ग़लत इत्तिला मिली है।"

---

1. स्पष्टता, 2. चिन्ता, 3. सम्पर्क, 4. सूचना, 5. क्षमा चाहना, 6. भरोसा।

"अच्छा किया।" फिर रुककर बोली, "मगर ज़रा टटोलते तो सही कि क्या कहता है।"

"जब हमें घर बेचना ही नहीं है तो उसे टटोलने और बात को आगे बढ़ाने की क्या तुक थी ?"

"कैसी बातें करती हो तुम। प्रॉपर्टी डीलर से बात करके तो आदमी फँस जाता है। तुम नहीं जानतीं, मैं इस मख़्लूक़[1] को ख़ूब समझता हूँ। यह मख़्लूक़ तो वह है कि एक मर्तबा मुरव्वत[2] में भी इससे बात कर लो तो वह लेस हो जाती है।"

मैंने यह बात यूँ ही थोड़ा ही कही थी। मेरे साथ गुज़र चुकी थी। यह तब का वाक़िआ है जब मेरे पास गाड़ी थी। अजब खटबिगड़ी गाड़ी थी। चलते-चलते बिला-सबब[3] अड़कर खड़ी हो जाती। फिर मैं जिस-तिसका मुँह तकता। गुज़रती हुई टैक्सियों को रुकने के इशारे करता। कोई अल्लाह का बन्दा टैक्सीवाला रहम खाकर टैक्सी रोकता। गाड़ी खोलकर उसके कल-पुर्ज़े देखता-भालता, दुरुस्त करता और फिर मैं वहाँ से चलने के क़ाबिल होता। एक रोज़ जब सख़्त दोपहर थी और मैं सड़क के किनारे पसीने में शराबोर खड़ा था तो एक टैक्सीवाले ने मेरी गाड़ी के डाइनमो का जाइज़ा लेते-लेते कहा :

"साब, आप इस गाड़ी को बेच ही डालें, नई ख़रीद लें। आजकल शराड का नया मॉडल आया हुआ है। बहुत अच्छी गाड़ी है।"

जवाब में मैंने पेशानी और गर्दन से पसीना पोंछा और 'हूँ" कहकर चुप हो रहा। दिल में कहा कि कहता तो सच है मगर इसे यह पता नहीं कि मैं इस गाड़ी के साथ अपने-आपको भी बेच डालूँ तो शराड ख़रीदने की इस्तिताअत[4] पैदा नहीं कर सकता।

तीसरे दिन एक शख़्स जिसे मैं बिलकुल नहीं जानता, दफ़्तर मेरे पास आया और कहने लगा, "मेरे पास आपकी गाड़ी के लिए एक गाहक है। माक़ूल[5] असामी है। आपको अच्छे पैसे मिल जाएँगे।"

मैंने हैरान होकर उसे देखा। "आप कौन साहिब हैं ?"

"मैं बस यही मोटरों में डील करता हूँ। आप मुझे नहीं जानते मगर मैं आपको जानता हूँ। आप जिस वर्कशॉप से अपनी गाड़ी ठीक कराते हैं, उसका मालिक मेरा जाननेवाला है। बहुत आपकी तारीफ़ करता है।"

"वह तो ठीक है मगर फ़िलहाल तो मैं इस गाड़ी को बेचने का कोई इरादा नहीं रखता।"

"अच्छा।" वह चुप हुआ फिर बोला, "ख़ैर जब भी आपका इरादा हो, आप मुझसे बात करें। मैं आपका अच्छा सौदा कराऊँगा।" यह कहते-कहते उसने जेब से तआरुफ़ी कार्ड[6] निकाला और मुझे पकड़ाकर चला गया।

एक-डेढ़ महीने बाद फिर आन धमका। अब ज़्यादा एतिमाद से मिला, "तो आपने फ़ैसला कर लिया गाड़ी बेचने का ?"

---

1. जाति, 2. शील, संकोच, 3. अकारण, 4. सामर्थ्य, 5. अच्छी, 6. परिचयपत्र।

"कौन कहता है ? मैंने तो कोई ऐसा फ़ैसला नहीं किया।"

"अच्छा कमाल है। मैंने तो यही सुना था।"

"किससे सुना था ?"

इस सवाल को वह गोल कर गया। ज़हमत[1] देने की माज़िरत[2] की और चला गया। डेढ़-दो महीने बाद फिर आया। अबके तो बहुत ही बेतकल्लुफ़ी से मिला जैसे बरसों की आशनाई हो। मैंने चाय के लिए पूछा। बोला : "कोई मुज़ायक़ा[3] नहीं।"

इधर-उधर की बातें करता रहा। कारों के नए मॉडलों की तफ़्सील[4] बताता रहा। पूछने लगा :

"आपके पास यह गाड़ी कब से है ?"

"यही दो-तीन साल से।"

"अच्छा, दो-तीन साल में इसका यह हाल हो गया। पता नहीं आपने किसके ज़रीए[5] यह सौदा किया था। मुझसे आपकी मुलाक़ात हो गई होती तो मैं आपको अच्छी गाड़ी दिलाता। आपके क़रीब ही स्टेट लाइफ़ का दफ़्तर है, वहाँ सिद्दीक़ी साहिब होते हैं। उन्हें मैंने अब से छह साल पहले फ़ॉक्स वैगन दिलाई थी। बिल्कुल कौड़ियों के मोल। साहिब, आजतक उस गाड़ी ने वर्कशॉप की सूरत नहीं देखी है। सिद्दीक़ी साहिब मेरे नाम का कलिमा पढ़ते हैं।"

"सेकेंड-हैंड गाड़ी और वार्कशॉप न जाए ! तअज्जुब है।"

"जनाब यही तो अपना कमाल है। जब भी आपका इरादा बने, आप मुझसे बात करें। वैसे आपका मॉडल बहुत पुराना हो गया है। इसे निकाल ही डालें। इस वक़्त निकाल देंगे तो अच्छे पैसे मिल जाएँगे। थोड़े दिन के बाद इसे कोई हाथ नहीं लगाएगा।"

वह कहता रहा। मैं सुनता रहा। हाँ-ना में कोई जवाब नहीं दिया। उसने भी मेरा रद्देअमल[6] जानने के बारे में कोई तरद्दुद नहीं दिखाया। चाय पी, हाथ मिलाया और रुख़्सत हो गया।

महीना नहीं गुज़रा था कि एक गाहक को साथ लेकर आ गया।

"इन्हें आप ज़रा अपनी गाड़ी दिखा दें।"

"किस सिलसिले में ?"

"बस दिखा दें।"

"मैं गाड़ी बेच तो नहीं रहा।"

"बेचने को कौन कह रहा है। मगर मैं इन्हें आपकी गाड़ी दिखाना चाहता हूँ।"

मैं किसी क़दर तअम्मुल के साथ अपनी सीट से उठा और दफ़्तर से बाहर आकर उन्हें अपनी गाड़ी के पास ला खड़ा किया। उस शख़्स ने उस नौवारिद[7] को गाड़ी बहुत तफ़्सील से दिखाई, तारीफ़ की, ज़ोर इस पर दिया कि गाड़ी का इंजिन बिल्कुल दुरुस्त हालत में है और अस्ल चीज़ तो इंजिन होता है।

1. कष्ट, 2. क्षमा चाहना, 3. आपत्ति, 4. विवरण, 5. द्वारा, 6. प्रतिक्रिया, 7. नवागत।

ये सारी बातें करके उसने मुझे चाबियाँ लौटाईं, रुख़्सत के लिए हाथ मिलाया। फिर नौवारिद से कहा, ''आइए चलते हैं।''

जाते-जाते मेरे कान में कह गया, ''पैसेवाली असामी है। इसे गँवाना नहीं है।''

मैंने तो मुरव्वत में गाड़ी दिखा दी थी। मगर आदमी एक दफ़ा मुरव्वत में आ जाए तो फिर आता चला जाता है। उस कार-डीलर ने मुरव्वत ही मुरव्वत में मुझसे फ़रोख़्त[1] के सारे मराहिल[2] तै कराए और इस ख़ुश-उस्लूबी[3] से कि आख़िर वक़्त तक मुझे एहसास ही नहीं हुआ कि गाड़ी का सौदा हो रहा है।

''फिर तो अच्छा किया, तुमने उसे साफ़ जवाब दे दिया। लेकिन अगर कभी वह तुम्हारे पीछे आ जाए तो मैं क्या कहूँ ?'' ज़ुबैदा ने एक नया सवाल उठा दिया।

''मेरे पीछे आ जाए।'' मैं चौंक पड़ा। एक मर्तबा फिर सोया शक मेरे अन्दर जागा कि कहीं यही तो वह आदमी नहीं है जो...''क्या यह आदमी कभी पहले भी आया था ?''

''नहीं। बस मुझे यूँही ख़याल आया कि अगर उसे यह ख़याल है कि हम आशियाना बेच रहे हैं तो यह न हो कि रोज़ आन खड़ा हो।''

''कैसे आन खड़ा होगा। बस उसे मुँह नहीं लगाना है।''

ज़ुबैदा ने तअम्मुल किया। फिर बोली :

''हाँ, अगर हम आशियाना नहीं बेच रहे हैं तो फिर तो उसे मुँह नहीं लगाना चाहिए। लेकिन अगर बेच रहे हैं तो...''

पता नहीं ज़ुबैदा क्या कहना चाहती थी, मैंने बीच में ही बात काट दी।

''नहीं। हम नहीं बेच रहे। उस शख़्स को बिल्कुल मुँह नहीं लगाना है।''

---

1. बिक्री, 2. चरण, 3. अच्छे ढंग से।

11

कितने दिनों से वह मुझे याद नहीं आई थी। बस जैसे दिलो-दिमाग़ से बिसर गई हो। हर जज़्बे[1] की एक उम्र होती है, महब्बत के जज़्बे की भी। और हर जज़्बा किसी न किसी सहारे पर्वरिश[2] पाता है। जज़्बे ख़ला[3] में तो परवान नहीं चढ़ा करते। आपस में कुछ होता है, बुरा या भला तब ही जज़्बे को तक़वीयत[4] मिलती है। मगर यहाँ तो बस दूर से आती हुई एक शीरीं आवाज़ ने आन पकड़ा था। फिर वह आवाज़ भी ग़ाइब हो गई। आवाज़ का जादू कब तक चलता। जब तक उसके सिहर में रहा, उसे ढूँढ़ता रहा, मुज़्तरिब[6] फिरता फिरा।

"यार मुम्ताज़, क्या किया जाए ? वह तो छू हो गई।"

"तुम तो कह रहे थे कि तुमने उसका पता मालूम कर लिया है।"

"हाँ, वह तो मालूम कर लिया था। बैंक में काम करती है। मैंने बैंक में जाकर मालूम किया। पता चला कि वहाँ से ट्रांसफर हो गया है। जिस ब्रांच में ट्रांसफर हुआ था, उसका पता लिया। वहाँ पहुँचा। पता चला कि लाँग लीव पर है। मैंने उसके घर का पता मालूम किया। मगर ये दफ़्तर के लोग बहुत कमीने होते हैं। पता नहीं वो क्या समझे। आएँ-बाएँ-शाएँ करके टाल दिया। घर का पता नहीं बताया।"

"यार थोड़ा सब्र कर लो। जाना कहाँ है उसे। लीव ख़त्म करने के बाद तो आएगी।"

कितना सब्र करता। चन्द दिन बाद फिर बैंक का फेरा लगाया। फिर वक़्फ़ा-वक़्फ़ा[7] से कितने फेरे। फिर यह होने लगा कि मैंने बैंक में क़दम रखा और एक ने दूसरे को, दूसरे ने तीसरे को इशारा किया और सबकी नज़रें मुझ पर, जैसे मुझे देखकर महज़ूज़[8] हो रहे हों। क्या करता, सीने पे सब्र का पत्थर रखा और उधर का फेरा लगाना छोड़ दिया। और यूँ भी तो होता है कि आदमी एक दफ़ा सब्र कर ले तो फिर सब्र आता चला जाता है और शौक़ रफ़्ता-रफ़्ता ठंडा पड़ जाता है। मेरे साथ यही हुआ है। कहाँ हर दम दिलो-दिमाग़ में बसी रहती थी, कहाँ अब कितने-कितने दिनों तक उसका ख़याल ही नहीं आता था। ख़याल आता भी तो किसी जज़्बाती हैजान[9] के बग़ैर। कभी-कभी भूली-बिसरी बातों के साथ उसका भी ख़याल आ जाता। और मैं कितनी बेतअल्लुक़ी से अपने उस जज़्बाती तूफ़ान को याद करता इस एहसास के साथ कि एक आँधी थी

---

1. भावना, 2. विकास, 3. शून्य, 4. बल, 5. जादू, 6. बेचैन, 7. ठहर-ठहर कर, 8. आनन्दित, 9. भावात्मक आवेश।

जो आई और गुज़र गई।

तो मैं तो अपनी दानिस्त[1] में उसके सिह्र से निकल आया था। कितने दिनों से वह मुझे बिलकुल याद नहीं आई थी। बस अचानक उसके ख़याल ने मुझ पे शबख़ूँ[2] मारा। मैं उस शाम घूमता-फिरता आर्ट सेंटर में जा निकला जहाँ तस्वीरों की एक नुमाइश[3] का इफ़्तिताह[4] हो रहा था। मैं उस वक़्त आर्ट गैलरी की बालाई[5] मंज़िल में था। तीसरे फ़्लोर पर। तस्वीरों के सामने से गुज़रते-गुज़रते यूँ ही बेइरादा मैंने नीचे के फ़्लोर पर नज़र डाली और एकदम से ठिठक गया। अरे यह तो ज़किया है। मैं तेज़ी से पलटा और सीढ़ियाँ उतरने लगा। कितनी तेज़ी से मैं सीढ़ियाँ उतर रहा था मगर सीढ़ियाँ थीं कि ख़त्म होने में नहीं आ रही थीं। ज़ीना एकदम से खिंचकर कितना लम्बा हो गया था। मगर मेरी टाँगों में भी उस आन बिजली भर गई थी। सीढ़ियाँ उतर रहा था कि ज़क़न्दें[6] भर रहा था। अभी सीढ़ियों पर था कि अचानक एक और चेहरा सामने आ गया। मैं ठिठककर खड़ा हो गया।

"शीरीं तुम !"

वह भी शायद मुझे देखकर ठिठकी थी। मगर फ़ौरन ही सँभल गई।

"इसमें इतने तअज्जुब[7] की कौन-सी बात है ?"

"मेरा मतलब है कि कब आईं ?" अपने आने की इत्तिला[8] क्यों नहीं दी। आने के बाद तो इत्तिला दी होती।"

"चलो अब इत्तिला हो गई।"

"कहाँ ठहरी हुई हो ?"

उसने मेरे सवाल का कोई जवाब नहीं दिया। दूसरी ही बात की :

"तुम तेज़ी में कहीं जा रहे थे। मैंने बीच में तुम्हें रोक लिया।"

मैं तो उसे देखकर सबकुछ भूल गया था। उसके याद दिलाने पर याद आया।

"हाँ, एक दोस्त थे। कोई बात नहीं। वो इंतिज़ार कर लेंगे।"

"नहीं। उनसे मिल लो।"

"अच्छा ठीक है। तुम ऊपर जा रही हो ना। तस्वीरें देखो। मैं उनसे बात करके अभी आया। फिर बातें होंगी।"

मैं उज्लत से नीचे आया। ग्राउंड फ़्लोर पर उस वक़्त बहुत चहलपहल थी। कितनी अच्छी-अच्छी सूरतें उमडी हुई थीं। मगर वह कहाँ गई। घूम-फिरकर देखा। हर गोशे में जाकर टटोला। कहीं नहीं नज़र आई। मैं हैरान कि इतनी देर में वह कहाँ छू हो गई।

लपककर काउंटर पे गया और गैलरी के इंचार्ज से पूछा :

"मुआफ़[9] कीजिए। यहाँ ज़किया अहमद थीं। किधर चली गईं ?"

"ज़किया अहमद ?" इंचार्ज ने ज़ेह्न पर ज़ोर डाला। "मुआफ़ कीजिए, मैं उनसे शनासा[10] नहीं। वैसे कुछ लोग चाय की तरफ़ गए हैं। जिन मुह्तरमा[11] को आप तलाश

---

1. जानकारी, 2. अचानक आक्रमण, 3. प्रदर्शनी, 4. उद्घाटन, 5. ऊपर की, 6. छलाँगें, 7. आश्चर्य, 8. सूचना, 9. क्षमा, 10. परिचित, 11. श्रीमती।

कर रहे हैं, शायद वो वहाँ हों।''

तेज़ी से उस गोशे में गया जहाँ चाय का एहतिमाम[1] था। चाय पीती ख़वातीन[2] में से एक-एक की सूरत देखी। जो मेरी तरफ़ पुश्त किए खड़ी थीं, बहाने-बहाने सामने जाकर उनकी शक्लें देखीं। कोई-कोई पुश्त इतनी जाज़िबे-नज़र[3] थी कि गुमान हुआ कि शायद वही है। किस उज्लत में सामने जाकर उसकी सूरत देखी कि मैं ख़ुद ही अपने इस अनगढ़पन पर शर्मिन्दा हो गया।

जब यक़ीन हो गया कि वह उस गोशे में नहीं हैं तो फिर मैं लपककर बाहर आया। इधर-उधर फैले सब्ज़ाज़ारों[4] में और खुशगवार रविशों[5] पर, जहाँ आर्ट की दिलदादा[6] ख़वातीन अहली-गहली फिर रही थीं, नज़र दौड़ाई। वह यहाँ भी नहीं थीं। लम्बे-लम्बे डग भरकर गेट तक गया कि शायद वापस जा रही हो। गेट से बाहर भी नज़र डाली। वह कहीं नहीं थी।

सब तरफ़ से मायूस होकर मैंने सोचा कि अब क्या किया जाए। अरे हाँ, शीरीं मेरा इंतिज़ार कर रही होगी। वापस अन्दर गया। ग्राउंड फ़्लोर से दूसरे फ़्लोर पर। दूसरे फ़्लोर से तीसरे फ़्लोर पर। कहाँ गई वह ? सोचा कि शायद मेरा इंतिज़ार देखकर नीचे चली गई हो। वापस फिर ग्राउंड फ़्लोर पर आया। और अबके यहाँ का ज़्यादा तफ़्सील से जाइज़ा लिया। नज़र नहीं आई। तो गोया वह चली गई। मैं उसके इस रवैये पर हैरान हुआ और अफ़्सुर्दा भी कि एक ज़माने के बाद मिली मगर कितने रूखेपन के साथ कि ज़रा मेरा इंतिज़ार भी नहीं किया। शीरीं तो बिल्कुल ही बदल गई, मैंने सोचा और मेरा दिल बैठ गया। उसे देखकर मैं कितना खुश हुआ था और अब कितना मलूल[7] हुआ।

''बू जान, एक ख़बर सुनाऊँ। शीरीं आई है।''

''शीरीं !'' बू जान ने तअज्जुब से मुझे देखा।

''हाँ, शीरीं। मैं आर्ट सेंटर तस्वीरों की नुमाइश पर गया था। वहाँ अचानक उससे मुठभेड़ हो गई।''

''अच्छा ? फिर कहाँ है वह ?''

''बू जान, उसने कमाल किया। बातें करते-करते मैं ज़रा तस्वीरें देखने लगा। वह नज़रों से ऐसी ओझल हुई कि फिर नज़र ही नहीं आई।''

''ऐ लो, वह छलावा था कि ग़ाइब हो गई।''

''बू जान, मैं सहीह कह रहा हूँ। मैं ख़ासी देर वहाँ रहा कि शायद यहीं-कहीं हो। सब लोग चले गए हैं तब मैं वहाँ से निकला हूँ। उसने कमाल ही कर दिया।''

''आख़िर किस बाप की बेटी है। ख़ुदा बख़्शे तुम्हारे चचा भी ऐसे ही बेमुरव्वत[8] थे। अलीगढ़ में जाकर ऐसे बसे कि फिर मरने-जीने के मौक़ों पर ही उनकी सूरत नज़र आती थी और अब तो क़िस्सा ही दूसरा है, तू कहाँ मैं कहाँ ?'' चुप हुईं फिर अफ़्सुर्दगी[9] से बोलीं, ''इस निगोड़ी हिजरत[10] ने तो ख़ून के रिश्ते तक ख़त्म कर दिए।''

---

1. प्रबन्ध, 2. महिलाएँ, 3. दृष्टि को अपनी ओर खींचनेवाली, 4. लॉनों में, 5. पगडंडियों, 6. शौक़ीन, 7. दुखी, 8. अक्खड़, 9. उदासी, 10. प्रवास।

फिर चुप हो गईं। कितनी देर तक चुप रहीं, फिर बोली :

"बेटे, उसका पता करो। उस लड़की की आँख में तो सूअर का बाल है मगर हमारा ख़ून तो अभी सफ़ेद नहीं हुआ है।"

बू जान की इन बातों पर मैंने कोई रद्देअमल ज़ाहिर नहीं किया। ज़ाहिर में तो ऐसे बना रहा जैसे मैंने शीरीं की इस हर्कत को सरसरी लिया है, मगर वाक़िआ यह है कि अन्दर से मैं बहुत मुज़्तरिब था। यूँ जल्दी ही सोने के लिए जा लेटा लेकिन रात गए तक करवटें बदलता रहा। रह-रहके ख़याल आता कि शीरीं ने यह क्या किया ? सूरत दिखाके कैसी ग़ाइब हुई ? वाक़ई वह तो छलावा बन गई। ऐसा क्यों किया ? क्यों पर आकर मैं सोच में पड़ गया। सौ-सौ तरफ़ ध्यान गया। बस इसी में वह घड़ी याद आ गई जब उसे छोड़कर मैं नीचे उतरा था और किस उज्लत के साथ ग्राउंड फ़्लोर पर पहुँचा था और उसे न पाकर काउंटर पे जाकर इंचार्ज से ज़किया के मुतअल्लिक़ इस्तिफ़्सार किया था। और अचानक मेरे दिमाग़ में यह बात आई कि शायद उसने मेरी बात सुन ली थी। शायद वह मेरे उतरने के बाद वहीं सीढ़ियों पर खड़ी देखती रही थी कि मैं क्या कर रहा हूँ, किसे ढूँढ़ रहा हूँ। इस ख़याल ने तो मेरी सिट्टी गुम कर दी। वाक़िई ? क्या वाक़िई वह भाँप गई थी ? क्या उसने सुन लिया था ? फिर तो ग़ज़ब हो गया।[1] शीरीं भला मुआफ़ करेगी। जब उसने उस वक़्त मुआफ़ नहीं किया तो अब कैसे मुआफ़ कर देगी ? उस वक़्त तो सिर्फ़ शक था और अब तो...बस इसके साथ ही मुझे वह वाक़िआ याद आ गया और वह वक़्त जब मैं वाक़िई 'मैं' था। अब की तरह थोड़ा ही कि महसूस ही नहीं होता कि मैं हूँ। आदमी भी किस तरह वक़्त के साथ अपने-आपको गँवाता-खोता चला जाता है। और हालातो-वाक़िआत[2] को जाने दीजिए, खुद उसकी उम्र उसे कितना ख़राब करती चली जाती है कि वह फिर 'वह' रहता ही नहीं। मैं उस वक़्त जो था, वह मेरे तसव्वुर में घूम गया। उस ज़माने का अख़लाक़ हसन मुतअल्लिम[3] अलीगढ़ यूनिवर्सिटी, कि अब उसके लिए 'वह' वाहिद ग़ाइब के सीग़े[4] में था, अपने घने काले बालों और क्लीन शेव के साथ सियाह शेरवानी में मल्बूस। वह उन दिनों उस दुनिया में था जो अपनी सियाह चुस्त शेरवानियों और सियाह बुर्क़ों के साथ अलग पहचानी जाती थी। हर सियाह बुर्क़ा उसके लिए एक भेद था। हर सियाह बुर्क़े को देखकर तजस्सुस[5] में पड़ जाता कि उसके बीच कौन-सा वुजूद[6] है और नक़ाब के पीछे कैसा चेहरा है ! नकाब पड़ी रहती, फिर भी किसी न किसी तौर एक झलक दिखाई दे ही जाती; कभी गोरे गाल का लशकारा, कभी रौशन आँखों का एक आन दर्शन। बहरहाल एक चेहरा तो बेनक़ाब था कि आँखों में समाता दिल में उतरता चला जा रहा था। अब वह चराग़ हवेली की फ़ज़ा से निकलकर एक नई फ़ज़ा में मिल रहे थे, एक नए जज़्बे के साथ। उस नए जज़्बे के असर में आकर उन्हें यूँ लग रहा था कि जैसे वह पहली मर्तबा एक-दूसरे को देख और जान रहे हैं। शुरू-शुरू में वह अपनी

1. अनर्थ हो गया, 2. परिस्थितियों और घटनाओं, 3. छात्र, 4. अन्य पुरुष एकवचन का काल, 5. जिज्ञासा, 6. देह।

अंग्रेज़ी सँवारने के लिए पूरा-पूरा नॉवेल इकट्ठे पढ़ डालते थे। नॉवेल के हीरो-हीरोइन उनसे कुछ नहीं कहते थे। फिर यह हुआ कि कभी कीट्स की, कभी शैले की नज़्म[1] पढ़ते-पढ़ते दफ़अतन[2] झिझक जाते। फिर नज़्म अपनी गजह पे रह जाती और वो किसी और ही फ़ज़ा में पहुँच जाते। उनके दरमियान एक नई झिझक और एक नई बेतकल्लुफ़ी जन्म ले रही थी। एक नया अनजानापन, एक नई जानकारी।

धीरे-धीरे करके वो एक-दूसरे के कितने क़रीब आ गए थे मगर कितनी तेज़ी से वो एक-दूसरे से जुदा हुए। दिलों के क़रीब आने में कितना वक़्त लगता है पर जुदाई कितनी जल्दी हो जाती है। बस एक शक की लहर आई और दिलों में फ़र्क़ पैदा करती चली गई।

''शीरीं, आजकल तुम्हारी राबिआ नहीं आ रही ?''

शीरीं एकदम चौकन्नी हो गई। उसे ग़ौर से देखा। ''मेरी राबिआ...क्यों ? तुम्हें उसका इंतिज़ार था ?''

वह सटपटा गया। ''नहीं, मैंने तो यूँ ही पूछ लिया था। तुम्हारे पास रोज़ाना जो आया करती थी।''

''तो तुम इस टोह में रहा करते थे कि वह कब यहाँ आती है और कब जाती है !''

उसने बड़ी मुश्किल से अपनी सफ़ाई पेश करने के लिए एक रास्ता निकाला। ''मैं तो सिर्फ़ इसलिए पूछ रहा था कि उसने मुझसे शेक्सपीअर के नोट्स माँगे थे। मैंने सोचा कि तुम्हारी सहेली है, चलो उसकी हेल्प किए देते हैं।''

''हूँ। यह कब की बात है ? मेरे सामने तो यह बात हुई नहीं थी। मेरे पीछे हुई होगी। और क्या बातें हुई थीं ? शीरीं का शक और तक़वीयत[3] पकड़ गया और वह मज़ीद उलझ गया।

वह एक बात कहकर पकड़ा गया। शीरीं ने बाक़ाइदा जिरह[4] शुरू कर दी। उस जिरह में उसका वही हाल हुआ जो अदालती जिरह में एक नातजर्बाकार मुलज़िम का होता है। शीरीं का शक बढ़ता चला गया, उसके साथ-साथ पारा भी चढ़ता चला गया। पहले वह गुस्से से आगबगूला हुई, फिर सिसकियाँ लेकर रोने लगी। बस उसी जोशे-गिर्या[5] में उसने माँ के सामने यह मुक़द्दमा पेश कर दिया।

''अम्मी, यह अख़लाक़ मेरी सहेलियों से अकेले में क्यों बातें करता है ?''

और आन की आन में उस घर में उसका चाल-चलन मश्कूक[6] ठहर गया। बस उसके साथ ही दोनों की मँगनी की जो बात चल रही थी, वह बीच में ही ख़त्म हो गई।

''अख़लाक़, तुम अभी जाग रहे हो ?''

''हूँ।'' एकदम से वाहिद ग़ाइब के सीग़ा से वाहिद मुतकल्लिम के सीग़ा[7] में। ''हाँ, नींद नहीं आ रही।''

---

1. कविता, 2. अचानक, 3. ज़ोर, 4. किसी बात के झूठ-सच की जाँच के लिए प्रश्न, 5. रोने का वेग, 6. जिसमें शक हो, 7. प्रथम पुरुष एकवचन का काल।

"तुम तो लेटते ही ख़र्राटे लेने लगते थे। आज तुम्हें क्या हो गया। इतनी देर से देख रही हूँ, करवटें बदले जा रहे हो।"

मैं ज़ुबैदा को क्या बताता। मैंने उलटा उससे सवाल कर लिया : "मगर तुम भी अभी तक नहीं सोई हो।"

"मुझे तो इस मकान की फ़िक्र खाए जा रही है।" और इससे पहले कि मैं कुछ कहूँ, उसने सवाल दाग़ दिया : "फिर तुमने क्या सोचा है ?"

"किस बारे में ?" सवाल इतना अचानक था कि वाक़ई मेरी समझ में नहीं आया कि ज़ुबैदा ने किस बारे में यह पूछा है।

ज़ुबैदा झुंझला गई :

"कौन-सी बेटी ब्याहने को बैठी है, जिसके बारे में पूछूँगी। आशियाने के बारे में पूछ रही हूँ।"

"आशियाने के बारे में...?" मेरे लिए ज़ुबैदा के सवालों को समझना और जवाब देना उस वक़्त दूभर हुआ जा रहा था। मैं तो किसी और ही फ़ज़ा में परवाज़ कर रहा था, जहाँ दुनिया के ये क़िस्से थे ही नहीं। बस शीरीं थी और मैं था। 'मैं' जो उस वक़्त था। मगर इसी के साथ मुझे तअज्जुब हुआ कि शीरीं का तो अभी तक कुछ भी नहीं बिगड़ा। हाँ, उस वक़्त ककड़ी कच्ची थी, अब पक कर भर गई है और तरश गई है। वाक़ई क्या तरशी-तरशाई नज़र आ रही थी कि हर ख़म,[1] हर गोलाई नुमायाँ[2] और मुतनासिब,[3] और भरी हुई ऐसी कि अब छलकी। और अब मुझे अफ़सोस होने लगा कि उसे नज़र भरकर देखा भी नहीं। कैसी ग़ाइब हुई, बस जैसे आँखों के आगे बिजली कौंद गई हो। और फिर मुझे वही ख़याल सताने लगा कि शायद उसे शक पड़ गया था। मगर कमाल है, इतने बरसों बाद मिली और उसी शक्की तबीअत[4] के साथ। शक भी, मैंने सोचा, क्या फ़ितना[5] है। दो दिल कितनी मुश्किलों से, कितने नाज़ुक मरहले तै करके क़रीब आते हैं, घुल-मिल जाते हैं जैसे कभी जुदा नहीं होंगे। मगर एक ज़रा-सा शक आन की आन में सारी क़ुर्बतों[6], सारी मुलाक़ातों को अकारत कर देता है।

"वह प्रॉपर्टी डीलर तो फिर नहीं मिला ?"

"प्रॉपर्टी डीलर ?" मैं चकरा गया। चकराना ही था। मेरा ध्यान तो कहीं और भटक रहा था।

"मैंने कोई पहेली तो नहीं बूझी है।" ज़ुबैदा फिर झुँझला गई।" "सीधी-सी बात पूछी है कि प्रॉपर्टी डीलर जो उस दिन आया था, फिर मिला या नहीं ?"

"नहीं।"

"एक दफ़ा सूरत दिखाके कमबख़्त कहाँ दफ़ान[7] हो गया।"

उसी घड़ी जेल के पहरेदार की आवाज़ आई : "जागते रहो !" और तब मुझे एहसास हुआ कि रात वाक़ई बहुत गुज़र गई है।

"ज़ुबैदा, अब सो जाओ। रात बहुत हो गई है। इस मसूअले पर फिर बात करेंगे।"

---

1. घुमाव, 2. स्पष्ट, 3. सुडौल 4. शक करनेवाला स्वभाव, 5. भड़कानेवाला, 6. संगतों, 7. अदृश्य।

मैं तो अच्छी-भली सो गई थी। तुम्हारी उलटी-सीधी करवटों ने मेरी नींद उचाट कर दी।''

बहरहाल मेरी बात ने असर किया। उसने मस्अले को मुल्तवी किया और थोड़ी ही देर में ख़र्राटे लेने लगी। इधर मैं शीरीं के तसव्वुर के साथ आधा सो रहा था, आधा जाग रहा था।

12

"ऐ दुल्हन, होश की दवा करो। ख़ुदा का ख़ौफ़ करो। मुझ बूढ़ी पे तुहमतें[1] लगाती तुम अच्छी नहीं लगतीं। भला मैं क्यों पूत मियाँ को सिखाती-पढ़ाती। मैं उन माओं में से नहीं हूँ जो बेटे-बहू की कनसूइयाँ लेती फिरती हैं और बेटे को अकेला पाके उसके कान भरती हैं। मैं तो जो बात करती हूँ, आलम-आशकारा[2] करती हूँ और जो बात मुझ कालखाती ने कही थी, तुम्हारे भले ही के लिए कही थी। अरी बीबी, मुझे अब इस घर को कौन-सा बरतना है। क़ब्र में पाँव लटकाए बैठी हूँ। साँस की डोरी अब टूटी कि अब टूटी। इस घर में तो तुम्हें ही रहना-बसना है। दूधों नहाओ पूतों फलो। अभी तो तुम दो जने हो। जब अल्लाह रक्खो पूत होंगे और दुल्हनों की डोलियाँ आएँगी, फिर तुम्हें इस घर की क़द्र[3] मालूम होगी। फिर मेरी बात की भी क़द्र मालूम होगी। वैसे तो तुम सियाह करो सफ़ेद करो, मैं कौन दख़्ल[4] देनेवाली। लेकिन जब घर उजड़ने के सामान हों तो मुँह में ताला डालके कैसे बैठ जाऊँ। और दुनिया तुम दोनों को तो यह कहके बख़्श देगी कि नातजर्बाकार थे, अक़्ल पे पर्दा पड़ गया था। मगर मेरे मुँह में गू देगी कि बुढ़ैल सफ़ेद चोंडा लिए बैठी रही और बेटे के घर की नीलामी को टुकर-टुकर देखती रही। तो मुझे समझाना था समझा दिया, बाक़ी तुम्हें इख़्तियार है। तुम्हारी चीज़ है, तुम ही ने बनाया तुम ही इसे उजाड़ दो।" बोलते-बोलते बू जान मुझसे मुख़ातिब हुईं : "मेरे लाल, तुम्हारा घर है। मैं कौन होती हूँ बोलनेवाली। बेचो, नीलाम करो, किसी को बख़्श दो,[5] मगर थोड़ा इंतिज़ार कर लो। मैं बस आख़िरी दमों पे हूँ। यह हसरत[6] पूरी हो जाने दो कि जनाज़ा[7] अपनी ड्योढ़ी से निकले।"

बू जान ने तो अच्छी-ख़ासी तक़रीर कर डाली। ज़ुबैदा चुप। मैं भी बिल्कुल चुप रहा। सच पूछो तो ज़ुबैदा की बातों से मैं अपने इस इरादे में, कि मकान को बेचना नहीं है, कुछ डाँवाडोल हो गया था और बू जान ने जैसे मेरे तज़बज़ुब[8] को भाँप लिया हो। मगर मैं तो यह सोचकर परीशान था कि घर में यह क्या फ़साद शुरू हो गया। वह जो घरों में सास-बहू के बीच कटाछनी रहा करती है, उससे अपना घर आजतक नाआशना[9] था। सितम-ज़रीफ़ी[10] देखो कि जब तक हम लोग किराए के मकानों में रहे, अम्न-चैन से रहे। सास बहू पर वारी, बहू सास की ख़िदमतगुज़ार।[11] मगर अपने घर में आकर बसे तो झगड़े-टंटे शुरू हो गए; सौ तरह के वसूवसे[12], अन्देशे, बदशगुनियाँ[13],

---

1. आरोप, 2. जगप्रसिद्ध, 3. मूल्य, 4. हस्तक्षेप, 5. प्रदान कर दो, 6. अभिलाषा, 7. कपड़े में लिपटा हुआ शव, 8. दुविधा, 9. अपरिचित, 10. विडम्बना, 11. दिल से सेवा करनेवाली, 12. भ्रम, 13. अपशकुन।

इलज़ाम, जवाबी इलज़ाम। ज़ुबैदा को मेरी तरफ़ से खुशफ़हमी[1] हो चली थी कि मैं उसके असर में आ गया हूँ और मकान बेचने पर आमादा[2] हूँ, मगर यह कि बू जान मौक़ा पाकर मेरे कान भरती हैं और मैं फिर बिदक जाता हूँ। उधर बू जान भी मेरी तरफ़ से उतनी ही खुशफ़हमी रखती थीं कि मकान बेचने का शिगूफ़ा[3] उनकी बहू ने छोड़ा है। ख़ैर यहाँ तक तो वो सहीह समझती थीं मगर इसी के साथ उनका यह भी ख़याल था कि मैं बीवी से बहुत दबता हूँ और दबाव में आकर मकान बेच डालने पर तौअनोकरहन[4] आमादा हो गया हूँ। मैं खुशफ़हमी के इन दो पाटों के बीच में पिसता चला जा रहा था।

बू जान और ज़ुबैदा दोनों पर मैं कितना हैरान था। बू जान पर यह सोचकर कि उन्होंने तो अपनी आँखों से शादो-आबाद घरों को उजड़ते और ऊँची हवेलियों को ढहते देखा था, फिर भी उनकी समझ में यह बात न आई कि घर कितने बेसबात[5] होते हैं। अस्ल में ज़ुबैदा से ज़्यादा बू जान ने मुझे मकान बनाने पर आमादा किया था। मेरे अन्दर यह बात उतार दी थी, थोड़े वक़्त ही के लिए सही कि जब तक आदमी का अपना मकान नहीं होता, वह उखड़ा हुआ रहता है। मेरी सादा-दिल[6] माँ ने मुत्लक़[7] याद न किया कि कितने जमे-जमाए घराने और बड़ के पेड़ की मिसाल[8] मुस्तहकम[9] लोग उसकी आँखों देखते गहरी बुनियादों और ऊँची छतोंवाले महल-दुमहलों से निकले और पतझड़ के पत्तों की तरह दूर की गलियों में रुलते फिरते। मगर मुझे रफ़्ता-रफ़्ता यह एहसास हुआ कि आदमी मकान तामीर करे तो साथ में एक कश्ती भी ज़रूर तैयार करे कि क्या ख़बर है कि कब घर के चूल्हे की तह फटे और उसमें से पानी उबलने लगे।

ज़ुबैदा पर यह सोचकर हैरान हुआ कि उस नेकबख़्त[10] ने उस वक़्त मकान बनाने के लिए मेरी तली उखाड़ दी थी और अब उसी मकान को ठिकाने लगाने के लिए मेरी तली उखाड़े दे रही थी। एक बीवी का मकान बनाने के लिए इसरार[11] तो मेरी समझ में आता है कि उसके यहाँ एहसासे-तहफ़्फ़ुज़[12] के लिए ख़ाली शौहर का होना काफ़ी नहीं होता; उसके साथ मकान का होना भी ज़रूरी है और बैंक बैलेंस का होना भी। शौहर, मकान, बैंक-बैलेंस—ये तीन चीज़ें मिलकर बीवी को एहसासे-तहफ़्फ़ुज़ अता करती हैं। मगर एक बीवी शौहर से मकान बेच डालने का तक़ाज़ा करे, तअज्जुब की बात तो यह थी। यह तो ख़ैर था ही कि जेल की हमसायेगी[13] ने उसे एक वह्म[14] में मुब्तला कर दिया था। मगर फिर मुझे एक दिन यूँ ही ख़याल आया कि हमारे अड़ोस-पड़ोस से कितने ही कोठीवाले हमारे देखते-देखते अपनी कोठियाँ बेच-खोचकर गुलबर्ग के इलाक़े में जा बसे हैं। क्या वो भी ऐसे ही किसी वह्म में पड़ गए थे। नहीं, उनका मसअला दूसरा था। बात यह थी कि यह इलाक़ा उस मुक़ामे-बुलन्द[15] से, जिसे नई ज़बान में पॉश लोकैलिटी कहते हैं, बहुत तेज़ी से गिर रहा था। अब से पहले यहाँ

---

1. अच्छा गुमान, 2. तैयार, 3. नई बात, 4. बिना इच्छा के विवशतापूर्वक, 5. अस्थायी, 6. भोली, 7. नितान्त, 8. समान, 9. अटल, 10. भाग्यवान्, 11. बार-बार कहना, 12. सुरक्षाबोध, 13. पड़ोस, 14. भ्रम, 15. ऊँचा स्थान।

आकर रहना-बसना स्टेटस की निशानी समझा जाता था, अब यहाँ से नक़्ले-मकानी[1] करके गुलबर्ग या किसी ऐसी नई आबादी में जाकर बसना स्टेटस की निशानी बन गया था। एक तो यह कि शहर की तौसी[2] के साथ नए-नए पॉश इलाक़े वुजूद में आ रहे थे और पुराने पॉश इलाक़े ज़वाल करते जा रहे थे[3] जैसे उन्हें घुन लग गया हो। फिर यह बात भी थी कि इस इलाके में देखते-देखते दुकानें बहुत खुल गई थीं। मोटर वर्कशॉप्स, जनरल स्टोर्स, होटल, कबाब-तिक्के की दुकानें, पान, सिगरेट और कोल्ड ड्रिंक्स के स्टाल, ग़रज़ हर रंग की दुकान अब यहाँ नज़र आती थी और हर क़िमाश[4] की मख़्लूक़।[5] मिकैनिक, परचून फ़रोश, थोक फ़रोश, तेली-तंबोली, प्रॉपर्टी डीलर, ग़रज़ यह कि रंग-रंग की छोटी मख़्लूक़ यहाँ उमड़ आई थी। गोया अब यह सड़क ठंडी सड़क नहीं रही थी। जिन रास्तों पे किसी ज़माने में सुबह मुँह अँधेरे और शाम पड़े शुरफ़ा[6] चहलक़दमी करते[7] नज़र आते थे, वो रस्ते अब हर तरह के ट्रैफ़िक और हर क़िमाश की मख़्लूक़ के शोर से और धुएँ और गर्द के उड़ने से गर्म गर्दआलूद[8] हो गए थे।

एक वाक़िआ और हुआ। अचानक इस इलाक़े में ज़मीन की क़ीमतें चढ़ गईं। आम ख़याल यह था कि यह इलाक़ा कमर्शियल एरिया बनने वाला है। यह कमर्शियल एरिया भी अजब मुतअद्दी शै[9] है, नए शहरों में बिल्कुल आकासबेल की तरह फैलता है और सरसब्ज़ इलाक़ों को निगलता चला जाता है। जैसे सहराई[10] इलाक़ों में रेगिस्तान फैलता है और मर्ग़ज़ारों,[11] नख़्लिस्तानों[12] को निगलता चला जाता है। तो कर्मिशयल एरिया इस शहर की कितनी शादाब आबादियों को अपनी लपेट में लेने के बाद तेज़ी से हमारे इलाक़े की तरफ़ बढ़ रहा था। इधर मुझे यह सोच-सोचकर वहशत[13] हो रही थी कि अगर यह इलाक़ा वाक़िई कमर्शियल एरिया बन गया तो इनसानी मख़्लूक़ की रेलपेल और ट्रैफ़िक का शोर तो इस सरसब्ज़ इलाक़े की चिड़ियों का जीना अजीरन कर देगा। फिर वो काहे को यहाँ ठहरेंगी। आदमी तो मकान तामीर करके अपने पाँव में बेड़ियाँ डाल लेता है। चिड़ियों के पाँव में ऐसी कोई बेड़ी नहीं होती। किसी इलाक़े की आबो-हवा[14] उनके लिए साज़गार[15] न रहे तो उन्हें कौन-सी ताक़त वहाँ बाँधकर रख सकती है। तो अगर इस इलाक़े की हवा बदली तो चिड़ियाँ तो फुर-से उड़ जाएँगी और हर सुबह को जो मेरे हारसिंगार तले सभा जमती है, वह बिखर जाएगी। फिर मैं क्या करूँगा ? इर्द-गिर्द आदमी ही आदमी हों और चिड़िया कोई न हो, ऐसी ग़ैरइनसानी[16] सूरते-हाल[17] का तसव्वुर मेरे लिए सख़्त घिनावना था। वह तो यह कहिए कि इस धरती पर चरिन्द-परिन्द और फूल और दरख़्त हैं। अगर सिर्फ़ इनसानी मख़्लूक़ होती तो उसके बीच बसर करना कितना अज़ीयतनाक[18] अमल[19] होता। तो जब मैंने आनेवाली ज़िन्दगी का इस तरह तसव्वुर किया कि चिड़ियाँ हिजरत कर चुकी हैं और हारसिंगार का पेड़

---

1. मकान बदलकर, 2. विस्तार, 3. कम होते जा रहे थे, 4. ढंग, 5. लोग, 6. सज्जन लोग, 7. टहलते हुए, 8. धूल से अटे हुए, 9. अपनी सीमा से आगे बढ़ जानेवाली वस्तु, 10. रेगिस्तानी, 11. वे मैदान जहाँ घास बहुत हो, 12. रेगिस्तानों में हरे-भरे टुकड़े, 13. भय, 14. जलवायु, 15. अनुकूल, 16. अमानुषिक, 17. स्थिति, 18. यातनाजनक, 19. कार्य।

मुरझा चुका है और चारों तरफ़ आदमी ही आदमी हैं तो मुझे ज़िन्दगी का यह नक़्शा बहुत मकरूह[1] नज़र आया।

ज़ुबैदा ने जब मेरे इस वसवसे को समझ लिया तो फिर उससे पूरा-पूरा फ़ाइदा उठाया। जान लिया कि अब उसकी बात बेअसर नहीं जाएगी। रफ़्ता-रफ़्ता यह सूरते-हाल उभरी कि इस इलाक़े से नक़्ले-मकानी ज़ुबैदा और मुझे दोनों को वारा खाने लगी। ज़ुबैदा को यह नज़र आ रहा था कि कमर्शियल एरिया बनने की सूरत में आशियाना अच्छे दामों निकल जाएगा, जिससे गुलबर्ग में अच्छी-भली कोठी तामीर हो सकेगी। अगर उस रक़म से पूरा न पड़ा तो उसने यह तो जान ही लिया था कि मैं टिप्पस लगाकर कहीं न कहीं से क़र्ज़े का बन्दोबस्त कर सकता हूँ। बहरहाल गुलबर्ग में कोठी बन जाएगी। यूँ स्टेटस भी बुलन्द हो जाएगा और जेल की हमसायेगी से भी नजात[2] मिल जाएगी। इधर मैं यह सोच रहा था कि इससे पहले कि चिड़ियाँ मेरी फूलों की क्यारी से हिजरत कर जाएँ और इससे पहले कि मेरे फूल-पौधे ट्रैफ़िक के शोर और धुएँ से झुलस जाएँ, मुझे इस इलाक़े से निकल जाना चाहिए। इस ख़याल ने धीरे-धीरे इतनी शिद्दत पकड़ी कि मैं बिल्कुल उसकी गिरिफ़्त[3] में आ गया। उस आलम में मुझे उस प्रॉपर्टी डीलर का ख़याल आया। तब मैं दिल ही दिल में ज़ुबैदा की आक़िबत-अन्देशी[4] का क़ाइल हुआ जो प्रॉपर्टी डीलर को क़तई जवाब देने के हक़ में नहीं थी। एक तअस्सुफ़[5] के साथ मैंने सोचा कि ख़्वाह-मख़्वाह मैंने उसे धुतकारा। डोर पे लगाए रखता तो आज उससे काम लिया जा सकता था। और कमाल हुआ कि जिस दिन मेरे दिमाग़ में यह बात आई, उसके दूसरे ही दिन वह आन मौजूद हुआ। मैं तो हक्का-बक्का रह गया। क्या उसे इल्क़ा[6] हुआ था। मैं डर गया कि यह शख़्स क्या शै है। आदमी है या जिन्न है।

इस दफ़ा प्रॉपर्टी डीलर से मैं बहुत गर्मजोशी से मिला। ज़ुबैदा को अन्दर पता चला कि प्रॉपटी डीलर आया है, उसकी बाँछें खिल गईं। उसकी तो दिली मुराद बर आई थी[7]। फ़ौरन ही चाय बनाने बैठ गई। मुझे बुलाकर समझाया कि उसे पहले की तरह मत टरख़ा देना। ज़रा कुरेदो तो सही कि ज़मीनों का क्या भाव जा रहा है और अगर हम अपना आशियाना बेचें तो कितने में निकल जाएगा ? मगर फ़ौरन ही उसे एहसास हुआ कि उसने ग़ैर-मुहतात[8] अन्दाज में बात कर दी है। सो उसने टुकड़ा लगाया कि बेशक हम न बेचें और कौन-सा अभी बेच रहे हैं मगर हर बात का पता तो होना चाहिए।

मैं ज़ुबैदा से सबक़ पढ़कर बाहर आया और प्रॉपर्टी डीलर के पास बैठकर इधर-उधर की बातें करने लगा। ख़याल था कि वह खुद ही मकानों-जाइदादों की ख़रीदो-फ़रोख़्त का ज़िक्र छेड़ेगा मगर उसने इशारतन[9] भी कोई ऐसा ज़िक्र नहीं किया। और-और बातें करता रहा। कुछ मौसम का ज़िक्र, कुछ मेरे मशाग़िल[10] के बारे में पूछगछ।

आख़िर ख़ुद मैंने ही ज़िक्र छेड़ा : ''कहिए, आजकल आपका कारोबार कैसा जा

---

1. भद्दा, घृणित, 2. मुक्ति, 3. पकड़, 4. परिणामदर्शिता, 5. पछतावा, 6. मन में कोई विचार अनायास उत्पन्न होना, 7. मनोकामना पूरी हुई थी, 8. असावधानी, 9. संकेत से, 10. कार्यों।

रहा है ?''

''पिछले दिनों तो मन्दा ही रहा। हाँ इस वक़्त बहुत आला जा रहा है।''

''अच्छा ?''

''साहिब, आपको तो पता होना चाहिए। आपके इलाक़े में तो इन दिनों बहुत ख़रीदो-फ़रोख़्त हो रही है। एक-दो कोठीवालों से तो मैंने माज़िरत कर ली। उन्हें बेचने की कुछ ज़्यादा ही जल्दी थी। लोग भी तो हथेली पर सरसों जमाते हैं। मैंने माज़िरत कर ली कि जनाब, अभी तो मेरी मुट्ठी में गाहक नहीं है।''

''अच्छा ? मुझे तो पता नहीं मगर ख़रीदो-फ़रोख़्त में यह गर्मागर्मी कैसे पैदा हो गई ?''

''साहिब, बात यह है कि यह इलाक़ा कमर्शियल एरिया में आ गया है। बस समझो कि फ़ैसला हो गया है। इससे अचानक ज़मीन का भाव चढ़ गया है। कोठियोंवालों के तो वारे-न्यारे हो गए। मुँहमाँगी क़ीमत मिल रही है। तो अन्धा क्या चाहे दो आँखें। रहाइश[1] के लिए तो यह इलाक़ा अब मौज़ू[2] रहा नहीं। तो एक तो शुरफ़ा[3] वैसे ही यहाँ से जाने पे तैयार हैं।, फिर उन्हें दाम भी अच्छे मिल रहे हैं।''

''वाक़िई यह जगह कमर्शियल एरिया में आ गई है ?''

''बिल्कुल साहिब। फ़ैसला हो चुका है। फ़ाइल इस वक़्त गवर्नर साहिब की मेज़ पर है। एक-दो दिन में उनके दस्तख़त हो जाएँगे। फिर देखिए यहाँ कैसा इन्क़िलाब[4] आता है।''

''हाँ, मगर इस इलाक़े का सुकून ख़त्म हो जाएगा।''

''यह तो है। यहाँ का सुकून तो वाक़िई ग़ारत हो जाएगा। इतना शोर हो जाएगा कि आप जैसे नफ़ीस मिज़ाज[5] लोगों के लिए तो यहाँ साँस लेना मुश्किल हो जाएगा।''

''फिर तो किसी न किसी वक़्त यह इलाक़ा छोड़ना ही पड़ेगा। मगर बड़ी मुश्किल है, अच्छी लोकैलिटी में तो ज़मीन नायाब[6] है।''

''पैसा पास हो तो फिर नायाब नहीं है। गुलबर्ग में अभी बहुत गुंजाइश है। लोग गुलबर्ग की तरफ़ बहुत दौड़ रहे हैं, मगर मैं कहता हूँ कि कैनाल बैंक उससे बेहतर इलाक़ा है। जैंट्री का रुजहान[7] तो उसी तरफ़ है। फिर वहाँ ज़मीन का रेट भी कम है।''

''अच्छा ?''

''बिल्कुल। इसी आपकी लोकैलिटी के दो जेंटलमैनों को तो मैं दिलवा चुका हूँ। बहुत सोनी जगह मिली है और सस्ती भी है। वैसे साहिब, ज़मीन की क़ीमत वहाँ भी बहुत तेज़ी से चढ़ रही है। एक महीने के अन्दर-अन्दर रेट बाईस हज़ार मरला से पच्चीस हज़ार मरला तक पहुँच गया।''

मैंने उसका बयान बहुत तवज्जुह से सुना। सोच रहा था कि मतलब की तरफ़ कैसे आऊँ। यह ज़ाहिर भी करना नहीं चाहता था कि मकान बेचने का फ़ैसला कर लिया है। यह ज़ाहिर करना मस्लहत[8] के ख़िलाफ़ भी था और फिर आनेवाले दिनों से सारी

1. निवास, 2. योग्य, 3. कुलीन लोग, 4. परिवर्तन, 5. कोमल स्वभाव, 6. अप्राप्य, 7. झुकाव, 8. नीति।

बेज़ारी के बावजूद अभी मैं मुज़ब्ज़ब[1] था। ख़ैर, कुछ कहने लगा था कि कामरेड आन धमका। बात मुँह ही में रह गई। कामरेड ने मेज़ पर चाय की प्यालियों के बराबर अपना थैला रखते हुए प्रॉपटी डीलर को मानीख़ेज़[2] नज़रों से देखा। प्रॉपटी डीलर कुछ सटपटा-सा गया। क्यों ? मैं नहीं समझ सका।

"सलाम अलैकुम।"

"वालैकुम अस्सलाम।" कामरेड ने प्रॉपर्टी डीलर के सलाम का जवाब बहुत रूखे लह्जे में दिया।

मुझे लगा कि वो एक-दूसरे को जानते हैं, उस हद तक कि किसी क़दर एक-दूसरे को समझते भी हैं। कामरेड की आमद से प्रॉपटी डीलर तो सटपटाया हुआ था ही, इधर मेरा भी हाल यह था कि जैसे मैं चोरी करते हुए पकड़ा गया हूँ।"

"कामरेड, चाय चलेगी ना ?"

"क्यों, बहुत जल्दी में हो ?" कामरेड ने मुझे घूरकर देखा। "क्या कहीं जाना है ?"

"नहीं, जाना कहाँ होता। ठीक है, ठहरके पिएँगे।"

प्रॉपर्टी डीलर उखड़ तो पहले ही गया था, कामरेड के इन फ़िक़रों से, जो बड़े मानीख़ेज़ लह्जे में कह गए थे, बिल्कुल ही उखड़ गया। फ़ौरन ही खड़ा हो गया। "अच्छा जनाब, मुझे इजाज़त दीजिए।"

"अच्छा फिर किसी वक़्त आइए। बातें होंगी।" मैं उसे गेट तक छोड़ने गया और एक दफ़ा फिर इसरार किया कि किसी वक़्त ज़रूर आए।

वापस आकर बैठा ही था कि कामरेड ने हल्ला बोल दिया :

"यह फ़्राडिया तुम्हारे पास क्या लेने आया था ?"

"तुम इसे जानते हो ?"

"मैं इस शहर के हर फ़्रॉडिए को पहचानता हूँ। यह बताओ कि तुम्हारा इसके साथ क्या चक्कर है। क्या कोई नई जाइदाद ख़रीद रहे हो ? सौदा सोच-समझके करना।"

"नई जाइदाद ? तुम नई की बात कर रहे हो, यहाँ पुरानी बलाए-जान[3] बनी हुई है। मैं इसे ठिकाने लगाने के लिए फिर रहा हूँ।"

"अच्छा-अच्छा। घोंसला को ठिकाने लगा रहे हो। बू जान ने एक मर्तबा मुझसे ज़िक्र किया था बल्कि फ़रियाद की थी कि तुम्हारा दोस्त मकान बेचने पे तुला हुआ है। तो गोया वह भूत तुम पे अभी तक सवार है।"

"यार इसके सिवा कोई चारा नज़र नहीं आ रहा।"

कामरेड ने एक ज़हर भरा क़हक़हा लगाया : "तेरी माँ ने ख़सम किया, बुरा किया। करके छोड़ दिया और भी बुरा किया।"

"हाँ यार, यही समझ लो। मगर क्या किया जाए। एक तो हाउसिंग कार्पोरेशन ने मेरी ऐसी की तैसी कर रखी है। शुरू में क़िस्तें अदा नहीं की थीं, उनकी सज़ा अब तक भुगत रहा हूँ। उनके सूद ने मेरा नातिक़ा[4] बन्द कर रखा है। फिर जो क़र्ज़ख़्वाह[5]

1. दुविधा में पड़ा हुआ, 2. अर्थपूर्ण, 3. जान का जंजाल, 4. वाणी, 5. क़र्ज़ देनेवाला।

सोए हुए थे, वो भी जाग उठे हैं। सोचता हूँ कि मकान को औने-पौने बेचो और क़र्ज़ख़्वाहों से अपनी जान छुड़ाओ।''

''तो फिर भाभी को भी तलाक़ दे रहे हो ?''

''क्या मतलब ?'' मैंने गुस्से से कामरेड को देखा।

''देखो कामरेड, इसमें बुरा मानने की कोई बात नहीं है।'' अब कामरेड संजीदगी से बोल रहा था, ''शरीफ़ लोग ज़िन्दगी में एक ही दफ़ा शादी करते हैं और एक ही दफ़ा मकान बनाते हैं। और फिर यह भी है कि जितने अरमानों से शादी की जाती है, उतने ही अरमानों से मकान बनाया जाता है। मगर अरमान तो बस अरमान ही रहते हैं। शादीवाले अरमान हमने तो इज़्दवाजी[1] ज़िन्दगी में कभी पूरे होते देखे नहीं। मगर इस वजह से कोई शरीफ़ आदमी बीवी को तलाक़ तो नहीं दे देता।''

मैं ख़ामोश सुनता रहा। इतने में अन्दर से चाय की ट्राली आ गई। कामरेड को चाय बनाकर दी। जब देखा कि कामरेड अब ठंडा हो गया है तो मैंने कहा :

''यार कामरेड, एक बात बताओ। तुम तो मकान बनाने के क़ाइल[2] ही नहीं हो। इसे सख़्त ग़ैर-इन्क़िलाबी[3] बल्कि इन्क़िलाब-दुश्मन कारोबार समझते हो, सो तुमने मकान नहीं बनाया। फिर तुम मेरे मकान बेचने की मुख़ालफ़त[4] क्यों कर रहे हो ?''

''मेरी छोड़ो। मैंने शादी भी तो नहीं की।''

''इसका मतलब यह है कि तुमने शादी कर ली होती तो फिर तुम भी मकान बनाते।''

''बनाता या न बनाता, बनाने के चक्कर में ज़रूर मुब्तला हो जाता।''

''शायद कामरेड, तेरे हक़ में यह अच्छा ही होता।''

''अपने काम से जाता। यही अच्छा होता ना।''

''कामरेड, मैं ठीक कह रहा हूँ। बात यह है कि शादी, औलाद, मकान, ये झमेले ज़रूर है, मगर ज़रूरी भी हैं। इनकी वजह से आदमी थोड़ा टिक जाता है। कुछ जड़ पकड़ लेता है—नहीं तो ज़िन्दगी के बहाव में आदमी तिनके की तरह बहता ही रहता है।''

''दुमकटी लोमड़ियों का फ़लसफ़ा[5]।'' कामरेड ने तहक़ीर[6] से कहा।

मैं कुछ बोलने लगा था कि कामरेड ने बात काट दी : ''यार कोई काम की बात करो। लाओ सिगरेट पिलाओ।''

मैंने सिगरेट पेश की। कामरेड ने सिगरेट सुलगाई। लम्बे-लम्बे कश लिए। अपना थैला उठाया और चल खड़ा हुआ।

बहरहाल कामरेड अपना काम कर गया। फ़ैसले पर पहुँचते-पहुँचते मैं फिर डाँवाडोल हो गया।

---

1. गृहस्थ, 2. माननेवाला, 3. अक्रान्तिकारी, 4. विरोध, 5. ज्ञान, 6. घृणा।

13

दरवाज़े पर फिर वही दस्तक और मेरा साँस ऊपर का ऊपर और नीचे का नीचे। जिस्म जैसे पत्थर हो गया हो।

"ऐ है, कानों में डाट लगाए बैठे हो। सुन नहीं रहे हो, किसी ने बेल दी है।"

"वही होगा।"

"कौन ?"

"वही प्रॉपर्टी डीलर। बोर कर दिया इस शख़्स ने। दफ़्तर में होता हूँ तो फ़ोन आ जाता है और इतनी लम्बी बात करता है कि जी चाहता है, रिसीवर पटख़कर बाहर निकल जाऊँ। घर आओ तो ख़ुद आन धमकता है।"

"तुम तो बस कामरेड जैसों के साथ ख़ुश रहते हो जो गोबर का चोथ, न लीपने जोगा न पोतने जोगा। काम के आदमी से भागते हो।"

इतने में फिर बेल हुई।

"अजी जाओ। देखो ना।"

और मैं बेज़ारी के आलम में उठा, दरवाज़ा खोला। मेरा गुमान सहीह था। वही प्रॉपटी डीलर था। उसे बरामदे में बिठाया। ज़ुबैदा ने फ़ौरन चाय भिजवा दी। ज़ुबैदा उसकी कितनी तवाज़ो[1] करने लगी थी। कामरेड की आमद[2] का तो उसने कभी इस तरह नोटिस नहीं लिया था। मुझे कहना पड़ता था कि ज़ुबैदा, अपना कामरेड आ गया है। ज़रा चाय हो जाए।

उसके चले जाने के बाद ज़ुबैदा ने कितने तजस्सुस[3] और इश्तियाक़[4] से पूछा : "क्या कह रहा था ?"

"वही औलपटाल बातें। फ़ुलाँ[5] स्कीम में प्लॉटों के लिए क़ुर्आन्दाज़ी होने वाली है। फ़ुलाँ इलाक़े में फ़ुलाँ कोठी फ़रोख़्त हो रही है।"

"बख़्तमारे ने अब बताया है जब क़ुर्आअन्दाज़ी होने लगी है। पहले से बताया होता तो हम भी फ़ार्म दाख़िल कर देते। और वह जो उसने पहले कैनाल बैंक के प्लॉटों का ज़िक्र किया था, उनके मुतअल्लिक़ अब क्या कहता है ?"

"ज़ुबैदा, अभी तो हम नहीं ख़रीद रहे हैं। जब फ़ैसला कर लेंगे आशियाने को छोड़ देना है तो फिर मालूमात हासिल करने में कितनी देर लगती है।"

"ऐसे मुआमलों में हथेली पे सरसों नहीं जमा करती है। अभी से मालूमात हासिल

---
1. आवभगत, 2. आना, 3. जिज्ञासा, 4. लालसा, 5. अमुक।

करते रहोगे, फिर वक़्त आने पर कुछ हो सकेगा। और मैं कहती हूँ कि हम न ख़रीदें लेकिन हमें पता तो रहना चाहिए कि ज़मीनों का क्या हाल है। बाक़ी रही फ़ैसले की बात तो, तुम तो फ़ैसला कर चुके। तुम्हें बू जान कोई फ़ैसला नहीं करने देंगी और ऊपर से उस बख़्तमारे कामरेड ने फटे में टाँग अड़ा दी। ख़ुद निघरा फिरता है। हमारे मकान के लिए उसके पेट में बहुत दर्द उठ रहा है।''

अब यह रोज़ का मज़्मून[1] ठहरा था। दफ़्तर के औक़ात[2] में फ़ोन। दफ़्तर के औक़ात के बाद घर पे नाज़िल हो जाना। उसके जाने के बाद ज़ुबैदा की तंज़ों-तारीज़[3] सुनना। और फ़ोन से अब मैं कितना डरने लगा था। एक वक़्त था और क्या वक़्त था कि मेज़ पर रखे हुए टेलीफ़ोन सैट में गोया जान पड़ गई थी। कितनी ज़िन्दा शै नज़र आता था। अब एक दफ़ा फिर फ़ोन मेरे लिए ज़िन्दा चीज़ बन गया था, मगर अबके दूसरे रंग से। अब वह मेरे लिए एक डरावनी चीज़ था। फ़ोन की घंटी बजी और मेरा दम ख़ुश्क हुआ।[4] कितना डरते-डरते मैं फ़ोन उठाता था। यही कैफ़ियत उस वक़्त होती थी, जब गेट की बेल बजती थी। उस शख़्स का कितना डर मेरे अन्दर समा गया था। जितनी देर वह मुझसे बातें करता रहता, उतनी देर मुझे यह ख़याल रहता कि वह मुझसे बातें नहीं कर रहा है, मेरे अन्दर झाँक रहा है। घात में बैठा है कि मैं अब गिरा और अब गिरा। जब नहीं होता था तब भी यही वहम रहता था कि कहीं आसपास मँडला रहा है। कभी-कभी चलते-चलते यूँ लगता कि वह पीछे आ रहा है। पैदल चलते हुए कितनी मर्तबा मुझे इस वसवसे ने सताया और कितनी मर्तबा मैंने पीछे मुड़-मुड़कर देखा।

बस उस रोज़ मेरा उससे ख़ुशअख़लाक़ी[5] से पेश आना और चाय से तवाज़ो करना ग़ज़ब हो गया। वह तो उसी रोज़ मुझे कितने ग़ैर-महसूस तौर[6] पर राह पर ले आया था मगर ख़ुदा का करना ऐसा हुआ कि तंत वक़्त पे कामरेड आन टपका और मैं बिदक गया। उसके बाद अजब सूरते-हाल पैदा हुई, जैसे शिकार चौकन्ना हो गया हो और शिकारी उसके पीछे लगा हुआ हो। मैं अब उसे उस तरह धुतकार भी नहीं सकता था जैसे शुरू में धुतकारा था। उससे ख़ाइफ़[7] भी था, उसके असर में भी था। उससे डरता था और ऐसे उसकी तरफ़ खिंचता था जैसे साँप सपेरे की तरफ़ खिंचता है।

घर में अब नक़्शा यह था कि एक तनातनी की फ़ज़ा।[8] बू जान और ज़ुबैदा में अब बहस तो नहीं होती थी मगर दोनों एक-दूसरे से दूर-दूर रहने लगी थीं। बू जान ने ज़ुबैदा ही को नहीं, मुझे भी अब नसीहत[9] करनी बंद कर दी थी। चुप-चुप रहने लगी थीं। जब दरवाज़े की घंटी बजती और पता चलता कि प्रॉपर्टी डीलर आया है तो तशवीश[10] की एक कैफ़ियत उनके चेहरे पर ज़ाहिर होती जिसे ज़ुबैदा तो नहीं मगर मैं फ़ौरन जान लेता था। वैसे मुँह से कुछ नहीं कहती थीं।

अजब हुआ कि बू जान के चुप होने के साथ हमारे घर में भी ख़ामोशी ने डेरा

---

1. विषय, 2. वक़्त का बहु., 3. व्यंग्य, 4. भयभीत होना, 5. सुशीलता, 6. अननुभूत रूप से, 7. भयभीत, 8. वातावरण, 9. सदुपदेश, 10. चिन्ता।

कर लिया। इस घर में बोलने, बातें करने का सिलसिला तो बू जान ही की किसी बात से शुरू होता था। ऐ दुल्हन, ऐ बेटे। ऐ लाल। कभी ज़ुबैदा से ख़िताब[1], कभी मुझसे ख़िताब। बस फिर शुरू हो जाती थीं। कोई यहाँ की बात, कोई वहाँ की बात। अगले-पिछले क़िस्से, कब-कब की कहानियाँ। एक उनके दम से कितने ज़माने, कितने जुग इस घर में दम ले रहे थे। वो चुप हुईं तो जैसे इस घर में करने के लिए कोई बात ही नहीं रही। सब ज़माने रूपोश[2] हो गए। मैंने अपनी तरफ़ से उन्हें छेड़ा भी, वो बातें भी कीं जो उनके तख़य्युल[3] के लिए क्रमची का काम करती थीं। चराग़ हवेली का ज़िक्र भी छेड़कर देख लिया, ज़रा जो बोली हों, लम्बा-ठंडा साँस भरा और चुप हो गईं। हाँ एक दिन खुद ही शुरू हो गईं। कितनी देर से चुप बैठी थीं, आप ही आप बड़बड़ाने लगीं :

"आजकल चराग़ हवेली ख़्वाब में बहुत याद आ रही है। न जाने क्या बात है। रात क्या देखा कि जैसे हवेली में सफ़ेदी हो रही है। राज-मज़दूर लगे हुए हैं। फिर जैसे सफ़ाई-सुथराई हो गई हो। कैसी चमक रही थी माशाअल्लाह। मर्दाने के सहन में छिड़काव पे छिड़काव। मैं जैसे मुलाँ से कह रही हूँ कि भिश्ती जी, कितनी मशकें उँडेलोगे। उसने जैसे मेरी बात सुनी ही नहीं। मशक ख़ाली की और फिर कुएँ पे डोल भर-भर मशक में, और फिर मशक से सहन में छिड़काव। फिर जैसे मियाँ जान हैं। तख़्त पे गावतकिये से टेक लगाए बैठे हैं। सफ़ेद-बुर्राक़ कपड़े पहने हुए हैं। चेहरे पे ऐसी रौनक़ कि क्या बताऊँ। मुझे देखकर मुस्कुराए। कितनी शफ़क़त[4] से कहा कि बहू तुम आ गईं। बस इतने में मेरी आँख खुल गई।"

बू जान चुप हो गईं। ख़यालों में ग़र्क़ हो गईं। फिर खुद ही बोलने लगीं :

"परसों रात की बात है। देखा कि जैसे रात का वक़्त है। हवेली का बड़ा फाटक भाड़-सा खुला हुआ। अन्दर अँधेरा। मैं हैरान होके कह रही हूँ कि न जाने क्या बात है कि आज हवेली का फाटक खुला पड़ा है और ड्योढ़ी में लालटने भी नहीं जल रही। अन्दर से दिल धुकड़-पुकड़ करे कि अन्दर जाऊँ या न जाऊँ। फिर जैसे हवेली में अकेली भटक रही हूँ। चिल्ला रही हूँ कि अरी ओ सकीना, तू कहाँ मर गई। चूल्हा ठंडा पड़ा है। बावरचीख़ाने में झाड़ू भी नहीं लगी है। कब हँडिया चढ़ाएगी, कब खाना पकेगा। ऐ लो, अभी मैं सकीना को आवाज़ दे रही हूँ कि मेरी आँख खुल गई।"

फिर चुप। गुमसुम। अपने ख़यालों में ग़र्क़।

यह बू जान की आख़िरी गुफ़्तगू थी। फिर नहीं बोलीं। बैठी हुई यूँ लगतीं कि यहाँ नहीं हैं, कहीं और पहुँची हुई हैं। मुझे पता था कि कहाँ पहुँची हुई थीं। जिस्म यहाँ था, रूह[5] चराग़ हवेली में भटकती फिरती थी। अस्ली बू जान तो चराग़ हवेली ही में थीं। उन दिनों क्या दब्दबा[6] था उनका। नौकर-चाकर, छोटे-बड़े सब उनके रोब में रहते थे। किसी की मजाल नहीं थी कि उनके कहे को टाल जाए। हवेली में ज़नाने से मर्दाने तक उनका हुक्म चलता था। मियाँ जान तक रसाई[7] हासिल करने का वसीला[8] भी वही

1. सम्बोधन, 2. पलायन, 3. कल्पना, 4. आत्मीयता, 5. आत्मा, 6. तेज, 7. पहुँच, 8. माध्यम।

थीं। तो अस्ली बू जान तो वो थीं, यह तो उनकी परछाईं थी। जैसे अस्ली बू जान वहीं हवेली में रह गई हों। सेहत गिरती जा रही थी। बदन पे पहले भी ऐसी कौन-सी बोटी चढ़ी हुई थी मगर अब तो ख़ुदा झूट न बुलवाए, बदन पे तोला भर गोश्त भी नहीं था। सूखके चमरख़ हो गई थीं। ख़ुराक[1] समझो कि चिड़िया का चुग्गा। चलना-फिरना भी अब मौक़ूफ़[2] था। नहीं तो घर के अन्दर टख़टख़ चलती ही रहती थीं। सहन के बीच खड़े होकर उँगली उठाकर दुआ पढ़ने का विर्द[3] भी मुअत्तल[4] हो चुका था। बल्कि अब तो नमाज़ भी बैठे-बैठे ही पढ़ लेती थीं। बिल्कुल ही थक गई थीं। मगर किसी हाल में भी होतीं, हर दम हर घड़ी मुँह ही मुँह में कुछ पढ़ती रहती थीं।

उस दिन भी चौकी पे बैठी मुँह ही मुँह में कुछ पढ़ रही थीं। मेरे साथ ठेकेदार को घर के अन्दर आते और अन्दर-बाहर का जाइज़ा लेते देखा तो जैसे होंठ एकदम से सिल गए हों। पूरा जिस्म साकित[5]। बस आँखें हर्कत में थीं जैसे ठेकेदार की हर हर्कत का तआक़ुब[6] कर रही हों।

उसमें मेरा इरादा शामिल नहीं था। बस वह प्रॉपर्टी डीलर किसी गाहक को लेकर एकदम से आन धमका। किस बेतकल्लुफ़ी से तआरुफ़[7] कराया :

''बख़्तियार साहिब, ये हैं हमारे अख़लाक़ साहिब।'' फिर मुझसे मुख़ातिब हुआ : ''अख़लाक़ साहिब, ये अपने बख़्तियार साहिब आशियाना देखने के ख़्वाहिशमन्द[8] थे। मैंने कहा कि चलिए, अभी दिखाए देते हैं।''

''किस सिलसिले में ? मैं इसे फ़िलहाल बेचने की कोई नीयत नहीं रखता।''

''लाहौल वलाक़ुव्वत। मैंने कब कहा कि आप इसे बेच रहे हैं। मैंने बख़्तियार साहिब के सामने आपके मकान की तारीफ़ की। इन्होंने मकान देखने की ख़्वाहिश ज़ाहिर की। मैंने कहा कि क्या मुज़ाइक़ा है। घर की बात है। अख़लाक़ साहिब से ऐसी कोई ग़ैरियत[9] तो है नहीं।''

मैंने तअम्मुल किया। मेरे तअम्मुल को देखकर बख़्तियार साहिब ख़ुशअख़लाक़ी से बोले, ''जनाब, हम आपसे ज़बर्दस्ती कोई सौदा तो करने नहीं आए हैं। मगर अपने डीलर साहिब ने आपके मकान की इतनी तारीफ़ की कि मेरा बेसाख़्ता[10] जी चाहा कि चलकर इस मकान को देखा जाए।''

डीलर ने फ़ौरन टुकड़ा लगाया : ''बख़्तियार साहिब, आप देखेंगे तो देखते रह जाएँगे।''

''मकान अच्छा हो तो उसे ख़्वाह-मख़्वाह देखने को जी चाहता है। अगर मकान ख़रीदना या बनाना हो तो इससे बहुत मदद मिलती है। एक तसव्वुर क़ाइम हो जाता है कि मकान ऐसा होना चाहिए।''

फिर मैं इनकार न कर सका। मकान दिखाया। बख़्तियार साहिब ने देखा, साथ में प्रॉपर्टी डीलर ने भी। उसने भी पहली मर्तबा ही यह मकान अन्दर-बाहर से देखा था।

---

1. भोजन, 2. छोड़ा हुआ, 3. नित्यचर्या, 4. स्थगित, 5. निश्चल, 6. पीछा, 7. परिचय, 8. इच्छुक, 9. परायापन, 10. सहसा।

बग़ैर देखे ही उसने बख़्तियार साहिब के सामने इस मकान की तारीफ़ के पुल बाँध डाले थे। बहरहाल बख़्तियार साहिब मकान देखकर बहुत ख़ुश हुए। देर तक बातें किया किए। मकान की तारीफ़ करते रहे। मश्वरा दिया कि बेचिए मत। ऐसे मकान रोज़-रोज़ नहीं बनाए जा सकते। मगर चलते-चलते टुकड़ा लगा गए : "वैसे अगर कभी यह मकान निकालने का ख़याल हो तो मुझे ज़रूर याद कीजिए।"

बख़्तियार साहिब और प्रॉपटी डीलर को रुख़्सत करके जब मैं अन्दर आया तो देखा कि बू जान चौकी पे गुमसुम बैठी हैं। मैं सटपटाकर फ़ौरन शुरू हो गया :

"ये साहिब पता नहीं कहाँ से आन टपके। प्रॉपर्टी डीलर ने उन्हें लाके मुझपे मुसल्लत[1] कर दिया। मुसिर[2] थे कि आपका घर देखना है। मैंने कहा, देख लीजिए मगर यह मत समझिए कि मैं मकान बेच रहा हूँ।" मैंने जल्दी-जल्दी ये सारी बातें ऐसे कहीं जैसे बू जान के सामने अपनी सफ़ाई पेश कर रहा हूँ।

बू जान ने ज़रा जो किसी रद्दे-अमल[3] का मुज़ाहरा[4] किया हो। बस एक दफ़ा मुझे देखा ज़रूर ऐसी नज़रों से कि मैं ढह ही तो गया। फिर उठीं और आहिस्ता-आहिस्ता चलकर अपने कमरे में चली गईं।

ज़ुबैदा जैसे बू जान के जाने का इंतिज़ार ही कर रही थी। उनके जाते ही बड़े बेसब्रेपन से पूछा :

"अख़लाक़, उन्होंने क्या क़ीमत लगाई ?"

"तुम कैसी बातें करती हो। हमें बेचना ही है तो सोच-समझ के बेचेंगे। ऐसा तो नहीं है कि कोई मुँह उठाए चला आए, क़ीमत लगाए और हम बेच दें।"

"यह मैं कब कह रही हूँ कि हम बे सोचे-समझे औने-पौने बेच दें। ठोक बजाके सौदा करेंगे।

"मान न मान मैं तेरा मेहमान। मुझे तो प्रॉपर्टी डीलर पे बहुत गुस्सा आया। पहले उसने मुझसे कोई ज़िक्र नहीं किया था कि वह किसी गाहक को मकान दिखाने के लिए लेकर आ रहा है। ग़ैर आदमी के सामने उसे मैं क्या कहता। मुरव्वत में मकान तो दिखा दिया मगर साफ़ कह दिया कि फ़िलहाल बेचने का कोई इरादा नहीं है।"

"यह तो अच्छा किया। आनेवाले को भी एहसास रहे कि हम कोई बहुत ज़रूरतमन्द नहीं हैं और बेचने की कोई उजलत नहीं है। उजलत में अच्छे पैसे नहीं मिलते। मगर अन्दाज़ा तो किया होता कि कैसी असामी है। कितने में ख़रीदने की नीयत रखता है।"

"ख़ुद ही अन्दाज़ा हो जाएगा। कौन-सा भागा जा रहा है।" और इसके साथ ही मुझे बू जान का ख़याल आया। "लगता है कि आज बू जान की तबीअत कुछ ठीक नहीं है।"

और इससे पहले कि ज़ुबैदा कुछ कहती, मैं उठा और बू जान के कमरे की तरफ़ हो लिया।

---

1. सवार, 2. बार-बार कह रहे थे, 3. प्रतिक्रिया, 4. प्रदर्शन।

बू जान उस शाम अपने कमरे में ऐसी गईं कि फिर बाहर नहीं निकलीं। मैंने जाकर देखा तो उनकी तबीअत बिगड़ी हुई थी। फिर बिगड़ती ही चली गई।

हम दोनों ने तीन रातें उनके सिरहाने सोते-जागते गुजारीं। ज़ुबैदा ने, हक़ यह है कि, उन तीन दिनों में उनकी बहुत ख़िदमत की। दिल में जो एक फाँस पड़ गई थी, वह तो पहली ही रात निकल गई। किस बेक़रारी के साथ बू जान की हालत को और घड़ी की सूई को देखती रही। बार-बार दुआ करती कि इलाही, रात ख़ैरियत से गुज़र जाए।

पहली रात। दूसरी रात। तीसरी रात। बू जान की पट्टी थी और हम दोनों थे। पूरी रात आँखों में कटती थी। ख़ैर अस्ल देखभाल तो ज़ुबैदा कर रही थी। मैं तो बस उसका हौसला बँधाने के लिए पास रहता था, कुछ सोचता हुआ कुछ जागता हुआ। हाँ, तीसरे दिन हम दोनों का बोझ कुछ हलका हो गया। एक तीसरे ने आकर हमारा बोझ बटा लिया। तीसरे पहर का वक़्त था कि दरवाज़े पर कोई कार आकर रुकी। हॉर्न की आवाज़ पर मैं बाहर गया और हैरान रह गया :

"अरे शीरीं तुम !"

"अब तुम हर मर्तबा मुझे देखकर हैरत का इज़हार करोगे।" और फ़ौरन ही लह्जा बदलकर बोली : "ताई अम्माँ का क्या हाल है ?"

"देख लो चलकर। वैसे तुम्हें किसने बताया ?"

मेरे इस सवाल का उसने कोई जवाब नहीं दिया। सीधी अन्दर गई और बू जान के पलंग के पास पहुँचकर उन पर झुक गई।

"ताई अम्माँ। ताई अम्माँ। आप कैसी हैं ?"

ताई अम्माँ होश में होतीं तो जवाब देतीं। वहीं पट्टी से लगकर बैठ गई। थोड़ी देर चुप बैठी रही। फिर ज़ुबैदा से मुख़ातिब हुई : "कब से यह हाल है ?"

"दो दिन हो गए। अच्छी-भली थीं। बरामदे में बैठे-बैठे उठकर अपने कमरे में चली गईं। मुझे तो कोई ऐसा गुमान भी नहीं हुआ। अख़लाक़ ने कहा कि बू जान की तबीअत ठीक नज़र नहीं आती। अन्दर आके देखा तो वो तो बुख़ार में भुन रही थीं। बस फिर हालत बिगड़ती ही चली गई।"

"किस डॉक्टर को दिखाया ? क्या कहता है ? हस्पताल में दाख़िल क्यों नहीं कराया ?" कितनी देर तक यही पूछगछ करती रही।

"मैंने जब बू जान से ज़िक्र किया कि शीरीं इसी शहर में है तो बहुत ख़ुश हुईं। फिर बिगड़ने लगीं कि साथ लेकर क्यों नहीं आए। रोज़ पूछती थीं कि शीरीं आई नहीं, क्या बात है ?"

'हाँ, मुझे सबसे पहले तो ताई अम्माँ के पास आना चाहिए था।"

"उस रोज़ तो तुमने कमाल किया। ऐसी ओझल हुई कि मैं ढूँढ़ता फिरा, तुम कहीं नज़र ही नहीं आईं। बहरहाल तुमने आने का वादा किया था, फिर क्यों नहीं आईं ?"

जवाब में उसने मुझे ऐसी तेज़ नज़रों से देखा कि मैं सटपटा गया। मैंने फ़ौरन बात

बदली : "ज़ुबैदा, शीरीं के लिए चाय बनाओ।"

"नहीं भाभी नहीं। मैं चाय नहीं पियूँगी।"

"लो, क्यों नहीं पियोगी ?"

"बीमारी के घर में ऐसे तकल्लुफ़ात[1] अच्छे नहीं लगते।"

"नहीं, तकल्लुफ़ात बिल्कुल नहीं होंगे। सीधी-सीधी चाय होगी।"

"आप लोग मुझे मेहमान समझ रहे हैं। मैं यहाँ ताई अम्माँ की ख़िदमत करने के लिए आई हूँ। मैं रात को यहीं रहूँगी। तुम लोगों को दो रातें जागते गई हैं।"

"फिर क्या हुआ ?" ज़ुबैदा ने कहा : "ऐसे वक़्त में जागना पड़ता ही है।"

"ठीक है। आप बेटे-बहू हैं मगर ताई अम्माँ मेरी भी कुछ लगती हैं। कुछ इनका हक़ मुझ पर भी है।"

थोड़ी ही देर में शीरीं ऐसे हो गई जैसे वह बहुत दिनों से यहाँ रह रही हो। अपनी ताई अम्माँ का चार्ज अपने हाथ में ले लिया। ज़ुबैदा से कहा : "भाभी, आप घर का काम देखें। ताई अम्माँ को मुझ पर छोड़ दें।"

ज़ुबैदा बावरचीख़ाने चली गई। घर जो दो दिनों से उजड़ा पड़ा था, उसे दुरुस्त करने लगी। वक़्फ़ों से[2] कमरे में झाँक जाती : "शीरीं, मेरी ज़रूरत तो नहीं है ?"

"नहीं। आप बेफ़िक्र होकर अपने काम करें।"

हँडिया-रोटी और घर के दूसरे कामों से फ़रागत पाकर जब ज़ुबैदा आकर बैठी तो शीरीं ने जल्दी ही उसे आराम करने का नोटिस दे दिया : "भाभी, आप दो रात की जागी हुई हैं। आप अपने बिस्तर में जाकर फ़ौरन सो जाएँ।"

"कैसे सो जाऊँ। मुझे तो हालत सँभलती नज़र नहीं आती। पता नहीं रात कैसे गुज़रे।"

"आप सोएँ। मैं जागूँगी। कोई ऐसी-वैसी बात हुई तो आपको उठा लूँगी।" फिर मुझसे मुख़ातिब हुई : "अख़लाक़, तुम भी आराम करो।"

"बस तुम अपनी भाभी को सुला दो। इस ग़रीब ने दो रातों से आँख ही नहीं झपकी। मैं तो सोता-जागता रहा हूँ। आज भी यही करूँगा। तुम्हें पता है कि मैं बैठे-बैठे भी सो लेता हूँ।"

"हाँ, पता है।" बहुत बेतअल्लुक़ी[3] से और किसी क़दर आहिस्ता से कहा। फिर फ़ौरन ही ज़ुबैदा की तरफ़ रुख़ कर लिया। "भाभी, आप आराम करें।"

ज़ुबैदा थोड़ी हिचर-मिचर के बाद यह कहते हुए कि अच्छा, ज़रा पीठ लगा लूँ, क़रीब पड़े पलंग पे लेट गई और फ़ौरन ही ऐसी सोई कि ख़र्राटे लेने लगी।

हम दोनों देर तक एक-दूसरे से बात न कर सके। शीरीं ने काफ़ी देर तक अपने-आपको बू जान की तीमारदारी[4] में मसरूफ़ रखा। मैं देखता रहा कि किस तरह वह तीमारदारी के बहाने अपने-आपको मसरूफ़ रखने की कोशिश कर रही है।

"शीरीं, बू जान ने पिछले दिनों तुम्हें बहुत याद किया।" आख़िर मैंने ज़ुबान खोली।

---

1. तकल्लुफ़ का बहु., दिखावे, 2. थोड़ी-थोड़ी देर बाद, 3. असम्बद्धता, 4. रोगी की सेवा।

शीरीं जैसे शर्मिन्दा हो गई, आहिस्ता से बोली, ''हाँ मुझे आना चाहिए था।''

''पिछले चन्द दिनों से इन्हें ख़ानदानवाले बहुत याद आ रहे थे। एक-एक का नाम लिया। एक-एक को याद किया। फिर एक रोज़ बैठे-बैठे कहने लगीं कि न जाने क्या बात है, आजकल ख़्वाब में चराग़ हवेली मुझे बहुत दिखाई दे रही है।''

''चराग़ हवेली।'' शीरीं ने आहिस्ता से कहा और इस अन्दाज़ से जैसे उसे बहुत कुछ याद आ गया हो।

मैंने ग़ौर से उसे देखा। ''शीरीं, तुम्हें चराग़ हवेली याद है ?''

''याद क्यों न होती। मैं इतनी बच्ची तो नहीं थी। मुझे वहाँ की उन दिनों की एक-एक बात याद है।''

''अच्छा !'' मैंने तअज्जुब से कहा।

मगर उसने मेरे रद्दे-अमल पर कोई ध्यान नहीं दिया। वह यादों के रस्ते पर चल पड़ी थी। उसके लहजे से बेतअल्लुक़ी का रंग ख़ारिज[1] हो चला था। ''अख़लाक़, तुम्हें याद है जब हवेली की मम्टी पे एक दिन मोर आके बैठा था और हमने कहा कि आओ उसे पकड़ते हैं।'' यह कहते-कहते वह एकदम से बदल गई। उसका वह लिया-दियापन, वह ग़ैरियत का एहसास बिल्कुल ही ग़ाइब हो गया। वही भोलापन, वही लहक जैसे उस वक़्त की शीरीं वापस आ गई हो। ''कितने चुपके-चुपके, हौले-हौले क़दम रखते हुए हम छत पे गए थे। यह लम्बी दुम और एकदम से नीली। बस दुम को पकड़ने लगे थे कि फुर-से उड़ गया।''

उसके बयान के साथ-साथ वह पूरा मंज़र मेरी आँखों में फिर गया। चराग़ हवेली की ऊँची छत, मम्टी पर बैठा हुआ मोर, उसकी झाड़ू जैसी घनी लम्बी नीली दुम। और जब वह अचानक उड़ा तो बिल्कुल ऐसे लगा जैसे कोई नीला जज़ीरा[2] हवा में बहता चला जा रहा है।

''अख़लाक़, उसे हमारे आने का पता कैसे चल गया था। हमने तो अपने क़दमों से ज़रा आहट नहीं होने दी थी।''

''हमारा उसे पता नहीं चला था।''

''फिर ?''

''उसी वक़्त दूर से म्याऊ-म्याऊ की आवाज़ आई थी ना ?''

''हाँ, बिल्कुल। म्याऊ-म्याऊ की आवाज़ सुनाई दी थी।''

''मोरनी ने उसे पुकारा था। वह उस पुकार को सुनकर तड़प गया।''

''मोर अपनी मोरनी को इतना चाहता है ?''

''हूँ।''

हम दोनों ही उस फ़ज़ा में पहुँच गए थे या जैसे उसने मुझे उँगली से पकड़ा और यादों की हरीभरी वादी में उतर गई। यादों की हरी-भरी वादी में क़दम से क़दम मिलाकर एक लम्बा सफ़र।

---

1. बाहर, 2. द्वीप।

"अख़लाक़, तुम्हें याद है वह जो एक श्यामा चिड़िया मुँडेर पर आके बैठा करती थी। तुम उसे श्याम परी कहा करते थे।"

"श्याम परी को मैंने पकड़ने के लिए बहुत जतन किए मगर वह हमेशा जुल दे जाती थी।" शीरीं खिलखिलाकर हँसी। फिर एकदम से संजीदा हो गई :

"अख़लाक़।"

मैं घबरा गया। "हाँ।"

"हवेली में जो कुआँ था, वह तुम्हें याद है ?"

"हाँ याद है।"

"क्या वाक़िई उसके अन्दर जिन्न रहते थे ?"

"पता नहीं। वैसे उस वक़्त मैं यही समझता था।"

"उस वक़्त हम कितने बेवकूफ़ थे। समझते थे कि कुँओं में जिन्न रहते हैं।"

"उस वक़्त हम कुछ नहीं जानते थे।"

"हाँ, उस वक़्त हम कुछ नहीं जानते थे। दुनिया की किसी बात का पता नहीं था। शायद उन्हीं दिनों हम अच्छे थे।" शीरीं उदास हो गई।

एक याद से दूसरी याद, दूसरी याद से तीसरी याद, किस तरह सब यादें एक-दूसरी में बींधी हुई, आपस में गुँथी थीं। मोतियों की एक लम्बी लड़ी कुछ सुलझी हुई, कुछ उलझी हुई। यादें उमड़-घुमड़ आती चली जा रही थीं।

"अख़लाक़ तुम्हें याद है, हवेली के एहाता में वो जो पेड़ थे ना, कितने घने-ऊँचे पेड़ थे। वह जो आम का पेड़ था, कितना हरा-भरा और घना था। एक दफ़ा हम चढ़ते-चढ़ते कितने ऊँचे चढ़ गए थे..." और यह कहते-कहते वह अचानक रुक गई। मैं भी ठिठक गया। एकदम से सब कुछ याद आ गया। यह उन दिनों की बात है जब शीरीं ने नया-नया दुपट्टा ओढ़ना शुरू किया था। सीना अब ढका रहने लगा था और नाक में नीम का फ़क़त[1] तिनका। उन्हीं दिनों नाक छिदी थी। मेरी उँगली बार-बार उसकी नाक पर जाती थी। कितना बिदकती थी मेरी इस हर्कत से। "मत छुओ जी, मेरी नाक दुखती है।" अस्ल में नीम के तिनके के इर्द-गिर्द जो जगह सुर्ख़ हो गई थी, उसे छूना मुझे अच्छा लगता था। फिर जब वह बिदकती थी तो और भी अच्छा लगता था। वह एक गर्म दोपहर थी। हम दोनों ख़स की टट्टियोंवाले बड़े कमरे से चुपके से निकलकर एहाता में पेड़ों की छाँव में भटकते फिर रहे थे। हरे-भरे घने आम के पेड़ के नीचे पहुँचकर हमारे मुंह में पानी भर आया। ये बड़ी-बड़ी अमियाँ लटक रही थीं। हवा के झोंके के साथ किस तरह लहराती थीं।

"आओ अमियाँ तोड़ें।" मैंने तज्वीज़ पेश की।

"बहुत ऊँचाई पे हैं।"

"फिर क्या हुआ ?"

सहारा देकर शीरीं को तने से ऊपर खिसकाया। फिर ख़ुद लपककर चढ़ गया।

---

1. केवल।

फिर हम दोनों एक गुद्दे से दूसरे गुद्दे पर, दूसरे गुद्दे से तीसरे गुद्दे पर चढ़ते चले गए।

"बस भई। अब और ऊपर नहीं जाएँगे, नहीं तो गिर पड़ेंगे।"

वाक़िई हम बहुत ऊपर चले गए थे और पत्तों में छुप गए थे। पत्तों में छुपे एक डाल पे पास-पास बैठे हम अमियाँ खाते रहे।

"बहुत खट्टी है।" उसने मुँह बिगाड़के कहा।

"फिर मैं चखूँ।" मैंने उसके हाथ से लपककर अमिया अपने मुँह में रख ली। "कोई भी खट्टी नहीं है। बहुत मज़े की है।"

"हमारी अमिया हमें दे दो।"

मैं उसकी दरख़्वास्त[1] को ख़ातिर ही में नहीं लाया। कुतर-कुतर के मज़े ले-लेकर खाता चला गया। उसने छीनने की, मैंने बचाने की कोशिश की। उस छीना-छपटी में मेरा हाथ उसकी नाक पर जा लगा। वह तड़प ही तो गई।

"ऊई मर गई।"

"चोट लग गई ? अच्छा ला, मैं ठीक करता हूँ।" मैंने उँगली की पोर मुँह की भाप से गर्म की और छिदे हुए नथुने पर उसे आहिस्ता-आहिस्ता फेरा। एक दफ़ा, दो दफ़ा, तीन दफ़ा। उसे आराम आता चला गया। आँखें मुँदती चली गईं। मैंने मुँह नाक के क़रीब लाकर दुखती जगह को भाप देनी शुरू कर दी। फिर आहिस्ता से होंठ उस जगह पर रख दिए। कितनी देर रखे रहा। हम दोनों उस तंग जगह में एक गुद्दे पे बैठे-बैठे कितने क़रीब आ गए थे जैसे एक-दूसरे के साथ चिपक गए हों। दुपट्टा सरकते-सरकते नीचे जा गिरा। उसने हड़बड़ाकर आँखें खोलीं। अलग सरकते हुए कहा : "हट, मेरा दुपट्टा गिर गया।" बग़ैर दुपट्टे के उसे देखकर मैं कितना हैरान हुआ। यह वही शीरीं थी कि जब अभी दुपट्टा ओढ़ना शुरू नहीं किया था तो बिल्कुल लड़कों की तरह लगती थी और अब...उसने मुझे घूरते देखा तो सटपटा गई : "बेशर्म।" और दरख़्त से नीचे उतर गई।

हम दोनों यादों की शादाब[2] वादी से वापस आ गए थे मगर सटपटाए हुए थे जैसे अभी-अभी यह वाक़िआ गुज़रा है। शीरीं की समझ में और कुछ न आया तो उसने बू जान की नब्ज़[3] देखनी शुरू कर दी। फिर साँस की आवाज़ को ग़ौर से सुना। घबरा गई।

"अख़लाक़ देखो, ताई अम्माँ की साँस की आवाज़ कैसी है ?" फिर बहुत उजलत में ज़ुबैदा को झँझोड़कर उठाया। "भाभी, ज़रा उठो तो सही।"

ज़ुबैदा हड़बड़ाकर उठ बैठी। "क्या बात है ?"

"ज़रा आके देखो।"

ज़ुबैदा दौड़ के बू जान के सिरहाने पहुँची। साँस की आवाज़ ग़ौर से सुनी। सख़्त तशवीश के लहजे में बोली, "यह तो साँस चल रहा है।"

मैंने घड़ी पे नज़र डाली। "अब तो सुबह होने को है, डॉक्टर को फ़ोन करता हूँ।"

---

1. निवेदन, 2. हरी भरी, 3. नाड़ी।

फ़ोन की तरफ़ लपका। डाइल बार-बार घुमाया। नम्बर नहीं मिल रहा था। शीरीं ने पुकारा : "अख़लाक़, टेलीफ़ोन को छोड़ो। यहाँ आके ताई अम्माँ के क़रीब बैठो।"

मैंने शीरीं के लहजे की गम्भीरता से अन्दाज़ा लगाया कि बू जान पर कौन-सी घड़ी गुज़र रही है। टेलीफ़ोन छोड़ ख़ामोशी से बू जान के क़रीब आकर सिरहाने खड़ा हो गया।

हम तीनों खड़े रहे। बू जान का साँस चलता-उखड़ता देखते रहे। साँस चलना आख़िर के तईं बंद हो गया। शीरीं ने झुककर देखा। जिस्म को छुआ। फिर यूँ किया कि बहुत आहिस्ता से बू जान की आँखें बन्द कीं, गर्दन बहुत धीरे से सीधी की।

"भाभी, पैर सीधे कर दो।"

और पूरे बदन को चादर से ढाँक दिया। उस तरफ़ से फ़राग़त पाकर मेरे क़रीब आई। डबडबाती आँखों से मुझे देखा। "अख़लाक़, ताई अम्माँ हमें छोड़ गईं।" और मेरे सीने से लगकर सिसकियाँ भरने लगी। मैंने कितनी मुश्किल से उसे सँभाला था।

थोड़ी देर में शीरीं खुद सँभल गई। दुपट्टे के आँचल से आँखें पोंछीं। एक एहसासे-ज़िम्मेदारी[1] के साथ उठ खड़ी हुई और बहुत संजीदगी से मुझे और ज़ुबैदा को हिदायात[2] देनी शुरू कर दीं।

"अख़लाक़, अज़ीज़ों को इत्तिला कर दो।"

इस हिदायत ने मुझे बौखला दिया। "हमारे कौन अज़ीज़ हैं इस शहर में। मुझे तो किसी के मुतअल्लिक़ मालूम नहीं है।"

"मैं बताती हूँ। फ़ोन लाओ।"

मैं फ़ोन उठा लाया। उसने पर्स से डायरी निकाली। नाम ले-लेकर फ़ोन नम्बर बताती गई। मैं डाइल घुमाता गया। मैं हैरान था। इतने ज़माने से इस शहर में रह रहा था और एहसास ही नहीं था कि इस शहर में हमारे कितने अज़ीज़ मौजूद हैं। वह इन्हीं दिनों इस शहर में वारिद हुई थी[3] और उसके पास एक-एक अज़ीज़ का पूरा पता मा[4] फ़ोन नम्बर के मौजूद था।

"शीरीं, तुम कल भी दफ़्तर नहीं गईं। आज भी नहीं गईं। अपने दफ़्तर को इत्तिला तो दे दी होती। मुझे नम्बर बताओ। मैं फ़ोन कर दूँ।"

"दफ़्तर को इत्तिला है। जब मुझे पता चला था तब ही मुझे एक धड़का-सा लग गया था। दफ़्तर में इत्तिला करके इधर आई थी।" रुकी, फिर बोली, "मैं कितनी दूर से खिंचकर यहाँ पहुँची हूँ। बेफ़िक्र न्यूयॉर्क में बैठी थी। सान न गुमान। अचानक अपने इंस्टीट्यूट की सर्वे टीम का इधर का दौरा निकल आया और मेरा नाम उसमें आ गया। बस ताई अम्माँ की सूरत देखनी थी...उनकी सूरत तो देख ली। अपनी सूरत नहीं दिखा सकी...बस मुझसे कोताही[5] हो गई। जैसे अब यहाँ आई थी, वैसे ही पहले मैं इधर आ

1. कार्यभार की भावना, 2. निदेश, 4. आई थी, 4. सहित, 5. भूल।

जाती। कई दफ़ा इरादा भी किया मगर..." कुछ कहते-कहते चुप हो गई।

ज़ुबैदा कहने लगी : "आख़िर दिनों में तो ऐसा हो गया था कि ख़ानदान के एक-एक फ़र्द[1] का नाम लेकर याद करती थीं। तुम्हारे बारे में कितनी मर्तबा अख़लाक़ से पूछा, ऐ बेटे, शीरीं का पता करो। इधर आई क्यों नहीं ?"

"हाँ, बुज़ुर्ग तो बच्चों-बड़ों सबको याद रखते हैं। ख़ानदान कितना बिखर गया था। मगर उनकी ज़ात की वजह से आपस में एक तअल्लुक़ क़ाइम था, जैसा-कैसा भी था। ताई अम्माँ इस ख़ानदान की आख़िरी बुज़ुर्ग थीं...हमारे सरों पर आख़िरी साया। अब हमारे सरों पर कोई साया नहीं है।" शीरीं की आवाज़ भर्राने लगी थी। चुप हो गई।

"बहुत ढारस थी उनके दम से। बू जान न होतीं तो अल्लाह क़सम, मेरा तो इस घर में दम उलट जाता।"

"भाभी, आपने बू जान का हवेलीवाला ज़माना नहीं देखा। हवेली उन्हीं के दम से हवेली नज़र आती थी। अख़लाक़, तुम्हें याद है। उनकी डाँट से हमारी मैया मर जाती थी। बाप रे बाप, जितनी मेहरबान थीं उतनी ही सख़्त थीं। जब अपने छपरखट पे सामने पानदान रखकर और हाथ में सरौता लेकर बैठती थीं तो कितना दबदबा[2] उनसे टपकता था और किस वक़ार[3] के साथ हुक्म देती थीं। नौकर-चाकर, छोटे-बड़े, सबकी एक-एक हर्कत पर उनकी नज़र रहती थी।"

"मगर यहाँ आकर बिल्कुल बदल गई थीं..." मैंने बताया : "किसी मुआमले में दख़ल नहीं देती थीं। बस जैसे हवेली से निकलकर मुरझा गई हों। फिर मुरझाती ही चली गईं।"

"वहाँ कितनी सुर्ख़ो-सफ़ेद थीं और अशरफ़ी की छींटवाले पायजामा में उनकी पिंडलियाँ कितनी कसी-कसी नज़र आती थीं।"

"अब तो यह हाल था..." ज़ुबैदा ने कहा, "कि हड्डियाँ ही हड्डियाँ। तोला भर गोश्त रह गया था। बाक़ी हड्डियाँ ऐसी कि एक-एक गिन लो।"

बू जान अपने चमरख़ बदन के साथ मेरे तसव्वुर में घूम गईं। "उम्र का सफ़र भी कितना तबाहकुन[4] होता है और वक़्त आदमी के साथ क्या कुछ कर डालता है।"

"हाँ वक़्त।" शीरीं बस आहिस्ता से इतना कहकर चुप हो गई और अफ़सुर्दा भी।

शीरीं हमारे साथ सोयम[5] तक रही। कितना घुल-मिलकर रही जैसे बरस-बरस से हम इसी तरह घुले-मिले चले आ रहे हैं। ग़ैरियत का, दूरी का ज़रा जो उसने एहसास होने दिया हो। हर वक़्त बातें। उन दो-ढाई दिनों में कितनी बातें कर डाली थीं हमने। सब चराग़ हवेली के दिनों की बातें। हर बात की एक-एक तफ़्सील। अपने सारे बचपन, लड़कपन को खोंद डाला। मगर उस सफ़र में हम दोनों एक मुक़ाम पर जाकर रुक जाते थे। बस एक दफ़ा मैंने झिझकते-झिझकते उस सरहद को उबूर करने की कोशिश की

1. व्यक्ति, 2. रोब, तेज, 3. बड़ाई, गम्भीरता, 4. नष्ट करनेवाला, 5. तीजा, मृत्यु के बाद तीसरा दिन।

थी। मगर शीरीं ने इतनी तेज़ी से बात काटी कि दोबारा सरहद उबूर करने की हिम्मत ही नहीं पड़ी।

सोयम के दूसरे दिन उसने अपने दफ़्तर फ़ोन किया। थोड़ी ही देर में गाड़ी दरवाज़े से आन लगी।

"लो गाड़ी आ गई। भाभी, मेरा जाने को बिल्कुल जी नहीं चाह रहा मगर दफ़्तर की वजह से जाना पड़ रहा है।"

ज़ुबैदा ने कितने तशक्कुर-आमेज़[1] लहजे में कहा, "शीरीं, तुमने हमारा बहुत हाथ बटाया। तुम न होतीं तो हम क्या करते। यहाँ कौन था हमारा। जब बू जान की हालत बिगड़ी थी तो मेरे तो हाथ-पाँव फूल गए थे कि अगर ऐसी-वैसी बात हो गई तो मैं अकेली क्या करूँगी। अल्लाह क़सम, तुम तो बिल्कुल रहमत[2] का फ़रिश्ता बनकर आईं।"

"भाभी, तुम तो ऐसे मेरा शुक्रिया अदा कर रही हो जैसे मैं कोई ग़ैर हूँ। और मैंने आकर किया क्या, ताई अम्माँ ने तो मुझे ख़िदमत का मौक़ा ही नहीं दिया।" यह कहते-कहते उसकी आँखें फिर भीग गईं।

जब वह कार में बैठने लगी तो मैंने तक़रीबन कार के अन्दर मुँह डालकर आहिस्ता से कहा जैसे राज़ की बात हो : "सुनो !"

"हाँ।" उसने ग़ौर से मुझे देखा।

"आओगी ?"

तअम्मुल किया। फिर आहिस्ता से कहा : "अच्छा।"

1. कृतज्ञतापूर्ण, 2. कृपा।

14

दरवाज़े पे किसी गाड़ी ने हॉर्न दिया। मेरे विज्दान[1] ने कहा कि हो न हो, वही है। लपककर दरवाज़े पे गया। वही थी। कितनी खिली हुई नज़र आ रही थी। पिछले दिन तो सोग के दिन थे। एक ज़माने के बाद हमने एक-दूसरे को देखा, देखकर हैरान हुए। उस मौत की फ़ज़ा में मिलकर बैठे, गुज़रे दिनों को याद किया। जाना कि अपने-आपको पा रहे हैं। कम-अज़-कम मुझे तो बिल्कुल ऐसा लग रहा था कि जैसे मैं खो गया था और अब अपने आपको पाने लगा हूँ। एक ग़म ने हमारा मिलाप कराया था। उस ग़म ने अपना काम अंजाम दिया और छँट गया। कोई ग़म पायदार[2] नहीं होता। सबसे ज़्यादा नापायदार[3] मौत का ग़म होता है। जिस दिन बू जान का इंतिक़ाल[4] हुआ है, उस दिन हमें दुनिया अँधेर नज़र आ रही थी। मगर दूसरे ही दिन अँधेरा छँट गया। बातें शुरू हो गईं। गोया बू जान के गुज़र जाने का मक़सद ही यह था कि इस बहाने हम अपने खोए हुए दिनों की तलाश में निकलें और अब तो सोयम हुए भी कई दिन हो चुके थे। सोग की फ़ज़ा बिल्कुल छँट चुकी थी। उस घड़ी वह कितनी निखरी-निखरी नज़र आ रही थी।

"अरे शीरीं तुम !"

"फिर तुमने हैरत का इज़हार किया। मुझमें क्या है कि जब मुझे देखते हो, हैरान होते हो।"

"हैरत के पर्दे में अस्ल में मसर्रत[5] का इज़हार होता है।"

कार से उतरते हुए बोली : "आर्ट सैंटर में आज कोई नुमाइश ओपन हो रही है। चलोगे नहीं ?" यह कहते-कहते अन्दर आई।" भाभी, फ़ौरन तैयार हो जाओ। तुम्हें पेंटिंग की नुमाइश में लेकर चलते हैं।"

"शीरीं, कैसी बातें कर रही हो। अगर पीछे कोई आ गया तो क्या कहेगा कि अभी दसवाँ भी नहीं हुआ, बेटे-बहू ने सैरो-तफ़रीह[6] शुरू कर दी।"

शीरीं शर्मिन्दा हो गई।

"अच्छा ऐसा करते हैं," मैंने तजवीज़ पेश की, "मैं शीरीं को कम्पनी देता हूँ। नुमाइश देखने तो बहरहाल मुझे जाना ही था।"

"यह ठीक है।" ज़ुबैदा ने कहा : "तुम हो आओ। कोई एक तो घर पे रहे।"

कितने ख़ुश-ख़ुश हम घर से चले थे। शीरीं कितनी चहक रही थी।

---

1. अन्तर्ज्ञान, 2. स्थायी, 3. अस्थायी, 4. निधन, 5. ख़ुशी, 6. घूमना और मन बहलाना।

"एक तजवीज़।" मुझे दफ़अतन सूझी।

"क्या तजवीज़ है ?"

"नुमाइश कौन-सी सहीह वक़्त पे ओपन हो जाएगी। पहले एक-एक प्याली चाय हो जाए। चलकर किसी पुरसुकून गोशे[1] में बैठते हैं।"

शीरीं ने तजवीज़ बिला-तकल्लुफ़ मंज़ूर कर ली। गाड़ी आर्ट सेंटर की बजाय कैफ़े विक्टोरिया की तरफ़ मुड़ गई।

कैफ़े विक्टोरिया के एक ख़ामोश गोशे में हम कितनी देर बैठे रहे। मुश्तरका[2] यादों के सहारे माज़ी[3] में ताक-झाँक करते रहे। "अख़लाक़ तुम्हें याद है ना जब..." और पिछली किसी याद को इस तरह कुरेदना कि एक-एक तफ़्सील सुना डालना। उसका चुप होना तो मेरा रवाँ हो जाना : "शीरीं, तुम्हें याद है, यह उन दिनों की बात है जब हम..."

"सब याद है अख़लाक़, मत याद दिलाओ।" अभी कितनी ख़ुश थी। एकदम से उदास हो गई।

"याद भी न करें ?"

"इस वक़्त तो याद करके ख़ुश हो लेंगे मगर इसके बाद क्या होगा ? याद है, हमने घर बैठकर चराग़ हवेली की कितनी बातें की थी। उस वक़्त पिछली बातों को याद करके कितना जी ख़ुश हुआ था, कितना सुकून मिला था। कितने ज़माने बाद इतनी ख़ुशी, इतना सुकून मिला था। लेकिन जब तुम्हारे यहाँ से गई तो रात को बिलकुल नींद नहीं आई।"

"शीरीं।"

"हूँ।"

"वो दिन वापस नहीं आ सकते ?"

शीरीं ने मुझे ग़ौर से देखा। आहिस्ता से उदास लहजे में बोली : "नहीं।"

"क्यों ?"

"यह तो मैं नहीं जानती कि क्यों। मगर जो वक़्त चला जाता है, वह वापस नहीं आया करता।" फिर आहिस्ता से जैसे अपने-आपसे कह रही हो : "यही तो मुश्किल है।"

"ठीक कहती हो, यही सारी मुश्किल है। बस, एक दफ़ा ज़रा-सी चूक हो जाए, फिर वक़्त हाथ से ऐसा निकलता है कि–कि बस–" मेरा ध्यान कहाँ से कहाँ निकल गया। "उस वक़्त की एक चूक–"

शीरीं ने फ़ौरन बात बदली : "मेरे ख़याल में एक-एक प्याली और हो जाए।"

देर तक हम दोनों चुप रहे। चुपचाप चाय पीते रहे। मगर मैं बहुत देर तक चुप नहीं रह सकता था। अन्दर एक गिरह जो पड़ी हुई थी। हिर-फिरकर ध्यान वहीं आकर अटक जाता था। " वहाँ रहते तो शायद आगे चलकर कुछ–मगर उसके फ़ौरन बाद

1. शान्तिपूर्ण कोना, 2. संयुक्त, 3. अतीत।

ही यहाँ आना पड़ गया—कितनी मर्तबा सोचा कि तुम्हें ख़त लिखूँ। हिम्मत नहीं पड़ी। सोच-सोचकर रह गया।''

''वैसे उसके बाद हम भी जल्दी ही यहाँ आ गए। इसी शहर में।''

''वाक़िई ?''

''ठीक कह रही हूँ। कितने दिनों यहाँ रहे, फिर कराची गए हैं।''

''कमाल है, मैं यही समझता रहा कि तुम वहीं हो। अगर मुझे पता हो जाता कि तुम यहाँ आ गई हो तो फिर...''

''हमारे हालात उन दिनों इतने ख़स्ता[1] थे कि हमने किसी अज़ीज़-रिश्तेदार को पता होने नहीं दिया कि हम यहाँ आ गए हैं। वैसे हमें सब अज़ीज़ों का पता था कि कौन कहाँ है।''

''हालात उन दिनों सब ही के ख़स्ता थे। हमारे हालात कौन से अच्छे थे। बहरहाल अगर मुझे किसी तरह यह पता चल जाता...कि तुम यहाँ हो तो...''

''तो ?'' फीकी-सी मुस्कुराहट के साथ, ''तो फिर पाकिस्तान की तारीख़[2] आज मुख़्तलिफ़[3] होती।'' फ़ौरन ही कलाई पर लगी घड़ी देखी, ''देर हो चुकी, चलना चाहिए।'' और खड़ी हो गई।

''तक़रीब[4] तो ख़त्म हो गई होगी।''

''ख़ैर, अब देखने का मूड भी नहीं रहा। वापस चलते हैं।''

''इफ़्तिताह में शरीक होना क्या ज़रूरी था। नुमाइश ही देखनी है, वह कल भी देखी जा सकती है।''

दरवाज़े पर आकर आहिस्ता से गाड़ी रोकी। मैंने उतरते हुए उसे देखा। ''अन्दर नहीं आओगी ?''

''नहीं, बहुत देर हो गई है। भाभी से मेरी तरफ़ से माज़िरत कर देना।''

''तो नुमाइश कल देखने जाओगी ?''

''हाँ, मैं तुम्हें फ़ोन कर लूँगी।''

''या मैं याद कराऊँ ?''

''नहीं, इसकी ज़रूरत नहीं है। मैं आऊँगी, उसी वक़्त, जिस वक़्त आज आई थी।'' सोचकर, ''मगर एक बात है।''

''क्या ?''

''भाभी कहेंगी कि मेरे मियाँ को यह औरत रोज़ कहाँ उड़ा के ले जाती है।''

''जब रोज़ का प्रोग्राम बनेगा तब इस पहलू पर ग़ौर करेंगे।''

इस पर खिलखिलाकर हँसी। ''अच्छा, रुख़सत।'' फ़ौरन ही मोटर स्टार्ट कर दी।

''विक्टोरिया कैफ़े की तरफ़ न चलें ?'' मैंने तज्वीज़ पेश की।

1. दुर्दशाग्रस्त, 2. इतिहास, 3. विभिन्न, 4. समारोह।

"कोई लाज़िम है कि जो कल किया था, वह आज भी करें।"

"देखें चाय तो कहीं न कहीं चलकर पीनी चाहिए। उन मस्ख़रों ने तो कोका कोला की एक-एक बोतल हाथ में थमा दी।"

"बड़ी फुज़ूल बात है। तवाज़ो का यह क्या तरीक़ा लोगों ने निकाला है।"

"तो फिर गाड़ी विक्टोरिया की तरफ़ मोड़ लो। चाय तो बहरहाल पीनी है।"

"मगर यह क्या ज़रूरी है कि आज भी चाय उसी कैफ़े में पी जाए।"

"हाँ, किसी खुशगवार तजर्बे को दुहराने की कोशिश तो नहीं करनी चाहिए, फिर भी।"

शीरीं हँसी। गाड़ी मोड़ते हुए बोली : "मगर एक शर्त है।"

"क्या ?"

"हम आज माज़ी को नहीं कुरेदेंगे।"

"मंज़ूर है।"

मगर मैं विक्टोरिया के ख़ामोश गोशे में पहुँचकर इस शर्त को बिल्कुल भूल गया। फ़ौरन ही शुरू हो गया : "शीरीं, तुम्हें याद है..."

"भूल गए, क्या मुआहदा[1] हुआ था ? यह कि हम आज माज़ी को नहीं कुरेदेंगे। यादों की नॉन-सेंस आज नहीं चलेगी।"

"बड़ी मुश्किल है। मैं तो जितना भी हूँ, माज़ी ही में हूँ।"

"हाल[2] में होने की कोशिश करो।"

"मगर कैसे ?"

"यह कोई दूसरा तो नहीं बता सकता। आदमी को ख़ुद ही यह देखना होता है कि वह यादों में मुक़य्यद[3] होकर न रह जाए। जिस तरह भी हो, उसे हाल की साअतों[4] में अपने-आपको दरयाफ़्त[5] करना होता है।"

उस वक़्त मुझे एहसास हुआ कि शीरीं को जो बुजुर्ग बनकर नसीहत करने की आदत थी, ख़ासतौर पर मुझे, वह अभी तक गई नहीं है। मैंने भी सआदतमंद[6] बनकर उसकी नसीहत सुनी। फिर कहा : "ठीक है। माज़ी को नहीं कुरेदते, माज़ी कुछ नहीं है। जो कुछ है वह आज है। आज का यह लम्हा, यह साअत जो इस वक़्त मेरे और तुम्हारे दरमियान गुज़र रही है।"

इस बात पे थोड़ी गड़बड़ाई। "पता नहीं।"

"पता होना चाहिए। मुश्किल यही है कि अस्ल साअत का उस साअत में पता नहीं चलता है, जब गुज़र जाती है तब उसका पता चलता है। कामयाब आदमी वह है जो साअत को उसी साअत में पहचान और गिरिफ़्त में ले ले।"

"वह किस तरह ?"

कितनी मासूमियत[7] से शीरीं ने पूछा और किस शिद्दत से मेरा जी चाहा कि उसे आग़ोश[8] में भींच लूँ और कहूँ : "इस तरह।"

---

1. परस्पर प्रतिज्ञा, 2. वर्तमान, 3. क़ैद, 4. वर्तमान के क्षण, 5. ढूँढ़ निकालना, 6. आज्ञाकारी, 7. भोलापन, 8. आलिंगन।

ऐन[1] उस साअत में कितनी गुज़री साअतें मेरे तसव्वुर[2] में मुनव्वर[3] हो गईं और गुज़रती साअत उनकी चकाचौंध में गुम होती चली गई।

वापसी में अजब हुआ। जब कार उस तारीख़ी मिनी बस स्टॉप के सामने से गुज़री तो मुझे एक शक-सा हुआ कि जैसे वह खड़ी बस का इंतिज़ार कर रही है। मैं बेचैन हो गया। ''ज़रा रोको।''

शीरीं ने गाड़ी को ब्रेक दिए। ''क्यों, क्या बात है ?''

बहुत उजलत में गाड़ी से उतरते हुए कहा : ''अभी आया।'' तेज़ी से बस स्टॉप की तरफ़ चला, कार स्टॉप से अच्छी-ख़ासी दूर निकलकर रुकी थी। मुझे तेज़-तेज़ चलना पड़ा। मगर जिस वक़्त मैं वहाँ पहुँचा, उसी वक़्त कमबख़्त मिनी बस आन पहुँची। जो दो-चार सवारियाँ खड़ी थीं, जल्दी से सवार हो गईं। कंडक्टर ने बस का दरवाज़ा बन्द करते हुए सीटी दी और बस चल पड़ी। मैंने ज़नाना निशस्तों[4] का जल्दी-जल्दी जाइज़ा लिया कि अगर वही थी तो इन्हीं में से किसी निशस्त पर बैठी होगी। वह तो नज़र नहीं आई। मिनी बस तेज़ी से आगे निकल गई। मुझे कितनी झुँझलाहट हुई कि मिनी बसें आख़िर तेज़ क्यों चलती हैं।

मैं हारा हुआ-सा वापस आया और दरवाज़ा खोलकर ख़ामोशी से शीरीं के बराबर आन बैठा। शीरीं ने मुझसे कुछ नहीं पूछा। अच्छा ही हुआ। पूछ बैठती तो मैं जाने क्या औलपटाल जवाब देता। ख़्वाह-मख़्वाह वह शक में पड़ जाती। तो अच्छा हुआ कि उसने यूँ मेरे उजलत से उतरकर जाने पर किसी तजस्सुस[5] का इज़्हार नहीं किया। ख़ामोश गाड़ी चलाती रही। इधर मैं ख़ामोश, इस शशोपंज[6] में कि क्या सचमुच वह थी या मुझे वह्म हुआ था।

घर पहुँचने के बाद मुझे ख़याल आया कि मुझे इतना ख़ामोश नहीं रहना चाहिए था। कोई न कोई बात करनी चाहिए थी कि वह बिला-वजह किसी शक में न पड़ जाए। मगर इस तरद्दुद[7] ने ज़्यादा तूल न पकड़ा[8]। मैं अपनी उलझन में फँसा हुआ था। बार-बार ख़याल आता कि क्या वह थी या मुझे महज़ वह्म हुआ था कि वह है। ख़ैर उस वक़्त तो यह सोचकर इस उलझन को रफ़अ-दफ़अ कर दिया[9] कि अब कौन सा उसके इश्क़ में मुब्तला हूँ, जो इस बारे में ज़्यादा तरद्दुद करूँ। वह तो बस एक तजस्सुस था कि देखूँ तो सही कि क्या वही है। अगर थी तो क्या हुआ, नहीं थी तो क्या हुआ। मगर सुबह होने पर जब मैं दफ़्तर के लिए चलने लगा तो यूँ ही मुझे ख़याल आया कि अगर वह वापस आ गई है तो फिर उसका वही विर्द होगा कि दफ़्तर जाने के लिए मिनी बस स्टैंड पर पहुँचना और मिनी बस का इंतिज़ार करना। सोचा कि मालूम तो किया जाए कि वह वाक़िई आ गई है। तो मैंने स्कूटर घर पे छोड़ा और दफ़्तर के लिए पैदल घर से निकला। उसी स्टॉप पर पहुँचकर मिनी बस का इंतिज़ार करने लगा। वह तो वहाँ नहीं थी। एक वैगन आई, उसे निकल जाने दिया। दूसरी आई, उसमें भी सवार

---

1. ठीक, 2. ध्यान, 3. प्रकाशित, 4. महिलाओं की सीटों, 5. जिज्ञासा, 6. उधेड़बुन, 7. दुविधा, 8. अधिक नहीं बढ़ी, 9. ख़त्म कर दिया।

नहीं हुआ। देर बाद तीसरी आई। क्या करता; वह तो कहीं नज़र नहीं आ रही थी, वैगन में सवार हो गया। दूसरे दिन फिर यही किया मगर वह नज़र नहीं आई।

फिर सोचा कि क्यों न उसके दफ़्तर जाकर देख लिया जाए। सो उसके बैंक में जाकर टोह ली।

"ज़किया अहमद... ?

"वह तो अब यहाँ नहीं होती हैं।"

"ट्रांसफ़र हो गया क्या ?"

"वह तो बैंक ही छोड़ गई। किसी फ़र्म में उसे जॉब मिल गई।"

"आप उस फ़र्म का पता बता सकेंगे ?"

एक ने दूसरे से, दूसरे ने तीसरे से पूछा : "यार, वह ज़किया अहमद थी ना। वह किस फर्म में गई है ?"

सब अनजाने बन गए। "पता नहीं जी। बहरहाल यहाँ से चली गई।"

उनके इस जवाब पर मुझे तअज्जुब नहीं हुआ। दफ़्तरवालों की एक ख़ास ज़ेहनीयत[1] होती है। उनके दरमियान कोई लड़की काम करती है तो वो किसी बाहरवाले को उसमें दिलचस्पी लेते नहीं देख सकते। उसके मुतअल्लिक़ कभी कुछ पूछना पड़ जाए तो कभी सहीह नहीं बताते। मगर दफ़्तरवालों पर ये क्या मौकूफ़ है, कोई भी शख़्स किसी दूसरे को महब्बत करते नहीं देख सकता। वैसे तो हर आदमी ही हर आदमी का दुश्मन होता है, मगर महब्बत करनेवाले के ख़िलाफ़ तो मुत्तहद्दा[2] महाज़[3] क़ाइम हो जाता है। मगर इसका यह मतलब नहीं कि मैं उससे महब्बत कर रहा था। मैंने अपने-आपको मुत्तला[4] किया कि तुमने महज़ तजस्सुस के तौर पर यह सारी पूछगछ की है, किसी जज़्बाती वाबस्तगी[5] की बिना पर नहीं।

"बू जान के चालीसवें का इंतिज़ाम करना है।" ज़ुबैदा ने मुझे नोटिस दिया।

"अच्छा ?" बू जान के चेहलुम को तो मैं भूला ही बैठा था। "क्या इंतिज़ाम करना है ?"

"एक तो सब अज़ीज़ों को इत्तिला देनी है।"

"अज़ीज़ों को इत्तिला। यह तो बहुत मुश्किल काम है। मुझे तो किसी का पता भी मालूम नहीं है।"

"शीरीं को सबके पते मालूम हैं। उस वक़्त भी उसने सबको फ़ोन किए थे। वह तो ऐसी गई कि फिर आई ही नहीं।"

तब मैं चौंका। मैं उसके चक्कर में शीरीं को भूल ही बैठा था। अब ख़याल आया कि वह तो ऐसी गई कि फिर आई ही नहीं। सोचने पर याद आया कि जिस शाम हम नुमाइश देखने गए थे, उस शाम के बाद से शीरीं ने अपना पता नहीं दिया। न ख़ुद आई न फ़ोन किया, उसे हुआ क्या। पहले शीरीं पर तअज्जुब हुआ। फिर अपने-आप पर तअज्जुब हुआ कि उस शाम के बाद मुझे शीरीं का ख़याल ही नहीं आया। ध्यान

---

1. मानसिकता, 2. संयुक्त, 3. मोरचा, 4. सूचित, 5. भावात्मक सम्बन्ध।

से ऐसी उतरी कि अब जब ज़ुबैदा ने उसका ज़िक्र किया तब उसकी याद आई। तअज्जुब, इतने क़ुर्ब[1] के बाद इतनी बेगानगी[2] ! खोकर एक उम्र के बाद उसे पाया था, पाकर इतनी नाक़दरी[3] आख़िर क्यों ? तब मैंने होश की दवा ली। अपने आपको सरज़निश[4] की कि किसके पीछे ख़राब हो रहे हो। वह है कहाँ जो मिलेगी। वह तो सारी अपनी आवाज़ में थी। तुमने जाना कि वह आवाज़ के सिवा भी है। शहज़ादे ने वह ख़ुशरंग फूल अपने गुलदान में सजा दिया। फिर यूँ हुआ कि रोज़ सुबह को जब वह जागता तो अपनी उँगली में एक ख़ूबसूरत नगीना-जड़ी अँगूठी देखता और हैरान होता। कितना हैरान होता कि या आलिमुलग़ैब,[5] रात के पर्दे में कौन आती है और रोज़ एक नई अँगूठी मुझे पहना जाती है। आख़िर उसने रतजगे की ठानी। कानी उँगली थोड़ी काटकर उसमें मिर्चें भर लीं कि दर्द से नींद नहीं आएगी। मक्र[6] बनाकर पड़ रहा जैसे सो रहा है। जब रात आधी गुज़री तब फूल महका कि महक से उसका ऐवान[7] सारा महक गया। फिर धीरे-धीरे उठते क़दमों की आहट सुनाई दी। फिर उसने जाना कि उसकी अँगुश्त[8] में अँगूठी पहनाई जा रही है। शौक़े-दीद[9] में उसने आँखें खोलीं और हड़बड़ाकर उठ बैठा। मगर उसे बस उसकी पुँछल नज़र आई। फिर दम के दम में वह फूल में समा गई। इधर वह वर्ता-ए-हैरत[10] में ग़र्क़ हुआ[11] कि वह कौन थी जो फूल से ख़ुशबू की मिसाल बरामद हुई और उसे अँगूठी पहनाकर सूरत दिखाए बग़ैर फूल में छुप गई। तब फूल के बारे में उसने तजस्सुस किया, मगर अब गुलदान ख़ाली पड़ा था। हैरत में एक और हैरत कि या इलाही, फूल कहाँ गया। तब दर-ब-दरी[12], ख़ाक-ब-सरी[13] क़िस्मत में उसकी लिखी गई। जंगलों-बाग़ों में टोह लेता फिरता था, हैरानो-परीशान होता था कि ऐ जहाने-रंगो-बू[14] के पैदा करनेवाले, बाग़े-आलम[15] में वह कौन-सा गुलशन[16] है जहाँ यह शिगूफ़ा[17] फूटा था और यह फूल फूला था। फूल में कौन गुलबदन[18] परी-पैकर[19] समाया था। अँगूठी उसने क्यों पहनाई, सूरत क्यों नहीं दिखाई।

"मैं तो जानूँ तुम शीरीं को फ़ोन करके बुला लो। वही आके इंतिज़ाम करेगी।"

"हूँ।"

"हूँ नहीं, आज ही उसे फ़ोन करो।"

"अच्छा।" बात मैं ज़ुबैदा से कर रहा था, ध्यान कहीं और था। तो वह सारी अपनी आवाज़ में थी। नादान, तेरी बेताबी से वह पुरअसरार[20] रिश्ता जो उस आवाज़ के साथ पैदा हुआ था, टूट गया। उधर से जो अता होना था, अता हो चुका। वह बाब[21] अब बन्द हो चुका है। अब कोहे-निदा[22] से आवाज़ नहीं आएगी।

"दिन बहुत कम रह गए हैं, अभी उसे फ़ोन करो।" ज़ुबैदा ने फ़ोन लाकर मेरे सामने रख दिया।

---

1. निकटता, 2. परायापन, 3. अपमान, 4. डाँट-फटकार, 5. अन्तर्यामी, 6. बहाना, 7. महल, 8. उँगली, 9. देखने की अभिलाषा, 10. आश्चर्य का भँवर, 11. डूब गया, 12. भटकना, 13. धूल उड़ाना, शोक से रोना-पीटना, 14. संसार, 15. उद्यान रूपी संसार, 16. उद्यान, 17. कली, 18. फूल जैसे कोमल अंगोंवाली, 19. परियों जैसे सुन्दर शरीरवाली, 20. रहस्यमय, 21. विषय, द्वार, 22. एक कल्पित पर्वत जहाँ से आवाज़ें आती हैं।

"मगर उसका फ़ोन नम्बर क्या है ? मुझे ख़याल ही नहीं आया कि उससे फ़ोन नम्बर मालूम करके नोट कर लूँ।" यह तो मैंने बात बनाई थी। उसने जाकर मुझे अपना फ़ोन नम्बर नहीं बताया था। जब भी फ़ोन नम्बर उससे मालूम करना चाहा, वह तरह दे गई[1]। बहुत टोह लेने के बाद बस इतना पता चला सका कि न्यूयॉर्क में कोई एशियन इंस्टीट्यूट या साउथ एशियन ऑर्गनाइज़ेशन या इसी से मिलते-जुलते नाम का कोई इदारा[2] है जिसकी सर्वे टीम के साथ वह यहाँ आई है।

"मेरे पास है उसका नम्बर।"

"तुम्हारे पास ?" मैंने तअज्जुब से ज़ुबैदा को देखा।

"हाँ, शीरीं ने वक़्त-बेवक़्त के लिए मुझे अपना नम्बर लिखा दिया था।"

ख़ूब, मैंने दिल में कहा, किस वास्ते से अपना पता मुझ तक पहुँचाया है।

ज़ुबैदा ने नम्बर बताया। मैंने डाइल घुमाया। "हैलो, मिस शीरीं हैं ?"

"मिस शीरीं," उधर से जवाब आया। "वो जा चुकी हैं।"

"कितनी देर में वापस आएँगी।"

"वो तो हैड-क्वार्टर वापस चली गई हैं।"

मैं चकराया। "हैड-क्वार्टर? क्या मतलब ? क्या मतलब है आपका ?"

"जी, हैड-क्वार्टर। न्यूयॉर्क।"

"न्यूयॉर्क ?" मैं सख़्त चकराया कि यह शख़्स क्या कह रहा है। "मैं आपकी बात नहीं समझा। उन्हें तो सर्वे टीम के साथ वापस जाना था। उन्हें तो अभी यहाँ स्टे करना था।"

"जी हाँ। मगर उनका प्रोग्राम बदल गया। इमर्जेंसी में उन्हें वापस जाना पड़ा।"

मेरे अन्दर तो एक हलचल मच गई। कैसे चली गई, क्यों चली गई। ग़लत है। पता नहीं, उधर से कौन बोल रहा था। मुम्किन[3] है शीरीं नाम की कोई और ख़ातून[4] हो, जिसके बारे में वह बता रहा हो। मुझे ख़ुद जाकर मालूम करना चाहिए। मैं फ़ौरन ही तो उठ खड़ा हुआ।

"उधर से सहीह जवाब नहीं आ रहा। मुझे ख़ुद जाकर मालूम करना पड़ेगा।"

"हाँ, जाके मालूम करो। लो भला शीरीं इतनी जल्दी कैसे वापस चली जाएगी और अगर उन दिनों जाना होता तो वह हमसे ज़िक्र न करती ?"

दफ़्तरों का अजब आलम है। किसी के बारे में पूछो, कभी सहीह इत्तिला नहीं मिलती।"

बदहवास,[5] सटपटाया हुआ दफ़्तर पहुँचा। पूछगछ की। फ़ोन पर सहीह बताया गया था। शीरीं न्यूयॉर्क जा चुकी थी। मैं ऐसे हो गया जैसे बड़ा-सा पत्थर गिरने से एकदम से कश्ती डोल जाए। चली गई। मगर क्यों ? और इतनी अचानक कि मिलकर भी नहीं गई। इमर्जेंसी ? क्या इमर्जेंसी हो सकती है ? सौ-सौ तरफ़ ध्यान गया। कितने इम्कानात,[6] कितने वसवसे[7] दिमाग़ में पैदा हुए। किसी पे जी ठुका नहीं। और एकदम

1. जान-बूझकर उपेक्षा कर गई, 2. संस्था, 3. संभव, 4. महिला, 5. बौखलाया हुआ, 6. संभावनाएँ, 7. शंकाएँ।

से बिजली की तरह एक ख़याल आया। मेरी तो कोई बात गिराँ नहीं गुज़री[1]। थोड़ी देर के लिए मैं चक्कर में आ गया। मगर फिर फ़ौरन ही अन्दर से तर्दीद[2] हुई। तुम उसके लिए जब अहम[3] थे, तो तब अहम थे। अब तुम उसके लिए इतनी अहमियत नहीं रखते कि तुम्हारा कोई सुलूक, कोई बात इस तरह उस पर असर करे कि वह अपना सारा प्रोग्राम तलपट करके वापस चली जाए। फिर ? तो फिर क्या न्यूयॉर्क में कोई ऐसा है कि उसकी ख़ातिर...मगर इस ख़याल ने मुझे इतना वहशतज़दा[4] किया कि मैंने बीच में ही उसका गला घोंट दिया। नहीं, ऐसा कोई चक्कर उसके साथ नज़र नहीं आता। हो ही नहीं सकता।

जाते हुए मेरे क़दमों में बिजली भरी हुई थी। वापस होते हुए क़दम सौ-सौ मन के हो गए। किन मुसीबतों से अपना भारी बोझ सँभाले मैं वहाँ से निकला।

मेरा एक क़दम ट्रैफ़िक से भरी माल पर था, दूसरा क़दम सहरा[5] में था। सड़क पर चल रहा था कि वीराने में भटक रहा था। ट्रैफ़िक का शोर बेमानी[6] था। मेरे अन्दर उससे बढ़कर शोर मचा हुआ था। बाहर किसी चीज़ के कोई मानी नहीं रहे थे।

1. बुरी नहीं लगी, 2. खंडन, 6. विशेष, 3. भयभीत, 4. जंगल, 5. निरर्थक।

15

कितनी देर बाद मुझे एहसास हुआ कि मैं ख़ामोश बैठा हूँ। कितनी देर बाद ? मैं अन्दाज़ा नहीं कर सका। बस ऐसा गुमान हुआ कि ख़ामोशी की एक सदी गुज़र गई है और तब मुझे कामरेड की मौजूदगी का ख़याल आया। कब से कामरेड आया बैठा है और मैंने उससे कोई बात ही नहीं की, वह दिल में क्या सोचता होगा। कब से ? मैंने ज़ेहन पर बहुत ज़ोर डाला कि कामरेड किस वक़्त आया था ? कुछ याद नहीं आया। कामरेड को मैंने एक नज़र देखा। मेरे और उसके दरमियान ख़ामोशी की एक सदी फैली हुई थी। मुझे उससे बात करनी चाहिए। मैं होंट खोलने लगा था कि अचानक मुझे एहसास हुआ कि कहने के लिए मेरे पास कोई बात नहीं है। कोई रस्मी-सी बात, आख़िर बात शुरू करनी है। कोई भी इधर-उधर की बात करके बात शुरू की जा सकती है, मगर मेरी समझ में कोई बात ही नहीं आई। उस वक़्त मुझे पता चला कि मैं अन्दर से ख़ाली हो चुका हूँ। कोई ख़याल, कोई एहसास, कोई बात, कोई अनमिल-बेजोड़ बात ही सही। वहाँ कुछ भी नहीं था। मैंने एक बेचारगी के साथ कामरेड को देखा। दरमियान में फैली हुई ख़ामोशी की सदी को उबूर करना मुझे किस क़दर मुश्किल नज़र आ रहा था।

"कामरेड !" बिलआख़िर मैं ख़ामोशी की मुहर तोड़ने में कामयाब हो गया। कितनी बड़ी मुहिम मैंने सर की थी[1]। एक दफ़ा आदमी ख़ामोश हो जाए तो फिर ज़ुबान खोलना उसके लिए कितना मुश्किल मर्हला होता है। मगर अब समझ में यह नहीं आ रहा था कि आगे मुझे क्या कहना है। ख़ैर, कामरेड ने ख़ुद ही मेरी इस मुश्किल को हल कर दिया। "हूँ।" और इसके साथ उसने एक लम्बी जमाही ली। वह भी शायद दूर निकल गया था। उसकी लम्बी हूँ और लम्बी जमाही बता रही थी कि लम्बे सफ़र से वापस हुआ है। "फिर कामरेड सिगरेट ही पिलवाओ।"

मैंने फ़ौरन सिगरेट की डिबिया कामरेड को पकड़ा दी। उसे गौर से देखा। 'कामरेड।"

"हूँ।"

"यार, आज मैंने तुम्हें बोर कर दिया।"

"नहीं कामरेड।"

"फिर चोंच बंद किए हुए क्यों बैठे हो ?"

---

1. कठिन काम मैंने किया था।

कामरेड ने सिगरेट सुलगाया। लम्बा कश लिया। मेरी बात का कोई जवाब नहीं दिया। अभी तक मैंने कामरेड के इस ग़ैरमामूली रवैये[1] पर ध्यान ही नहीं दिया था कि मैं ख़ुद अपनी उदासी में गुम बैठा था। अब ख़याल आया और तअज्जुब हुआ कि कामरेड को आज हुआ क्या है। वह तो आते ही शुरू हो जाया करता था। सोचा कि शायद मुझे चुप देखकर कामरेड को चुप लग गई। मगर यह तो उसके मिज़ाज के ख़िलाफ़ बात थी। किसी का कैसा ही मूड हो, कोई किसी परीशानी में हो, कामरेड कब उस पर ध्यान करता था। बस अचानक आ धमकना, पैम्फ़लेटों-अख़बारों से भरे अपने थैले को एक तरफ़ पटख़ना और बैठने से पहले रवाँ हो जाना। बात कोई पूरब की, कोई पच्छिम की, तान बहरहाल इन्क़िलाब पर तोड़ना।

"अच्छा कामरेड, यूँ करते हैं कि चाय बनवाते हैं। चाय पीकर तुम्हारा मूड ठीक होगा।" मैंने सोचा कि शायद इस तौर मेरा मूड भी कुछ बहाल हो जाए।

"नहीं कामरेड।"

मैंने कामरेड को तअज्जुब से देखा। "कामरेड, चाय से इनकार कर रहे हो !"

"यहाँ नहीं।"

"हाँ यह बात ठीक है, कहीं बाहर निकलकर बैठते हैं। चलो तुम्हें आज हिल्टन में चाय पिलाते हैं।" और मैं फ़ौरन ही खड़ा हो गया।

"नहीं, हिल्टन में नहीं।"

"इंटरकॉन में ?"

"नहीं कामरेड, ऐबट रोड चलते हैं।"

"ऐबट रोड !" मैंने कामरेड को तअज्जुब से देखा। "कामरेड, मैं तुम्हें इंटरकॉन और हिल्टन में चाय पिलाने पे आमादा हूँ। तुम ऐबट रोड की बात कर रहे हो। वहाँ कौन-सा माक़ूल[2] रेस्तराँ है।"

"बस, ऐबट रोड चलना है।"

"अच्छा तुम्हारी मरज़ी। मैं तो तुम्हें हाई-क्लास चाय पिलाने की सोच रहा था।"

ऐबट रोड के उस बोसीदा[3] चायख़ाने में दाख़िल होते हुए कामरेड बोला : "यह जगह भी बदल गई।"

"बदल गई !" मैंने कामरेड को तअज्जुब से देखा। "कामरेड, क्या कह रहे हो ? मैं तो बहुत शुरू में, बस समझ लो कि सन सैंतालीस में एक-दो दफ़ा यहाँ आया था। जितना मैला उस वक़्त था, उतना ही अब है। कमाल है, इतने अर्से में यहाँ कुछ भी नहीं बदला। बिल्कुल वही नक़्शा है।" और यह कहते-कहते एक तअज्जुब ने मुझे आ लिया। तब से अब तक कितना ज़माना गुज़र चुका है मगर यह जगह वैसी ही है; उतनी ही मैली, उतनी ही बोसीदा।

"वह नक़्शा ?—नहीं यार, वह तो नक़्शा ही और था। बाहर खुले में लकड़ी की एक लम्बी तिपाई पड़ी रहती थी, उसके साथ एक लम्बी मेज़। दादा उसी बैंच पे आके

1. असाधारण व्यवहार, 2. अच्छा, 3. पुराना।

बैठा करते थे। कितनी रौनक़ हुआ करती थी उन दिनों। हर यूनियन का बन्दा नज़र आता था। सब दादा के गिर्द जमा रहते थे...'' लम्बा ठंडा साँस लेकर, ''अब उनमें से कोई बन्दा नज़र नहीं आता और इन सालों ने वह तिपाई और मेज़ भी याँ से ग़ाइब कर दी।''

''कामरेड, याँ बाहर तुम्हें तिपाई और मेज़ के लिए कोई गुंजाइश नज़र आ रही है।''

''ठीक कहते हो कामरेड, उन दिनों तो यहाँ सामने बहुत सारी जगह ख़ाली पड़ी थी। अब याँ पे साली क़दम रखने की जगह नहीं है।''

कामरेड के इस कहने के साथ मुझे एहसास हुआ कि वाक़िई यह जगह तो बहुत बदल गई है। बेशक चायख़ाना अन्दर से नहीं बदला; वही मैलापन, वही बोसीदगी। मगर इर्द-गिर्द तो सारा बदल गया है। कितनी कुशादा जगह थी और अब क़दम रखने की जगह नहीं। तजावुज़ात[1] और बढ़े हुए ट्रैफ़िक ने इस गोशे को कितना बदहैअत[2] बना दिया था।

''अजब बात है, यह शहर आदमियों से ख़ाली होता जा रहा है और जगहें भरती चली जा रही हैं।''

कामरेड ने ताईद[3] में सिर हिलाया। ''ठीक कहते हो कामरेड। साला हुजूम[4] इतना और आदमी ग़ाइब। एक वक़्त आनेवाला है कि यहाँ साँस लेना मुश्किल हो जाएगा।''

''वह वक़्त आ नहीं चुका है ?''

''बिल्कुल-बिल्कुल।'' कामरेड ने फ़ौरन अपनी तस्हीह[5] की। फिर बोला : ''हालात उस ज़माने में भी ख़राब थे, मगर ज़माना अच्छा था।'' इसके साथ ही उसने एक लम्बा ग़ोता लगाया। बिल्कुल ख़ामोश, किसी सोच में खोया हुआ। देर बाद तह से सर निकाला : ''एक बात पूछूँ ?''

''पूछो।''

''तुमने कभी महब्बत की है ?''

''महब्बत !'' कामरेड के मुँह से यह नाम सुनकर मैं कितना हैरान हुआ। ''कामरेड, तुम्हारा मज़्मून तो इन्क़िलाब है, उसी मज़्मून तक रहो।''

''कामरेड, मज़ाक़ में बात मत टालो। मैं इस वक़्त सख़्त सीरिअस हूँ।''

''अच्छा ?'' और मैंने कामरेड को ग़ौर से देखा। उसने ठीक कहा। उस वक़्त वह बहुत संजीदा था।

''यार कामरेड, बात यह है कि... ?'' मैं सोच में पड़ गया। ''यार, यह बताना बहुत मुश्किल है।''

''क्यों मुश्किल है ? तुम औरत तो नहीं हो, उस ग़रीब के लिए तो बताना वाक़िई मुश्किल होता है।''

''यार कामरेड, बात यह है कि इस सवाल का दो टूक-जवाब देना मुश्किल है।''

---

1. अधिक्रमण, 2. कुरूप, 3. समर्थन, 4. भीड़, 5. ग़लती ठीक की।

कोई मुश्किल नहीं है। आदमी ने तो या तो महब्बत की होती है या महब्बत नहीं की होती है और हाँ कामरेड, एक बात बता दूँ। महब्बत से मेरी मुराद है महब्बत। अब अगर तुमने किसी लड़की से फ़्लर्ट किया है या रोमांस लड़ाया है या किसी लड़की के चक्कर में फँस गए हो तो वह क़िस्सा अलग है। जैसे तुम एक ज़माने में एक लड़की के चक्कर में थे ना, उससे तुम्हारी मुलाक़ात नहीं हो पा रही थी। मुम्ताज़ तुम्हारा मुशीर[1] बना हुआ था। इससे आगे मुझे मालूम नहीं। मैं उस वक़्त पार्टी के काम में दिन-रात जुता रहता था। मैंने सोचा कि ये साले बुर्जुआ, इनको तो और कोई काम है ही नहीं। ठाली से बेगार भली। तो कामरेड, तुम्हारी मुलाक़ात उससे हो गई थी ?''

''मुलाक़ात ?'' मैं खिसियाना-सा हो गया। ''पता नहीं, उसे मुलाक़ात कहना चाहिए या क्या कहना चाहिए ?''

''तो फिर ख़तबाज़ी[2] ही होती रही ?''

''ख़तबाज़ी ? नहीं, ख़तबाज़ी की नौबत ही नहीं आई। वह ग़ाइब ही हो गई।''

''अच्छा ? कमाल है कामरेड ! तुमने जान को रोग तो इतना लगा रखा था, हुआ कुछ भी नहीं।''

''यही तो मैं कह रहा था कि बहुत बेहंगम[3]-सी बात है, तुम्हारी ज़बान में भंभलभूसा। मेरी समझ में खुद नहीं आया कि मेरे साथ यह क्या हुआ। मैं तुम्हें क्या जवाब दूँ।''

कामरेड ने सोचा। फिर कहा : ''बस कामरेड, पता चल गया। तुमने महब्बत की है।''

''पता चल गया ? क्या पता चल गया ? कामरेड, मुझे खुद पता नहीं चला कि यह मुआमला क्या था। तुम्हें कैसे पता चल गया ?''

कामरेड हँसा। ''कामरेड, महब्बत इसे ही कहते हैं। बस भंभलभूसा है। मैंने एक मर्तबा फ़ारुक़ से पूछा था। उसने रोमानी सिसकियों और आँसुओं से भरपूर एक कहानी सुना दी। ऐसी कहानी ज़ालिम ने सुनाई कि उस पर फ़िल्म बनाई जाए तो हिट हो जाए। मगर मैंने समझ लिया कि उस नामाक़ूल[4] आदमी ने कोई महब्बत-वहब्बत नहीं की है। बस जब आदमी भंभलभूसे में पड़ जाए और यह तै न कर सके कि उसके साथ हुआ क्या तो वही महब्बत होती है जैसे मेरे साथ हुआ।''

''तुम्हारे साथ ? कामरेड, तुम्हारा तो यह ख़ाना[5] ही ख़ाली है।''

''मैं भी यही समझता था मगर ख़ानाख़राब[6] होते देर थोड़ा ही लगती है। ख़ैर मैं तो उसे भूल ही गया था, मगर रात वह मुझे याद आ गई। साली अजीब-सी बात है। याद आने की कोई वजह तो होती, बस बिला-वजह, बिला-सबब[7] याद आ गई। और बहुत याद आई। फिर मैं सो नहीं सका।''

''अच्छा !'' मैं हैरान कामरेड को देख रहा था।

''कामरेड, आगे मत पूछना।''

---

1. सलाहकार, 2. पत्र-व्यवहार, 3. भद्दा, 4. अयोग्य, 5. घर, 6. आवारा, 7. अकारण।

"चलो नहीं पूछते।" मगर फिर मुझसे रहा नहीं गया। एक-दो बातें करके फिर उसी मौज़ू[1] पर आ गया : "कामरेड, यह तो मैं नहीं पूछूँगा कि कौन थी, क्या क़िस्सा हुआ। इससे हटकर एक बात बता दो। यह अफ़लातूनी महब्बत[2] थी या कुछ और भी क़िस्सा था ?"

"कामरेड, तुमने बेढब सवाल पूछा है..." रुकते हुए, कुछ झिझकते हुए : "वैसे तो अफ़लातूनी भंभलभूसा ही था, मगर एक दफ़ा–बस एक दफ़ा–हुआ यूँ कि–पता नहीं क्या हुआ, कैसे हुआ–बस वह मेरे बाज़ुओं में जकड़ी हुई और मेरे होंट उसके होंटों के साथ पैवस्त[3]।" चुप हो गया। किसी ख़याल में खो गया। फिर थोड़ी देर बाद ख़ुद ही बोला : "कामरेड, मेरी ज़िन्दगी में बस एक बोसा[4] है और कुछ नहीं है।"

"बस एक बोसा ?"

"कामरेड, एक बोसा भी बहुत होता है। आदमी अगर ठिकाने से ले ले तो उम्रभर के लिए काफ़ी होता है। कया समझे कामरेड ?"

"कामरेड जैसे बात करके फ़ारिग़ हो गया हो। मगर मेरे अन्दर एक बेकली शुरू हो गई थी। मैं चाहता था कि यह ज़िक्र थोड़ा और चले। "तो कामरेड, रात वह तुम्हें बहुत याद आई ?"

"हाँ, कामरेड, पता नहीं क्यों अचांचक से याद आ गई। फिर रात भर मैं सो नहीं सका।"

"वह गई कहाँ ?"

"कामरेड, औरत के बारे में यह नहीं पूछा करते। यही तो उसके बारे में पता नहीं चलता। छम से आ जाती है। पता नहीं चलता कि कैसे आई, कहाँ से आई। एक दम से चली जाती है। पता नहीं चलता कि कैसे चली गई, कहाँ चली गई।"

"ठीक कहते हो कामरेड। फिर तुमने उसे तलाश किया ?"

"नहीं कामरेड।"

"क्यों ?"

"बस गई सो गई। फिर तलाश बेसूद[5] है।"

कामरेड की इस बात पर मैं झुँझला गया। "कामरेड, इन्क़िलाब के मुआमले में तो तुम मायूसी[6] को कुफ़्र[7] समझते हो मगर ज़िन्दगी के मुआमले में तुम इतने क़नूती[8] हो।"

"देखो कामरेड, इन्क़िलाब और औरत में यही तो फ़र्क़ है। इन्क़िलाब तो आवे ही आवे। मगर औरत, वह जाकर फिर कभी नहीं आती।"

"यार कामरेड, फ़तवे देना छोड़ दो। यह ज़िन्दगी है, इसके बारे में क़तई हुक्म नहीं लगा सकते।"

"अच्छा कामरेड, फिर तुम ढूँढ़ो। ढूँढ़ते रहो।"

"नहीं यार, मैं अपने बारे में नहीं कह रहा। वह तो क़िस्सा ही बहुत पुराना हो

---

1. विषय, 2. आध्यात्मिक प्रेम, निष्काम प्रेम, 3. मिले हुए, 4. चुम्बन, 5. निरर्थक, 6. निराशा, 7. अस्वीकृति, इस्लाम धर्म के अनुसार निराश होना ईश्वर के अस्तित्व से इनकार है; 8. निराशावादी।

गया।''

कामरेड ज़ोर से हँसा। ''कामरेड, यह क़िस्सा कभी पुराना नहीं हुआ करता।'' फिर अफ़सुर्दा[1] हो गया। ''यही तो ख़राब बात है। कितना ही पुराना हो जाए मगर ज़रा किसी बहाने याद आ जाए, कमबख़्त ताज़ा हो जाता है।''

कामरेड ठीक कह रहा है। यह बात कहकर जितना वह अफ़सुर्दा हुआ, उतना ही मैं अफ़सुर्दा हुआ। कितनी देर हम दोनों चुप बैठे रहे, चुप बैठे चाय पीते रहे।

फिर यूँ ही मैं बोल उठा : ''वैसे कामरेड, उस वक़्त मैंने वाक़िई उसे बहुत ढूँढ़ा था।''

''फिर मिली ?''

''मिलना कहाँ था। वह तो बिल्कुल ऐसे ओझल हुई जैसे पुरानी कहानियों में परी एक झलक दिखाके ग़ाइब हो जाती थी। ग़रीब शहज़ादा बनों की ख़ाक छानता फिरता था। नतीजा ढाक के तीन पात। मगर मेरे मुआमले में कुछ और ही गुल खिला[2]।''

''क्या ?''

''मैं ढूँढ़ रहा था उसे, और मिल गई वह।''

''वह ? वह कौन थी ?''

''वह भी थी।''

''कामरेड, पहेलियाँ मत बूझवाओ। ठीक-ठीक बताओ। यह कौन-सा क़िस्सा है ?''

''यह दूसरा क़िस्सा है—नहीं—पहला क़िस्सा। इसमें वहीं रहते हुए खंडत पड़ गई थी। जब मैं इधर आ गया तो आँख ओझल पहाड़ ओझल। और अब तो मेरा ध्यान ही कहीं और था। ऐन उस बीच वह अचानक से आ गई—यार कामरेड, कमाल हो गया। एकदम से सारा कुछ जो मैं भूल बैठा था, ध्यान में आ गया जैसे मैं उसी साअत[3] में वापस चला गया हूँ। मगर क्या हुआ कि वह एकदम से चली गई जैसे एकदम से आई थी।''

''कामरेड यही होता है। अचांचक से आती है, अचांचक से चली जाती है।''

एक दफ़ा फिर चुप; वह भी, मैं भी। वह अपने ख़यालों में गुम, मैं अपने ख़यालों में गुम।

''यार कामरेड।'' आख़िर मैंने ही ख़ामोशी की मुहर तोड़ी। ''तुम लोगों के पास तो मुतबादिल[4] इंतिज़ाम होता है। इश्क़ का नेमुलबदल[5] इन्क़िलाबी जिद्दो-जिह्द[6]। वह नहीं तो यह। मगर हम जैसे इधर से पिटें तो किधर जाएँ ?''

''इन्क़िलाबी जिद्दो-जिह्द...'' कामरेड मुँह ही मुँह में बुड़बुड़ाया और चुप हो गया। फिर बोला : ''वैसे मैं अब सोचता हूँ कि उस वक़्त मैं उसके पीछे गया होता तो वह वापस आ ही जाती। मगर उस वक़्त मुझ पे सौदा[7] सवार था कि इन्क़िलाब बस अब आया। तवज्जुह उस तरफ़ से नहीं हटनी चाहिए।'' लम्बा ठंडा साँस लिया। ''साला इन्क़िलाब भी नहीं आया और वह भी चली गई।''

---

1. उदास, 2. अनोखी बात हुई, 3. क्षण, 4. वैकल्पिक, 5. बदला, 6. क्रान्तिकारी संघर्ष, 7. सनक।

"कामरेड, वह तो ख़ैर चली गई। मगर इन्क़िलाब तो बक़ौल तुम्हारे आवे ही आवे। आज नहीं तो कल।"

कामरेड को गुस्सा आ गया। "याँ पे साला कोई इन्क़िलाब-विन्क़लाब नहीं आवेगा।"

"क्यों नहीं आएगा ?"

"बस कामरेड, याँ यह कुछ नहीं हो सकता। सब साले फ़्राडिए हैं। दय्यूस।[1] कुत्ते के बच्चे।" और किचकिचाकर एक ही साँस में कितनी गालियाँ दे डालीं। फिर अपने थैले को मेरे सामने कर दिया। "देखते नहीं हो, आज मेरा थैला ख़ाली है।"

मैंने हैरत से उस थैले को देखा जिसमें पैंफ़्लेट और अख़बार ठसाठस भरे रहते थे। "आज यह ख़ाली कैसे हो गया ?"

"मैंने सारा कचरा नहर में उलट दिया।"

"कामरेड, क्या कह रहे हो ?"

"सहीह कह रहा हूँ।" यह कहते-कहते उसने अपना एक घुटना खोल दिया। "ये घुटने देख रहे हो, इनमें दर्द बैठ गया है। ख़ाली चाय का एक कोप चढ़ाया और थैला बग़ल में दाब निकल पड़ा। पूरे शहर का गश्त करता था। पैंफ़्लेट, अख़बार, किताबें, एक-एक दफ़्तर में एक-एक शख़्स को पहुँचाता था कि किसी पे तो असर होगा। मगर कामरेड, याँ पे तो किसी पे किसी बात का असर ही नहीं होता। मैंने सोचा कि ये सब छपे हुए लफ़्ज़ बेबर्कत[2] हैं। जब इनका किसी पे असर ही नहीं होता तो यह लफ़्ज महज़ कीलाकाँटी हैं। दिलों में उतरते नहीं। बस काग़ज काले होते हैं। तो मैंने सोचा कि इन बेबर्कत लफ़्ज़ों के लिए मैं क्यों अपनी जान हलकान कर रहा हूँ। दफ़अ करो इस कचरे को। तो मैंने नहर पे जाकर अपना थैला उलट दिया। सब लफ़्ज़ों को नहर में ग़र्क़ कर दिया।" खड़ा हो गया। "बस यार चलो याँ से।"

"यार कामरेड, अब यहाँ आए हैं तो ज़रा थोड़ा वक़्त बैठें।"

"नहीं कामरेड, याँ अब नहीं बैठा जा सकता। सालों ने वह बैंच भी ग़ाइब कर दी, जिस पे दादा बैठा करते थे।"

यह जा वह जा।

मैं अकेला देर तक इधर-उधर भटकता रहा। ऊबड़-खाबड़ ख़यालों ने रात तक मेरा पीछा नहीं छोड़ा। रात को मैंने ख़्वाब देखा कि जैसे वह हरा-भरा घना पेड़ है, वही मैं हूँ, तही—बीच ही में आँख खुल गई। फिर मैं सुबह तक न सो सका। ख़्वाब मेरी आँखों में सुबह के बाद तक फूलता रहा।

---

1. जो अपनी स्त्री की कमाई खाए, 3. अकल्याणी।

16

"अरे हाँ, उसका टेलीफ़ोन आया था।"

"किसका ?" मैं चौंक पड़ा। फ़ौरन ध्यान उसी की तरफ़ गया। उसी का होगा। कितनी उम्मीद-भरी नज़रों से मैंने ज़ुबैदा को देखा।

"प्रॉपर्टी डीलर का।"

"प्रॉपर्टी डीलर का ? अच्छा ?" तवक़्क़ुआत[1] का सैलाब आन की आन में उमड़ा और आन की आन में बैठ गया। आँखों की चमक ग़ाइब। आवाज़ में मुर्दनी।[2] "क्या कहता था ?"

"पूछ रहा था कि क्या सोचा है।"

"क्या सोचा है ? किस बारे में ?"

ज़ुबैदा ने मुझे ग़ौर से देखा। शायद उसे मेरा यह बेतअल्लुक़ी[3] का लह्जा पसन्द नहीं आया था। मगर यह दानिस्ता[4] तो नहीं था। मैं उन दिनों और ही ख़यालों में था। फ़ौरी तौर पर ध्यान में बात आई ही नहीं। ज़ुबैदा ने नाख़ुशगवार[5]-सी नज़रों से मुझे देखा। फिर उसने भी वही बेतअल्लुक़ी का लह्जा अपनाया। ख़ुश्क लह्जे में मुख़्तसर[6] जवाब दिया : "आशियाने के बारे में।"

"आशियाने के बारे में ?" मैं पहले सटपटाया। फिर सोच में पड़ गया। मैं अस्ल में बेख़बरी[7] में पकड़ा गया था। मेरे तो ध्यान ही से वह सारा क़िस्सा रफ़अ-दफ़अ हो चुका था। जिस रोज़ प्रॉपर्टी डीलर आशियाने का गाहक लेकर आया था, उसी रोज़ तो बू जान की तबीअत बिगड़ी थी। ऐसे लेने के देने पड़े कि उनकी बीमारी के सिवा किसी बात का होश ही नहीं रहा। फिर शीरीं आन पहुँची। हम दोनों बू जान के सिरहाने बैठे चराग़ हवेली की तरफ़ जा निकले। आशियाना अपने मसाइलो-मुआमलात[8] के साथ ध्यान से ओझल हो गया और अब एक और मस्अला पैदा हो गया था। बू जान गुज़र चुकी थीं और शीरीं जा चुकी थी। चराग़ हवेली मेरे हाफ़िज़ा[9] से बिसरने लगी थी। मैं कितना परीशान था।

बू जान ने गुज़रते-गुजरते हमारे हाफ़िज़ा को लौ दे दी थी। चराग़ हवेली एकदम से उनके आख़िरी दमों के साथ हमारे तसव्वुर में कितनी मुनव्वर हो गई थी और जब उन्होंने आख़िरी हिचकी ली तो यह अमानत हमें पूरी तरह मुंतक़िल[10] हो चुकी थी। हमने

---

1. आशाओं, 2. भय या गहरी चिन्ता की छाया, 3. असम्बद्धता, 4. जान-बूझकर, 5. जो मन को अच्छा न लगे, 6. छोटा, 7. असावधानी, 8. समस्याओं, 9. स्मृति, 10. स्थानान्तरण।

उनकी याद के साए में बैठकर किस ख़ूबसूरती से उन दरो-दीवार को अपने बीच ज़िन्दा किया और उस बीच से अपने-आपको बरामद किया। हम ऐसे खुश हुए कि जैसे बरसों की खोई हुई हमारी चीज़ हमें मिल गई है। मगर फिर ऐसा हुआ कि शीरीं चली गई। तो शीरीं जा चुकी थी और मैं अकेला इस अमानत को सँभालकर नहीं रख सकता था।

अब मेरी समझ में आ रहा था कि क्यों मेरे अज्दाद एक उम्र पर पहुँचकर तज़्किरा लिखने बैठ जाया करते थे। या तो बू जान की-सी फ़ज़ाए-याद हो, जहाँ देखे-अनदेखे सब ज़माने सदाबहार थे कि बू जान तो अपनी ज़ात में ज़मानों का संगम थीं कि कितने ज़माने कहाँ-कहाँ से आकर यहाँ मिलते थे और खुशउस्लूबी[1] से जुदा हो जाते थे, या फिर आदमी तज़्किरा लिखे। नहीं तो यादें बिसर जाएँगी या बिखर जाएँगी और आपस में रल-मिल जाएँगी। तो मुझे भी, मैंने सोचा, तज़्किरा लिखना चाहिए। मगर यह ख़याल इतना मज़्हाख़ेज़[2] नजर आया कि मैंने इसे फ़ौरन ही रद्द कर दिया। तज़्किरा लिखने के लिए आदमी को रवायत[3] में रचा-बसा होना चाहिए, नहीं तो औलपटाल ही लिखेगा।

"कल वह फिर फ़ोन करेगा।" ज़ुबैदा थोड़ा चुप रहने के बाद फिर बोल पड़ी।

"अच्छा ?"

"हाँ, मैंने तो उससे कोई बात की नहीं। कह दिया है कि कल अख़लाक़ साहिब घर पे होंगे। वो ही बताएँगे।"

यह बात बज़ाहिर मैंने बेएतिनाई[4] से सुनी। लेकिन दिल में एक तशवीश पैदा हो गई कि यह तो फिर वही मुसीबत शुरू हो गई ; फिर वही वक़्त-बेवक़्त के फेरे, कभी दरवाज़े की घंटी बज रही है, कभी फ़ोन बोल रहा है। मुझे वो दिन याद आ गए। हर वक़्त यह लगता था कि मेरा तआक़ुब[5] किया जा रहा है।

"पहले से सोच लो कि क्या बात करनी है।"

"हाँ, सोच लेंगे।" और इससे पहले कि ज़ुबैदा दूसरी बात करे, मैंने तोस के रेज़े तश्तरी में यकजा किए और बाहर बरामदे में निकल गया।

तोस के रेज़े हारसिंगार के साये में बिखेरे और बरामदे में कुर्सी घसीटकर बैठ गया। पंछी सभा तुरत-फुरत इकट्ठी हो गई। गौरैयाँ तो जैसे इंतिज़ार में बैठी थीं, फ़ौरन ही आन पहुँचीं। बुलबुलों का जोड़ा थोड़ा बाद में आया। उन्हीं के पीछे दो गुड़सिलें भी आ गईं। एक कौआ भी बीच में आन धमका। गिलहरी ऊपर की शाख़ से चली और कूदती-फाँदती आन मौजूद हुई। एक गहरी नीली पिद्दी भी हारसिंगार की शाख़ पे बैठी चूँ-चूँ करती नज़र आ रही थी। मुझे उस आन एक अजब-सा ख़याल आया कि श्यामा चिड़िया भी यहाँ आ गई होती तो यह सभा मुकम्मल थी। श्यामा चिड़िया...बस मेरे ध्यान को पर लग गए।

"अख़लाक़, ओ अख़लाक़ ! श्यामा चिड़िया।"

"कहाँ है ?"

"वह बैठी है।"

---

1. अच्छे ढंग से, 2. हास्यास्पद, 3. परम्परा, 4. ध्यान न देना, 5. पीछा।

"हौले बोल। सुन लेगी तो उड़ जाएगी।"

"हौले ही तो बोल रही हूँ। उस बावली को तो पता ही नहीं है कि हम याँ पे हैं।"

आहिस्ता से एक क़दम। फिर दूसरा क़दम। शीरीं मुझे हिदायात[1] दे रही है। मैं शीरीं को हौले बोलने की ताकीद[2] कर रहा हूँ। हम बिल्कुल मुँडेर के पास पहुँच जाते हैं। बस उसी आन श्यामा चिड़िया अपनी दुम हिलाती है और फुर से उड़ जाती है।

"शीरीं की बच्ची, तूने उसे उड़ाया है।"

"अरे वाह, मैं क्यों उड़ाती। मैंने तो तुझे बताया था। तुझे तो पता भी नहीं था कि वह बैठी है।"

"तू कानाफूसी किए चली जा रही थी। बस उसके कान में भनक पड़ गई।"

"बावले ख़ाँ, श्यामा चिड़िया के कान कहाँ होते हैं। जब उसके कान नहीं हैं तो सुनेगी कैसे ?"

और इसी के साथ एक और तस्वीर ध्यान में उभर आई। गर्मियों में मुँह-अँधेरे मेरी आँख खुल जाती है। सामने मुँडेर पे श्यामा चिड़िया उजलत में उतरी है। धीमी मीठी आवाज़ में चहकती है, दुम को तेज़-तेज़ गर्दिश देती है[3] और उड़ जाती है जैसे बस यह बताने आई हो कि सुबह हो गई है।

मैंने सोचा कि मैं अस्ल में श्यामा चिड़िया से शुरू होता हूँ। सो अगर मैं वाक़िई तज़्किरा लिखने लगूँ तो मैं श्यामा चिड़िया से उसकी इब्तिदा[4] करूँगा। फिर वही ख़याल कि अगर मैं तज़्किरा लिखूँ। मैंने इस ख़याल को कितना रद्द किया, मगर वह तो मेरे अन्दर समाता ही चला गया।

इब्तिदा करता हूँ उस पैदा करनेवाले के नाम से जिसने श्यामा चिड़िया को पैदा किया। मगर श्यामा चिड़िया पैदा कैसे हुई। हमारे पंडित गंगादत्त महजूर कहा करते थे कि प्रजापति और उषा ने मिलकर सब इनसान-हैवान को जन्म दिया। उषा ने प्रजापति की लालसा से बचने के लिए सौ रूप बदले। मगर वह जिस मख़्लूक़ का रूप भरती, प्रजापति भी उसी मख़्लूक़ के नर का रूप ले लेते और उस रूप में उससे सुह्बत[5] करते। उसके नतीजे में वह मख़्लूक़ जन्म लेती। पंडित गंगादत्त का यह बयान अगर सहीह है तो फिर मुझे लगता है कि उषा ने सबसे पहले श्यामा चिड़िया को पैदा किया और श्यामा चिड़िया के साथ रंग-रंग की मख़्लूक़ पैदा की। मगर रंगों का फ़र्क़ क्यों। उज्जल पंख दिए बगला को, कोयल किस बिध कारी—ख़ैर ये उसकी अपनी मस्लहतें हैं। बहरहाल तारीफ़ उस पाक ज़ात[6] की, जिसने श्यामा चिड़िया को पैदा किया और दुनिया बनाई इस रंग से कि ऊपर आस्मान पाट दिया जिसकी चाल टेढ़ी है और नीचे जमीन बिछाई। ज़मीन पर दरिया बहाए, गंगा नदी, जमुना नदी, नहर फुरात[7], फिर समन्दर, सब्ज़ाज़ार,[8] रेगज़ार,[9] कोहसार,[10] मगर इनके बीच मक़्तल[11] कैसे नुमूदार[12] हो गए; कुरुक्षेत्र, कर्बला, सिरीरंगापटम।

---

1. निर्देश, 2. किसी कार्य को अवश्य करने या न करने का आदेश, 3. घुमाती है, 4. आरम्भ, 5. मैथुन, 6. स्तुति उस ईश्वर की, 7. इराक़ की एक नदी, 8. हरे-भरे मैदान, 9. रेगिस्तान, 10. पर्वतमाला, 11. वधभूमि, 12. प्रकट।

ख़ैर, आदमी को ठिकाने लगाना कोई मस्अला नहीं। मस्अला यह चला आता है कि लाश को कैसे ठिकाने लगाया जाए। क़ाबील[1] ने इसी तरद्दुद में पूरी ज़मीन को खोंद डाला। लाश के बोझ से उसके काँधे दुखने लगे थे। मस्अला तब से ज्यों का त्यों चला आ रहा है। काँधे तब से दुख रहे हैं; दुखने ही हैं कि मौलिद[2] कहीं, मक़्तल[3] कहीं, मद्फ़न[4] कहीं। आदमी आँख कहाँ खोलता है, सोता कहाँ जाकर है। मेरे मूरिसे-आला[5] खुल्द-आशियाँ अहमद बिल्लाह इस्फ़हान की मिट्टी थे, क़ज़्वीन की ख़ाक में जाकर आसूदा हुए[6]। उनके फ़रज़ंद हकीम अली शेर रेहान क़ज़्वीन में पले-बढ़े, मगर उनका ख़ाली क़स्रे-रेहान क़ज़्वीन में रह गया। खुद जहानाबाद की ख़ाक तले जाकर आराम किया। क़ज़ा[7] कहाँ से कहाँ ले गई मकीनों[8] को। मेरे अज्दाद[9] में किसने कहाँ आँख खोली, कहाँ जाकर आँख बंद की। हाँ, मेरे दादा यानी मियाँ जान ने सख़्त सब्रो-इस्तिक़लाल[10] का मुज़ाहिरा करके अपनी तक़्दीर को अज्दाद की तक़्दीर से अलग कर लिया। अपनी जगह पत्थर की तरह जमे रहे। जहाँ आँख खोली थी वहीं आँख बंद की। यूँ वो मिट्टी के अफ़्सोस से बच गए, मगर उसके बदले में दूसरे अफ़्सोस उनके नविश्ते[11] में लिखे गए। दुख और अफ़्सोस से तो बहरहाल आदमी को मफ़र[12] नहीं है और अपने ख़ानदान की रीत मैंने यह देखी कि हर पीढ़ी के साथ कोई बड़ा अफ़्सोस वाबस्ता[13] हो गया। मेरे मूरिसे-आला अहमद बिल्लाह जब तक क़ज़्वीन में रहे, बैतुलअबैज़ को याद करते रहे और इस्फ़हान की मिट्टी के लिए अफ़्सोस करते रहे। हकीम अली शेर रेहान के सुर्मे ने जहानाबाद के कितने नैनों को सुख दिया, कितनी अन्धी आँखों को रौशन किया। मगर वो मुस्तक़िल कफ़े-अफ़्सोस मलते[14] थे और कहते थे कि हमारी आँखों के सामने क़ज़्वीन की कितनी आँखों में अँधेरा उतरा और हम उन्हें रौशन न कर सके। मेरे लकड़दादा हकीम गुल ज़बाग़ अली ने चराग़ हवेली की सूरत में एक नया महल खड़ा कर दिया, मगर गुलिस्तान महल के लिए रोना न गया।

मैं किन अगले-पिछले क़िस्सों में पड़ गया। अगलों के अफ़्सोस अगलों के साथ गए। अब मैं हूँ और मेरे अपने अफ़्सोस हैं। हर ज़माने के अपने अफ़्सोस होते हैं और अपनी मसर्रतें-राहतें[15]। अगले ज़माने के सितम-ईजादों[16] ने खोपड़ियों के मीनार खड़े किए, यारो-अग़यार[17] की आँखें निकलवाईं और उसमें राहत[18] पाई। उस ज़माने ने अपनी ज़रूरतों के हिसाब से सितम[19] ईजाद[20] किए। वह मेरे अज्दाद का ज़माना था, यह मेरा ज़माना है। मुझे चाहिए कि अपनी ज़ात से और अपने ज़माने से ग़रज़ रखूँ। वही तौर अपनाऊँ जो मियाँ जान ने अपनाया कि हम्दो-नात[21] के बाद अपना और अपने ज़माने के आशोब[22] का तज़्किरा शुरू कर दिया। तज़्किरे का यही उस्लूब[23] है। इसी

---

1. हज़रत आदम का बेटा जिसने अपने बड़े भाई हाबील की हत्या की। यह संसार का पहला क़त्ल था, 2. जन्मस्थान, 3. वधस्थान, 4.मुर्दे को गाड़ने का स्थान, 5. परिवार का सबसे पहला व्यक्ति, 6. धनवान्, 7. मौत, 8. निवासियों, 9. पुरखे, 10. धैर्य और दृढ़ता, 11. भाग्यलेख, 12. बचाव, 13. सम्बद्ध, 14. पछताते थे, 15. खुशियाँ और शान्ति, 16. अत्याचारियों, 17. स्वजन और अस्वजन, 18. शान्ति, 19. अत्याचार, 20. नई बात पैदा करना, 21. अल्लाह की छन्दोबद्ध स्तुति और पैग़म्बर मुहम्मद साहिब की छन्दोबद्ध स्तुति, 22. उलट-फेर, 23. शैली।

में सहूलत भी है। मैं और मेरे ज़माने का आशोब; मगर मैं कहाँ से शुरू होता हूँ और मेरा ज़माना कब से शुरू होता है। ख़ैर मैं तो श्यामा चिड़िया से शुरू होता हूँ; मगर मेरा ज़माना, वह कहाँ से कब से शुरू होता है। मैं बस इतना जानता हूँ कि मुझे जो भी ज़माना मिला, ख़राब मिला या ज़माना सदा से ख़राब चला आ रहा है। यह उन दिनों की बात है जब मैं चराग़ हवेली में था और जब रोज़ सुबह-सवेरे, मुँह-अँधेरे उषा धुँधलके में लिपटी मुँडेर पे आकर श्यामा चिड़िया दर्शन देती, मीठा गीत गाती और ओझल हो जाती। मुझे शीरीं से शिकायत है, ऐन वक़्त पे कोई गड़बड़ कर देती थी या गड़बड़ा जाती थी। सो मैं कभी श्यामा चिड़िया को उसके गर्म धड़कते पपोटे के साथ अपनी मुट्ठियों में महसूस नहीं कर सका। श्यामा चिड़िया हमेशा मेरे लिए दूर का दर्शन रही। तो महरूमी[1] कोई आज की नहीं है, फिर भी वह ज़माना अच्छा था; श्यामा, उषा, शीरीं। ऐसा लगता था कि सारा ज़माना घुल-मिलकर चल रहा है। कहीं कोई तफ़रीक़[2] ही नज़र न आती थी। मैं और शीरीं दिन-दिन भर हरे-भरे घने पेड़ों की धूप-छाँव में फिरते-फिराते रहते। गर्मियों में अंबियों से लदे पेड़ हमें रिझाते। जाड़ों में उन पेड़ों से बेतअल्लुक़ होकर इमली के पेड़ों के साथ उलझते-सुलझते रहते। हर रुत खटास से शुरू होती और मीठी होती चली जाती। अंबियाँ कितनी खट्टी होतीं, सावन की बूँदों के साथ उनमें रस भरता चला जाता और मीठा होता चला जाता। जाड़ों में इमली के पेड़ के नीचे नन्ही-नन्ही गुलाबी कलियाँ इतनी बिखरी होतीं जैसे गुलाबी बिस्तर बिछा हुआ है। ये कलियाँ दाँत और ज़बान के बीच जाकर हलकी-सी खटास के साथ हमें एक नए ज़ाइक़े[3] से आशना करतीं। फिर खट्टी-खट्टी कटारें जिनका हरा गूदा कत्थई होता चला जाता और अपने में एक मिठास पैदा कर लेता।

सब ज़ाइक़े ज़ाइल[4] हो गए। मौसम ही बदल गया। शबो-रोज़[5] और से और हो गए। मियाँ जान की ऑनरेरी मजिस्ट्रेटी जा चुकी थी, सो अब कचहरी लगना मौक़ूफ़ था। न मुद्दआ-अलैह[6] न मुद्दई,[7] न मुलज़िमों की पुकार न इंसाफ़-तलबी[8] का शोर। चराग़ हवेली की ड्योढ़ी वीरान नज़र आती थी। मियाँ जान का रोब-दाब ख़त्म था। अब वो वाक़िई बूढ़े फूँस दिखाई पड़ते थे। दुनिया-जहान के क़िस्सों-बखेड़ों से बेतअल्लुक़ अपने गोशे में बैठे जाने क्या कुछ लिखते रहते थे। वालिद साहिब ने आकर कभी शहर का अहवाल सुनाया तो एक बेतअल्लुक़ी के-से अन्दाज़ में सुना। इक्का-दुक्का बात की और फिर औराक़ पर झुक गए। आगे रखी काली सियाही की दवात में नर्सल के क़लम को बार-बार डुबोना और लिखे चले जाना।

अज़ीज़ो, अब अल्लाह ही अल्लाह है। आसी पुर-मआसी मुश्ताक़ अली गोर[9] किनारे बैठा है और पैके-अजल[10] का इंतिज़ार खेंचता है। वक़्ते-आख़िर[11] ज़माने ने कैसी आँख फेरी है कि हम अपने ही शहर में अजनबी ठहरे। ड्योढ़ी से इस डर से क़दम नहीं निकालता कि किसी ने खड़े होकर सलाम न किया तो फ़क़ीर की क्या इज़्ज़त रह

---

1. निराशा, 2. भेद, 3. स्वाद, 4. समाप्त, 5. रात और दिन, 6. प्रतिवादी, 7. वादी, 8. न्याय माँगना, 9. क़ब्र, 10. यमदूत, 11. अन्तिम समय।

जाएगी। अपनी इज़्ज़त सँभाले गोशे में बैठा हूँ। बाग़ में भी जाना मौक़ूफ़ है। सो नहीं मालूम कि अज़ीज़ अश्जार[1] का क्या हाल है, अस्मार[2] की क्या कैफ़ियत है।

अब यह शहर आफ़तज़दा[3] शहर है। देखते-देखते कितने घर ख़ाली, कितने कूचे वीरान हो गए। बलवे-फ़साद की ख़बरें क़रीबो-दूर से दम-ब-दम चली आ रही हैं; ख़बरें कम अफ़वाहें ज़्यादा। अफ़वाह गर्म है कि यहाँ भी अब कुछ होने वाला है। जो दम[4] गुज़रता है, ग़नीमत है। किस दम क्या गुज़र जाए, कुछ ख़बर नहीं। कल ही की बात है, बरख़ुर्दार[5] मिस्दाक़ अली ख़बर लेकर आए कि आज रात चराग़ हवेली पर हमला होगा। फिर बरख़ुर्दार ने अपनी बन्दूक़ भरी और रात टहल-टहलकर बसर की।[6] इधर अपनी रात भी आँखों में कट गई।

मिस्दाक़ अली के दिमाग़ में अजब समाई है कि चराग़ हवेली के कौड़े किए जाएँ और पाकिस्तान की सम्त[7] कूच किया जाए। मैं तहम्मुल[8] से बेटे का ख़ुत्बा[9] सुना किया। जब पैमाना-ए-सब्र[10] लबरेज़ हो गया[11] तो कहा कि फ़रज़न्द, जाएदाद लुट जाए तो कोई मुज़ाइक़ा नहीं, मगर जायदाद नीलाम की जाए, इसमें हमें सुख़न है। यह हक़ीर-फ़क़ीर इसे आईने-ग़ैरत[12] के ख़िलाफ़ जानता है। सो हमारे जीते जी तो यह नहीं होगा। हमारी आँख बंद हो जाने के बाद तुम मालिको-मुख़्तार[13] हो। बाक़ी पाकिस्तान जाने, न जाने के बाब में तुम्हारा बाप कुछ नहीं कहता। तुम बेशक अहले-ख़ानदान को लेकर नए वतन सिधारो मगर इस उफ़्तादा-ए-ख़ाक[14] को अपनी मिट्टी में पड़ा रहने दो। क़दम हमारे इस ज़मीन ने पकड़े हुए हैं। जहाँ की मिट्टी है, वहीं सार हो तो अच्छा है। जिस दयार में आँख खोली है, उसी दयार में आँख बन्द करेंगे।

फ़रज़ंदे-दिलबन्द[15] हमारा जवाब सुनकर कबीदा-ख़ातिर[16] हुए। ख़ामोशी से उठे और अपनी भरी बन्दूक़ के साथ हवेली की पहरादारी करने लगे। इधर यह फ़क़ीर अपने ख़यालों में ग़ल्ताँ[17], अज्दाद को ध्यान में लाया कि उनका क्या शिआर[18] था और फ़रज़न्द ने क्या तौर अपनाया है। हमारे ख़ानदान पर ऐसा वक़्त कब-कब नहीं आया। इस ख़ानदान की तो तक़्दीर ही यह चली आती है कि चन्द पीढ़ियाँ अम्न-चैन के साथ गुज़ारें, उसके बाद उखड़े और दर-ब-दर, ख़ाक-ब-सर हुए। फिर किसी दूर के नगर में जाकर डेरे डाले और ब-आईने-शाइस्ता[19] उस मिट्टी से निबाह किया। मगर क्या मजाल कि आन में कभी फ़र्क़ आने दिया हो। जब ज़मीन तंग हुई, सब ठाट छोड़ा और दामन झाड़कर निकल खड़े हुए। आई दौलत को सँघवाने में मुज़ाइक़ा नहीं जाना, जाती दौलत के लिए कफ़े-अफ़्सोस नहीं मला[20]। अब्बा जानी फ़र्माया करते थे कि जब हमारा ख़ानदान गुलिस्तान महल से निकला था तो तिनका साथ नहीं लिया। जैसे बैठे थे, बस वैसे ही उठ खड़े हुए। शहर से निकलकर सुबह के होन में दादी हज़रत को पान की

---

1. पेड़ों, 2. फलों, 3. विपद्ग्रस्त, 4. समय, 5. बेटा, 6. गुज़ारी, 7. ओर, 8. धैर्य, 9. भाषण, 10. धैर्य का प्याला, 11. ऊपर तक भर गया, 12. स्वाभिमान का नियम, 13. अधिकारी, 14. मिट्टी में पड़ा हुआ, 15. दिल का टुकड़ा, बेटा, 16. अप्रसन्न, 17. लुढ़कता हुआ, खोया हुआ, 18. आचरण, 19. बड़े अच्छे ढंग से, 20. नहीं पछताए।

तलब हुई। मुतअस्सिफ़ हुईं[1] कि पानदान क्यों साथ न ले लिया। मुँह में कत्तर नहीं जाएगी तो सफ़र कैसे कटेगा। दादा जानी ने यह सुन फ़ौरन जुम्मन मियाँ को दौड़ाया कि जाओ और पानदान लेकर आओ। जुम्मन मियाँ ने भी कमाल दिखाया। तीर के मुवाफ़िक़[2] गए। ख़ाकियों[3] से बचते-बचाते महल में पहुँचे और पानदान बग़ल में दाबके ख़रगोश की मिसाल ज़क़ंदें भरते वापस आए। दादी हज़रत ने गुलिस्तान महल की ख़ैरियत पूछी। जुम्मन मियाँ ठंडा साँस भरके बोले कि बी साहिब, ड्योढ़ी सूनी पड़ी थी। कमरे-दालान भाएँ-भाएँ कर रहे थे। हाँ, सहन में बत्तख़ें शोर कर रही थीं। यह सुन दादी हज़रत ने माथा पीटा। हाथ मलके बोलीं कि मुझ कालखाती को इतनी सुध भी न रही कि नाँद में पानी भर आती। दुखिया बत्तख़ें प्यासी होंगी।

ख़ैर, यह फ़क़ीर अपने जीते जी चराग़ हवेली को गुलिस्तान महल नहीं बनने देगा। बरख़ुर्दार मिस्दाक़ अली को मेरी तरफ़ से इजाज़त है कि अपनी सहूलत देखकर जिस रोज़ चाहें, अहले-ख़ानदान समेत पाकिस्तान की राह लें। इस दरमाँदा[4] को छोड़ जाएँ कि चराग़ हवेली में रात को चराग़ जलाने के लिए कोई तो रहे। वैसे चराग़ हवेली की तक़्दीर में ख़ाना-ए-बेचराग़[5] बनना अब लिखा गया है। मैं आख़िर कितने दिन जियूँगा। बत्ती सब जल चुकी है, चराग़ अब बुझा कि अब बुझा।

बरख़ुर्दार फ़िलवक़्त[6] इस हैसबैस[7] में हैं कि बूढ़े बाप को छोड़कर चले जाएँ या इसके गुज़रने का इंतिज़ार करें। अहले-ख़ानदान की ग़ैरत को गवारा नहीं कि इस बूढ़े को वो पीछे अकेली हवेली में दुश्मनों के बीच छोड़कर चले जाएँ। इस बाब में महजूर आँजहानी के युधिष्ठिर महाराज का अमल[8] अहले-नज़र[9] के लिए एक मिसाल की हैसियत रखता है। वह बुज़ुर्ग कुटुम को लेकर अपने सफ़रे-आख़िर[10] पे निकला। मगर इस तौर के साथ कि जो पीछे रह गया और ढह गया, उसकी तरफ़ मुड़कर न देखा। भाई-बरादर थकते गए, ढहते गए। युधिष्ठिर महाराज ठिठके बग़ैर आगे बढ़ते गए। यहाँ भी वक़्त का क़ाफ़िला तेज़क़दम[11] है। नातुवाँ[12] मुश्ताक़ अली थककर पीछे रह गया है। ढह गया है। मगर अहले-ख़ानदान युधिष्ठिर की बसीरत[13] से महरूम[14] हैं। अगर मुआमला-फ़हमी[15] से काम लें तो इनका सफ़र भी खोटा न हो और मैं भी उलझन से नजात पाऊँ।

सो इस वक़्त अजब अहवाल है। अहले-ख़ानदान ने मुझे पकड़ा हुआ है। मैंने ज़मीन को पकड़ा हुआ है। इस मख़मसा[16] से गुलूख़लासी[17] क्योंकर हो। इसी सूरत हो सकती है कि यह जान जल्दी जाने-आफ़रीं[18] के सिपुर्द[19] हो। यह दरमाँदा-ए-राह[20] तो चलने के लिए तैयार बैठा है। पता नहीं फ़रिश्ता-ए-अजल[21] को आने में क्या तअम्मुल है। मैंने अपने बुज़ुर्ग मौलवी मीसाक़ अली का नुस्ख़ा भी इस्तेमाल करके देख लिया।

---

1. पछताईं, 2. तरह, 3. ख़ाकी वर्दीवाले अर्थात् फ़ौजी या सिपाही, 4. दुखी, 5. वह घर जिसमें दिया न हो; 6. इस समय, 7. वाद-विवाद, 8. आचरण, 9. पारखी, 10. अन्तिम यात्रा, 11. तेज़ चलनेवाला, 12. निर्बल, 13. अन्तर्दृष्टि, 14. रहित, 15. बात की तह को पहुँचना, 16. झंझट, 17. छुटकारा, 18. प्राण देनेवाला अर्थात् ईश्वर, 19. समर्पित, 20. दुखी, 21. यमदूत।

यानी अबके 14 शाबानुलमुअज़्ज़म[1] की मुबारक शब[2] पिछले पहर बीच सहन में खड़े होकर दुआए-कमील पढ़ी[3] : अल्लाहुम्मा इन्नी अस्अलुका बिरहमतिकल्लती वसअतु कुल्ला शैइन[4]...और फिर बद्रे-कामिल[5] की चाँदनी में अपनी परछाईं का जाइज़ा लिया कि गर्दन पे सर नज़र आता है या नज़र नहीं आता। इस बेबस्र[6] की नज़र ने इसके साथ धोखा किया। देर तक अपनी परछाईं को तका किया, पर फ़ैसला न कर सका कि गर्दन पे सर नज़र आता है या नज़र नहीं आता। अब मैं पैदा करनेवाले ही से यह पूछता हूँ और साथ में गिड़गिड़ाकर दुआ करता हूँ कि रब्बुलइज़्ज़त,[7] मेरे फ़रज़न्द को शर्मिन्दगी से बचा ले और मेरी बेकसी की शर्म रख ले। फ़रिश्ता-ए-अजल को शिताबी[8] से भेज। साहिबो, जाना हमारा ठहर गया है। आज गए या कल गए। मगर इसी आज और कल में दिन गुज़रते जा रहे हैं और इसके साथ रंगे-फ़लक[9] दिगरगूँ[10] और ज़माना ज़बूँ[11] होता चला जा रहा है। यह गुनहगार ख़ालिक़े-हक़ीक़ी[12] से एक ही रहम का तालिब[13] है कि जान जल्दी जाने-आफ़रीं की नज़्र[14] हो। या अरहमर्राहिमीन[15] ! रहम, रहम, रहम !

तब मैंने सोचा कि आशियाने की क़िस्मत में क्या लिखा है। बू जान की मौत ने ज़ुबैदा को आरिज़ी तौर पर[16] ख़ामोश किया था, मगर उसके ज़ेह्न की सूई तो वहीं अटकी हुई थी। वह कितने दिन ख़ामोश रह सकती थी। मैं सादा-दिल उसकी वक़्ती ख़ामोशी से यह समझ बैठा था कि वह क़िस्सा रफ़अ-दफ़अ हो गया और मेरे ज़ेह्न से यह बात ऐसे उतर गई जैसे कभी छिड़ी ही नहीं थी।

"वह आज आया था। जवाब माँगता था।"

"कौन आया था ?"

"प्रॉपर्टी डीलर, और कौन।"

"प्रॉपटी डीलर। अच्छा। उसने फिर फेरे लगाने शुरू कर दिए।" मैं डर-सा गया। दफ़अतन मुझे वो दिन याद आ गए, जब वह मेरे पीछे फिर रहा था और मुझे यूँ लगता था जैसे मेरा पीछा किया जा रहा है। टेलीफ़ोन की घंटी बजती या दरवाज़े की घंटी, मेरा दिल धड़-धड़ करने लगता। बस यही गुमान होता कि हो न हो, वही है और बस जैसे उसने मुझे आ लिया है।

"ख़ैर आज के दिन तो मैंने ही उसे आने के लिए कहा था। मेरा ख़याल था कि आज तुम घर पे रहोगे। छुट्टी का दिन है। मगर तुम सुबह ही घर से निकल गए। तुम गए हो और यह आया है।"

मैंने दिल ही दिल में कितना इत्मीनान महसूस किया कि मैं सहीह वक़्त पर घर से निकल गया।

---

1. इस्लामी आठवाँ महीना, 2. शुभ रात, 3. क़ुर्आन का एक वाक्य पढ़कर प्रार्थना की, 4. ऐ मेरे अल्लाह ! मैं तेरी उस दया के वास्ते से तुझसे माँगता हूँ जिसका विशाल दामन हर चीज़ को अपने अन्दर समोए हुए है, 5. पूरा चाँद, 6. दृष्टिहीन, 7. ईश्वर, 8. जल्दी, 9. आकाश की दशा, 10. अस्त-व्यस्त, 11. ख़राब, 12. ईश्वर, 13. दया का इच्छुक, 14. भेंट, 15. ऐ सारे दया करनेवालों से ज़्यादा दयालु, 16. अस्थायी रूप से।

"पूछता था कि क्या फ़ैसला किया है। मैंने कह दिया कि फ़ैसला साहिब करेंगे। किसी वक़्त फ़ोन करके उनसे वक़्त ले लेना और आके बात कर लेना। कहता था कि गाहक अभी हाथ में है। जल्दी फ़ैसला कर लें।"

यह शख़्स, मैंने सोचा, गले पे छुरी रखके जवाब माँगता है। क्या ऐसा नहीं हो सकता कि फ़िलवक़्त इसे टाल दिया जाए। मुम्किन है, ताख़ीर[1] से गाहक बददिल[2] हो जाए और कोई और घर देखे। मैंने प्रॉपर्टी डीलर को टालने की कई तर्कीबें सोचीं, लेकिन हर बार वही एक अन्देशा कि ज़ुबैदा इस तर्कीब को चलने भी देगी। गड़बड़ तो, मैंने सोचा, अस्ल में घर के अन्दर है। छुरी मेरे गले पे ज़ुबैदा ने रखी हुई और छुरी जैसे अब गले के बिल्कुल क़रीब आ गई और अचानक मेरे दिल में एक शक जागा कि कहीं ख़ुद ज़ुबैदा ने तो प्रॉपर्टी डीलर से राबिता[3] पैदा नहीं किया था !

"कहता था कि गाहक मोटी असामी है और ज़रूरतमन्द है। मकान की अच्छी क़ीमत लग जाएगी।"

"पता नहीं, कौन आदमी है। ये जो मोटी असामियाँ नज़र आती हैं, बिलउमूम[4] फ़्रॉड लोग होते हैं।" मैंने टालने की ग़रज़ से कहा।

"मैंने पूछा था। वही आदमी है, जिसे लाकर उसने घर दिखाया था।"

"वह आदमी !" मैं चौंका और बेसाख़्ता[5] से मुँह से निकला : "वह सब्ज़-क़दम[6]। मुझे कभी-कभी यूँ महसूस होता है कि वह शख़्स बू जान की मौत का ज़िम्मेदार है।"

ज़ुबैदा चुप ही तो हो गई। थोड़ी देर बाद बोली भी तो दूसरे लहजे में : "पता नहीं बू जान को क्या हो गया था। अच्छी-भली थीं। एक साथ गिरीं और ऐसी गिरीं कि फिर उठीं नहीं। तीन दिन में चटपट हो गईं। वहम की बात तो है। मगर क्या पता है कि इस बख़्त-मारे घर ही पे कोई असर[7] हो। मुझे तो यही शक गुज़रता है। ख़ैर अगर किसी बाहरवाले की नहूसत[8] थी तो अब जब हमें इस घर में रहना-बसना ही नहीं है तो हमारी बला से कि आनेवाले के नेक क़दम[9] हैं या सब्ज़ क़दम हैं।"

"ज़ुबैदा, मैं एक बात बता दूँ..." अब मेरी ज़ुबान खुल गई थी : "अगर मैंने यह मकान बेचा तो हमारे ख़ानदान में मकान बेचने की यह पहली मिसाल होगी। हमारे वालिद साहिब ने चराग़ हवेली को फ़रोख़्त नहीं किया। मियाँ जान जो मना कर गए थे। बस ताला डालके निकल खड़े हुए और यहाँ आकर भी हमने उसकी बुनियाद पर कोई अलॉटमेंट नहीं कराई।"

"यह कोई अक़्लमन्दी की बात थोड़े ही थी। लोगों ने झूठे-सच्चे क्लेम दाख़िल करके कितनी बड़ी-बड़ी जायदादें बना लीं। अब वो रईस बने बैठे हैं।"

"मुझे मालूम है।"

"ख़ैर पुरानी बातों को कुरेदने में क्या रखा है।" ज़ुबैदा ने बात को लम्बा खिंचता देखकर ख़ुद उसे मुख़्तसर कर दिया : "अबकी बात करो। बख़्त-मारे प्रॉपर्टी डीलर का

---

1. देर, 2. निराश, 3. सम्पर्क, 4. प्रायः, 5. सहसा, 6. अशुभ चरण, 7. प्रेत का प्रभाव, 8. अमंगल, 9. शुभ चरण।

तक़ाज़े पे तक़ाज़ा आ रहा है। कहता है कि जल्दी फ़ैसला करो, नहीं तो गाहक हाथ से निकल जाएगा।''

''फ़ैसला मैंने कर लिया है।''

''क्या ?''

''आशियाना नहीं बिकेगा।'' मैंने क़तई लहजे में कहा और फ़ौरन ही उठकर बरामदे में आ गया।

मैं मुत्मइन[1] था कि बिलआख़िर मैंने अपने फ़ैसले का एलान कर दिया है और अब इसके लिए जवाज़[2] भी तो पैदा हो गए थे। अब आशियाना ख़ाली ईंट-पत्थर से बना घरौंदा तो नहीं रहा था। इसकी ड्योढ़ी से एक बुज़ुर्ग का जनाज़ा निकल चुका था और फिर शीरीं से तज्दीदे-मुलाक़ात[3] की यादें भी इसके दरो-दीवार से बावस्ता[4] हो गई थीं। एक चिड़िया हारसिंगार के बीच से उड़कर आई और ऐन मेरे सामने मेज़ पर बैठकर चीं-चीं की और वापस चली गई। क्या वह यह समझ रही थी कि इस वक़्त भी मैं उसकी तवाज़ो के लिए कुछ दाना-दुनका लेकर आया हूँ, या ख़ाली शिकायत करने आई थी कि ख़ाली हाथ क्यों आए हो। उधर हारसिंगार पर चिड़ियों की बरात उतरी हुई थी। कितना शोर मचा रही थीं। इस जवाज़ की तरफ़ तो मेरा ध्यान ही नहीं गया था। कमर्शियल एरिया, मैंने सोचा, इस इलाक़े में फैलता चला जा रहा है तो मुझे क्या। मेरे घर में तो हारसिंगार भी महकता है और चिड़ियाँ भी चहकती हैं। अगर इस इलाक़े में कमर्शियल एरिया फैल रहा है तो फिर तो घर का क़ाइम रहना और भी ज़रूरी है। चिड़ियों को कहीं तो पनाह[5] मिलनी चाहिए। अचानक मुझे लगा कि चिड़ियों की चहकार में एक इज़्तिराब[6] की कैफ़ियत और ख़ून की लहर है और उसी आन मैंने देखा कि हारसिंगार तले एक बिल्ली मँडला रही है।

दरवाज़े की घंटी बजी। मेरे कान खड़े हुए। तो आ गया वह मूज़ी।[7] मैं बिल्कुल यह समझा कि प्रॉपर्टी डीलर आया है। मगर अब मैं उससे ख़ौफ़ज़दा नहीं था। अब मैं उसकी आँखों में आँखें डालकर बात करने के लिए तैयार था। जब ज़ुबैदा के सामने मैंने खुलकर बात कर दी तो प्रॉपर्टी डीलर क्या चीज़ है। मैं लपककर गेट पर गया। गेट खोला। ''अरे कामरेड, तुम हो। तुम तो उस रोज़ के बाद ग़ाइब ही हो गए। आज सूरत दिखाई है।''

कामरेड ने मेरी बात का जवाब देना मुत्लक़[8] ज़रूरी नहीं समझा। बरामदे में आकर थैला गले से उतारकर मेज़ पर पटख़ा और कुर्सी पर पसर गया। मैंने तअज्जुब से थैले को देखा जो किताबचों, रिसालों, अख़बारों से ठसाठस भरा था। ''कामरेड, यह क्या ? तुम तो थैले को नहर में ख़ाली कर आए थे। यह तो फिर भरा नज़र आ रहा है।''

''यार क्या करता। साली ज़िन्दगी बेमानी[9] नज़र आने लगी थी। कामरेड, आदमी को कुछ न कुछ करते रहना चाहिए। साले, तुम्हारी तरह मैं बेमक़्सद[10] ज़िन्दगी नहीं

---

1. सन्तुष्ट, 2. औचित्य, 3. नई मुलाक़ात, 4. सम्बद्ध, 5. शरण, 6. व्याकुलता, 7. दुखदाई, 8. नितान्त, 9. निरर्थक, 10. निरुद्देश्य।

गुज़ार सकता।''

''ठीक कहा तुमने कामरेड। लद्दू जानवर की पीठ से घास का गट्ठर उठा लिया जाए तो वह बेकल हो जाता है। उसे यूँ लगता है जैसे वह बेमक़्सद ज़िन्दगी गुज़ार रहा है।''

कामरेड ने मेरी बात को नज़रअन्दाज़ किया और पूछा : ''फिर घोंसले के बारे में क्या सोचा ?''

और मैंने यूँ जवाब दिया जैसे कोई मुश्किल मर्हला कामयाबी से हल कर लिया है। ''कामरेड, मैंने बेगम से बिलआख़िर साफ़-साफ़ कह दिया कि 'आशियाना' हम नहीं बेचेंगे।''

''कोई फ़र्क़ नहीं पड़ता, बेचो या रखो।'' कामरेड ने सर्दमेहरी[1] से कहा।

मैं हैरान कि कामरेड ने आशियाना को बेचने के ख़याल की किस शद्दोमद[2] से मुख़ालफ़त[3] की थी और अब वह मेरे फ़ैसले पर कितनी सर्दमेहरी दिखा रहा है।

''मेरा मुँह क्या तक रहे हो। ठीक कह रहा हूँ। कुछ नहीं बचेगा। सब जल जावेगा। मरवा दिया हरामज़ादों ने।''

''क्या बक रहे हो कामरेड। होश में तो हो।''

''बिल्कुल होश में हूँ।''

''तुम्हें कुछ याद है कि तुमने 'आशियाना' बेचने की कितनी मुख़ालिफ़त की थी और कितने मुझे ताने दिए थे ?''

''याद है। मगर अब सोचता हूँ कि शायद भाभी ठीक ही कहती थी।''

''क्या ठीक कहती थी ?'' मुझे कामरेड पर अब गुस्सा आने लगा था।

''यही कि आख़िर उसने कुछ तो देखा होगा। भाभी झूठ बोलनेवाली ख़ातून तो नहीं है।''

''उसने तो-तीन मुर्दे देखे थे, कफ़नियाँ पहने हुए तीन लम्बे बाँस जैसे आदमी। तुम यक़ीन करोगे इस बयान पर ?''

''यार, उसने तो तीन आदमियों को कफ़नियाँ पहने देखा था। मुझे तो इस शहर का हर आदमी कफ़नी पहने नज़र आता है।''

''कामरेड, तुम वाक़िई खिसक गए हो। मैं अपनी बीवी को रोता था कि उसका दिमाग़ चल गया है। तुम उससे आगे निकल गए।''

''उस्ताद, तुमने तो आँखों पे पट्टी बाँध रखी है। मैं तो देख रहा हूँ कि क्या होने लगा है।''

''क्या होने लगा है ?''

''गड़बड़। लम्बी गड़बड़ नज़र आती है। पता है आज क्या हुआ ?''

''क्या हुआ ?''

एक सवालिया निशान[4] की सूरत मैं घर से निकला और हैरान हुआ। या मज़्हरुलअजाइब,[5] इतनी ख़ल्क़त, इतना आदम था इस शहर में ! सब ही घरों से निकल

---

1. कठोरता, 2. ज़ोर-शोर, 3. विरोध, 4. प्रश्नचिह्न, 5. अद्भुत और विचित्र बात।

पड़े हैं। मगर क्यों ? पूछा किससे जाए ? हर चेहरा एक सवालिया निशान है, परीशानी से भरा सवालिया निशान। जैसे इन पर कोई बड़ी मुसीबत आन पड़ी हो। अपने-आप से पूछता हूँ, क़िस्सा क्या है ? कहीं फिर वही कुछ तो नहीं होने लगा है। शायद। फिर तो मुझे वापस घर जाना चाहिए। हमारी अक़्बी दीवार से जेल का दरवाज़ा और फाँसी का तख़्ता दोनों साफ़ नज़र आते हैं। मुझे यूँ भी घर पहुँचना चाहिए कि ज़ुबैदा घर में अकेली है। उस वक़्त तो बू जान मौजूद थीं और उस वक़्त तो ज़ुबैदा ने भी उसे तमाशा ही जाना था। लेकिन अब तो वैसे ही उसके अन्दर दहशत समाई रहती है और बू जान भी नहीं हैं कि दुआ पढ़कर चार सम्तों में मुँह करके चार फूँकें मारें और शयातीन[1] को दफ़ए कर दें[2]।

''बहुत ज़बर्दस्त धमाका था।''

'धमाका ! अच्छा ? कहाँ, कब ?''

''पूरा शहर हिल गया। कमाल है, आपको पता नहीं चला। न्यू प्लाज़ा का तो ऐसा नक़्शा है जैसे बमबारी हुई हो।''

''न्यू प्लाज़ा ! वह तो बहुत पुख़्ता[3] इमारत थी। बिल्कुल बम-प्रूफ़ नज़र आती थी।''

''पुख़्ता इमारतों ही को तो निशाना बनाया जाता है। कच्चे घरों में तबाह होने के लिए होता क्या है। उस इमारत के तबाह होने से कितना कुछ तबाह हो गया। पूरे मार्किट पे झाड़ू फिर गई।''

ख़ैर न्यू प्लाज़ा हमारे घर से बहुत फ़ासिले पर था। मगर बिसातियोंवाला बाज़ार भी हमारे घर से दूर ही था। वह रात चराग़ हवेली में हमारी आख़िरी रात थी। वह पूरी रात बू जान ने जानमाज़ पर बैठकर और वालिद साहिब ने अपनी भरी बन्दूक़ के साथ छत पर बैठकर गुज़ारी। बू जान गिड़गिड़ाकर, दामन फैलाकर दुआ करती रहीं कि यह आख़िरी रात ख़ैरियत से गुज़र जाए कि सुबह को तो स्पेशल में बैठकर रुख़्सत हो ही जाना है। हमारी गली में बिल्कुल सन्नाटा था। लेकिन दूर के महल्लों से शोरो-गुल की, नारों की आवाज़ें रात भर आती रहीं। वह बिसातियोंवाले बाज़ार की सम्त थी, जिस तरफ़ से शोरो-गुल की आवाज़ें ज़्यादा आ रही थीं। उसी सम्त में आस्मान भी बहुत सुर्ख़ हो गया था और वालिद साहिब ने आस्मान की सुर्ख़ी से अन्दाज़ा लगाया कि बिसातियोंवाले बाज़ार में आग लगी है और जब फ़ायर-ब्रिगेड की आवाज़ सुनाई दी तो गोया उनके शक की तौसीक़[4] हो गई। शहर में हर तरफ़ से शोरो-गुल की आवाज़ें आ रही थीं। जा-ब-जा[5] आसमान सुर्ख़ होता चला जा रहा था। लगता था कि पूरे शहर में बस एक चराग़ हवेली बची रह गई है और बस एक गली ख़ामोश है।

ओंग, हरींग, सरींग ओंग, बलोंग, यजरंग, बजरंग, मम, मकट, सकट, मम, मनोरथे पूरनी, मम चिनता चूरनी। दूर निकल आने के बाद मैंने मुड़कर देखा। गली उसी तरह ख़ामोश थी। हाँ, गुलिस्तान महल के अन्दर से बत्तखों की सरासीमा[6] आवाज़ें सुनाई दे रही थीं। उस सन्नाटे में बत्तख़ों की परीशान पुकार, और उस आन मुझे ध्यान आया

---

1. शैतान का बहु., 2. भगा दें, 3. पक्की, 4. समर्थन, 5. जगह-जगह, 6. आतुर।

कि नाँद में पानी नहीं भरा गया था। बत्तख़ें प्यासी हैं। एक अकेली बत्तख़ गली में भटक रही थी। गुलिस्तान महल का फाटक तो मुक़फ़्फ़ल था।[1] यह बत्तख़ कैसे बाहर निकल आई। मगर उसका बाहर निकल आना बेसूद[2] साबित हुआ। गली में भी कहीं पानी का नामो-निशान नहीं था। क़ाफ़िले से बिछड़ी हुई बत्तख़, कि न वापस क़ाफ़िले में जा सकती थी न दूर निकल सकती थी। अन्दर से प्यासी बत्तख़ों की पुकार आती और वह आगे जाते-जाते ठिठकती और मिन्क़ार[3] आसमान की तरफ़ बुलन्द करके दर्दनाक[4] आवाज़ में जवाब देती। कितनी दूर तक कितनी देर तक वह पुकार मेरा तआक़ुब[5] करती रही, मेरे कानों में गूँजती रही, क़ाएँ-क़ाएँ, क़ाएँ-क़ाएँ, क़ाएँ-क़ाएँ। तब घोड़े की टापों की आवाज़ सुनाई दी। मैंने पीछे मुड़कर देखा। एक सवार बा-हाले-परीशाँ[6] घोड़े को सरपट दौड़ाता चला आ रहा था। क़रीब आकर बागें खेंची। "अज़ीज़, प्यासा हूँ। पानी की तलब[7] रखता हूँ।"

मैंने जवाब में अपनी पानी की छागल खोली। कूज़ा[8] भरकर उस तश्ना-लब[9] को पेशा किया। सवार ने उतरकर घोड़े को दरख़्त के तने से बाँधा। बैठकर पानी पिया, खुदा का शुक्र अदा किया[10]।

तब मैंने इस्तिफ़्सार किया कि "ऐ मर्दे-मुसाफ़िर, बयान कर कि तू किस सम्त से आता है और किस सम्त में जाता है।"

उसने जवाब में आहे-सर्द[11] भरी और यूँ गोया हुआ कि "ऐ अज़ीज़, मैं शहरे-तीराबख़्त[12] इसफ़हान-निस्फ़-जहान की सम्त से आता हूँ और उधर जाता हूँ जिधर मेरा रब्ब मुझे ले जाए।"

मैंने तअम्मुल किया। फिर डरते-डरते इस्तिफ़्सार किया कि "ऐ इसफ़हान-निस्फ़-जहान की सम्त से आनेवाले, कुछ इसफ़हान-निस्फ़-जहान का अहवाल बयान कर[13]।"

यह सुन उस मर्दे-अजनबी ने फिर आहे-सर्द भरी और यूँ गोया हुआ कि "ऐ इसफ़हान-निस्फ़-जहान का हाल पूछनेवाले, मैं इस बाब में सिर्फ़ इतना कह सकता हूँ कि जब मैं उस दयार से निकला हूँ तो अभी खोपड़ियों का मीनार अधूरा था कि इसफ़हान की कुछ गर्दनों पर अभी सर बाक़ी थे और अभी सब घरों में ख़ामोशी ने घर नहीं किया था कि हनोज़[14] कितनी हवेलियों से औरतों के बैन[15] और बच्चों के बिलकने की आवाज़ें आ रही थीं।"

मैंने यह सुना और ज़ब्त[16] का दामन हाथ से नहीं छोड़ा। तअम्मुल किया, फिर रुकते-रुकते सवाल किया कि "ऐ इसफ़हान-निस्फ़-जहान से आनेवाले, क्या तेरा गुज़र बैतुलअबैज़ की तरफ़ से भी हुआ ?"

"हाँ हुआ। मैं जब उधर से गुज़रा हूँ तो वह ऐवाने-बुलन्दों-बाला[17] शोलों की लपेट में था और अन्दर से सिर्फ़ घोड़ों के हिनहिनाने की मुज़्तरिब आवाज़ें आ रही थीं, जैसे

---

1. ताला लगा हुआ था, 2. निष्फल, 3. चोंच, 4. पीड़ाजनक, 5. पीछा, 6. दुर्दशाग्रस्त, 7. इच्छा, 8. सकोरा, 9. प्यासा, 10. कृतज्ञता प्रकट की, 11. ठंडी आह, 12. वह नगर जिसके भाग्य में अँधेरा ही अँधेरा हो; 13. हाल सुना; 14. अब भी, 15. रोने, 16. सहन, 17. ऊँचा महल।

रस्सा तुड़ाकर भाग निकलने के लिए तड़प रहे हों।"

तब मैंने गिरया किया[1] और मैंने बुका की,[2] अल्लाहुम्मा इन्नी अस्अलुका ख़ैर।[3] सवाल सब बेसूद।[4] गिरया, दुआ, बुका का फ़ाइदा मालूम। मेरे तीन बड़े अफ़्सोस हैं। पहला अफ़्सोस गुलिस्तान महल की प्यासी बत्तख़ों के लिए काश चलते वक़्त मैं उनकी नाँद में पानी भर आता ! दूसरा अफ़्सोस श्यामा चिड़या के लिए जिसे मैंने सदा मुँडेर पे चहकते देखा, उसे पकड़ नहीं सका ! तीसरा अफ़्सोस...ख़ैर तीसरे अफ़्सोस का अब क्या ज़िक्र। अब वह बस्ती, न वह दरिया, न वो लोग। जाने उन बाला-क़द[5] घोड़ों पे क्या गुज़री। वहाँ तो अब यह भी पता नहीं चल रहा था कि खोपड़ियों का मीनार कहाँ खड़ा किया गया था। क़स्रे-रेहान की फ़सीलें कितनी ख़स्ता हो चुकी थीं। कितनी काही उन पर जम चुकी थी। कोई है, कोई है, कोई है। मैं पुकारा किया। कोई जवाब नहीं आया। प्यासी बत्तख़ें पानी की तलाश में जाने किस तरफ़ निकल गईं। बस मुँडेर पे एक कौआ गुमसुम बैठा था। उसके एक बाज़ू के सारे पर सफ़ेद हो चुके थे। उसने कितनी अजनबी नज़रों से मुझे देखा और कितनी ख़ामोशी से उड़ गया। तब मैंने अफ़्सोस किया; मेरा तीसरा बड़ा अफ़्सोस, मेरा सबसे बड़ा अफ़्सोस यही है। ऐ जहानाबाद, ऐ गुलिस्तान महल, अब तेरी उजाड़ मुँडेरों पे बैठनेवाले कौए भी मुझे नहीं पहचानते। सो मैंने जाना कि मैं अकेला रह गया हूँ। मगर ख़ैर मैं तो श्यामा से शुरू होता हूँ, श्यामा उषा से। शीरीं की बच्ची। उसने अगर ऐन वक़्त पर गड़बड़ न की होती तो श्यामा मेरी मुट्ठी में थी। वह एक साअत[6] थी कि पलक झपकते आई और गुज़र गई। मैं इस चूक को कभी नहीं भूल सका। एक बड़ा पछतावा मेरी क़िस्मत में लिखा गया। उम्र इस हसरत[7] में गुज़री कि वह साअत काश फिर आए ! उस वक़्त मैं यही समझा था कि वह साअत फिर आ गई है और अब यह साअत मेरी मुट्ठी में है। ज़िन्दगी में आनेवाली साअत इसी तरह जुल देती है। पता चला कि साअत एक मर्तबा चुटकी से निकल जाए तो दोबारा दर्शन भी दे तो कोई फ़र्क़ नहीं पड़ता। पछतावे में उलटा इज़ाफ़ा हो जाता है।[8] ऐ शहरे-ख़ूबी,[9] इतने दिन गुज़रने पर यह भेद न खुला कि तू कौन है, कहाँ से आई है, रात को जब वस्ल की घड़ियाँ क़रीब आती हैं तो किस पर्दे में चली जाती है। वह नाज़नीन,[10] यह सुन, आगभभूका हुई और बोली कि ऐ नादान, क्या तूने क़ौल[11] नहीं दिया था कि तू कुछ नहीं पूछेगा। बोला, क़ौल दिया था। मगर अब ज़ब्त का यारा नहीं, पूछे बिना चारा नहीं। नादान, यह मत पूछ। पछताएगा। पूछूँगा। देख, मत पूछ, पछताएगा। पूछूँगा। तब वह माहरू[12] ज़मीन में लोटी-पोटी और कबूतरी बन गई। फड़फड़ाई और उड़ गई। तब हैरानी, परीशानी बख़्त[13] में उसके लिखी गई। दर-ब-दर ख़ाक-ब-सर फिरता था और पूछता था कि वह शहरे-ख़ूबी किस देस में बसती है। एक मर्दे-पीर[14] ने उसे देखा और अफ़्सोस से कहा कि कमबख़्त तूने जानने

---

1. रोया, 2. रोया, 3. ऐ अल्लाह ! मैं तुझसे हर भलाई माँगता हूँ, 4., निरर्थक, 5. लम्बे शरीरवाले, 6. क्षण, 7. अभिलाषा, 8. बढ़ जाता है, 9. सुन्दरी, 10. सुन्दरी, 11. वचन, 12. चन्द्रमुखी, 13. भाग्य, 14. बूढ़ा व्यक्ति।

की कोशिश क्यों की थी। क्या शर्बते-दीदार[1] तेरे लिए काफ़ी नहीं था। अब वह वहाँ है जहाँ पहुँचना तेरे मक्दूर[2] में नहीं है। कोहे-क़ाफ़[3] से आगे कोहे-क़ाफ़ है। उससे आगे फिर कोहे-क़ाफ़ है। वहाँ वह क़िला-ए-बेदर[4] में रहती है। जहाँ न आदमज़ाद[5] पहुँच सकता है, न परिन्दा पर मार सकता है। हम कुछ नहीं जान पाते। जानने की कोशिश में ख़राब होते रहते हैं। ख़ैर उन दिनों तो हम दोनों ही बेख़बरी की जन्नत में थे। किसी बात की ख़बर ही नहीं थी। जब उसके सीने से दुपट्टा ढलककर नीचे गिरा था तो मुझे बस एक इस्तेजाब[6] हुआ था। वह इस्तेजाब अभी तक बरक़रार है। इस्तेजाब, इस्तेजाब, इस्तेजाब—अज़ कुजा मी आयद ईं आवाज़े-दोस्त[7]—कहाँ से ? कैसे ? मैंने उसे देखा नहीं था। जब देखा तो मैंने कहा कि यह तो वह नहीं है। जब जाना कि वही है तो फिर न सूरत दिखाई दी न आवाज़ आई। आवाज़ आख़िर कहाँ से आती थी, समन्दर के उधर से या पहाड़ों के पीछे से या पाताल से। वह फ़क़त[8] आवाज़ थी। आवाज़ में इतना सिहर[9] होता है। मेरी ज़िन्दगी में ख़ाली एक आवाज़ है, दूर से आती हुई। एक नर्म शीरीं आवाज़ कि धीमी होते-होते, कान के क़रीब आते-आते सरगोशी[10] बन जाती थी। बुलन्द-आहंग[11] रंगीन मुकालमों[12] में क्या रखा है। एक सरगोशी बहुत होती है, बशर्त-यह-कि हाँ बर्शत-यह कि...कितनी दूर से एक ख़ुश्क चोब[13] से गुज़रकर वह शीरीं आवाज़ आई और एक सरगोशी बन गई। उस सरगोशी में क्या कुछ था। पूरा एक शहरे-आरज़ू।[14] एक हर्फ़े-शीरीं[15] से काइनात[16] में कितना आहंग[17] पैदा हो जाता है। वह गुम हो जाए तो फिर यह पूरी काइनात एक बेहंगम[18] शोर है। ज़क़्-ज़क़ बक़्-बक़ चख़-चख़ रौला-गौला गुल-ग़पाड़ा भंभलभूसा। शोर बढ़ता जा रहा था। ख़बर शहर में जंगल की आग की तरह फैली। जिसने सुना उस तरफ़ दौड़ पड़ा। लगता था कि पूरा शहर वहाँ टूट पड़ा है। तबाही भी तमाशे का ज़ाइक़ा[19] रखती है। इतने बड़े पैमाने[20] पर तबाही का तमाशा देखने को कब-कब मिलता है। खोपड़ियों के मीनार रोज़-रोज़ तो खड़ी नहीं होते। मलबे से लाशें बरामद की जा रही थीं। कितने जिस्मों में अभी जान बाक़ी थी। साँस चल रहा था। कराहने की आवाज़ें सुनाई दे रही थीं। आदमी भी कितनी सख़्त जान मख़्लूक़ है। हैरत और दहशत से आँखें देखनेवालों की फटी हुई थीं। क़ियास[21] के घोड़े दौड़ाए जा रहे थे। जितने मुँह उतनी बातें।

घर में दाख़िल हुआ तो गोया शोर के जहान[22] से निकलकर ख़ामोशी के मिंतक़ा[23] में दाख़िल हो गया। हैरान हुआ कि बाहर इतना शोर, अन्दर इतनी ख़ामोशी। कभी यूँ भी तो होता है कि सारा हंगामा अन्दर होता है, बाहर सन्नाटा। दाख़िल होते ही मेरी नज़रें आज पहले पिछवाड़ेवाली दीवार पर गईं। नादानिस्ता[24] उसी तरफ़ हो लिया। यूँ

---

1. शर्बत रूपी दर्शन, 2. सामर्थ्य, 3. क़ाफ़ पर्वत, 4. बिना दरवाज़े का क़िला, 5. मनुष्य, 6. आश्चर्य, 7. परम प्रिय की आवाज़ कहाँ से आती है (फ़ारसी के महाकवि मौलाना रूम (1207-1273 ई.) के शे'र का आधा भाग); 8. केवल, 9. जादू, 10. कानाफूसी, 11. ऊँची आवाज़ से, 12. संवादों, 13. सूखी लकड़ी, 14. कामनाओं का नगर, 15. मीठे बोल, 16. संसार, 17. संगीत, 18. भद्दा, 19. मज़ा, 20. स्केल. 21. अनुमान, 22. संसार, 23. पृथ्वी के विषुवत् रेखा के समानान्तर पाँच विभागों में से एक, 24. बिना जाने-बूझे।

ही दीवार से दूसरी तरफ़ झाँकने लगा। आज पहली मर्तबा मैंने अपनी इस दीवार से परली तरफ़ झाँका था। कितना तअज्जुब हुआ। जेल की लम्बी पुरअसरार[1] फ़सील यहाँ से साफ़ नज़र आ रही थी और कितनी क़रीब महसूस होती थी; जैसे बस यह रही, ज़रा हाथ बढ़ाओ और छू लो। वैसे वहाँ कोई भी नहीं था। दिल में कहा, ज़ुबैदा यहाँ क्या देख लेती है।

ज़ुबैदा ने बरामदे से निकलकर मुझे तअज्जुब से देखा। ''उधर क्या कर रहे हो ?''

''कुछ नहीं।'' जैसे मैं कोई ग़लत या फ़ुज़ुल-सी हर्कत करते हुए पकड़ा गया हूँ, फ़ौरन ही उधर से पलट पड़ा।

दोनों वक़्त मिल रहे थे। मौलवी गुलाम रसूल के बताए हुए वज़ीफ़ा[2] के मुताबिक़ बू जान की तक़लीद[3] में ज़ुबैदा ने चराग़ जलाया और दीवार के परली तरफ़ देखे बग़ैर मुँडेर पर रखा और चली आई।

''हवा तेज़ है। बुझ तो नहीं जाएगा।'' मुझे यूँ ही एक तश्वीश-सी हुई। हालाँकि मैं बू जान के वक़्त से यह वज़ीफ़ा देखता चला आ रहा था और मुझे कभी उसके जलने-बुझने के बारे में तरद्दुद[4] नहीं हुआ था।

मेरे कहने पर ज़ुबैदा ने बहुत तश्वीश से चराग़ की काँपती हुई लौ को देखा। फिर जैसे अपने-आपको दिलासा दे रही हो, कहने लगी : ''उस रोज़ तो हवा ज़्यादा तेज़ थी, मगर नहीं बुझा।''

उस रोज़ ? हाँ उस रोज़ हवा वाक़िई ज़्यादा तेज़ थी। चराग़ की लौ कितनी काँप रही थी। हवा के हर झोंके के साथ इतनी धीमी हो जाती कि बस अब बुझी कि अब बुझी, मगर झोंका गुज़रने के बाद फिर तेज़ हो जाती। यह उस रोज़ की बात है, जिस रोज़ फाँसी लगी है। उस रोज़ भी यही सूरत[5] थी। बहुत शोर था और बहुत सन्नाटा था। जहानाबाद एक बड़े शोर की ज़द में था। गुलिस्तान महल में अभी तक सब मौजूद थे, सिवाए बुज़ुर्गवार मौलवी मीसाक़ अली के। मगर गुलिस्तान महल भाएँ-भाएँ कर रहा था। हाँ बीच-बीच में किसी बत्तख़ की हिरासाँ[6] पुकार सुनाई दे जाती थी। जब बुज़ुर्गवार मौलवी मीसाक़ अली घर से निकले हैं तो ये बत्तख़ें उनके पीछे-पीछे क़ाएँ-क़ाएँ करती हुई ड्योढ़ी तक गई थीं। बाद में देर तक चिल्लाती रहीं, जैसे जानेवाले को पुकारती हों। मगर अब ख़ामोश थीं। बस अचानक कोई बत्तख़ अपनी गर्दन उठाती और एक डरी-सी क़ाएँ करके चुप हो जाती। अब दोनों वक़्त मिल रहे थे और बुज़ुर्गवार मौलवी मीसाक़ अली का मुसल्ला[7] ख़ाली पड़ा था। ख़ाली मुसल्ला को देखकर मेरी लकड़दादीकी आँख भर आई। बहुत रोईं। कितनी देर रोती रहीं। उसी में उनकी आँख लग गई। सुबह को उन्होंने बताया कि ''ए बी, पिछले पहर को मेरी आँख खुल गई। सामने जो नज़र गई तो क्या देखूँ हूँ कि भाई मीसाक़ अली मुसल्ले पे बैठे तस्बीह फेर रहे हैं। सफ़ेद बुर्राक़ कपड़े पहने हुए थे। क्या बताऊँ चेहरे पर कैसा नूर[8] बरस रहा था।'' तो अब सुबह

1. रहस्यमय, 2. नित्यकर्म, 3. अनुसरण, 4. चिन्ता, 5. दशा, 6. निराश, 7. वह दरी जिस पर नमाज़ पढ़ते हैं, 8. चमक।

हो रही थी और मैं तज़बज़ुब[1] में था कि चराग़ मामूल के मुताबिक़[2] शहर के चराग़ों के साथ बुझा है या रात के किसी पहर में तेज़ हवा का कोई झोंका उसे बुझा गया।

"ज़ुबैदा।"

"हूँ।"

"वह प्रॉपर्टी डीलर फिर मिला था।"

"अच्छा ?"

"हाँ। वहाँ जाए-हादसा[3] पे एक ख़ल्क़त टूटी हुई थी। वहाँ वह भी नज़र आ गया। मैंने उससे आँख बचाने की बहुत कोशिश की, मगर—ख़ैर—अजब चीज़ है। जब मिलता है मुझे कन्फ़्यूज़ कर देता है। कुछ समझ में नहीं आता।"

"मगर तुम तो फ़ैसला सुना चुके हो।" ज़ुबैदा ने तंज़ भरे लहजे में कहा।

"हाँ वह तो ठीक है। मगर कामरेड से जब मैंने ज़िक्र किया तो उसने कुछ और ही कहा। कामरेड ख़ुद कन्फ़्यूज़्ड आदमी है। मुझे भी कन्फ़्यूज़ कर देता है।"

"बख़्त-मारा कामरेड। मुझे तो वह ज़हरों बुरा लगता है। अस्ल में तो उसी के कहने पे तुम बिदके थे। अब वह क्या कहता है ?"

कामरेड ने क्या कहा था, मैंने ज़ुबैदा को कुछ नहीं बताया, और परीशान हो जाती। मगर मैंने सोचा कि कामरेड से एक मर्तबा खुलकर इस मस्अले[4] पर बात कर ली जाए। उस वक़्त तो उसने रवा-रवी[5] में एक बात कह डाली थी। क्या वह संजीदगी से कह रहा था। यह महज़ उसकी क़ुनूतीयत[6] थी या वाक़िई हालात—ख़ैर, कामरेड से चलकर बात करनी चाहिए। इस वक़्त तो उसे अपने ठिकाने ही पे होना चाहिए। मैं बस फ़ौरन ही निकल खड़ा हुआ। नक़्शा बाहर और ही देखा। ख़ल्क़त को सरासीमा[7] देखा। सरों का समन्दर उमड़ा हुआ था। चाँदनी चौक की सम्त में बहता था। मैं हैरान कि यह माजरा क्या है, हर फ़र्द[8] क्यों चाँदनी चौक की तरफ़ दौड़ा जाता है। ऐ साहिबो, कुफ़्ले-दहन[9] को खोलो। मुँह से कुछ तो बोलो। ज़ुबान क्यों सी रखी है। हल्क़[10] पे तुम्हारे किसने छुरी रखी है। मालूम तो हो कि इस नामुबारक[11] कूचे में अब कौन-सा गुल खिला है।[12] कौन-सा आस्मान टूटा है और मैं रोया कि जहानाबाद तो तमाशों का शहर बन गया। मेरे परदादा ने कहा कि दुनिया में सबसे बढ़कर ज़ालिम और जाहिल उम्मते-मस्लिमा[13] ने जने हैं। उस बुज़ुर्ग ने ऐसा कहा, फिर गिर्या किया, फिर गिड़गिड़ाकर दुआ की कि ऐ ग़फ़ूरुर्रहीम,[14] तू अपने हबीब[15] के सदक़े में इस उम्मत के गुनाहों को बख़्श दे—शामते-आमाले-मा सूरते-नादिर गिरिफ़्त[16]। एक कोख से आख़िर कितने नादिरशाह पैदा होंगे—कामरेड-कामरेड—ए यार कामरेड—दरवाज़ा तो खोल—मैंने कितना पुकारा, कितनी कुंडी खटखटाई। अन्दर से कोई जवाब नहीं आया। हारकर मैंने

---

1. दुविधा, 2. नियमानुसार, 3. घटनास्थल, 4. समस्या, विषय, 5. जल्दी, 6. निराशावाद, 7. व्याकुल, 8. व्यक्ति, 9. मुँह का ताला, 10. गला, 11. अशुभ, 12. बखेड़ा उठा है, 13. मुसलमान समुदाय, 14. ईश्वर का एक नाम, 15. प्रेमपात्र अर्थात् पैग़म्बर मुहम्मद साहिब, 16. नादिरशाह ने जब देहली पर आक्रमण किया तो मुहम्मद शाह रंगीले ने यह कहा कि नादिर का आक्रमण हमारे कर्मों का भोग है।

किवाड़ झड़झड़ाए। दरवाज़ा धाड़-से खुल गया। झिलंगा चारपाई के बराबर बड़े स्टूल पर अख़बारों-रिसालों-किताबों से भरा थैला रखा था, मगर कामरेड मौजूद नहीं था। मैं हैरान कि कामरेड गया कहाँ। मैं उसे उसके सारे ठिकानों पर देखता हुआ आ रहा था। वहाँ कहीं नहीं था। मैंने तय किया कि उसे घर पर होना चाहिए। मगर वह यहाँ पर भी नहीं था। फिर कहाँ गया। मैं वसवसे[1] में पड़ गया। दिन भी तो ख़राब थे। अभी तक पता नहीं चला था कि न्यू प्लाज़ा का हादसा[2] किसकी कारस्तानी[3] थी। कितनी गिरिफ़्तारियाँ हो चुकी थीं। कहीं कामरेड भी—मगर मैंने फ़ौरन ही इस वह्म को रद्द कर दिया। हाँ हो सकता है कि रूपोश हो गया हो[4]। एक दफ़ा पहले भी हो गया था। मुझे तश्वीश भी थी और मैं जिज़बिज़[5] भी था कि आज जब मैं वाक़िई संजीदगी से उससे बात करना और उससे मश्वरा लेना चाहता था तो वह ग़ाइब था। मैं मायूस होकर वापस होने लगा। मेरे निकलने से पहले एक बदरंग बिल्ली मेरे बराबर से निकली और तेज़ी से मेरा रास्ता काटते हुए नज़रों से ओझल हो गई।

क्रेसेंट हाउस की बुलन्दो-बाला इमारत के सामने क्या क़यामत मची हुई थी। लोग बदहवासी[6] के आलम में अन्दर से निकल-निकलकर बाहर आ रहे थे। भाग रहे थे।

"हुआ क्या ?"

"बम।"

"कहाँ है ?"

"पता नहीं। किसी ने फ़ोन किया था।"

न्यू प्लाज़ा के बाद से कोई हादसा नहीं हुआ था। मगर किसी वक़्त भी किसी भी दफ़्तर में कोई नामालूम[7] फ़ोन मौसूल होता[8]। फ़ौरन ही भगदड़ मचती। दम के दम में इमारत में उल्लू बोलने लगता।

प्रॉपर्टी डीलर। यह शख़्स यहाँ क्या कर रहा है। मैंने इस भगदड़ में उसे ब्रीफ़केस-दर-बग़ल[9] इत्मीनान से गुज़रते हुए देखा और मैं हैरान हुआ कि न्यू प्लाज़ा में जब वारिदात[10] हुई थी तो वहाँ भी इसी इत्मीनान से घूम-फिर रहा था और यहाँ भी इसी इत्मीनान से चल-फिर रहा है। मैं हैरान हुआ और फिर परीशान हुआ कि फिर मुझे आन दबोचेगा और वह पुराना सवाल दोहराएगा कि आशियाने के बारे में क्या सोचा है और मैं और ज़्यादा तज़बज़ुब में पड़ जाऊँगा। अभी तो मुझे कामरेड से मश्वरा करना है। अभी मेरी इससे मुलाक़ात नहीं होनी चाहिए। मैं वहाँ से तेज़ी से निकल लिया। लेकिन मुझे लगा कि उसने मुझे देख लिया है और लपक-झपक मेरे पीछे आ रहा है। मैंने अपनी रफ़्तार और तेज़ कर दी, मगर थोड़ी ही देर में मुझे एहसास हुआ कि बहुत से लोग मेरे आगे मेरे पीछे मुझसे भी तेज़ चल रहे हैं। ऐसे भी हैं जो भाग रहे हैं। उनके साँस फूले हुए हैं। चेहरों पर ख़ौफ़ की तह्रीर[11] लिखी हुई है। तब मैंने जाना कि मेरे इर्द-गिर्द ख़ौफ़ का एक समन्दर उमड़ा हुआ है और मैं ? मुझे इस ख़ौफ़ के समन्दर में

---

1. भ्रम, 2. दुर्घटना, 3. षड्यन्त्र, 4. छिप गया हो, 5. अप्रसन्न, 6. बौखलाहट, 7. अज्ञात, 8. आता, 9. ब्रीफ़केस बग़ल में, 10. घटना, 11. भय की छाप।

अपने औसान[1] बरक़रार रखने चाहिएँ। उसी आन बदरंग बिल्ली मेरे बराबर से तेज़ी से गुज़री और भगदड़ में खो गई। अरे, यह यहाँ भी आ गई ! मैं सख़्त मुतवह्हिश हुआ[2]। बदरंग बिल्ली हो या बदरंग हथनी, मैं बदरंग मख़्लूक़ों से डरने लगा था और मुझे एकदम से ख़याल आया कि कहीं यह वह बिल्ली तो नहीं है और मैं अपने तईं ख़ौफ़ का एक समन्दर बन गया। तब मैंने ध्यान किया कि मैं इस भगदड़ में फँसकर कहाँ-कहाँ भटकता फिर रहा हूँ। कब से घर से निकला हुआ हूँ। यह ग़ैरवक़्त है और ज़माना ख़राब है...और चारों तरफ़ भगदड़ पड़ी हुई है। मैं हूँ कि तिनके की तरह रौ[3] में बह रहा हूँ। भगदड़ में आदमी फँस जाए तो उसके साथ यही होता है—ने भागने की गौं न इक़ामत की जाए है[4]—बस एक ही दाइरे[5] में चक्कर काटते रहो जैसे भँवर में तिनका। फिर उससे मुठभेड़ हो जाएगी। वही एक सवाल कि आशियाना के बारे में क्या सोचा है। किस इत्मीनान से सवाल करता है और कितना मुझे बेइत्मीनान कर देता है। इस भगदड़ में एक उसे देखा कि इत्मीनान से फिर रहा है। और वह बदरंग बिल्ली, वह इस आशोब[6] में यहाँ क्या कर रही है। उमवी[7] दरबार में क्या कर रही थी। भंभलभूसा। ऐसे में यह समझना मुश्किल होता है कि कौन-कौन है और कौन क्या कर रहा है। सूरतें पहचानी नहीं जातीं या यह हमारे अह्द[8] का भंभलभूसा है। मेरे दादा की सोच वाज़ेह[9] थी कि क़तई चराग़ हवेली नहीं बिकेगी, बेशक बरबाद हो जाए। मैंने रश्क[10] किया। ऐ काश मैं मुश्ताक़ अली होता। तब मैंने लम्बा सफ़र किया। चराग़ हवेली अपनी रौशन मुँडेरों, मम्टियों, बुर्जियों के साथ गुलिस्तान महल और क़स्रे-रेहान और बैतुलअबैज़। पता तो चले कि कौन कहाँ था और मैं ? ख़ैर अब हम अपने-आपसे शुरू होते हैं और अपने-आप पर ख़त्म हो जाते हैं। फिर भी अपने-आप पर वाज़ेह नहीं हो पाते। भगदड़, ज़क़-ज़क़, बक़-बक़। तब मैंने ध्यान किया कि मैं कहाँ से चला था, कहाँ निकल आया। यह ग़ैरवक़्त है और ज़माना ख़राब है। दोनों वक़्त मिल रहे थे। झुटपुटे में सूरतें पहचानी नहीं जा रही थीं या सूरतें बदल गई थीं। इलाही वे सूरतें क्या हुईं ? ये सूरतें कैसी हैं ? सूरतों को तकता था और हैरान होता था। पेशानी पर नज़र गई। देखा कि वहाँ दाग़ है। हैरानी सिवा हुई[11]। दूसरी पेशानी, तीसरी पेशानी, जो पेशानी देखी दाग़दार देखी। तब दिल मुब्तलाए-तश्वीश हुआ[12]। वसवसों ने नर्ग़ा किया[13]। सो मैं पूरी बस्ती में घूम गया। पेशानियों को देखता चला गया। सब पेशानियाँ दाग़दार हो चुकी थीं। यह देख दिल दाग़ हुआ। अलम बेहिसाब[14] हुआ। फिर मैं वसवसा में पड़ गया कि क्या वह आ गया। मगर कोहे-सफ़ा[15]। ख़ैर क्या ख़बर है कि वह...हाँ क्या ख़बर है। तब फ़क़ीर ने अफ़्सोस किया। मगर ऐन अफ़्सोस के हंगाम[16] ख़याल आया कि नादान यहाँ क्यों ख़राब होता है। शिताबी[17] से इस क़रिये से निकल चल। सो फ़क़ीर

1. सुध, होश, 2. घबराया, 3. बहाव, 4. न भागने का अवसर है और न ठहरने की जगह है, 5. घेरा, 6. हलचल, 7. उमय्या सम्प्रदाय का, 8. युग, 9. स्पष्ट, 10. किसी को हानि पहुँचाए बिना उस जैसा बनने की भावना, 11. बढ़ी, 12. चिन्ता में पड़ गया, 13. घेराव किया, 14. दुख बहुत हुआ, 15. मक्का की एक पहाड़ी, 16. समय, 17. जल्दी।

ने वहाँ से डेरा उठाया और निकल चला।

उस करिये से किस शिताबी से निकला था। पर निकलते-निकलते एक वसवसा दिल में पड़ गया कि क्या मेरी पेशानी भी...जी सन्न से निकल गया। फिर अपने तईं सँभाला, दिल को दिलासा दिया कि तू उनमें से था ही नहीं। दिल को क़दरे इत्मीनान हुआ। मगर फिर वही वसवसा। वसवसा में घिरा, हरज-मरज[1] खेंचता, रंजे-सफ़र[2] उठाता कहाँ-कहाँ फिरता फिरा। सुराग़[3] इस ख़ाना-बर्बाद[4] को उस दर का न मिला। दिल मुब्तलाए-तश्वीश हुआ कि वह मस्कन[5] कहाँ गुम हो गया। वो दरो-बाम, वह ऊँची ड्योढ़ी, वो मुँडेरें। दूर की आवाज़ों पे कान लगाए कि शायद किसी सम्त से किसी प्यासी बत्तख़ की आवाज़ आ जाए, या किसी घोड़े के हिनहिनाने की, या श्यामा चिड़िया के चहचहाने की, और यूँ सम्त का अन्दाज़ा हो जाए। कोई आवाज़ न आई। तब हैरानी सिवा हुई और तश्वीश फ़ुज़ूँ हुई[6] कि क्या उस मुँडेर पर भी अब कोई परिन्दा नहीं उतरता। मगर आख़िर क्यों ? क्या ड्योढ़ियों के साथ शाद-आबाद[7] मुँडेरें भी वीरान, बेआबाद[8] हो जाती हैं ? क्या हो जाता है कि मकीनों[9] के निकल जाने पर मुँडेरों पे बिराजने-चहकनेवाले परिन्दे भी वहाँ से कूच कर जाते हैं ? फिर कोई मुर्दार चील ही वहाँ आकर बैठे तो बैठे। मगर उसके बैठने से तो वीरानी सिवा होती है। सो हे सन्तो, फिर इस बैरागी ने एक लम्बी यात्रा की। नगर से निकला। बनों में भटकने लगा। सब शोर पीछे रह गए। निर्जन बन और सन्नाटा। रैन अँधेरी, दूर किनारा। पूरब गया, पच्छिम गया, फिर उत्तर, फिर दक्खिन, चारों खूँट खोंद डाले। अंधकार ही अंधकार और जल की गरजती धार। हे प्रभु, उजाला कहाँ है ? किनारा किस ओर है ? यही एक चिन्ता, यही एक धुन। पर उजाला और किनारा जैसे अलोप हो गए हों। धरती जलमंडल बनी हुई थी। जिस स्थान को जाके देखा, वाँ पे जल-थल दिखाई दिया। पाठशाला, धर्मशाला, गौशाला, महल-दोमहला, सब डूब चुके थे। जंगल, पर्बत सब पानी में समा गए थे। जीव-जन्तु, पंछी-पखेरू सब अलोप हो गए थे। फिर ऊपर-नीचे देखा और भौचक रह गया कि अम्बर कहाँ गया, धरती किस पाताल में समा गई। ब्रह्मांड खांड का खिलौना था कि जल में घुलता चला जा रहा था। जी डूबने लगा कि यह तो सब कुछ डूबा जा रहा है। यही होता है। पानी जब चढ़ता है तो सब कुछ बहाकर ले जाता है। तो कुछ बचेगा भी या नहीं ?

निराशा के अंधकार में भटकता फिरता था कि एकाएकी आशा की कोंपल फूटी। ध्यान में एक हरा-भरा घना पेड़ उभरा जिसकी छाँव में, ठंडी महकती छाँव में, हाँ बिल्कुल, उसकी ठंडी महकती छाँव ही में तो...हाँ बिल्कुल इन्हीं पानियों में था। ऐसी ही जलधारा थी। सारा कुछ डूब गया था। पूरा ब्रह्मांड। पर वह एक वृक्ष पानियों के बीच खड़ा था। उसका खोज लिया जाए कि कहाँ किस ओर लहलहाता है। मार्कंडेय ऋषि से पूछा जाए। फिर एक लम्बी कठिनाइयों भरी यात्रा। फिर निर्जन बन और

---

1. गड़बड़ और नाश, 2. यात्रा के कष्ट, 3. पता, 4. अभागा, 5. घर, 6. चिन्ता अधिक हुई, 7. रसी-बसी, 8. उजाड़, 9. निवासियों।

एक बड़ा सन्नाटा। न साधु-सन्त, न ऋषि-मुनि, न पीर-फ़क़ीर। समाधियाँ, कुटियाँ, तकिए सब वीरान। काले कोसों का सफ़र। बेफ़रसंग बेमंज़िल दर-ब-दर ख़ाक-ब-सर। संगदिल[1] ज़मीन, बेअमाँ[2] आस्मान। या मज़्हरुल-अजाइब, सफ़ा की पहाड़ी तो वाक़िई दो-नीम[3] हो चुकी है। कोई पेशानी दाग़दार होने से बची भी कि नहीं। और चेहरे। क्या सब ही...और यह सरों का सैलाब। मगर छतों तले अमाँ[4] नहीं तो आस्मान तले कहाँ अमाँ मिलेगी। भगदड़, चीख़-पुकार, ज़क़-ज़क़, बक़-बक़, दाँता-किलकिल। जैसे कोई बड़ी आग तआक़ुब कर रही हो। तो क्या हामिला[5] ऊँटनियों के हम्ल[6] गिरने का वक़्त आ गया है ? पहाड़-सी रात और बिफरता समन्दर कफ़-दर-दहन।[7] लम्बी काली यात्रा कि काली होती चली जा रही है और वह वृक्ष कहाँ अलोप हो गया। यात्रा कितनी लम्बी खिंचेगी। काले पानियों में शताब्दियाँ बुलबुलों के समान बन गईं। कब तक इन काले पानियों में चलेंगे ? कब तक ? इस लम्बी काली रात का कोई अन्त है कि नहीं। उजाला और किनारा कहीं है कि नहीं ? और दरख़्त ??...अल्लाहुम्मा इन्नी अस्अलुका।[8] अल्लाहुम्मा इन्नी अस्अलुका। अल्लाहुम्मा इन्नी अस्अलुका।

●●●

---

1. निर्दय, 2. निराश्रय, 3. दो टुकड़े, 4. शरण, 5. गर्भवती, 6. गर्भ, 7. झाग उगलता, 8. ऐ अल्लाह ! मैं तुझसे माँगता हूँ।